جهاد

-رواية-

الطبعة العربية 2024 م

زاد ناشرون وموزعون

عمان–المملكة الأردنية الهاشمية

هاتف: 00962 79 7241272   هاتف: 00962 79 5987538

zad.pub@hotmail.com – zad.publishers@gmail.com

Website: www.zadpub.com

عمان-عبدون-شارع الأميرة بسمة

بناية رقم 192 مكتب 102

هاتف: 00962 77 7357737

email: d.basmahalsaleem@eturn-group.com

Website:www.eTurn-group.com

رقم الإيداع لدى دائرة المكتبة الوطنية (2023/8/4291)	
بيانات الفهرسة الأولية للكتاب :	
عنوان الكتاب :	جهاد–رواية
تأليف :	محرم، جيهان
بيانات النشر :	عمان: زاد ناشرون وموزعون ,2023
رقم التصنيف:	813,03
الواصفات :	الروايات العربية/الأدب العربي/العصر الحديث/
يتحمل المؤلف كامل المسؤولية القانونية عن محتوى مصنفه ولا يعبر هذا المصنف عن رأي المكتبة الوطنية أو أي جهة حكومية أخرى .	

تصميم الغلاف: هاشم سوالمة   التنسيق الداخلي:سمر كاتوت

جهاد

رواية

تأليف :

جيهان محرم

جّإهداء:

إلى عائلتي ومصدر قوتي .. إلى من علموني معنى العطاء والصبر

وأهمية التسامح في الحياة.

إلى زوجي وصديقي الذي يشجعني ويدعمني على الدوام.

إلى أعظم هدايا الرحمن أولادي وقرة عيني.

إلى معلمتي التي علمتني كيف أقف بثبات وقوة وأحقق أحلامي: أ/ أسماء البعداني.

إلى جميع معلماتي وصديقاتي في اليمن ومصر وأمريكا ..

أهديكم روايتي .. شاكرة لكم دعمكم ونصحكم لي وأدعوا الله أن تحوز إعجابكم..

المؤلفة

رسالة شكر

إلى من علمتني:
أن المستحيل قد لا يكون مستحيلاً بالسعي والاجتهاد،،،

إلى من علمتني:
أن الحلم قد يصبح حقيقة إذا آمنت بقدراتي

وإمكانياتي وقدمت لي النصح والإرشاد.

إلى من علمتني
كيف أحافظ على لغتنا العربية واسعى في نشرها لغة القرآن

لغة الضاد.. إلى من لولا دعمها لي ما تم إنهاء عملي،

وأخرجتْ لي إلى النور رواية   جهاد

كل الشكر والتقدير للدكتورة العظيمة التي أشرفت على

روايتي

أ.د. بسمة عيسى السليم

المقدمة

الحمد لله الذي وهبنا الحياة، وكرمنا بنعمة العقل، وأنزل إلينا القرآن الكريم؛ لنتعلَّمَ منه الأحكام، وبعث لنا رسولَنا محمدًا (ﷺ)؛ ليخرجنا من الظلمات إلى النور، ويبعدنا عن الظلام، صلوات ربي وسلامه على خير الأنام، وبعد:

فمهما أسعدتنا الحياة، فهي عادةً تصدمنا بوقائعَ صعبةٍ، لدرجة أننا نتمنى أن يكون ما حدث من الأحلام، ومهما تكن الجروح عميقة، فإن الله سيسهل لها الالتئام، خلقنا الله متفاوتين في القدرات، وتحمل الصعاب والآلام، وأوصانا بالصبر، وعدم اليأس والاستسلام، ونهانا عن الجزع، وارتكاب المعاصي والآثام، وأوضح لنا الطريق الذي منه نعرف الحلال والحرام، وأوصانا بالدعاء، ووعدنا بالاستجابة وفك الكرب، ولن يضيع الله دعاء عبدٍ دعاه والناس نيام.

نمر بحالات ضعف، ويجبر الله كسرنا كما يجبر كسر العظام، عندما نحزن تمر الساعاتُ وكأنها أيامٌ، وتمر الأيامُ وكأنها أعوام، ويأتي الله بالفرج والسرور، فيُذهب به الأحزان والأسقام، ويمحو أثر الوجع ويبعد الأوهام، وتبقى الروح غالية ما دامت تلفظ اسم الله، وتسابق في ذكره كل الأنام، في الرخاء وفي الطرق الخالية والزحام، لا تهون على عبد نفسه بأن يرهقها ما دام في القلب الإيمان، وهو على طاعة الله على الدوام، وبعد:

لقد كتبت هذه الرواية؛ لأهديها لكل من يواجه الصعاب بعزيمة، ولأبين أن الرجل والمرأة يكملان بعضهما بعضًا، ولأبيّن للمرأة التي تتمنى حياة الرجل أن حياتها أجمل بكثير، فإني أجد بعض النساء يقلن: "إن الرجال لا يعانون كما نعاني"، وكذلك بعض الرجال يقولون: " إن النساء لا يعلمن ما يجري لنا، فهن ليس لديهن هموم ومسؤوليات مثلنا، ولأوضح لكلٍّ من الطرفين أن المصائب لا تنتهي إلا بالدعاء لله، واللجوء إليه.

بينتُ في روايتي أن الفقر ـ في بعض الأحيان ـ يغير الإنسان من شخص طيب القلب، إلى شخص جشع وطماع، وكذلك في المقابل بينت أن الفقر يولد القناعة النفسية، والرحمة للآخرين.

وكذلك تحدّثتُ فيها عن المعاناة في الوصول إلى الدين الإسلامي، وعبادة الله ـ سبحانه وتعالى ـ كما يستحق، ومثّلتُها في ظروف، وفي شخصيات القصة الرئيسية والثانوية.

كما بينتُ فيها أن الحسرة على عدم الحياة السعيدة، سببها البعد عن الله.

وضعت في قصتي المعنى الحقيقي للصداقة الحقيقية، والتضحية من أجلها دون حب الذات والمنافع الشخصية، وبينتُ فيها أن الإنسان لا ينبغي أن يقسو على والديه مهما فعلا به، وكذلك الوالدان مسؤولان عن أولادهما، وأن عليهما مسامحة أولادهم واحتواؤهم.

وأوضحت فيها أن الإنسان لا بد أن يظل خائفاً من الله، وألا يتعدى حدوده، وأن يلتزم طاعته ـ عز وجل ـ ولا يُضعف إيمانه، وأن لا يتنازل عن مبادئه وأخلاقه، وأن لا يقابل السيئة بالسيئة، وأن لا يولد في قلبه حب الانتقام، وأن يجعل التسامح رفيق دربه، ويعفو عن الآخرين، لأن الله عفو يحب العفو.

وأخيرًا، هذا ما اجتهدتُ فيه، فإن أصبتُ فمن الله، وإن أخطأت فمن نفسي، واللهَ أسأل وبنبيه أتوسل، أن يلهمنا ـ سبحانه ـ السداد في القول والعمل.

وصلى الله وبارك على سيدنا محمد ﷺ، وعلى آله وأصحابه أجمعين.

الفصل الأول

حكايتي عن مُعلِّمٍ لطالما كان فقيرًا، والأملُ والسعادةُ يملآن قلبَه، كان مُتمسِّكًا بحُبِّ والدَيه اللَّذَينِ كانا كلَّ مَن في دنياه، وكان وحيدَهما.

كان يُرجع لمن هو يائسٌ أملَه مجددًا، يحل مشاكل الناس، ويبعثُ الثقةَ في قلوبِ طلابِه، وإذا ما غاب يومًا عن المدرسة، صارَ الطلابُ كأنهم فقراءَ؛ إذ إنهم يجدون غناهم في معلمهم، إنه الأستاذ توفيق.

كان لا يتأخر في عودته إلى البيت؛ ليعود إلى أحضان والدَيه، ولكن حدث ما لم يكن في الحسبان!

ففي يوم من الأيام، كان حفلُ تكريمِ المعلمينَ، فذهب والدا الأستاذ توفيق إلى المدرسة؛ لرؤية ولدهما. كان الأب سعيدًا جدًا، والأم كذلك. وبعد انتهاء الحفل عاد كلُّ منهما إلى المنزل، وفي طريق عودتِهما، كان والد توفيق لا يسيطر على قيادة الباص جيدًا، وكان معه رُكّابٌ كثيرون، والأمُّ معه أيضًا، وكلُّ ذلك بسبب فرحتِه الكبيرةِ، فلم يرَ الطريقَ جيدًا؛ مما أدى إلى وقوع حادث في الطريق؛ فتُوُفِّيَ الكثيرون من الركاب، ومن بينهم والدا توفيق، وبعضهم في العنايةِ المُرَكَّزَةِ.

تلقَّى توفيق الخبرَ، وأُصيبَ بصدمةٍ نفسيةٍ. كان يبكي كالأطفال وهو في البيت، يعاتب نفسَه، ويقول: "كنتُ أعلمُ بهذا، لقد عرفتُ أنهما تأخَّرا في قدومِهما إلى المنزل، وأنا أقول: الغائب عذره معه".

وبعد خمسة أيام من الحادث، صار يأتيه الجميع، وعاد إليه عقله، لكن بعد أن فات الأوان، وبعد أن اتصل به الطبيبُ، يخبره عن أمِّهِ، يقول: إنها تريدك أن تحضر إليها، فذهبَ إليها ساعيًا.

ذهب توفيق – وفي قلبه أملٌ في سلامة أمه – ولكن بدلًا من أن يلقى أمَّه عادت إليها الحياة، وجدها تلفظ أنفاسها الأخيرة، توصيه بأن يكون سعيدًا دومًا، تقول له:

- بُنيَّ، لا تأخذ هذا الحادث بعين الاعتبار، اهتمَّ بحياتك.

- أمي... (وهو يبكي كالأطفال).

- كنت أودُ أن أرى أولادك، وأفرح بهم بعد أن أفرح بك.

- أمي، أعدك أنَّكِ سترَينَ ذلك.

- بنيَّ، عليك أن تتزوج من رباب، فإنها تجمع خصالًا قلّما تجدها في غيرها: حسن خُلُقِها، وحسن خِلقَتِها.

- سأفعل ذلك أمي، ولكن بعد أن تُشفَي.

- لا بُني، فقد فات الأوان، انتبه لنفسك جيدًا.

- أمي (يصيح باكيًا)، لن يكون هذا.

- لا أُريد أن أرى دمعةً في عينيك حبيبي. (وبينما كانت أمه تمسح دموعه، أخذ يقبل يدها، فإذا بيدها تسقط من يده).

أدرك توفيق حينها أنها ماتت، فكان يصيح متشنجًا : أمي، أمي، أين أحلامكِ؟ ألا يكفي موت أبي؟

أخذ الأطباء يهدئونه بكافة الأدوية مدة شهرين، ثم عاد إلى المنزل.

لم يلبث توفيق عدة أشهر، إلا وطرقَ بابَه طارقٌ، ولما فتح الباب، وجد شرطيًا يطلب منه التوقيع على مسألة قضائية.

اندهش توفيق إلى أن عرف أنها مسألة الأشخاص المختصِّينَ بالحادث، وأُخذ إلى المحكمة سجينًا.

كان أصحابُ الحق قُساةَ القلب، فبعضُ من مات من أهلهم طلبوا الدِّيةَ، وبعضهم لم يسامح في حقه، مُتَّهمِينَهُ أنه هو من كان يقود الحافلة ثملًا سكرانًا.

بعد أيام خرج توفيق خارج البلاد – بتعهد على أن لا يهرب – ليجمع المال، ثم عاد بعد أشهر يائسًا؛ لأنه لم يستطيع جمع المال المطلوب.

أغلق على نفسه باب المنزل، ولم يلبث قليلًا حتى وجد الناس يطالبون بحقوقهم بلا رحمة، فأُصيب بمرضٍ نفسيٍّ جرّاءَ همومه، فأخذوا يهزؤون به، ويقولون: إنّه مجنون، يدّعي الجنون كي لا يؤدي واجبه؛ مما زاد من حالته النفسية سوءًا، بدلًا من أن يقدِّروا حالته.

كان توفيق كالمجنون لا يسمع كلام أحد، يجلس في البيت ويتأمّلُ كل جانب من جوانبه، ويبكي كالأطفال.

وبعد أن علم طلابه بمرضه ذهبوا لزيارته، ولكنه كان يطردهم وبأعلى صوته.

ذلك الرجل الصامد، انتهت أيام صموده وأملُه، لم يعد ذلك الشاب الذي يساعد الناس، بل إنه الآن يحتاج من يساعده.

هناك من لم ييأس من حالته، وجاء يطرق باب منزله، فقام توفيق وفتح الباب، فإذا هي رباب، قال لها:

- ماذا تريدين؟ (بوجه يخيف من ينظر إليه، وبلحية لم يحلقها منذ أشهر)

دخلت رباب، والفوضى تعم المكان، والسجائر تملأ الأرض.

. رباب، اخرجي من هنا.

- هل هذا هو الشاب القوي؟

- قلتُ لكِ: اخرجي من هُنا (أخذ يديها بقوة يريد إخراجها، ولكنها أنزلت يده، وأخذت تهزه بكل قوتها)

- ماذا يجري لك؟ هل أصابك الجنون؟ أتذكر أول مرة التقينا فيها؟ كان الأمل في عينيك لما كنا في السوق، ثم اكتشفنا أننا جيران، فدرسنا وفَرِحنا، ولما مات والدي من بقي لي في هذه الدنيا؟ جئتَ تقول لي: الأملَ يا ربابُ، الأملَ، والآن هل تستطيع أن تقول لي ما بالك؟ ما الذي حصل لك؟ ارحمني يا أخي، أبي توفاه الله، وأمي حية، وليتها ميتة! (وأخذت تبكي).

أتريد حنان الأم وهي حية؟ إنها لم تفكر بي ولم تتصل بي، أتريد مالًا؟ هي أغنى من كل غني في البلدة، إنها تملك أموالًا كثيرة جدًا، لكن أين أنا منها؟

- اتركيني، اتركيني.(خرجت رباب بعد أن رمته أرضًا وبقسوة، وقالت له:

- إن عدتَ كما كنت، فنحن ننتظرك، وإن لم تعد، أقسم إني سأؤذيك يا توفيق، سأبلغ الشرطة بأنك تزعجنا كثيرًا، ولا أستطيع النوم من إزعاجك لنا بالمسجلة وغيرها.(وخرجت).

أستطيع القول: إن توفيق لم يتأثر بتهديدها، علمًا بأنها كانت صادقة، ولكنه تذكر كل أيامه مع الذين ساعدهم، وخاصّة رباب، فهو وعدها بأنه لن يتخلى عنها أبدًا، وتذكر أيضًا أن أمه أوصته – وهي على فراش الموت – بأن يتزوج رباب.

أخيرًا عاد بطلنا إلى عقله ووجدانه، وسامحه الناس؛ لأنه لا ذنب له فيما فعل والده، ولكنه أصر على أن يدفع إليهم الدِّيَةَ حين يملك المال، وهكذا كان مشواره في اليوم الأول، مكالمة رباب له عائدًا بعد منتصف الليل منهِكًا.

قام في الصباح الباكر، وكأنّه يريد الرجوع إلى حالته الأولى، وكان عليل النفس، أو في الأصح يحتاج إلى طبيب يداويه.

كان يتعذب كثيرًا من الحالة التي هو فيها، ويشعر بأن الدنيا تدور من حوله، ولكنه – بعزمه وإرادته – استطاع أن يتغلَّبَ على ذلك لاحقًا.

كانت رباب في اليوم الثاني نادمة على ما قالته له؛ ظنًّا منها أنه سيشعر بالإحباط أكثر، فلم تستطع أن تشرح الدرس للطلاب، فذهبتُ إلى الإدارة، وصارت تبكي على الطاولة وحدها، وفجأة أحسَّتْ بيد فوق رأسها، فرفعتْ رأسها مندهشة، تقول: إنه توفيق!(كانت تبكي فرحًا)

- مستحيل!

- لا يا رباب، قد عدتُ.

- أنا آسفة حقًّا توفيق، أنا آسفة..

- هل تتزوجيني يا رباب؟

- ماذا؟!

- هل تتزوجيني؟

- لكن

- (أخذ يصيح): لا تقولي: (لكن)، قولي: نعم أو لا، لا أريد مبررات.

- توفيق، أنا... (مترددة).

- إذًا قولي: لا.

- لا توفيق، أنا موافقة، موافقة توفيق. (عاد توفيق إلى طلابه، ففرحوا كثيرًا، وكأنّ الدنيا لا تسع فرحتهم، ثم غادر توفيق المدرسةَ مع رباب)

عادت رباب وهي سعيدة جدًّا، تحكي لجدتها ما حدث، ففرحت جدتها بذلك كثيرًا، وسألتها عن رأيها، فوافقت.

ساعد الجميع توفيق ورباب في قرارهما، وأخيرًا اتفقا على الخطبة، وبعد ذلك سيتزوجان.

كانت أيامًا سعيدة بالنسبة إليهما.

مضت سنتان على خطوبتهما، ولكن ما حدث هو أن زائرًا قدم إلى منزل رباب، ففتحت رباب الباب، فإذا هي امرأة لا تعرفها، قالت لها:

- من أنتِ؟

- أنتِ رباب؟

- نعم، وأنتِ؟

- ابنتي!

- ماذا؟

- نعم، حبيبتي، أنا أمك.

- جدتي، جدتي، تعالي وانظري مَن عِندنا(بسخرية).قدمتْ الجدة ورَأتِ ابنتها، ففرحتْ كثيرًا بقدومها، وأخذت أم رباب تبكي في حضن أمها، ورباب تتعجب من أمرها! قالت لها جدتها:

- رباب، هذه أمك، تعالي إلى حضنها.

رباب: جدتي، ما هذا الكلام؟

الجدة: نعم، إنها أمك.

رباب: أين كانت؟ أتقولين لي أين كنت؟(ثم التفتت إلى أمها، وقالت: هل خسرتِ ثروتكِ يا أمي؟)

الأم: رباب، لا تكوني قاسية عليّ (اقتربت من رباب).

رباب: لا تقتربي مني، (هربت رباب منها إلى خارج المنزل، والكره في قلبها لأمها).

ذهبتْ رباب إلى توفيق، وأخبرته بما حدث، فخرجا إلى مكان هادئ.

- توفيق: يجب ألا تكرهيها، فهي أمك.

- أمي! كيف تكون أمًّا لابنةٍ نَسِيَتْها! لماذا تتذكرني الآن؟

- توفيق: لقد قلتِ: تذكرتكِ، والمعترف بالخطأ لا خطأ عليه.

- هل تقول: إن هذا خطأ؟ إنها مجرمة!

- توفيق: تعلمنا التسامح، فلو كنتِ مثلها لفعلتِ فِعلتها.

- رباب: أترك ابنتي؟

- لقد اضطرت إلى فعل ذلك، فقد طردها والدكِ وكَرِهته، شيء طبيعي أن تكرهه.

- وماذا عني؟

- رباب، إنها أمك، ومهما حاولتِ الهروب منها، فهي أمك.

- كفى توفيق، كفى.

- رباب، انتظري.

- لا تلحق بي، أرجوك.

عادت رباب – كما خرجت – وهي تبكي، ولكن بكاءها الثاني أشد. أغلقت باب الغرفة وهي تبكي؛ لأن توفيق قال لها ذلك الكلام، وكذلك جدتها من قبله.

ولما جاء الصباح، قالت الأم:

- صباح الخير رباب.(ذهبتْ رباب إلى المدرسة دون أن ترد عليها، حتى إنها لم تكتفِ بمخاصمة أمها، بل وجدتها أيضًا، وهي تشعر بأن هناك لغزًا)

بقِيَتْ على هذه الحالة أسبوعين، حتى إنها كانت – بالكاد – تُكلِّمُ توفيق.

- رباب: لا أريد مكالمتك، فأنت أيضًا مثل جدتي، تكلم من لا يحبك.

- رباب، أنا لم أُكلِّم أمَّك، ولن أُكلِّمَ أمك أبدًا، ولكن يجب أن تعرفي شيئًا.

- اتركني.

- اسمعي، هلّا أخبرتني بمن يصرف عليكِ وعلى جدتك؟

- أنا وجدتي ننفق على أنفسنا

- كيف؟

- أنا أقبض راتبي، وجدتي تعمل.

- هل تستطيعين أن تخبريني بما تعمل؟

- لماذا تسأل؟ إنها تعمل في دار الرعاية.

- حسنًا، لن أجادلك قبل أن تعملي معلمة، من كان يربيكِ؟

- جدتي.

- من مالها؟

- أجل.

- لا، إنه من مال أمكِ.

- تكذب توفيق.

- أقسم لكِ، إنه من مال أمكِ.

- من أخبرك بهذا؟

- جدتك.

- كاذب.

- أقسم إنني سمعتها تُكَلِّمُ أبي ذات يوم، جدتك لا تعمل رباب، صدقيني، إنها لا تكذب عليكِ.

- يكفي، أنت كاذب. (تركته وذهبت مباشرةً إلى دار الرعاية غير مصدقة؛ لأنها كانت تزور جدتها في بعض الأحيان، ولما وصلت سألت الطبيب عنها)، فقال لها:

- من تريدين؟

- أريدُ السيدة ماريا، هي تعمل هنا؟

- لا، لا تعمل هنا.

- إنها جدتي، تلك المرأة...

- إنها لا تعمل هنا.

- كيف هذا؟ وماذا كانت تفعل؟

- إنها تتبرع بالمال في الشهر مرةً أو مرتين لدار الرعاية، هذا ما تفعله فقط.

(أُغمِيَ عليها، فأُخذتْ إلى المستشفى، وبعد لحظات قليلة فاقت مُسرعةً إلى المنزل)

رباب (تصيح): جدتي، جدتي.

الجدة: ماذا هناك؟

رباب (تصيح وتبكي): لماذا كذبتِ عليّ؟ لماذا؟

- كيف كذبتُ عليكِ يا رباب؟

- لماذا قُلتِ لي: إنكِ تعملين في دار الرعاية؟

- كَذاب من قال لكِ هذا؟ أنا أعمل هناك منذ زمن طويل، واليوم كنتُ هناك.

- اليوم كُنت أنا هناك، وأخبروني بكل شيء، لماذا كذبتِ عليّ؟ لماذا؟

الأم: رباب!

رباب: اسكتي أنتِ، من طلب منكِ أن تعطيني مالًا؟ هل كنتُ أحتاج مالك؟

- نعم، كنتِ تحتاجينه، لقد مات والدك، من بقي لكِ؟

- جدتي.

- اسمعي رباب.

- بل اسمعي أنتِ، اخرجي من هنا، اخرجي.(كانت تصيح بشدة) أخذت بيدها تريد أن تخرجها، فأمسكتها جدتها وهي متشنجة، إلى أن أُغمي عليها، فأخذتها أمها إلى المستشفى، ولكن هذه المرة لم تقف بسرعة، كانت محمومة، ولا تسمع لها إلا صوتًا مفهومًا غير قولها (وهي فاقدة الوعي): "أبي، أبي، لم تركتني؟"

زارها توفيق، ولكن كأنه لا وجود لها وهو يناديها – فاقدة وعيها تمامًا – وبعد أسبوع تحسنت، وعادت إلى المنزل، وتذكرت كيف كانت أمها تبكي عندها طوال الأسبوع، وتقول: "متى ستفيق رباب؟" (ربما سامحتها، ولكنها لم تستطيع أن تناديها أمي)

تغيرت رباب تمامًا، ولكنها لم تكلم توفيق أبدًا خجلًا منه، إلى أن تغَلَّبتْ على تلك الحالة، وعادت الأمور كما كانت بينهما متفاهمين.

مع الأيام استطاعت رباب الانسجام مع طبع والدتها، وبعد أيام تفاجأت رباب بأمها تطلب منها الزواج بشاب لا تعرفه.

.رباب، إنه غني، وطيب، وطموح للمستقبل

- أمي، لا أريد الزواج به، انظري إلى يدي، ألا تعرفين أني مخطوبة؟

- ماذا يعني؟ اخلعيها.

- بكل بساطة! ماذا عن توفيق؟

- إنه رجل، ولا يُخاف على الرجال.

- ما هذا الهراء؟

- لن تسيري على رأيك هذا، هل فهمتِ؟ لقد تدللتِ كثيرًا، ولن أسمح لكِ بالتدلل عليَّ أكثر، هل تسمعينني؟

(منعتها والدتها من الخروج من المنزل، ومن رؤية توفيق، و من مكالمته، كان يتصل بها ولكن أمها تصده، وتقول: هي مريضة، يأتي لرؤيتها، فتقول له: لا تريد رؤيتك).

حبستها أمها في الغرفة، ولكن عندما وجدتها لا تأكل ولا تشرب، ورأتْ أنها مصممةٌ على رأيها، اتخذت معها أسلوب آخر، وهو أن تهددها بحياة توفيق.

- لن أسمح لكِ بذلك.

- أنا أفعل ما يحلوا لي، سأتصل بأحدٍ ليقضي عليه.

- من أعوان زوجكِ؟

- وهم أعواني.

- لماذا لا ترحلين إليه وتتركينني وشأني؟

- تستهزئين بكلامي أنتِ؟ اخرجي إليه وسترين ما يحل به.

(ذهبتْ رباب إلى منزل توفيق ولكنها لم تره، وقفت تنتظره كثيرًا ثم عادت إلى المنزل تتظاهر بأنها قابلته، وأنها ليست خائفة من تهديدات أمها.وبينما خرج توفيق في اليوم التالي، إذا بأحد أطلق عليه رصاصة، ولكن لطف به الله – تعالى– وأصابته في كتفه الأيسر.

علمتْ رباب بذلك، فجرتْ مسرعةً إلى المستشفى تبكي، ولما وصلت إلى توفيق قالت:

- توفيق.

- رباب، أين كنتِ؟

- هل أنت بخير؟ سامحني توفيق.

- ماذا يجري لكِ؟ ما بال وجهك؟

- لقد سقطتُ على الدرج، وعوّرت وجهي.

- وهل وجهكِ يمنعكِ من رؤيتي؟

- تعلم أنني أحب أن تراني أجمل فتاةٍ في هذه الدنيا؛ لكيلا تختار بديلةً عني.

- تعلمين جيدًا أنني لا أهتم بجمالكِ، وإنما أهتم بذاتِك أنتِ.

- حسنًا، فلنخرج من هذا الجو الكئيب.

خرج توفيق برفقة رباب من المستشفى، بعد أن حُقق في موضوع إصابته، وقال: إن الإصابة جاءت عن طريق الخطأ، ولم تكن مُتَعَمَّدةً، ولكن رباب تكتم سر إصابته في قلبها، وذهبتْ بتوفيق إلى منزله، ثم رجعتْ تصيح عند أمها:

- لماذا فعلتِ هذا؟ لماذا؟

- لأنني أفعل ما أريدُ، ولتعلمي ما يمكنني فعله.

- ماذا تريدين مني؟

- تعلمين ما أريد.

- سأترك توفيق، أرجوكِ أمي، أرجوكِ.

- أراكِ تنادينني أمي من أجل رجل لا يستحق دمعةً من عينيكِ الجميلتين.

- أرجوكِ، سأتركه، ولكني لا أريد الزواج بغيره.

- عليكِ أن تختاري، إما أن تعيشي مع خالد، وإما أن يموت توفيق.

- كم أنتِ وقحةٌ وحقيرة! (صفعَتْها أمها جرّاء تلك الكلمات المنبعثةِ من حقد رباب، ولكنها زادت الموقف تعقيدًا)

كانت رباب في غرفتها تبكي، وتنظر من النافذة إلى منزل توفيق، والدموع في وجنتيها، لا تعرف ما عليها فعله، وليس أمامها إلا التخلي عن توفيق من أجل أن يعيش، وهي تعلم جيدًا أنه يعيش من أجلها.(حان دور سقوطها من لائحة الأقوياء الصامدين)

الفصل الثاني

- صباح الخير.

- صباح الخير ندى، كيف حالك؟

- بخير، تبدين شاحبة يا رباب! ماذا حدث؟ ولماذا تغيبتِ عن المدرسة تلك الأيام؟

- ندى، أنا في حالة يُرثى لها.

- ماذا حدث؟

- لنخرج قبل أن يحضر توفيق إلى المدرسة.

- إلى أين نذهب؟

- إلى أي مكان.

- حسنًا، سآخذكِ إلى مطعم قريب.

(دعَتْ ندى ربابَ لتناول عصير الليمون) رباب، اشربي، وأخبريني بما حدث بينكِ أنتِ وتوفيق، هل اختلفتما؟

- ليت الأمرَ كذلك!

- ماذا إذًا؟

- أمي يا ندى.

- ما دخل أمك؟

- أمي تريد أن تقتل توفيق.

- حقًّا!

- إنها...(وانهارت بالبكاء)

- لا تبكي يا رباب، وأخبريني بما حدث.

- انظري إلى مَن يقف أمامَ الباب، إنه رجل تبعثه أمي لمراقبتي.

- لماذا؟

- الأمر هو أن أمي...(استمر حديثهما ساعتين)

- ماذا تنوين أن تفعلي رباب؟

- لا أعرف.

- سأخبرك بما ينبغي عليكِ فعله.

- ماذا أفعل؟

- اهربي مع توفيق.

- وماذا عن هذا الرجل؟ ندى، فكري.

- ماذا إذًا؟

- الأمر سهلٌ، حياة توفيق في خطر، ويُقضى عليهِ بإشارة من أمي.

- يا لها من مجرمة! سامحيني رباب، لا أقصد أن أجرحك.

- لا عليكِ، فهي لا تستحق الاحترام.

- (نهضت رباب حازمة).

- رباب، إلى أين؟

- ستعلمين لاحقًا، هيا بنا الآن.(أخبرتها أنها ستتجاهل توفيق؛ خوفًا منها على حياته)

(حضر توفيق إلى المدرسة رغم حالته المتدهورة، ولكنه لم يجد رباب في المدرسة، متسائلًا عن تصرفاتها الغريبة خلال هذه الأيام)

-لا رباب، هذا حرام.

- ولكن هذا هو الحل الوحيد يا ندى.

- سيتحطم قلب توفيق.

- لا أكترث، ما يهمني هو أن يعيش يا ندى، أقسم إنكِ إنْ أخبرتِ توفيق بهذا الأمر، فلن ترينني معكِ مجددًا، هل تفهمين؟

- حسنًا.

- عِديني بأنك لن تخبريه شيئًا.

- أعدكِ رباب، لن أنْبِسَ بِبِنْتِ شَفَةٍ.

(مضت رباب مع ندى، والبسمة المُتَكَلَّفَةُ في شفتيها، مدّعيةً تجاهل توفيق أمامها)

- ما رأيك يا ندى؟ إنه شاب ذكي وطموح.

- نعم، إنه يبدو كذلك.

- لن أفوّت الفرصة من يدي.(غضب توفيق من كلامها وحركاتها، وجرَّها من يدها بعيدًا عن ندى)

- رباب، أريدُ أن أفهم.

- ماذا تريد أن تفهم؟ توفيق، دع يدي.

- أريد أن أفهم سبب تصرفاتك هذه.

- تصرفاتي! وما بها؟

- رباب، لا تنسي أنكِ خطيبتي.

- ماذا؟ أعوذ بالله من حظٍّ سيّءٍ كهذا!

- ما عهدتُكِ تتكلَّمين هكذا يا رباب!

- توفيق، (خلعت المحبس) هذا محبسك، لا أريد أن أكون خطيبةً لك.

- ماذا؟ (والدهشة في عينيه) رباب، ماذا حدث؟

- لقد جاء أمسِ شابٌّ، وطلب يدي من أمي، فوافقت.

- ماذا؟ وبهذه البساطة!

- وهل تحسَبُ أني سأنتظرك العمر كله؟

- لا، أرجوكِ رباب، سأفعل المستحيل.

- إلامَ سننتظر؟ ألا تعرف أن الديون قد أغرقتْكَ؟ هل نسيت أباك الذي تهوّر؟

- قال توفيق غاضبًا: لا تذكري والدي بهذه الطريقة، هل حدث لعقلك شيء؟ رباب، أرجوكِ.

- دع يدي، قُلتُ لك: خالد شابٌّ ذكيٌّ طموحٌ، وسيكون له مستقبل باهر، يكفي أنه أغنى منك!

- وحبنا! تلاشى؟

- من المحال دوام الحال.

- ولكن لن يتغير حالي، وخاصة تجاهكِ رباب.

- توفيق، يبدو أنك اغتريت بنفسك، واحدة غيري ما كانت لتعطيك ثلاث سنوات من عمرها مخطوبة، غير مستقرة في مبدئها.

- كل مبادئي تحت تصرفك.

- الحمد لله، لقد عادت أمي، وستعوضني عن كل الحرمان، وأجمل ما عوضتني به هو خالد.

. (صفعها توفيق في وجهها) أنتِ حقيرة يا رباب، حقيرة! (والدموع في عينيه، أما رباب فمضت متجاهلة إياه – ظاهرًا – ولكن نار الحزن تهب في داخلها)

خرج توفيق والحزن يملأ قلبه؛ بسبب تخلي رباب عنه من أجل المال، وهو يقول في نفسه:

ما الذي يجري لك توفيق؟ أنت السبب، أنا قلت لها: "أمكِ، أمكِ، لا تكرهيها يا رباب، فالأم...".أنا السبب في شقائي، أنا أحمق، لن أبكي، ولن أتحسر عليكِ يا رباب، سأنتقم منكِ شرَّ انتقام.

عادت رباب إلى البيت بدموعها الحارة، دخلت غرفتها والحزن يكاد يقتلها، فدخلت عليها أمها، وقالت لها:

- ماذا قررتِ يا رباب؟

- لقد تركتُ توفيق.

- أحسنتِ فعلًا ابنتي، ومتى تنوين الزواج بخالد؟

- عندما أخرج من صدمتي.

- حسنًا، لكِ الحق بذلك.

خرجت أم رباب تصيحُ من فرحتها: أمي، أمي، لقد وافقت رباب.

الجدة: أنتِ مجرمة.

- أمي! ما هذا الكلام؟ ولماذا تخالفينني؟

-ألا تسمعين الضجيج؟

(كان توفيق قد حطّم كل أدوات منزله الكبير، وهو يبكي فوق صورة أمه، ويقول: أمي، قلتِ لي: "تزوج رباب، فهي طيبة"! أمي، هذه الطيبة تخلت عني من أجل المال! أين أنتِ يا أمي، أريد أن تضميني إلى صدرك، فأنا أحتاجكِ، وظل على هذا البكاء حتى نام فوق صورة أمه، ورباب تسمع كل هذا من نافذة غرفتها، وتكتم صوتها الذي يحاول أن يخرج؛ ليسمعها توفيق وهي تبكي بكاءً مريرًا من أجله)

مضت الأيام واجتاز كلٌّ منهما أزمته، وهما ما يزالان يلقيان بعضهما في المدرسة، ولكن توفيق لا ينظر إليها؛ لأنه صار يكرهها كثيرًا، ويحرجها أمام الطلبة، فهي تكلمه، وهو لا يكترث لكلامها.

لقد ازداد الوضع تأزُّمًا، فتوفيف يمضي إلى منزله مرتاحًا، وهي تمضي إلى منزلها باكيئة كل يوم.

- أمي، أريد الزواج بخالد، في أقرب وقت ممكن.

- حقًّا! يا للفرحة العظيمة في صدري!

- الجدة تقول بحزن: رباب، تراجعي عن قرارِكِ، أرجوكِ.

أم رباب: أمي!

رباب: جدتي، كيف تطلبين مني أن أتراجع عن هذا القرار؟ توفيق صدّق بأني بعته من أجل المال، إنه لا يثق بي!

الأم: أعرفتِ لِمَ لَمْ أُرِدْهُ زوجًا لكِ؟

الجدة: كفى، أنا لم أعد أعرف نواياكما أنتِ وهي، حطّمتُما قلبه! كيف تريدون منه أن يُظهر رجولته؟

أم رباب: أمي، لا تهدمي ما بنيته.

الجدة: لم أعد أفهمكِ يا سعاد، بتُ أكرهكِ وأنتِ ابنتي.

الأم: أمي! هل تكرهينني من أجل توفيق؟

الجدة: من أجله ومن أجل غيره، لم أعد أحتمل هذه المأساة.(وراحت الجدة تبكي في غرفتها، وهي تتذكر وصية أم توفيق لها: "أم سعاد، تتملكني رغبة كبيرة في أن أجمع بين رباب وابني توفيق، سأكون سعيدة إن تزوّجا")

- هذه رغبتي أيضًا.

- أم سعاد، سأطلب منكِ طلبًا.

- تفضلي أم توفيق.

- إذا لم أعش إلى تلك اللحظة، أرجوكِ أن تحققيها لي، سأكون سعيدة في قبري!

- أبعد الله الشر عنكِ، فأنتِ ما زلتِ في أول العمر.

- يتملكني شعور بأن هذا اليوم هو آخر يوم لي في حياتي.

- أهكذا تكون فرحة الأم بنجاح ولدها؟ إنه معلم اليوم!

- لا، ليس لهذا.

- أنتِ تخيفينني حقًّا!

- اربطي رباب بابني مدى الحياة، أرجوكِ.

- أعدكِ بذلك، وسنتعاون على ذلك.

- هل ستمانع أم رباب ذلك؟

- لن تمانع في سعادة ابنتها وولدكِ.

وقفت على هذه النافذة، وكانت تشعر بخيبة الضمير والقلب القاسي معًا.

وبعد يومين، حان وقت زواج رباب بخالد، وإقامة حفلة كبيرة في ذلك الحي، رغم عدم رغبة رباب في الزواج، إلا أن تجاهل توفيق لها جعلها أكثر تماسكا، ها هي الآن تدعوا ندى، وقد أكدتْ لها أنها ستحضر.

الفصل الثالث

"إن التعاون على تحطيم طُموح امرئٍ جريمةٌ شنيعة" هذا ما قرأته ندى في بحث توفيق، الذي نال إعجاب الطلبة والمعلمين، وأسقطت عينا ندى دموعًا في منتصف الليل؛ لأنها أعانت ندى في تحطيم قلب توفيق دون أن تدري، فصارت تدعو الله أن يغفر لها مشاركتها في الخطأ، وأخذت تعد النجوم، وترى الليل الدامس لا ينتهي، وضميرها يعذبها، لم تستطع أن تنتظر حتى الصباح.

رن جرس الهاتف في منزل توفيق، أجابه:

- مساء الخير.

- مساء الخير أستاذ توفيق.

- من يتكلم؟

- أنا ندى.

- أهلًا سيدة ندى.

- اتصلت في هذا الوقت المتأخر من الليل، لكني لم أعد أحتمل الذي في صدري!

- ماذا هناك؟

- إن رباب (قاطعها توفيق قائلًا: سيدة ندى، أعلم أنكِ تريدين إخباري أنَّ زفافها غدًا، أعلم ذلك.

- أرجوك اسمعني، يجب ألا تسمح لها بالزواج.

- سيدة ندى، بدأ حديثك لا يعجبني، تصبحين على خير.

- أرجوك أستاذ توفيق، يجب أن تسمعني، أرجوك.

- حسنًا ماذا تريدين؟

- أريد أن أقابلك.

- الآن؟

- نعم، في مطعم المدينة الخضراء، هل تسمح؟

- حسنًا، لكن بشرط أن يكون حديثًا ذا قيمة.

- أعدك بأن يكون كذلك.

- بعد نصف ساعة سأكون عندك.

- سأنتظرك في المطعم.

- إن شاء الله.

- مع السلامة.

- أشكرك أستاذ توفيق، مع السلامة.

- مساء الخير.

- مساء الخير أستاذ توفيق، تفضل أرجوك.

- هل تودّين أن تشربي شيئًا؟

- لا، جئتُ لأقول ما عندي وأذهب.

- حسنًا، تفضلي.

- أستاذ توفيق، رباب ستتزوج من أجلك.(وقف توفيق وضرب الطاولة بكلتا يديه)

. سيدة ندى، أُكِنُّ لكِ احترامًا كبيرًا، لا أريد أن أصيبك بكلماتي التي لا أعيها، رباب ستتزوج من أجلي! "هههه...هههه...هه" (وأخذ يضحك كالمجنون)

- اسمعني أستاذ توفيق، هل تذكر حادث إصابتك بكتفك الأيسر؟

- وما علاقة إصابتي بزواجي من رباب؟ (بعد أن هدأ قليلًا، قال: يا لها من غلطة شنيعة! كانت ستنهي حياتي!)

- لا، لم تكن إصابتك خطأ، تذكر جيدًا، إنها كادت أن تدخل قلبك.

- إلامَ ترمينَ بكلامك؟

- حسنًا، هكذا أبدأ الحوار(جلس الاثنان) أم رباب هددت رباب بحياتك، وكانت إصابتك أول خطوة قامت بها؛ لتُعلِمَ ربابَ بأنها قادرة على إيذائك، ولربما أرادت قتلك!

- وكيف ستفعل هذا؟

- تذكر غناها.

- وهل...؟

- نعم، لديها رجال يفعلون ما تريد.

- ولمَ لمْ تخبرْني رباب؟

- لأنك ستقف في وجه أمها، وتعرِّضُ نفسك للخطر، وأنت لست مثلها.

- أكان الحل أن تتزوج خالد؟

- هذا أصل المشكلة، كل هذا حدث من أجل أن تتزوجه.

- لا أصدق.

- تذكّر حينما عوّرت رباب وجهها، وتظاهرت أمامك أنها سقطت على الدرج.

- كفى، ضربتها أمها؟ (نهض توفيق)

- إلى أين؟

- سأذهب وأكلم أم رباب.

- لا تتهور.

- هل تريدين مني أن أنتظر؟ إن زفافها غدًا.

- لكنه سيكون مساءً.

- إلامَ ترمين بكلامك؟

- اخطفها، واهرب.

- أخطفها!

- سأساعدك.

- وكيف ستساعدينني؟

- ستعرف لاحقًا.

- بمن تتصلين؟

- اتصلت ندى برباب، وقالت:

. مرحبا رباب.

- من يتكلم؟

- رباب، أنا ندى.

- تتصلين بي في هذا الوقت!

- أعلم أنه وقت متأخر من الليل، ولكني أحتاجك رباب، أحتاجك.

- أتريدين مني أن أُكلِّمَ توفيق؟

- رباب، أنا في مطعم المدينة الخضراء، أحتاجكِ كثيرًا.

- هل حدث شيء لأمك؟

- رباب، أسرعي قبل أن أرحل، فأنا مضطرة كثيرًا.

- هل تحتاجين مالًا؟

- أجل.

- كم تحتاجين من المال؟

- أحضري مبلغًا كبيرًا؛ لأن أمي تحتاج عملية الآن.

- حسنًا، بعد نصف ساعة سأكون عندكِ.

- أمي، أمي.

- ماذا هناك رباب؟ ولماذا تلبسين هكذا؟

- أمي، أم ندى في خطر! أريد مالًا.

- ماذا هناك؟

- تحتاج عملية.

- حسنًا، كم تريدين؟

- لا أعلم، لكنها تحتاج مبلغًا كبيرًا.

- خدي هذا المال.

- حسنًا، وداعًا.

- سأبعث معكِ رجلًا يحميكِ.

- لا، لا أريد أن أُحرج ندى، لا أريدها أن تظن أنني لا أثق بها.

- حسنًا، اذهبي.

ذهبت رباب إلى المطعم وجلستْ على الطاولة التي أخبرتها ندى عنها، ولكنها لم تجد ندى، لم ترَ سوى ورقة وضعتْها ندى، مكتوب فيها: " سامحيني رباب، إن كنتُ وعدتكِ بشيء في يوم من الأيام، ولم أوفِ به " وما إن وضعت رباب الورقة، حتى أتى توفيق، فاندهشت وقامت من مكانها.

- توفيق!

- اجلسي رباب.

- توفيق، اعلم أن زفافي غدًا.

- أعلم كل شيء رباب، فلنتزوج غدًا.

- ماذا تقول توفيق؟ هل جننت؟ لقد أخبرتك أني لا أريدك؟

- قُلتُ لكِ أعرف الحقيقة.

- هل أخبرتْكَ ندى؟

- نعم، أخبرتني بكل شيء.

- توفيق، لو جاء أحدٌ من رجال أمي، لما تركك حيًّا، أرجوك، اذهب من هنا.

- رباب.

- ماذا تنوي أن تفعل توفيق؟ أرجوك، ابتعد عن طريقي؛ لتبقى حيًّا.

- وهل ستضحين بسعادتكِ رباب؟

- نعم، من أجل حياتك!

- لن أرضى بهذا مطلقًا.

- وما العمل؟

- ستكلمكِ ندى، وتخبرك بما عليكِ فعله.

عادت رباب إلى المنزل.

- رباب، هل عُدتِ؟

- نعم أمي، لماذا لم تنامي؟

- قلقتُ عليكِ رباب.

- أمي، لقد كانت والدة رباب مريضة قليلًا، أمي، أشعر بالتعب، أريد أن أنام.

- حسنًا، تصبحين على خير يا رباب.

في صباح اليوم الثاني، ذهبت ندى إلى رباب، وأخبرتها بما عليها فعله في المكان والزمان، ولما جاء المساء، كان توفيق قد جهز كل ملابسه للرحيل، وندى تجهزت لعملها، وقد التقيا في ذلك الحي، إلا أن الأم قد غيرت المكان؛ لأنه لا يسع المدعوين، فتفاجأ توفيق وندى، وكانت رباب تحاول الاتصال، ولكن الهواتف مشغولة، إلى أن ذهبتْ إلى الشرفة، واتصلت بتوفيق قبل أن تخرج من البيت.

- توفيق.

- رباب، ماذا حدث؟

- توفيق، أمي غيرت المكان.

- أين ندى؟

- إنها هنا في منزلي، لقد جهزنا كل شيء.

- أمي لم تعد تريد الزفاف في هذا الحي، لِتفعلِ المستحيلَ أنت وندى، أرجوك توفيق، (بدثُ الأم من باب الشرفة).

. حسنًا رباب، إلى أين ستذهبين؟

- سأذهب إلى فندق الأضواء.

- حسنًا، سأكون بانتظارك.

- إلى اللقاء رباب، وداعًا.

الأم: ماذا يحدث رباب؟ (فزعت من أمها)

. لا...لا يحدث شيءٌ أمي.

- اسمعي رباب، كل عمل تقومين به فإنك مسؤولة عنه.

- أمي، أرجوكِ أمي.

- لا ترغميني على شيءٍ كهذا، انهضي رباب، تريدين أن تفعلي جريمة!

- حسنًا أمي.

- هيا اتصلي بتوفيق، (اتصلت رباب بتوفيق)

- توفيق.

- ماذا هناك رباب؟

- أمي علمت بالأمر.(أخذت الهاتف من يديها)

- اسمع توفيق، إن لم تترك ابنتي وشأنها، أقسم إني سأخفيك من هذه الحياة، هل تسمع؟

- اسمعي سيدتي، لن أتخلى عن رباب.

- إن تركتَ رباب، فإني سأعطيك مالًا كثيرًا.

- كم مقداره؟

- عشرة ملايين.

- لكن هذا كثير.

- هذا من أجل أن تترك ابنتي وشأنها.

- حسنًا، أنا موافق.

- اتفقنا، مع السلامة.

- هل سمعتِ هذا الأحمق يا رباب؟ لقد باعكِ.

- لا يمكن.

- أقسم إنه باعك.

- لم تتمالك رباب نفسها، فأغمي عليها، فذهبتْ بها أمها إلى المستشفى.

(ذهبت الجدة إلى منزل توفيق)

- توفيق، أريد أن أتحدث معكَ، هل بعت رباب حقًا؟

- لا، جدتي، أقسم لكِ إني لا أفعلها.

- ولكن لِمَ المال؟

- لأهرب مع رباب.

- لا يمكنك فعل هذا، لن تستطيع فعل هذا.

- بل أستطيع فعلها.

- ماذا ستفعل؟

- سأخبركِ بالخطة، الخطة هي...(أخبرها بالخطة)

- هذه خطة جيدة، ثم إنه لا أحد من المدعوين يعرف رباب.

- حقًا جدتي؟

- أجل، وسأساعدكما في هذه الخطة، لكن ثمة أمر.

- ما هو جدتي؟

- هل ستضحي ندى هذه التضحية؟

- لا تقلقي جدتي، أمها تعرف هذا، ثم إنها من المدعوين، هل نسيتِ؟

- أخاف العواقب.

- ستكونين إلى جانب والدة رباب، تعلمينها بصمت، وإلا كانت فضيحتها.

- وماذا عن خالد؟

- كيف نسينا أمره يا ندى؟ إنه يعرفها.

- ندى: ثمة هناك أمرٌ، لم أخبرك به أستاذ توفيق.

- ما هو؟

(طرق الباب طارقٌ، فذهب توفيق وفتح الباب، والدهشة تملأ وجهه!)

- خالد!

- أستاذ توفيق، هل يمكنني الدخول؟ أم أنك لا تدخل الأغنياء بيتك؟

- تفضل، تفضل.

- قالت الجدة مندهشة: خالد!

خالد: جدتي، سأخبرك عما يدور في ذهنك من أسئلة، وبدأ خالد بالكلام:

"أستاذ توفيق، لقد أخبرتني في نهار هذا اليوم الآنسةُ ندى، عن علاقتك برباب، وأنكما كنتما مخطوبين، وتنويان الزواج فور حصولكما على المال، وأقسم لك إنني لو كنتُ أعرف هذا، لما وَضَعْتُ رباب في هذه المأساةِ، ويشرفني أن تكون الآنسة ندى زوجةً لي"

انصدمت ندى من كلام خالد، وقالت: ماذا؟

- نعم، آنسة ندى، لن أتزوجكِ ظاهرًا أمام الناس فحسب، بل ستكونين زوجتي فعلًا، وسأخلص لكِ مدى عمري، أقسم لك بذلك.

توفيق: خالد.

خالد: لا تقل شيئًا، هل بمقدورنا أن نكون أصدقاء؟

. نعم، لا شك في ذلك.

خالد: حسنًا، توفيق، لقد حضّرتُ لك مفاجأةً كبيرة! وأنتِ كذلك ندى!

. توفيق: وهل من مفاجأة أكبر من تخليك عن رباب لي؟

. توفيق، يهمني أن تكون سعيدًا مع رباب، لا أن تكون خائفًا.

- ماذا؟!

- لقد وزعت بطاقات الدعوة على كل من يحبكما، مخبرًا إياهم بأن زفافكما في هذا المساء، وفي هذا الحي، وأنا وندى في فندق الأضواء.

- حقًّا؟

- أجل.

(نهضت الجدة والفرح يملأ عينيها؛ لتُعلم حفيدتها بهذا الخبر.وبينما كانت أم رباب تحضر الدواء لابنتها، أخبرتِ الجدةُ رباب بما حدث)

- حقًّا جدتي؟

- أقسم لكِ رباب، هذا ما حدث.

- وأمي؟

- لا تقلقي، إنها تحت السيطرة، ثم إنكما ستسافران عند انتهاء الحفلة، هل هذا يسعد حفيدتي الجميلة؟

- احتضنت رباب جدتها، والدموع تهطل من عينيها فرحًا.

الفصل الرابع

- رباب، هل أنتِ بخير؟

- نعم، سأتجهز فورًا.

- حسنًا، فلنذهب إلى (الكوافير).

اكتملت رباب بزينتها، وكانت تبدو جميلة جدًا، وكذلك ندى فقد اكتملت أيضًا بزينتها، وعادت إلى منزل توفيق.

اتصل خالد برباب عن طريق هاتف أمها المحمول.

- خالد.

- عمتي، هل رباب جاهزة؟

- نعم، أين أنت؟

- سآتي فورًا لآخذها.

(وما هي إلا لحظات، وقد بدأت الحفلتان في آنٍ واحد، وخالد في طريق زفاف رباب إلى توفيق)

- هل أنتِ جاهزة رباب؟

- نعم.

- حسنًا، هيا بنا.

الأم: حسنًا، اذهبا أنتما، وسألحق بكما.

رباب: حسنًا أمي، وداعًا.

(وصلت رباب مع خالد إلى ذلك الحي، الذي كان توفيق ينتظر وصولها فيه، خرج خالد من السيارة وحيدًا)

- توفيق، لقد رجعت عن قراري.

- ماذا!! (خائفًا)

- نعم، فأنا أسلمك أجمل عروس في هذه الدنيا! (كان توفيق قد بدا عليه ملامح الدهشة) بعد لحظات، أخرج خالدٌ رباب من السيارة، وقال: هل ظننت أني أرجع عن قراري؟

- توفيق: لقد أفزعتني حقًا يا خالد!

- إنه ليشرفني أن أقدم لك عروسك بيدي.

- لن أنسى جميلك هذا ما حييت، وأدعو الله أن يسعدك وندى، فهي طيبة جدًا.

- أنا أعرفها قبلك، والآن حان وقت رحيلي.

(بارك خالد لتوفيق وحضنه، وكذلك بارك لرباب)

- رباب: خالد، لن أنسى ما فعلته من أجلي.

- خالد: رباب، لا تقولي هذا.

رحل خالد، وفجأةً تذكر أن عروسه ما زالت في الداخل، ضحكت رباب وكذلك توفيق، فقد كان خالد خجولًا جدًا.

وما أن خرجت ندى، حتى أبهرت بجمالها خالدًا، فأخذها إلى فندق الأضواء.

أما توفيق ورباب، فقد كانا أسعد مخلوقين في الكون مع طلبتهم، وعوائلهم، وكل الجيران، والناس من حولهم في ذلك الحي.

استمرت التهاني لندى وخالد (ظنًا من الناس أنهما رباب وخالد)، إلى أن قدمتْ والدة رباب مع الجدة، ووجدت ندى حذاءَ خالد، ولم تجد رباب.

- أمي، أنا سعيدة جدًا! هل ترين كيف الناس حول رباب وخالد؟ ويمدحون جمال رباب؟

- نعم، والله، إنها جميلة، والله، إنها جميلة جدًا، مثل رباب.

- أمي، بدأتِ تخرفين أم ماذا؟

(وما أن انتفض الناس من حولهما، حتى رأت أنها ندى وليست رباب، اتكأت على الكرسي وكاد أن يغُمى عليها، إلا أن الجدة قامت بواجبها، ونهتها إلى أن تسكت، قبل أن تضع وجهها في التراب)

خالد: هل أنتِ سعيدة يا ندى؟ لم أكن أحلم بأن زفافي سيكون بهذه الفخامة، أو أن أكون عروسًا.

(سحبت الجدةُ أم رباب)

أم رباب: أمي، لا تسحبيني هكذا، لن أبارك لهما؛ فأنا غاضبة.

- سعاد، أسرعي قبل أن يشعر بكِ أحد.

- (سلمت أم رباب عليها، متظاهرة بالفرح، وداخلها يغلي) لماذا فعلت هذا يا خالد؟

- من أجل التي بجانبي.

- ليستْ أجمل من رباب.

- يكفي أنّ قلبها طيب، أبيض، نقي، وليس مثلك. ابتعدي عن طريقي أمي.

- سعاد: أين سيقام حفل رباب وتوفيق؟

- الجدة: وهل سيفعلان حفلًا في ظل رجالكِ؟

- أنا منزعجة أمي، لقد خانتني ابنتي وأنتِ معها.

وما أن انتهى الحفل، حتى ذهبتْ سعادُ غاضبةً إلى منزلها تبكي.

- الجدة: تبكينَ يا سعاد!

- كم حلمتُ بهذه اللحظة أمي.

- لقد أفسدتها أنتِ.

- لا، بل رباب.

رباب: توفيق، قبل أن أرحل، يجب أن أودع أمي.

- سآتي معكِ.

- لا.

(طرقت ربابُ الباب، فأدخلتها جدتها)

- يا لجمالكِ اليوم رباب!

- حقًّا جدتي؟

- أنتِ في هذا الفستان تبدين أميرة.

- هل أمي هنا؟

- إنها في الغرفة.

(دقت الباب)

- تفضل.

- أمي.

- رباب! (أدارت رأسها إلى الخلف)

- أمي، لِمَ لا تنظرين إليَّ؟

- ولِمَ أنظر إليكِ؟

- أمي، الجميع فرحون بزواجي إلا أنتِ.

- وأنتِ؟

- فرحتي لا تكتمل إلا بفرحتك أمي، أرجوكِ سامحيني.

- ارحلي رباب.

- أمي! (والدموع في عينيها)

- لستُ أمكِ، ولستِ ابنتي.

- أمي، أرجوكِ لا تعامليني وكأني لستُ ابنتك.

- لقد تجاوزتِ كلامي، وبهذا خرجتُ عن أمومتي لكِ.

- أمي، لا تقسي عليَّ.

- قلت: ارحلي من هنا، (أخذت بيدها تسحبها) لا أريد رؤيتكِ في هذا المنزل، هل تفهمين؟

الجدة: سعاد، اتركيها هذا منزلها.

- ليس منزلَها، فلتذهب إلى منزلها. (رمت بها خارج المنزل، وأغلقت الباب في وجهها)

رباب تبكي من الخارج، والأم تبكي من الداخل، ظلت هكذا إلى أن خرج توفيق مع أغراضهما، وأخذها ورحلا، والدموع لا تكاد تنقطع طوال الطريق.

- رباب، لا أستطيع أن أقود السيارة؛ بسبب بكائكِ المستمر.

- أمي غاضبة عليّ، توفيق، أمي غاضبة!

(خرج توفيق غاضبًا بعد أن أوقف السيارة، وخرجت رباب بعده)

- ماذا هناك توفيق؟

- رباب، لقد تزوجنا رغم كل العقبات.

- أعلم هذا.

- وهل تبكين لأننا تزوجنا من غير إذن أمك؟ لو كان هذا خطأ لما شاركَنا فيه أحد.

- توفيق، هذه أمي.

- رباب، عودي إليها، نحن قريبون من المنزل.

- توفيق! ماذا تقول؟

- رباب، قلتُ لكِ: إن كانت أمكِ أغلى مني فاذهبي.

- كلا، كلاكما لا يمكنني الاستغناء عنكما.

- رباب، هل طلبت منكِ أن تكرهيها في يوم من الأيام؟

- لا

- إذاً سأجعلكِ ترينها بين الحين والآخر.

- حقًّا؟

- أعدكِ بذلك.

- توفيق، أينما ذَهبتَ سأذهب معك.

- حسنًا، هيا بنا.

(وصلت رباب مع توفيق المطارَ، واستقرا في فندق قرب المطار ثلاثة أسابيع، إلى أن حان وقت الرحلة، وسافرا إلى باريس، مكثوا فيها ثلاثة أشهر، ومن ثم رحلا إلى مصر؛ ليستقروا فيها إلى الأبد.

أما ندى وخالد، فقد كانا وما يزالان مستقرَّين بمصر، في قصر كبير، دعيا رباب وتوفيق للإقامة معهما، لكنهما رفضا، كانت أيامُهم من أجمل أيام حياتهم.

اشترى توفيق شقة تضمه هو ورباب، وبعد مرور سنتين، قررا أن يعملا كما كانا، فهما لن يُمضيا أيامهما على القليل من المال المتبقي معهما من والدة رباب، والمال الذي كانت تحمله رباب معهما، وما كان قد وفَّره توفيق في الأعوام الثلاثة السابقة لزواجهما.

عملا مدرسين، وبالرغم من معاشهما الضيق، إلا أنهما كانا أسعد الناس.

(وبعد مرور ثلاث سنين، ذهبت رباب مع توفيق لرؤية أمها في إحدى الشركات)

- سيدتي، هناك امرأة تريد رؤيتك.

- من هي؟

- لم تقل اسمَها.

- ما أوصافها؟

- تبدو أنها حامل.

- حامل! أدخليها.

(وفي اللحظة الأولى التي دخلت فيها رباب إلى أمها، نهضت أمها كأنما نَشِطَتْ من عِقالٍ)

- رباب!

-أمي، كيف حالك؟ اشتقتُ إليكِ.

- هيا اخرجي من هُنا.

-أمي!

- لقد أخبرتكِ أن تبتعدي عن طريقي، فأنا لم أعد أُمَّكِ.

- أمي، أرجوكِ!

- قُلت لكِ لستُ أمك.

- أمي، أنتِ أمي وجدةُ ابنتي.

- وكم حفيدًا لأُمِّكِ؟

- هذه الطفلة الأولى أرجوكِ أمي، دعيها ثمرة حب بيني وبينك.

- لا أريد رؤيتَها ولا رؤيتك، اذهبي من حيثُ جئتِ.

- أمي!

- قُلت اذهبي.(همّت رباب بالخروج والحزن في عينيها، ولكن قبل أن تخرج، قالت لها أمها:
لا تذهبي إلى المنزل، جدتك لم تعُد هناك.

-ماذا؟ أين جدتي؟

-لقد ذهبت.

-هل ماتت؟

- ليتها ماتت!

- ما هذه القسوة؟ أين جدتي؟ سآخذها معي.

- هذا إن عرفتُكِ.

- ماذا حدث لها؟ وأين هي؟

- جدتك خَرِفت، إنها في دار الرعاية.

- كيف أمكنكِ فعل هذا؟

- لستُ متفرغةً لتخريفها وتفاهتك.

- أمي، كيف وصلت بكِ القسوةُ لترمي جدتي بيديكِ!

-انتهت الزيارة، اخرجي من هنا من فضلك، قبل أن يأتي أحد.

(خرجت رباب إلى توفيق، وقد ضاقت ذرعًا بما قالت أمها، فأخذها إلى دار الرعاية)

- من فضلك، هل يوجد هنا عجوز تسمى ماريا؟

- نعم، سآخذكما إليها.(ذهبت رباب إليها في تلك الغرفة)

- جدتي، أنا رباب، هل تذكُّرتني؟(والجدة تنظر إليها، كالطفل البريء لا تعرفها) تعبت رباب من مناداتها، وهي كأنها ليست موجودة في هذه الدنيا، خرجت من عندها، والألم في صدرها لا يحتمل، ثم عادا إلى مصر مباشرّة، وبعد أيام من الحزن في قلب رباب، حان وقت الولادة، ومن ثَم نُقلت إلى المستشفى، ورباب لم تلد بعد، مضت لحظات، ودقائق، وساعات، وما زالت كذلك، وتوفيق ينتظر.

- توفيق، أين أنت؟

- خالد، أنا في المستشفى، رباب لم تلد بعد.

- حسنًا، سآتي فورًا.

خرجت الممرضة تُعلم توفيق بأن حالة رباب خطرة، وتحتاج إلى عملية؛ لإنقاذها هي وجنينها، تفاجأ توفيق بالخبر المؤلم، ولم يكن لديه خيار سوى الموافقة، وبعد لحظات، زُفَّ إليه خبر المولودة الجديدة، فذهب لرؤيتها.

- ماذا ستسميها؟

- سأسميها جهاد، نعم جهاد. (ذهب توفيف وسجلها في شهادة الميلاد، وانتظر إلى أن يسمحوا له برؤية رباب، وبعد وقت طويل سُمِحَ له برؤيتها"

- توفيق.(أمسك يدها)

- كيف حال ابنتنا؟

- إنها جميلة مثلك!

- أريد رؤيتها، أرجوك.

-حسنًا.

- (حملت رباب ابنتها)، وقالت: يا لوجهها الملائكي! إنها مثلك توفيق.

(ألبست رباب ابنتها سلسلة، فيها صورة أبيها توفيق، وأمها رباب)

- حسنًا رباب، الآن دعيها ترجع إلى الحضانة.(أرجعتها الممرضة)

(وبعد لحظات، اشتد الألم برباب، فبدت شاحبة الوجه)

- توفيق، اعتني بجهاد أرجوك.

- ستكون سعيدة بيننا رباب.

- بل معكَ.

- رباب، ما هذا الكلام؟

- توفيق، اعلم أنني أحببتك أكثر من نفسي، وأكثر من أي مخلوق في هذه الدنيا.

- رباب، لمَ هذا الكلام؟

- توفيق، اعتني بجهاد.

- رباب!(أغمضت عينيها ببطيء، وودعتْ الحياة بكل ما فيها، وكأنها سعدت بتلك اللحظة؛ لتفارق الأحزان، كان كل أملها أن تعيش سعيدة، ولكن هذه الفرحة لم تكتمل، وودّعتِ الحياة قبل أن تعرفها ابنتُها، إلا قلادة تحمل صورتها)

كان توفيق يصيح:

- رباب...رباب...رباب، لا يمكن رباب، هل تسمعينني رباب؟ أرجوكِ، لا تموتي، الحياة دونك لا شيء، أرجوكِ!(كان يبكي بحرقة يتألم)، رباب، لم تعصي أمكِ لتموتي، لم تعطيني جهاد لتموتي، رباب... أرجوكِ! (إلى أن قدمَ خالد وندى، ورأيا رباب قد ماتت، حطمت تلك الصورة ملامح الفرح، وسقطت هدايا جهاد المولودة المسكينة من أيديهما، وطفلهما الصغير يقول: "أمي، أين الطفل الصغير؟ أين هو؟" (لم تلبث الصغيرة مَليًّا، حتى فقدت أمها)

لم يرضَ توفيق بأن يترك يد رباب، والدموع تغطي وجهَهُ، وخالد يُمسك به ويوقفه على الأرض، وهو يبكي ويصيح: "أنتما السبب، ليتك لم تعطني رباب، لو أنك تزوجتها لما بكيتُ عليها".

- ندى تبكي) لا تقل هذا توفيق).

- اسكتي أنتِ، أنتِ السبب، أنت السبب ندى.

دُفنت رباب، وعاد توفيق إلى المنزل، وظل ثلاثة أسابيع والدموع في عينيه، ثم رجع إلى حالته القديمة، يشرب الخمر والدخان، إلى أن جاء خالد ينهه إلى أن ابنته في المستشفى تحتاجه، وهو يقول كالمجنون: "هي لا تحتاجني، لماذا لا تموت مثل أمها؟(وكان يصيح) لماذا؟ هل ستجعلني أحبها وتموت؟ (وأخذ يبكي كالطفل).

- توفيق، لا تقل هذا!!

- خالد، لا أحب سماع صوتك.

- توفيق، هذه ابنتك!

- قلتُ لك لا أريدها.

- إذًا دعنا نربيها مع فريد.

- لن يحدث هذا.

- ما الذي تفعله؟ ما هذا الكلام؟

- لا تريد أن أربيها، ولا تريد أن تربيها.

- قُلتُ لن أسمح لك بأن تأخذها، لا يجب أن تعيش، يجب أن تموت. (دفع خالدًا إلى الأرض، وخرج سريعًا) ابتعد عن طريقي.

(خرج توفيق كالمجنون، أو هو قد جُنَّ، فلا يريد لابنته الحياة، خرج خالد بعده، ولكن بعد أن أفاق من الإغماء؛ من دفع توفيق له على الحائط ثم على الأرض)

ذهب توفيق إلى المستشفى وأخذ ابنته، ولم يمنعه الجميل وجهها مما في قلبه من الشر تجاهها، أخذها ببراءتها والدموع في عينيه، ينظر إليها وكأنها رباب، بالرغم من أنها كانت تُشبهُ كثيرًا، وذهب بها إلى دار الأيتام.

- مرحبا.

- هل هذا يتيم؟

- إنها فتاة.

- ابنتك؟

- نعم.

- ما المطلوب منّا؟ هل تريد تربيتها؟

- لا.

- ماذا إذًا؟

- هذه الفتاة اسمها جهاد، أودُ ألا يتغير اسمها، علّني في يوم من الأيام أرغب في رؤيتها.

- ماذا؟

- لا تستغربي، وإن أراد أحدٌ أن يأخذها أو يتبناها فلا مانع عندي.

- تتنازل عن ابنتك التي وجهها يفوق القمر جمالاً!

- هل ستأخذينها أم لا؟

- (ارتعبت الممرضة منه، وقالت): حسنًا، سآخذها.

- القلادة التي في رقبتها لا تُؤخذ، هل هذا مفهوم؟

- نعم، نعم.

(كانت الممرضة يظهر عليها الخوف، أما توفيق فهو لا يعي ما يقول، ولا يعي ما يفعل، والدموع في عينيه، ومن الواضح أن توفيق يعاني من مرض نفسي)

- صاحت الممرضة قائلة له: انتظر، ما اسمك؟

- أنا مجنون، لا أعرف اسمي.

خرج توفيق والحزن يملؤه، وقرر أن يأخذ جواز سفره ويسافر بعيدًا، حيث لا يراه أحد، أما بالنسبة إلى خالد، فقد ظل يبحث عن جهاد، بعد أن عرف من توفيق أنها حية في دار الأيتام، ولكنه لم يُعلمه بمكانها أبدًا، فقد كان في حالة نفسية مدمرة!

الفصل الخامس

- رشا، أين أنتِ؟

- أنا هُنا أمي، أُبدل لجهاد ملابسها.

- أنتِ يا ابنتي، تصرفين جُلَّ وقتِكِ في خدمة هذه الطفلة، إنها تتعبكِ.

- أمي، لو كانت تتعبني لما أحضرتها من الميتم إلى منزلنا، أرجوكِ، كُفي عن هذا الكلام، والآن حان وقت ذهابنا.

- إلى أين؟

- سأذهب بجهاد إلى المستشفى، لعلَّها تُشفى تمامًا من الحُمى.

- أخشى أن تأخذك هذه الفتاة مني!

- أمي! ما هذا الكلام؟ (كانت جهاد قد بلغت من العمر سنتين، ولكنها في هذا الوقت مصابة بالحُمى، وقد أخذتها رشا إلى منزلها؛ لإعجابها الشديد بجمالها، وبراءتها، وشفقةً عليها).

- مرحبًا.

- تفضلي.

- هل هذه ابنتكِ؟

- لا.

- أختكِ؟

- لا.

- حسنًا، أبدو مزعجًا.

- لا، أيها الطبيب، هذه الفتاة أخذتها من الميتم.

- هل مات والداها؟

- لا، لا أعرف.

- لا تعرفين!

- أنا أعمل في دار الأيتام، وذات يوم جاء رجل يبدو أنه مريض أو مجنون... (وقصت عليه ما حدث)

- تُتعبك؟

- لا.

- حسنًا، سأعاينها. (كانت رشا تعود بجهاد إلى تلك المستشفى دائمًا، حتى أحبها الطبيب حمدي جدًا، واعتبرها ابنةً له)

- هل تسمحين لي بأن أزورها في منزلكم؟

- ماذا؟

- هل هناك إزعاج؟

- لا، لا.

- حقًّا إن جهاد فتاة ساحرة بجمالها وبراءتها، استمرتْ الزيارات إلى جهاد في منزل رشا، إلى أن أدرك الطبيب حمدي أنه لم يعد بإمكانه الاستغناء عن جهاد، فطلب من رشا الزواج منه، وتَبَنِّي جهاد معها، تفاجأت رشا كثيرًا واستشارت صديقاتها، فأيَّدْنَ هذه الفكرة، ثم سألت رشا أمَّها:

- أمي، ما رأيك؟

- رشا، لو لم يكُن هذا الطبيب جيدًا، لما طلب أن تكون جهاد معكما.

- ولكني أخاف عليها من الزمن.

- ابنتي، لو لم تكن خيرًا لكِ، لما التقيتِ بحمدي. فكّرتْ رشا مَلِيًّا، ثم وافقت وتزوجت حمدي، وكان الطبيب حمدي سعيدًا جدًّا مع رشا وجهاد، ولكن ثمة من لا يُحب جهاد (والدة حمدي).

رشا: جهاد، يا حبيبة أمك، هيا بنا نذهب.(خرج حمدي ليجهز السيارة).

رشا: وأنتِ عمتي؟

- أنا لا أريد أن أذهب مع ابنة الميتم.

- أرجوكِ عمتي، لا أريدها أن تعرف هذا الأمر.

والدة حمدي: رشا، هذه الفتاة لم يكن فيها خير لوالدها.

- كفى، كفى، أرجوكِ! (وأما جهاد، فكانت تحدق في والدة حمدي، وكأنها تريدُ أن تعرف معنى كلامها) جاء حمدي ليأخذ رشا وجهاد للنزهة التي وعدهما بها، ففوجئ برشا وهي تبكي، محاولةً أن تجعل جهاد تنام.

حمدي: ماذا هناك؟

رشا: لا شيء.

- لِمَ لم تلبسي للخروج؟ أم أنكِ نسيتِ؟

- حمدي، يجب أن نفترق.

- ماذا؟ ماذا تقولين؟ أنت مجنونة! هل أغضبتكِ يومًا؟

- حمدي، أرجوك، لم أعد أحتمل كلام أمك.

- أمي؟

- نعم، و بسبب جهاد.

- وما دخل جهاد؟

- إنها تكرهها.

- أمي؟

- نعم، فتارةً تقول ليس فيها خير لوالدها، وتارةً تقول إنني كُنت أعرف والديها، وإنه كان لي علاقة بهما.

- كفى، سأذهب إلى أمي.(ذهب غاضبًا إلى أمه)

- أمي.

- ماذا هناك حمدي؟

- أريدُ أن أخبرك بأن اليوم كان رائعًا.

- حقًّا!

- أجل، أمي. (رجع حمدي إلى رشا)

رشا: حمدي، سأترك المنزل.

حمدي: رشا أرجوكِ، ما هذا الكلام؟

- حمدي، حتى أمك لا تستطيع مواجهتها!

- هذه أمي!

- وهذه ابنتي يا حمدي!

- ابنتك؟

- حمدي!

- أنا أعتذر رشا، ولكنكِ فاجأتني!

- اليوم عرفت أنكِ لا تُحب جهاد كابنتك.

- رشا، أعدكِ أنني سأُصلح هذه المشكلة.

- هذه هي المشكلة، لا يوجد حلٌّ، إما الطلاق وإما أن نخرج إلى منزل غير هذا

- وأمي؟

- هل هي طفلة أم ماذا؟

- رشا، هذه أمي.

- لقد مللتُ من كلامك "هذه أمي" "إنها أمي" سأخرج أنا.

- رشا، أرجوكِ، لا تخيريني بينكِ أنتِ وأمي.

- حمدي، أنا لا أقول لك ارحل عن أمك.

- حسنًا، سنخرج إلى منزل آخر.

- حقًّا!

- من أجل جهاد فقط، لا تنسي أن تأخذي الكتب والبحوثات بحذر.

- لا عليك.

- تَبدين سعيدة رشا.

- كثيراً.

(رحلتْ رشا إلى منزل آخر مع حمدي وجهاد، فزاد كُره والدة حمدي لجهاد، وزاد طموحها بأن تخرب البيت السعيد)

حمدي يزورها بين الحين والآخر، والمصيبة أن جهاد لم تكن تفارقهُ لحظة.

مرت الشهور و السنين، حتى أصبحتْ جهاد في السابعة من عمرها، تعرف ما يُقال وما يجب أن تفعله، كانت تنظر في المرآة إلى فستانها الجديد، وفجأة سقطت السلسلة من رقبتها، وفُتِحت لأول مرة، فوجدت صورة توفيق ورباب، ولكنها لا تعلم أن هذين هما والداها الحقيقيان، فاندهشت! و نزلت على الدرج مسرعة.

- أمي، أمي...

- ماذا هناك جهاد؟

- من هذان؟

- هل فتحتها؟ (لم يخطر على قلب رشا أن جهاد ستفتح السلسلة يومًا من الأيام، وهي لم تفتحها قطُّ، غير أنها فتحتها مرةً في الميتم)

- أمي، أنا أشبه هذا الرجل، فمن هو؟

-(أخذت السلسلة من يدها) وقالت: إنه...إنه... (ارتباك واضح في وجهها)

- من هو يا أمَي؟

- إنه خالك.

- وما اسمه؟

- ألا تعرفين اسمه؟ اسمه كريم.

- ومن هذه التي بجانبه؟

- أنتِ كثيرة الأسئلة جهاد، لا تسألي عما لا يعنيكِ، هذه السلسلة لن تريها مجددًا.

- لا تأخذيها، اعتدتُ على وجودها في رقبتي.

- لو كنتِ تريدينها لما فتحتها من دون إذن مني!

- أنا لم أفتحها، لم أكن أعرف أنها تُفتح.

- اذهبي إلى غرفتكِ هيا.

- صعدت جهاد إلى غرفتها وهي تبكي، وتشعر بلغز في السلسلة، وتتساءل:

- إذا كانت هذه صورة خالي، فلِمَ ارتبكت أمي؟ لمَ لا تريد إخباري؟ ولماذا أشبههما إلى هذا الحد؟ لماذا أشبه خالي كثيرًا؟

- جاء حمدي فوجد رشا تبكي في الغرفة، فسألها: ماذا هناك؟

- حمدي، لقد تعبتُ، تعبتُ.

- رشا، ما بكِ؟

- أخاف أن يأتي والدها ليأخذها من حضني حمدي، ساعدني لأتخلص من أوهامي.

- حسنًا. (أوصلها إلى غرفة النوم، وأعطاها مسكنات ونامت، ثم ذهب إلى غرفة جهاد).

- أبي.

- هل أغضبتِ أمكِ اليوم؟

- لا يا أبي، لا أعلم لِم انزعجتْ أمي، تُغضب نفسها على شيء لا أفهمه.

- ماذا فعلتِ؟

- لقد سقطت السلسلة من رقبتي، ووجدتُ صورتين، تقول إنها صورة خالي وتغضب عليَّ!

- ماذا؟ صورة خالك؟

- نعم، إنه يُشبهني كثيرًا، تقول أمي: إن اسمهُ كريم.. شرد ذهن حمدي قليلًا. يبدو أن جهاد رأت صورة والديها، هذا إذًا ما أغضب رشا".

- أبي، لماذا تغضب أمي عليَّ، ثم من التي بجانب خالي؟!

- إنها زوجتهُ جهاد.

- وأين هو؟ أرجوك أبي، أجب عن أسئلتي.

- لقد مات، وأمك تحزن كثيرًا لأجله، انظري ماذا فعلتِ بها.

- ولماذا هي في رقبتي وليست في رقبة أمي؟

- جهاد، لقد كثُرت أسئلتكِ اليوم!

- أنا أعتذر.

- حسنًا سأخبرك، كان خالكِ سعيدًا جدًا بوجودك معنا، وأعطاكِ قبل أن يسافر صورتَهُ مع زوجته.

- وهل أكون شبيهتهُ إلى هذا الحد؟

- نعم، إنه خالك، والآن اذهبي واعتذري لأمك.

- ولكن بشرط.

- وهل تشترط الفتاة من أجل أن تعتذر لأمها؟

- أريد أن تعود إليَّ.

- ما هي؟

- السلسلة.

- وهل هي مع أمك؟

- نعم، عدني بأن ترجعها لي، لكي أُحبَّ خالي كما أحبَّني قبل موتِه. بقي هناك شيء، هل أسألُهُ؟

- نعم، يا فضولية.

- كيف مات خالي؟

- ماذا؟ لقد صدمتهُ سيارة، والآن هل هذا يُشبع فضولكِ؟

- نعم.

دخلت جهاد غرفة أمها وهي تبكي، فقبلت جَبينها، وقالت: أنا أعتذر، أرجوكِ لا تبكي، لم أكن أعلم أنكِ ستتذكرين أخاكِ الذي مات.

(اندهشت رشا ونظرت إلى حمدي)

حمدي: لقد أخبرتها.

رشا: جهاد.

جهاد: أمي، هل سامحتني؟

- نعم، ستلتحقين بالمدرسة هذا العام أو...(ثم خافت رشا وقالت: لا.. لا...)

جهاد: أمي، لِمَ أنتِ مرتبكة؟

الأب: حسنًا جهاد، دعي أمك ترتاح، هيا سأوصلكِ إلى غرفتك.

قبّل حمدي جهاد وأطفأ الضوء، وقبل أن يُغلق الباب قالت له: أبي، هل أمي مريضة؟

. نعم، إنها حزينة على أخيها.

- هل ستُعيد لي السلسلة؟

- إن شاء الله.

- (رجع حمدي إلى رشا) ماذا هناك؟

- حمدي، أنا مريضة، أريد أن أذهب إلى طبيب نفسي.

- رشا، هل عندك خوف؟

- كثيرًا.

- لماذا؟

- أشعر أنه في أي لحظة، سيأتي والد جهاد ليأخذها.

- هذه مخاوف، لقد تخلى عنها والدها لا تقلقي، حتى وإن عاد فلن يعرفها.

- سيعرفها عن طريق السلسلة.

- أفهم من كلامك أنكِ لن تُعيديها لجهاد؟

- لا أعرف.

- ستشُك في شيء.

- حسنًا، سأعطيها.

الفصل السادس

ندى: هل تبكي يا خالد؟

خالد: ندى، أشعر بالذنب حيال تلك الفتاة البريئة، ولن أرتاح حتى أجدها.

- كلانا نتعذب، فكلما رأيتُ فريدًا يكبر ويكبر، عاد إليّ طيف جهاد، أتخيل جمالها وطولها.

- كفى أرجوكِ، أنا السبب، أنا السبب.

- خالد، لا تعذب نفسك، أرجوك.

- سأظل أُعذب نفسي إذا علمتُ أنه قتلها، لن أسامح نفسي.

- ألم تقل إنك اتصلت به في ذلك اليوم؟

- نعم، ما زلتُ أذكر كلامه (وسرح خالد يتذكر تلك المكالمة) وكانت على النحو التالي:

- مرحبًا توفيق، أين أنت؟

- ماذا تريدُ مني؟ ماذا بعد؟

- توفيق، أرجوك أخبرني أين أنت؟

- أنت لن تراني بعد اليوم.

- ماذا تقول؟ أين جهاد؟ هل فعلت بها شيئًا؟

- لا تظنن أني قتلتها، فلم يصل جنوني إلى حد أقتل فيه ابنتي.

- ماذا فعلت بها؟

- لقد وضعتها في أحد المياتم.

- وما عنوانه؟

- أخبرتك بأنني لا أُريدها أن تعيش؛ لأنها سبب موت رباب.

- توفيق، ارجع إليَّ، أعدك بأنني سأعالجك من حالتك.

- لستُ كمرضاك الذين يُعانون من تلك الحالات النفسية التي تعالجها، أنا مجنون، مجنون، هل تفهم؟

- (ندى أيقظت خالد من الذكريات) خالد، أين ذَهبتَ؟

- لقد تذكرت توفيق، فحالتهُ النفسية كانت مدمرة.

- هل تظن بأنه ما زال حيًّا؟

- لا أعلم.

- أرجو أن يكون حيًّا.

- ندى، كانت ثروتنا تجعلني أميرًا، ولكن توفيق جعلني أحب معالجة الناس من الأمراض النفسية التي يعانون منها، بالرغم من عدم احتياجي إلى المال، ولن أترك عيادتي مهما حصل (تبسَّمت ندى عندما سَمعتْه).

في عيادة خالد، شاء الله أن يجمعه برشا التي تربي جهاد:

- مرحبًا.

- تفضلي.

- أيها الطبيب، اسمي رشا.

- أهلًا، تشرفنا.

- أنا أُعاني من حالة عصبية، لا أعرف لها نهاية.

- وما السبب؟

- ابنتي.

- ما بها؟

- أشعر في كل لحظة أن وحشًا يريدُ أن يخطفها مني، لا تُدرك كم أحبها أيها الطبيب، أرجوك ساعدني؛ لأخرج من حالتي هذه.

- لم أفهم، وإذا كانت ابنتك، فلماذا تخافين عليها؟

- إنها ليست ابنتي، لقد ربيتُها.

- حسنًا، وبعد؟

- أخاف أن يرجع والداها ليأخذاها مني.

- ما الذي تعانين منه؟

- أحلام مُرعبة، أخاف أن تكتشف الحقيقة، لقد رحلنا من منزلنا القديم بسبب وجود والدة زوجي، من أجل ألَّا تُخبرها بالحقيقة.

(استمرت رشا بالحضور إلى عيادة الطبيب خالد، وظلت تشرح له عن مرضها، سببَهُ والحالاتِ التي تُعانيها، ولكنه أعاد لها الأمل، وأَمَلها بأنها لن تخسرها ما دامت تُحبها، ولكنه لم يخطر بباله أنها هي الفتاة، التي يبحث عنها منذ زمن طويل بعيد)

ندى: لقد تأخرت اليوم يا خالد.

- آهٍ لو تعلمين كم من مرضى يعانون من أبنائهم! وهم أصالةً ليسوا أبناءهم، وأما توفيق فقد تخلى عن ابنته!

- ألا تكُفُّ عن تذكرها؟

- لن أفعل.

فريد: مرحبًا أبي.

- اشتقتُ إليك فريد، كيف حالك حبيبي؟ لِمَ لم تنم؟

- اشتقت إليك أبي.

- وأنا كذلك، هل أنت مستعد؟ سأُلحقك بالمدرسة هذا العام، لقد كبرت، أنت الآن في العاشرة من عمرك، غيرك الآن في الصف الثالث.

- حسنًا، سأذهب للنوم، تصبحون على خير.

- تُصبح على خير فريد.

حمدي: كيف أنتِ الآن رشا؟

- حمدي، سأُرجع السلسلة إلى عنق جهاد.

- نعم، هيا بنا.

- تبدو كالملاك نائمة!

- حقًا ابنتنا جميلة!(خرجا من الغرفة)

حمدي: هل الطبيب جيد رشا؟

- لقد أقنعني بأنني ما دمتُ أحبها فلن أخسرها، فالحب قوة لا يُستهانُ بها.

- والسلسلة؟

- لم أحدثه عنها، ولكن في المرة القادمة سأريه إياها.

- لماذا أعدتِها إذًا؟

- لقد تذكرتُ والدها عندما قال: إنه يجب ألا نغير اسمها، وألا نخلع السلسلة التي في رقبتها.

- هكذا أريدك قوية.

- بالتأكيد سيبحث عنها أهلها، وخاصّة والدها، سيعود إليها.

- أنا سأنام، أريد أن أسافر غدًا.

- إلى أين حمدي؟

- بقدر ما أحبها، سأذهب لأُحضر أدوية لها، فلا يوجد هنا منها، إنها خارجية.

- حسنًا، تصبح على خير، حمدي، كدتُ أن أنسى.

- ماذا؟

- أريد أن أُلحقَ جهاد غدًا بالمدرسة.

- لا بأس، فالتسجيل مدته طويلة.

- حسنًا، سأنتظر حتى عودتك.

- صباح الخير جهاد.

- صباح الخير أمي.

- ألا تنهضين؟ يا لكِ من كسولة!

- ما هذا؟ هل أعدتِ لي السلسلة؟

- نعم، فأنا لا أرفض لكِ طلبًا حبيبتي.

- حبيبتي يا أمي.

- هيا بنا إلى الإفطار.

- (وبعد تناول جهاد وجبة الإفطار) قالت: أمي، لِمَ لم تعد جدتي تزورنا؟

- لماذا خطرت على بالك هذه الفكرة؟

- لأنني أحبها.

- حسنًا، كُلي.

- أمي، هل نذهب لزيارتها؟

- أنا مشغولة اليوم، سأذهب لزيارة أمي.

- اتركيني عندها.

وضعت رشا الملعقة من يدها غاضبة وقالت:

- أصبحتِ مملة جهاد، وطلباتك غريبة، لم أعد أحتملك.

- ما الذي حدث لكِ؟ بماذا أزعجتكِ؟

- أنتِ دائمًا تلحين عليَّ بالأسئلة. (وأخذت رشا تبكي وتحتضن جهاد)

- أمي، هل أنا مكروهة إلى هذا الحد؟

- لا يا حبيبتي، أنتِ أحب إليَّ من قلبي!

- ولماذا تصرخين في وجهي؟

مسحت رشا الدموع من عينها، وقالت: أعتذر حبيبتي، فأنا لا أعرف ما الذي يحدث لي.

- هل أنتِ مريضة؟

- نعم، سنخرج إلى الحديقة، ما رأيكِ؟

- هذا رائع!

(خرجت رشا مع جهاد إلى الحديقة، وبينما هما جالستان، إذ أتت امرأة وجلست بالقرب منهما، كانت تنظر إلى جهاد وتتعجب)

المرأة: هل هذه ابنتكِ؟

- نعم.

- إنها لا تشبهكِ!

قامت رشا غاضبة، وقالت: هيا بنا جهاد.

- أعتذر سيدتي، لم أكن أعلم أنني سأزعجكِ.

- ما كان يجب عليكِ أن تأتي إلينا.

جهاد: أمي، لماذا عاملتِ المرأةَ المسكينة بهذه الطريقة؟

- لا أحد مسكين، هل تفهمين جهاد؟ لا أريدك أن تُكلمي أحدًا.

أخذت جهاد تنظر إلى رشا بكل خوف، فاحتضنتها رشا وهي تبكي، وتقول: أنا لستُ مجنونة! لستُ مجنونة!

- أمي، يجب أن تذهبي إلى الطبيب، تبدين مُتعَبة.

- لا، سنذهب إلى عيادة أبيك.

- حقًّا!

- أجل، ستكون مفاجأة له.

- هيا بنا.

- جهاد، لقد تذكرت، إن أمي تنتظرنا في المنزل، هيا بنا.

- كنتُ أودُ أن أذهب إلى عيادة أبي.

- سنذهب فيما بعد.

رجعت رشا إلى المنزل، وأمضت النهار مع جهاد ووالدتها، وما أن جاء المساء ، حتى دخلت جهاد إلى غرفة أمها)

- هل نمتِ أمي؟

- لا يا حبيبتي، تعالي إليّ (ركضت جهاد إلى حضن رشا).

- هل تحبينني أمي؟

- أكثر مما تتخيلين جهاد، وأنتِ هل تحبينني كما أحبك؟ (نهضت جهاد وهي تنظر إلى السلسلة، مما أخاف رشا ووتر أعصابها)

- أحبك تمامًا كما أحبُ خالي!

نهضت رشا مندهشة، وقالت: ولكن حبيبتي أنتِ لا تعرفينه.

- لكني أحبه، ولو كان حيًا لكنتُ سأحبُه أكثر.

صمتت جهاد وكذلك رشا، وبعد لحظات تكلمت جهاد، قالت: أمي، لماذا لم تخبري تلك المرأة بأني أُشبه خالي ولا أشبهكِ؟

غضبت رشا، وقالت: جهاد، لقد قلت لكِ لا تتكلمي مع أحد من هؤلاء الناس.

- ولكن لماذا؟

- جهاد، لا تسألي عما يُغضبني، اذهبي للنوم هيا.

- (قبلت جهاد والدتها) سامحيني أمي، تصبحين على خير.

- وأنتِ بخير.

(وما أن خرجتُ جهاد من الغرفة، حتى انفجرت بالبكاء، تكتم صوتها، لطالما خافت من هذه اللحظة، وتتعذب من الشك والنار تحرق صدرها)

رجع حمدي إلى البيت، ورأى حالة رشا، فقال:

- مساء الخير.

(سكتت رشا والدموع في عينيها)

- ماذا هناك رشا؟

- جهاد.

- ما بها؟

- ستضيعُ مني.

- أرجوكِ رشا، لقد تعبتُ من حبكِ لجهاد.

- إنها لا تشبهني.

- وما دخل الشبه رشا؟

- اليوم سألتني امرأة، وقالت إنها لا تُشبهني.

- رشا، أنا لا أُشبه أمي ولا أشبه أبي، كفي عن هذا التفكير.

- لا أستطيع.

- عندي حل سينسيكِ هذا.

- وما هو؟

- سأُدخل جهاد المدرسة.

- إنها ما زالت صغيرة.

- أنتِ كاذبة رشا.

- حمدي!

- تخافين عليها؟ لا أعلم ما أقول لك!

- نعم، أخاف عليها، هل تضمن لي أنها لن تجلس مع أحد من أهلها؟ وهل تضمن لي أنها لن تصادق أخاها أو أختها، هل تضمن لي أنها لن تكون طالبة عند معلم هو والدها، أو لمعلمةٍ هي والدتها.

- صاح حمدي بأعلى صوته: كفى، لقد مللتُ منكِ رشا، مللتُ منكِ ومن كلامكِ: "جهاد... جهاد" لم تعودي تهتمين بي، لقد أهملتِني، أنتِ مجنونة! انظري إلى نفسك، فجهاد لا تستحق أن تكون ابنتك.(خرج حمدي وأغلق باب الغرفة، ونزل على الدرج بسرعة كبيرة، خرج من البيت وأغلق الباب بقوة، حتى انتبهت جهاد من نومها وفزعت، خرج حمدي غاضبًا والدنيا ضيقة عليه؛ من كثرة الهموم والتعب، لا يعرف أين يذهب في منتصف الليل).

الفصل السابع

خالد: فريد، لمَ أنتَ مستيقظ حتى هذا الوقت المتأخر؟

- أبي، لا أريد أن أذهب إلى المدرسة غدًا.

- ماذا؟ ما هذا الكلام؟ هل تمزح؟ هيا بنا للنوم.

- أبي، أنا خائف!

- ممَّ أنت خائف؟ (ضمهُ إليه) يا بني، إن في المدرسة أصدقاء، ومن ثم إن لم تذهب إلى المدرسة، ستكون في نظر الجميع صغيرًا، أنت كبير ولم تعد صغيرًا، ومَن هم في عمرك، التحقوا بالمدرسة منذ ثلاث سنين، أخّرتُك بسبب مرضك (بينما خالد يتكلم مع ابنه، عاد إليه طيف جهاد، وهو يكلم نفسه: يا ترى هل كبُرت؟ هل هي حية؟ فقيرة أم غنية؟ هل تدرس؟ في أي صف؟)

- أبي، لماذا توقفت عن الكلام؟

- لا شيء، اسمع بني، أنت ستكبر وتصبح طبيبًا مثلي، هذا إن درست.

- لا أريد أن أكون طبيبًا

(أوصله إلى فراشه وغطاه)

- وماذا تريد أن تكون إذًا؟

- أريد أن أصبح معلمًا.

- ماذا؟ معلمًا!

- فريد: أبي، (سرح خالد مجددًا في طيف توفيق، وهو يقول في نفسه: يا ترى هل ما زلتَ حيًا يا توفيق؟ ماذا تعمل؟ هل ما زلت تعمل معلمًا؟ أم تعبت من التدريس؟)

- فريد: وبعد ذلك أكبر...أبي، هل تسمعني؟

- ماذا؟

- أبي، أنت لستَ هنا.

- سامحني فريد، حسنًا، اتفقنا على أن تذهب غدًا إلى المدرسة؟

- نعم.

- تصبح على خير. (أغلق خالد الغرفة وأطفأ الضوء، ثم عاد إلى تفكيره)

دخل خالد إلى ندى، وقال:

- مساء الخير.

- خالد، لماذا تأخرت؟

- ماذا تفعلين؟

- لقد كتبت قصة بعنوان "طفلة تائهة".

- والنهاية؟

- ماتت الطفلة!

- وهل جهاد ستموت؟

- خالد، أرجوك كُف عن تعذيبي.

- ندى، طالما أن فريد بيننا، فلن أنسى جهاد.

- خالد، صدقني أنا أبحث عنها أنا وصديقاتي، ثم إن كل تفكيري يكون في جهاد، حتى إن قصصي لم أستطع أن ألِفها جيدًا؛ بسبب جهاد، الله . سبحانه وتعالى- سيحفظها وسنراها، أؤكد لك ذلك، أتعرف بماذا حلمتُ أمسِ؟

- بماذا؟

- رأيت في المنام توفيق، يحمل جهاد، وهي ما زالت صغيرة.

- أحلام؟

- دعني أكمل، وقال: إنه خدعنا، فهو يُحب ابنته، ولا يمكن أن يتخلى عنها أبدًا.

- ماذا أيضًا؟ (فك ربطة العنق)

- خالد، لا تستخف بكلامي.

- أنتِ فعلًا تزيدين من همومي.

- لِمَ لا تكون جهاد مع توفيق؟

- هذا حلم، هل تفهمين؟

- لماذا؟

- لو رأيتِ عيني توفيق الحمراوين قبل أن يخرج، وهو يقول: " جهاد لا بد أن تموت"، لعرفتِ أنه قتلها لا محالة!

- خالد، لا تُضخم الأمور.

- أنا لا أضخم الأمور، فتوفيق كان في حالة نفسية خطيرة.

- لكنه لن يفعل شيئًا بابنته.

- كوني طبيبًا نفسيًا، وجدتُ حالات يرثى لها، لو أنك تعلمين كم من إنسان قتل أباه! وآخر قتل نفسه، وآخرون يتعذبون.

قاطعتهُ ندى قائلة: أرجوك خالد، لندعُ الله، فالله . سبحانه وتعالى . يسير الكون بحكمته، فلنتفائل خيرًا.

- حسنًا، تصبحين على خير.

(كان صوت الجرس مزعجًا في الساعة الثالثة والنصف ليلًا، فـفُتح الباب)

أم حمدي: حمدي!

حمدي: أنا أحتاجك.

- هل تبكي بني؟

- أماه، ضُميني إليكِ، فأنا أحتاج إلى صدرك الحنون.

ضمت الأم حمدي إلى صدرها، ومسحت دموعه، وقالت له: "ادخل بُني، فالجو بارد"، دخل حمدي إلى البيت، وتمدد ووضع رأسه على قدمي أمه، وهي تضع يداها على رأسه.

- تعبتُ أمي، لو ترين رشا أصبحتْ كالمجنونة!

- لقد نصحتك ألا تتزوجها بُني.

- أمي، أنا لستُ نادمًا على زواجي منها.

- ما الذي حصل إذًا؟

- أصبحت تهملني وتهمل نفسها، وليس لها كلام إلا عن جهاد.

- تزوج غيرها.

- (رفع حمدي رأسه مندهشًا) ماذا؟ أتزوج أخرى؟ لا، لا.

- ما الذي استفدته منها؟ حتى إنها لم تنجب لك أي طفل.

- جهاد تساوي كل أطفال العالم.

- نهضت الأم غاضبة، وقالت: وماذا تريد مني إذًا؟ لا أعرف ما بهذه الطفلة! ما الذي جذبك لتلك الحياة التعيسة؟

- جهاد! (أخذ يبتسم والدموع في عينه تتساقط) جهاد عيناها السوداوان يشعان بريقًا أبيضًا، يبعث في نفسي الأمل، شعرها الأسود يجعلها كالأميرات، صوتها الرقيق، ابتسامتها...

- كفى، كفى، ألا ترى أنك وأنت تتكلم عنها تبكي من أجلها، وكأنها ابنتك!

- هي ابنتي حقًّا.

- حمدي، أشعر بصداع كبير.

- أمي، أرجوكِ!

- بني، أصبحتُ أراكَ تتعذب من أجل هذه الفتاة، وهي ما زالت في السابعة، فما بالك لو كبرت! اتركها قبل أن تتركك.

- لا أستطيع.

- بني، أنت رجل ولست امرأة، انظر إلى نفسك، أنت تبكي ولم أرك يومًا تبكي قطُّ، مع أن والدك كان يقسو عليك تلك القسوة.

عندما ذكرت والدةُ حمدي والدَه، تذكر آخر كلمات والده وهو يحتضر، كان يقول: "بُني، لقد كبرت وأصبحت طبيبًا، ولولا قسوتي عليك لما وصلتَ إلى هذا المستوى")

- وصلت إليه بجهدي، وليس بقسوتك.

- كاذب.

- أبي، أرجوك لا تنعتني بالكاذب، فأنا لم أكذب في حياتي.

- ترفع صوتك في حضرتي!

- أبي، ماذا يُحدث لك؟

- حمدي، أنا أُريدك أن تكون أنت السيد حمدي، ولا أريدك أن تكون حمدي الضعيف، الذي يرحم الناس.

- أبي!

- اقس على أولادك؛ ليكونوا مثلك رجالًا أقوياء أشداء.

- لن أفعل هذا بأولادي كما تفعل بي.

- اسمع وصيتي الأخيرة بُني.

- لا أُريد أن أسمع شيئًا، لا أُريد، يجب أن ترتاح.

- تذكر حمدي، إن قسوتُ عليك فإنما لمصلحتك.

وفجأةً توقف حمدي عن تذكر والده، وقال لأمه: أمي، أنا لن أكون مثله، لمصلحتي أن يقسو عليَّ؟ أمي، والدي كان قاسيًا حتى وهو يصارع الموت! يأمرني أن أكون قاسيًا، لم يعرف يومًا قطُّ قيمة الأب لابنه، إنه أقسى إنسان! إنه مجرد من الإنسانية!

(صفعتهُ أمه في وجهه)

- اسكت يا قليل الأدب، لا تذكر والدك بهذه الكلمات القبيحة.

- تضربينني أمي!

جلست الأم وبدأت تبكي.

- أمي، ضربتُك هذه طعنت قلبي.

- حمدي، لقد أغضبتني.

- أمي، إن ما أغضبني هو أنكِ تقولين لي: لا تتكلم عن أبيكَ هكذا، أمي، أبي كان قاسيًا جدًا! لهذا أعطف على جهاد وهي ليست ابنتي، كنتُ أشعر في بعض الأحيان أنني لستُ ابن أبي، إلى الآن أمي، كلما رأيتكِ تكرهين جهاد، عاودني الشك بأنني لستُ ولدكما!

- كفى حمدي، كفى.

- أمي، أنا لن أترك جهاد، حتى لو غضبتِ عليّ.

- أنا لا أقول اتركها، لكن لا تمتلكها، فهي ليست لك.

- يحق لي أن أتملكها، لماذا يا أمي تكرهينها؟ لماذا؟

- بُني، أنا لا أكرهها، ولكني أُشفق عليك، صدقني.

- مِمَّ تُشفقين عليَّ؟

- لو ظهر والدها، ماذا ستكون ردة فعلك؟

- لن أعطيه إياها، سوف أقتله.

- أرأيت لمَ لا أريدها معك؟ لكيلا أفقدك بُني، أرجوك حمدي، لديَّ حل.

- ما هو هذا الحل؟

- أرجع جهاد إلى دار رعاية الأيتام.

قال حمدي بصوت مرتفع: ماذا؟

- حمدي، سترتاح رشا، وسترتاح أنتَ أيضًا.

- رشا! أقول لكِ أمي: إن رشا تعتبر جهاد النَّفَسَ الذي تتنفسُهُ، وأنا أعتبرها نبضات قلبي! أرجعها إلى الميتم؟ هذا جنون أمي!

- إذًا أصرَّ حتى يرجع والدها.

- لن يرجع.

- ولماذا أعطاها السلسلة؟ لا شك أنه عائد إليها.

- لن يحدث هذا.

- بُني، فارقها قبل أن تفارقك، ولو كان والدها ميتًا، لأحببتها أنا كما أُحبك.

- لن يحدث هذا، لن يحدث هذا أبدًا.(خرج حمدي كالمجنون يجري، وهو يستبعد رجوع توفيق ليأخذ جهاد، وصار يجري مسرعًا في تلك الطُرقات الطويلة).

الفصل الثامن

كانت جهاد تنظر في النافذة، تقول: متى سيعود والدي؟ فقد أفزعها من نوم عميق في الأحلام، وهي لا تعرف سبب الشجار، تريد أن تخرج لتكلم والدتها، ولكنها لا تجرؤ، وفجأة رأت والدها قد عاد، ولمح حمدي ضوء الغرفة التي تنام فيها جهاد، فرفع رأسه ووجد جهاد تنظر إليه، والدموع في عينها، والابتسامة في شفتها، وما أن رآها، حتى فتح الباب مسرعًا، وصعد الدرج بكل جنون إلها.

فتح حمدي باب الغرفة، وهرولت جهاد مسرعة إلى حضنه، وهما يبكيان.

. أبي، لا تتركني.

- جهاد، ماذا هناك؟ (ظن حمدي بأن جهاد تعرف الحقيقة).

- أبي، إن كنت تتشاجر مع أمي، فلا دخل لي، أليس كذلك؟

- بلى، يا جهاد،(أعادها إلى حضنه، ووضع يديه على كتفيها، وقال: غدًا ستذهبين إلى المدرسة، هل هذا مفهوم؟)

- أذهب إلى المدرسة؟

- نعم، هل ما زلت صغيرة أم ماذا؟

- هل هذه حقيقة؟

- لماذا أنتِ مندهشة؟

- أنا أحلم بهذه اللحظة!

- حسنًا، ماهي إلا لحظات ويأتي هذا اليوم، نامي يا صغيرتي؛ لكي تستيقظي الساعة السادسة، أُريدك أن توقظيني من النوم، اتفقنا؟

- نعم، نعم.

- هكذا أُريدك دائمًا، مبتسمة للحياة، تصبحين على خير.

(فتح حمدي غرفة رشا فوجدها مرمية على الأرض، فوق صورة جهاد عندما كانت طفلة، والدموع على وجنتيها)

- رشا، رشا استيقظي.

- حمدي، ظننت أنك لن تعود، وأنك ستتخلى عني.

- لن أتخلى عنكِ رشا، أن لن أترك جهاد، ولن أفرط بها أبدًا.

- هل تبكي يا حمدي؟

- الآن شعرت بما تشعرين به، إنه الخوف والشك! لقد نهتني أمي من هذا الاطمئنان.

- أمك؟

- أتعرفين ما طلبته أمي؟

- ماذا؟

- طلبت مني أن أُرجع جهاد إلى الميتم!

- ماذا؟

- اخفضي صوتكِ رشا، هذا الطلب جعلني أشعر بقيمة جهاد عندي، أنا لن أتركها، وغدًا سنلحقها بالمدرسة، لا تتكلمي رشا، جهاد سوف تكبر، وإن كان لنا نصيب فيها، فهي لن تنسانا، نعم، لن تنسانا.

- ما هذا الكلام؟

- رشا، من واجبنا أن نعمل لها كل شيء، أن نوفر لها كل ما تحتاجه. وأريدك غدًا أن تذهبي إلى الطبيب؛ لتكملي علاجكِ، فأنتِ لستِ مريضة ولا مجنونة، هل هذا مفهوم؟
(تظهر ملامح الدهشة والاستغراب في وجه رشا)

- إن كنتِ مريضة فأنا مريض أكثر منكِ، هل تدركين ما أعنيه؟

- نعم.

- حسنًا، فلننم الآن، فالوقت قد تأخر.

(في صباح اليوم الثاني، قامت رشا وجهزت وجبة الإفطار لجهاد وحمدي، والابتسامة لا تفارقها، فقد صارت قويةً أكثر من أي وقت مضى، وبعد لحظات، خرج حمدي ورشا بصحبة جهاد، وأدخلاها إلى المدرسة وذهبا، ذهب حمدي بصحبة رشا إلى مكان جميل جدًا، تملؤه الأزهار والورود، فأمضيا هناك ساعتين، وفي الساعة العاشرة، أخذ حمدي رشا بسيارته ليوصلها إلى عيادة الطبيب خالد)

- مرحبا!

- أهلًا سيدة رشا، تفضلي.

- تبدو سعيدًا جدًا أيها الطبيب.

- نعم، فاليوم أدخلت فريد المدرسة.

- حقًا؟ وكذلك ابنتي.

- هل هي في العاشرة من عمرها؟

- لا إنها في السابعة، لماذا تأخر ولدك عن المدرسة؟

- كان مريضاً، يعاني من مرض في قلبه.

أراكِ سعيدة اليوم!

- وكل الأيام.

- يا لهذا التفاؤل!

- لن أرجع إلى هنا مجددًا.

- تبدين بخير أيضًا.

- نعم.

- ولكني أرى في عينيك نبرات حزن من كلامك، ألم تكن قبل لحظاتٍ سعيدًا من أجل ولدك؟

- لقد فكرت في صديقي.

- وما حكايته؟

- إنها قصة طويلة، ما رأيكِ أن أقصَّ عليك اليوم جزءًا منها؟ فأنتِ اليوم الطبيبة وأنا المريض! (ضحكت رشا) عندما تزوجت كنت غنيًا، وكان...

- (كانت رشا تضحك): يا لها من مصادفة! تزوجت معلمة فقيرة لا تحلم بأن يكون زفافها بهذا المستوى... لم أكن أظن أنه في يوم من الأيام، سيتخلى أحد عن فتاة غنية وجميلة! هل كانت رباب هذه جميلة؟.

- كانت جميلة جدًا، وخاصّةً في ليلة زفافها، سأريك صورة رباب وتوفيق في زفافهما.

- هل هي معكَ؟

- نعم.(أخذ خالد يفتش في أغراض المكتب، إلى أن رأى الظرف الذي فيه الصور، أخرج الصورة وهو يمسحها من الغبار، وقال: ها هي الصورة.

لما رأت رشا الصورةَ، سقطت من يدها، وتغير لونها!

- سيدة رشا، ماذا هناك؟ هل أنتِ متعبة؟

(أخذت تنظر إلى الصورة،حتى وقعت على الأرض، ثم وقفت وخرجت تجري مسرعة وقد أصابها الرعب، فقد رأت والدَي جهاد!

لحق بها خالد يجري مسرعًا وراءها، هو يجري خلفها وهي تراه، وتحد من سرعتها، وتصيح: لا تلحق بي، لا أريد رؤيتك، ابتعد عن حياتي.

كانت رشا مسرعةً جدًا، وكانت هناك سيارة مسرعة، اصطدمت بها فسقطت أرضًا، والدم يملأ وجهها، جرى خالد مسرعًا إليها، وفرَّ صاحب السيارة هاربًا.

- سيدة رشا، هل تسمعينني؟ أجيبيني، أرجوكِ.

(حملها خالد وأخذها إلى المستشفى الوطني، وهناك قامت الممرضات بمعالجتها)

ومن لطف الله أنها لم تتأذَّ إلا في رأسها، ولكنها فقدت الوعي تمامًا، كان خالد مرتبكًا لا يعرف ما يفعل، انتظرها حتى تفيق لكن لا فائدة، فقد مضت ثلاث ساعات، ومن ثم خرج خارج الغرفة، واتصل بندى وأخبرها أنه سيتأخر من أجل العمل.

بعد لحظات، اتصل حمدي وهو في الطريق بعد أن أحضر جهاد من المدرسة؛ فكان الهاتف يرن ولكن رشا فاقدة للوعي تمامًا، فأخذ خالد هاتف رشا ليجيب، ولم يكن يعلم أنه حمدي.

- من يتكلم؟

- عفوًا، من أنت؟

- يبدو أنني مخطئ، كنتُ أود أن أكلم زوجتي.

- لا، هذا هاتفها.

- ماذا؟ من أنت؟

- أنا خالد، الطبيب النفسي.

- وأين هي رشا؟

- لقد حصل حادث بسيط.

- ماذا؟

- لا تقلق، إنها بخير.

- أين هي؟

- إنها في المستشفى الوطني، ولكنها لم تفق بعد، هل ستأتي؟

- نعم، سآتي حالًا.

(أغلق حمدي الهاتف)

جهاد: ماذا هناك أبي؟

- لا شيء جهاد، سأرجعكِ إلى المنزل.

- هل أمي بخير؟ ماذا حدث لها؟

- لا عليكِ جهاد، حصل حادث بسيط.

- ماذا؟ هل صدمتها سيارة؟

- إنها بخير، هكذا أخبرني الطبيب.

- أرجوك أبي، أريد أن أذهب معك.

- حسنًا.(كان حمدي يقود السيارة مسرعًا، متجهًا نحو المستشفى)

وبعد عدة ساعات أفاقت رشا، بعد أن انتظرها خالد كثيرًا

- الحمد لله على سلامتكِ.

- ما الذي حدث؟

- لقد جريتِ بسرعة، لماذا فعلتِ هذا؟

- أين أنا؟ آوٍ آوٍ!

- لا تتحركي، فأنتِ مصابة في رأسكِ، لقد أخبرت زوجكِ بأنكِ هنا.

- هذا يعني أن الصورة والسيارة، كل ذلك لم يكن حلمًا.

- ما حكايتكِ؟ وهل لصورة رباب وتوفيق علاقة بجريكِ المفاجئ، الذي كنتِ بسببه
ستفقدين حياتكِ؟

- لا، لا علاقة للصورة بذلك.

- تكذبين.

- لا تكلمني بهذه الطريقة.

- أنتِ غامضة، وأشعر بأن هناك شيئًا تُخفينه عني.

- ماذا سأخفي عنك؟

- أمر يكون في غاية الأهمية، الشكوك تدور في رأسي، أسئلة كثيرة جدًا!

- سآتي إلى المستشفى في أقرب وقت، لا أريد أن أُكلم أحدًا، أرجوك.

- حسنًا، سأرحل.

(وقبل أن يرحل خالد دخل حمدي وبيده جهاد، وما أن رآها خالد حتى كاد لا يعرف من
هو!)

الفصل التاسع

اللحظة التي لطالما حلم بها خالد وندى، ها هي تتحقق، فما الذي يحدث لخالد وهو يرى جهاد؟ وقف كخشبة لا يتحرك! ينظر إلى جهاد وكأنه يرى توفيق؛ فالشبه الذي بين توفيق وجهاد يجعلهما كشخص واحد، كان ينظر إليها، وجهاد تُحدق نظراتها في وجه خالد الذي أُصيب بالدهشة، وهو يقول كلمات لا تكتمل: "تو...تو...توفي..."

- قطعت رشا هذه الأحرف، وقالت: تعالي جهاد إلى هنا، هيا جهاد.

وجّهَ خالد رأسه إلى رشا، وفي أذنيه اسم يتردد: "جهاد، جهاد، جهاد، جهاد"

قالت رشا لجهاد : سلمي على صديق والدكِ حبيبتي.

- جهاد: مرحبًا سيدي.

(ترك خالد الغرفة، والدموع تتساقط من عينيه، لا يعرف ما يفعل بعد أن سلم على جهاد، يمشي خطوة ويلتفت برأسه إلى جهاد، لقد خرج وكأنه ليس في هذه الدنيا!)

- لحقه حمدي، وقال له: ماذا هناك؟

- لا.. لا.. لا شيء.

- هل أنت بخير؟

(ركب خالد السيارة، ولم يلتفت إلى حمدي، وكثير من الأسئلة في رأس حمدي،لا يجد لها جوابًا)

جهاد: أمي، هل أنتِ بخير؟

- نعم، ولكني لا أقوى على تحريك رأسي.

- أمي، هل رأيتِ السيارة؟ لماذا لم تنتبهي لها؟

- لقد كنتُ مسرعة.

- لماذا؟

- لكي أرجعكِ إلى المنزل.

- أمي، أنا أعتذر.

- لماذا يا حبيبتي؟

- لأني كنت السبب.

- لا، فأنتِ أجمل ما في هذه الدنيا، لقد رجع والدكِ.

- حمدي: حمدً لله على سلامتكِ رشا.

رشا: هل رأيت الطبيب خالد؟

- جهاد: لقد كان في حالة غريبة، لماذا يبدو كالمريض؟

- حمدي: ما الذي جرى له رشا.

سكتت رشا، ثم قالت:

- إنه متفاجئ بجهاد.

- حمدي: ما الذي يجعله يتفاجأ بها؟

- رشا: رآها لأول مرة، ولما رآها تذكر خالها، ربما حزن عليه! (وأخذت رشا تبكي حتى عاودها الألم).

- جهاد: أمي، لا تبكي.

أحضر حمدي لها الممرضة فأعطتها حقنة فهدأتها ونامت.

ثم خرج حمدي مع جهاد إلى أحد المطاعم ليتناولوا الغداء، وكانت جهاد تأكل وتنظر إلى والدها، شارد الذهن مليئًا بالأسئلة: هل تكون جهاد قريبته يا ترى؟ ابنة أخيه؟ لا، لا أظن ذلك.

. أبي، ماذا هناك؟

- لا شيء جهاد، كُلي أنتِ.

- وأنت؟

- حسنًا، سنأكل معًا،(أخذ حمدي يأكل وهو ينظر إلى جهاد، والخوف في عينيه من أن يخسرها، فهو يقدر مشاعر الطبيب خالد).

فريد: أمي، المدرسة جميلة.

- حقًا فريد؟ هذا يسعدني!

- هل أبي مشغول؟

- لقد عاد، ها هو يفتح الباب،(ذهبت ندى إلى الباب) فتح خالد الباب وكأنه لا يراها.

- خالد، ماذا هناك؟ يمشي وكأنها ليست أمامه!

- خالد، ما بك؟ (يصعد الدرج) هل أنت بخير؟ كلّمني (بقي هكذا إلى أن وصل إلى الفراش وجلس عليه، وهو يحاول أن يتكلم، ولكنه بالكاد يقوى على نطق حرف واحد)

- خالد، هل أنت بخير؟

- تو...جهاد ... جهاد...

- جهاد مرة أخرى! ما بها؟

- لقد...لقد.. رأيت...

- يا إلهي! لا تستطيع أن تتكلم خالد؟ سكبت له كأسًا من الماء، وقالت له: خذ واشرب هذا الماء، تبدو في حالة سيئة.

أخذ خالد الكأس فسقط من يده، مما أخاف ندى كثيرًا، فجلست على الأرض مذعورة، قالت: ماذا حدث لك خالد؟ أرجوك تكلم، أشعر بالخوف عليك..(رفع خالد قدميه على الفراش وتمدد، وما هي إلا لحظات تتوالى فيها أنفاسه، حتى أغمض عينيه وسقط رأسه من الوسادة!)

صاحت ندى: خالد! ردَّ عليَّ.

وعلى الفور اتصلت بالطبيب، فجاء إليها مسرعًا، وبعد أن رأى حالة خالد، طمأنها بأنه مجرد تعب و إرهاق.

- أيها الطبيب، إنه لا يتكلم.

- دعيه يرتاح، ولا يخرج من المنزل لمدة أسبوع.

- وهل هو بخير؟

- نعم، سيصحو بعد ساعات، وإن تأخر فليس هناك ما يدعو للقلق، ربما أثرت فيه صدمة، لذلك وصفت له هذا الدواء، يأخذه ولا يخرج من المنزل.

خرجت ندى وأحضرت الدواء، وبعد ساعتين أفاق خالد وندى بجانبه، فأشار لها بأن تسنده ليجلس، فأجلسته والدموع في عينيها، كان خالد في منظره كالمشلول، فهو لا يعرف ما يفعل، يأخذ الفتاة من رشا؟ وهي التي أتت إليه كي يعالجها من الخوف عليها، أم يتركها لها ويبرئ ذمته؟(خشي أن يعود توفيق ويؤذي ابنته).

كانت نظرات جهاد لا تفارق خيال خالد، وظل على هذه الحالة ثلاثة أيام، وهو يفكر و كأنه لا أحد أمامه.

أما رشا فقد غادرت المستشفى في عشاء تلك الليلة، وقررت جهاد أن تغيب عن المدرسة لتَرعى أمها.

وأما ندى فقد تغيبت عن المدرسة هي وفريد؛ بسبب مرض خالد، وأقامت والدة رشا عندها ثلاثة أيام، وكانت جهاد سعيدة جدًا بوجودها، فهي لطيفة جدًا معها.

في يوم الجمعة، ذهب حمدي لزيارة أمه، فجلس معها في الحديقة.

- مرحبًا أمي.

- أهلًا حمدي، أنا سعيدة جدًا بمجيئك اليوم! ستتناول معي وجبة الغداء؟

- لا، فأنا لا أستطيع أن أترك جهاد، ثم إن والدة رشا عِندنا.

- إلى هذه الدرجة! أهذه الطفلة أغلى مني؟

- تعلمين يا أمي، إنها مسكينة! (استنشق حمدي رائحة وردة جميلة) و قال: يا لهذا الجمال! لو كانت جهاد هنا لكانت سعيدة جدًا.

- لماذا لا تذهب لإحضارها بُني؟

- لا، أظن بأنها سترفض، لماذا لا تأتي أنتِ إلينا؟

- ماذا؟ ورشا؟

- لا عليكِ، لن تمانع.

- حسنًا، سآتي، ولكن عليك الاتصال بها أولًا. (اتصل حمدي برشا)

- رشا.

- حمدي، أين أنت؟

- أنا عند أمي، وستأتي معي.

- ماذا؟

- هل تمانعين في مجيء أمي معي؟

- لا، أهلًا وسهلًا، فالبيت بيتها.

- حسنًا، سآتي معها، إلى اللقاء، (أغلق حمدي الجوال) هل رأيتِ أمي؟ إنها لا تمانع أبدًا.

- لا أظن هذا.

- هيا بنا.

- هيا.

- أمي، لماذا لا تشترين هدية لجهاد؟ ستفرح بها.

- حسنًا.

(ذهبتْ والدة حمدي معه إلى منزله، ورحبتْ بها رشا ووالدتها، وفرحتْ جهاد بالهدية التي أحضرتها لها الجدة، وتناول الجميع الغداء، ثم خرج حمدي بعد ذلك، أما جهاد فقد خرجت إلى الحديقة تلعب بالدب الكبير، الذي أحضرتهُ الجدة)

- رشا: أهلًا بكِ عمتي!

- والدة حمدي: (بغليظة) أهلًا.

- تدخلت والدة رشا: ماذا أم حمدي؟ فالبيت هو بيتك.

- العمة: بل إنه بيت جهاد، أليس كذلك رشا؟

- رشا: أرجوكِ عمتي، دعي جهاد وشأنها.

- العمة: لقد دمرتما حمدي أنتِ وجهاد.

- رشا: ما الذي فعلته بكِ؟

- العمة: تسألين عما فعلته!

- (تدخلت والدة رشا من جديد): أرجوكِ أم حمدي، لا تعكري مزاج ابنتي.

- العمة: هل تريدين طردي أم ماذا؟

- رشا: لا أحد يطردكِ عمتي، ولكنكِ تثقلين على رشا.

- العمة: تجرئين على التحدث معي هكذا! أنا لن أبقَ في هذا المنزل دقيقة واحدة.

- رشا: عمتي، نحن في خدمتك، فافعلي ما يحلو لك.(نهضت والدة حمدي من مكانها، وخرجت من المنزل، وأغلقت الباب وراءها والغضب في عينيها، وقبل أن تصل إلى الباب الخارجي، جرت وراءها جهاد، و هي تنادي: جدتي...جدتي، انتظري. التفتت الجدة وراءها فرأتها، وأخذت جهاد يد جدتها، وقالت: أرجوكِ جدتي، اجلسي معنا، فأنا أحبك! دفعتها الجدة بقوة إلى أن أسقطتها أرضًا، وقالت لها: ابتعدي يا ابنة الميتم!)

نهضت جهاد مندهشة من الكلام!

- ماذا تقولين جدتي؟

- لستُ جدتكِ، ولا يُشرفني أن أكون جدة لأمثالك.

- ماذا تعنين؟ أنتِ جدتي ووالدة أبي.

- ابني ليس والدكِ يا غبية!

- ماذا؟

- أنتِ لستِ ابنته ولا ابنة رشا! هل تفهمين؟ (أنزلت جهاد دموعها، وصارت تصيح بأعلى صوتها: كاذبة أنتِ كاذبة).

- لستُ أكذب، والسلسلة التي في عنقكِ خير دليل.

- هذه صورة خالي.

- لا، هذه صورة والدك الحقيقي يا حلوة، والشبه خير دليل على كلامي.

- تكذبين! هذه السلسلة أعطاني إياها خالي قبل أن يموت.

- هذه السلسلة أعطاك إياها والدك، قبل أن يضعكِ في الميتم ويرميكِ كالكلاب، ليس في وجهكِ خيرٌ لوالدكِ، فكيف يكون خيرًا لابني حمدي!

- لا...لا... (وهي تبكي)

تركتها وهي تبكي، وكانت أم حمدي تضحك بصوت عالٍ، وتقول باستهزاء: "فاعلو خير! هيهيهيهه...."

عادت جهاد مسرعةً إلى المنزل، كانت تطرق الباب بقوة كبيرة جدًا وتبكي.

- افتحي أمي، افتحي.

- فتحت الجدة (أم رشا) والخوف يعتريها، فدخلت جهاد تصيح: أمي،أمي...أين أنتِ؟

- (نزلت رشا مسرعةً) ماذا هناك جهاد؟

- أمي، أصحيحٌ أنكِ لستِ أمي؟

- من قال لكِ هذا جهاد؟ من قال هذا؟ هذا كذب!(هنا كادت رشا أن يغمى عليها)

- هل هذا صحيح أمي؟ الآن أدركتُ الحقيقة!

- جهاد، هذا كذب! هذا كذب!(تدخلت والدة رشا، تريد ضم جهاد إلى صدرها، ولكن جهاد أفلتت يديها عنها، وقالت: الآن عرفت لمَ غضبتِ عندما فتحت السلسلة، وكنتِ تبكين دائمًا، وبدأت حالتكِ تسوء منذ تلك اللحظة.

- رشا: جهاد! (وهي تبكي)

- الآن عرفتُ لمَ عاملتِ تلك المرأة هكذا، عندما كانت تسألكِ عني! الآن عرفتُ لمَ تكرهني جدتي منذ أن كنتَ صغيرة! كل هذه الأمور عرفتها الآن!

- رشا: كل ذلك كذب جهاد.

- جهاد: أمي، أرجوكِ أخبريني، أرجوكِ ما الحقيقة؟

- رشا: الحقيقة لا أعرفها جهاد.

- جهاد: من هو والدي؟

(ولما رأت رشا جهاد مُصرة على معرفة الحقيقة، قالت لها: جهاد، والدكِ لا أعرفه، وكل ما أستطيع أن أخبرك به، هو أنه كان في حالة نفسية مُدمَّرة، وأعطاكِ صورته مع أمكِ، هذا كل ما أعرفه، أقسِم لكِ جهاد.

جهاد: ولماذا أحضرتني إلى هنا؟ (وهي تبكي بحرقة)

اقتربت رشا منها، فخرجت مسرعة، وجرت رشا وراءها بسرعة إلى أن فقدت أثرها، فهي ما تزال متعبة، كانت تجري في تلك الشوارع مهرولة، لا تعرف ما تفعل، وحمدي كذلك بعد أن عرف أن جهاد علمت الحقيقة، لم يقعد لحظة واحدة من بعد أن أغلق الهاتف، وما زالت والدة رشا تتحدث.

رفضت رشا الدخول إلى المنزل، لكن حمدي أدخلها، فقد حل الظلام وتأخر الوقت، أعطاها المسكنات فنامت، وهو ما زال مكتوف اليدين عن إيجاد جهاد، فقد أبلغ الشرطة، وحاول أن ينام ولكنه لم يستطع، فالذي حدث اليوم، إن لم يحدث اليوم سيحدث غدًا.

الفصل العاشر

في ليلة مظلمة، لم يكن هناك أثر لشيء سوى البرد، والظلام، ونباح الكلاب، إن هذا لا يساوي ما تشعر به جهاد، ابنة السبع سنين، فوق كرسي الاستراحة، في منتصف الليل، في طريق طويلة ممددة عليها، وقد جف ماء عينها؛ حيث أكثرت البكاء! وكرهها لوالدها الذي أحبته مفترضةً أنه خالها، وخاصةً بعد أن علمتُ الحقيقة، لا مفر من تخزينها، فالصندوق لا بد أن ينكسر يومًا وتخرج الحقيقة منه، كانت كسكينة طُعنت بها جهاد، رغم صِغر سنها.

وبعد ساعات طويلة نامت جهاد، وجاء الصباح ليمحو ظلام الليل الدامس، الذي زاد من حزنها، قامت جهاد في الصباح الباكر على أصوات العصافير، وقد تبسَّمت في تلك اللحظات، لكن سرعان ما تلاشت ابتسامتها الصغيرة شيئًا فشيئا.

سارت جهاد في الشوارع، والجوع يكاد يقتلها! وقدماها يكَدْنَ لا يحملنها لبقية الطريق، فسقطت أرضًا، حاولت النهوض ولكنها لم تستطع إلى أن رأتها امرأة فسندتها وعطفت عليها، وأعطتها طعامًا ورحلت، فأكلت جهاد، وذلك الطعام الذي تناولته لا هو بالفطور ولا هو بالغداء، وأخذت تمشي مجددًا لا تعلم أين تسير.

جاء الليل وهي ما زالت جائعة، وبسبب الظلام لم تستطع رؤية الطريق، فنامت على الأعشاب، وجسمها موجوع وملابسها متسخة من الطريق، لم تعد جهاد قادرة على إكمال هذا المشوار.

في اليوم الثالث، يمر من حولها المُشاة ويعطفون عليها بالأكل، وكذلك في اليوم الرابع، والخامس، والسادس، وكان في جيبها نقود حصلت عليها عطفًا من المشاة.

وفي اليوم السابع، كانت جهاد ضعيفة الجسد، تمشي خطوة وتقف عشرة، ليست تلك الحياة التي ألفتها، سارت جهاد حتى وصلتُ إلى جسر كبير، تحته ماء من مسافة بعيدة جدًا بينهما، فقررت أن تنتحر لتتخلص من أعباء الحياة، وكانت تبكي بحرقه شديدة، وتقول: يا إلهي، لماذا يحدث معي كل هذا؟(ولا اعتراض على حكمك) ماذا أفعل؟ هل أعمل؟ وماذا سأعمل؟ فأنا فتاة، لو كنتُ صبيًا لعملت. توقفت جهاد عند هذه الكلمة، ونظرت إلى نفسها، وقالت: صبي نعم، لماذا لا أكون صبيًا؟ ذهبتُ إلى مكان فوقفت فيه، والإحباط لا يفارقها، ثم ضحكت وقالت: يا لهذا الجنون! كيف أكون ولدًا! وبكت مجددًا.(لفتت رأسها فوجدتْ "ملابس للأولاد فقط"، فأخرجت النقود من جيبها، ودخلت ذلك المحل واشترت قميصًا و(بنطلون) لولد من عمرها، بما يُناسب تلك النقود التي معها)، وصلت جهاد إلى بقالة، فاشترت لها عصيرًا ومقصًا صغيرًا، ورجعت إلى ذلك الجسر مجددًا، ما بين لحظة تريد الانتحار، ولحظة تريد أن تعيش ولدًا وليس فتاة، فقررت أن تعيش ولدًا، قصت شعرها الأسود الجميل، ورمت

بقصاصات شعرها إلى أسفل، ووصلت إلى مكان وبدلتْ فيه ملابسها، ورمت بالملابس الممزقة، ولبست حذاءها لتستند به في طريقها.

كانت جهاد تنظر إلى حالها المُتغير، بعد أن كانت تلبس الملابس الجميلة غالية الثمن، إلى فتاة خشنة عانت في الشارع، ومن ثم إلى صبي، وهكذا انتهت حياة الفتاة الجميلة جهاد.

بعد أسبوع من اختفاء جهاد من المنزل، ذهبت رشا إلى عيادة الطبيب خالد، لكنها لم تجده فطلبت عنوان منزله، وذهبتُ إل منزله، ففتحت لها ندى الباب.

- مرحبًا، هل هذا منزل الطبيب خالد؟

- نعم، من أنتِ؟

- أنا رشا

- ماذا تُريدين منه؟

- هل يُمكن أن أدخل؟ فأنا مُتعبة جدًا!

- بالتأكيد، تفضلي (وبعد لحظات، دخلت ندى لتُحضر الشاي) هل أنتِ مريضة تتعالجين عنده؟ هل أنتِ بخير؟

- نعم.

- سأنادي خالد.

- هل هو مريض؟

- نوعًا ما.(صعدت ندى إلى الغرفة)

- خالد.

- ماذا هُناك؟

- هناك امرأة تُدعى رشا؟

- ماذا؟ أين هي؟

- إنها في الصالون،(أسرع خالد ونزل الدرج) كانت ندى منزعجةً من وجود رشا.

- خالد: أهلًا وسهلًا سيدة رشا.

- ندى: سأترككما وحدكما.

- رشا: لا، فأنا جئتُ من أجلكِ أنتِ والطبيب خالد.

- هل جهاد بخير؟ اندهشت ندى وقالت:

- هل تعرفين جهاد؟

- رشا: نعم، لقد كانت عندي قبل أيام!

- صاح خالد: ماذا؟ أين هي؟

- لا أعرف، لا أعرف.

- ماذا؟

- جهاد عَلِمت بالحقيقة.

- (صاحت ندى) يا إلهي! كيف عرفت؟

- تابعَ خالد: ماذا كانت ردة فعلها؟

- رشا: في يوم الجمعة.........إلخ.

- خالد: يا إلهي!

- رشا: لذلك جئتُ إلى هنا لتبحثا عنها، أنا وحمدي نبحث ليلًا ونهارًا منذ أسبوع، حمدي يذهب إلى العيادة، ونحن لا ننام، هل ستساعدني أم لا؟

- ندى: بالتأكيد رشا، سنكون معًا، فأنا وخالد نبحث عن جهاد منذ سبع سنوات.

- خالد: أعدكِ سيدة رشا بأنني لن أتقاعس لحظة واحدة في البحث عنها، وسنكرّس وقتنا الفارغ للسؤال عنها، حتى ولو استمر البحث عنها سنوات.

- رشا خائفة: سنوات!

- خالد: سيدة رشا، ما حدث لجهاد كان سيحدث اليوم أو غدًا، وجهاد فتاة ذكية ستعرف كيف تسير حياتها، وعليكِ أن تدركي أنها مهما كبُرتْ لن تنساكِ، وسترجع إليكِ.(طمأنت هذه الكلمات رشا، وزادتها قوَّة وصبرًا)

في منتصف الطريق، رأت جهادامرأةً كبيرة قد سقطت ولم تستطع النهوض، فجرت مسرعةً إليها؛ لتسندها وتحمل جميع أغراضها.

- من أنتَ بُني؟ ما اسمك؟

- اسمي جهاد سيدتي، أين منزلك؟

- إنه هنا بجوار قصر السيدة صباح، هل تعرفها؟ إنها هناك.

- لا.

- سِرْ في خط مستقيم، إنه منزل متواضع بسيط....إلخ.

- هل تخدمين ذلك الرجل وزوجته؟

- نعم، وأنا سعيدة بذلك.

- ولكن سيدتي، أنتِ عجوز مُتعبة، ولم تعودي قادرة على العمل.

- لا عليكَ جهاد، قف هنا، هذا منزلي.(فتحت له باب المنزل، فوضعت جهاد أغراضها وأرادت المغادرة)

- لن ترحل بُني، ستأكل معي.

- لا، لا أستطيع.

- أرجوك، لا بد أن تجلس، إلا إن كُنت تريد أن تستأذن من والديك.

- ليس لديَّ والدان.

- هل أنت يتيم؟

- لا أعرف.

- ماذا؟ ادخل وقُصَّ عليَّ حكايتك.

- تربيتُ في بيت والدين كانا في غاية الحب والحنان، وبعد زمن اكتشفتُ أنهما ليسوا والديَّ الحقيقيين... إلخ.

- كيف؟

- يا لهذه العجوز القاسية!

- جهاد، لمَ لم تقعد معهما؟ فهما طيبان، ترى كيف حال والدتك؟

- انظري إلى هذه السلسلة.

- يا لهذه السلسلة جميلة!

- خذيها وافتحيها.

(فتحتها العجوز)

- من هذان الشخصان؟

- إنهما والديَّ.

- كم هذا مُحزن!

- أنا لن أسامح أمي؛ لأنها كذبت عليَّ.

- لقد أحببته.

- ولكني الآن أكرهه.

- سبحان الله! يا للشبه الذي بينكما! الشبه بينكما لا يدع مجالًا للشك في أنه والدك!

- كنتُ غافلًا......(وهكذا حكى لها جهاد قصته، كان يرويها على أنها حياة صبي لا فتاة).

قبل غروب الشمس قرر جهاد المغادرة، ولكن العجوز لم تسمح له بذلك، وطلبت منه أن يبقى ليعيش معها.

- أرجوك جهاد، ابقَ معي، فأنا اليوم وحيدة.

- اليوم سيدتي، وماذا عن الغد؟

- لا تقلق.

- هل تعيشين وحدكِ؟

- أعيش مع أبنائي.

- أين هم؟

- إنهم يعملون.

- ماذا يعملون؟

- يعملون في نقل الخشب، أتعلم أنت محظوظ!

- أنا؟

- نعم، أنت، غدًا ستعرف لمَ أنا سعيدة جدًا بوجودك، والأفضل من هذا أن أبنائي مسافرون اليوم.

ظلت جهاد عند المرأة الكبيرة، تحدثها عن أهلها حتى نامت، وفي صباح اليوم الثاني، أعطتها نقودًا لتشتري لها أغراض المنزل، ولما حضر الطعام، اندهشت جهاد من امرأة كبيرة ضعيفة، ما زالت تجيد الطبخ!

. يا لروعة هذا الطعام! لم أظن أنه بهذا المذاق!

- وهل تحسبني عجوزًا لا أحسن الطهي؟

- العفو منكِ، فطعامكِ حقًا جميل جدًا جدًا.

ضحكت المرأة، وقالت: كم أنت ظريف يا جهاد، كنتُ أتمنى أن تعيش معي، ولكن لو رآك أحد أولادي، لن يتردد لحظة واحدة في أن يجعلك تعمل بقسوة، وهو يرتاح.

- إلى هذه الدرجة؟

- وأكثر!

نظفت العجوز الطاولة ولبست ملابسها؛ مستعدة للخروج.

- هل ستخرجين اليوم؟

- نعم، وأنت أيضًا.

- أنا؟

- نعم، ستذهب إلى مكان ستجد فيه السعادة ـ إن شاء الله ـ فأنت تستحقها.

الفصل الحادي عشر

- العجوز: مرحبًا، هل السيدة صباح موجودة؟

- نعم، تفضلا.

نزلت السيدة صباح بفستانها الجميل، وبجمالها المبهر الذي أبهر جهاد.

- أهلًا بالخالة فاطمة.

- العجوز: لقد أتيتك بما تتمنينه طوال عمرك.

- تعلمين جيدًا أنني لم أتمنَّ سوى طفل، يملأ حياتي سرورًا.

- وها هو.

- ماذا؟

- العجوز: جهاد، هذه هي السيدة التي أخبرتك، بأني أعمل عندها.

- رفعت السيدة صباح حاجبها مندهشة، وقالت: يا خالة، ماذا يعني هذا؟

- سيدتي، جهاد يطمح بأن يعيش معكِ كولد لكِ.

- (صاحت بأعلى صوتها) هل هذا صحيح؟ هل ما تقولينه صحيح؟.

- نعم سيدتي، سيخبرك جهاد بنفسه، هيا تكلم.

- جهاد: سيدتي لقد أخبرتني هذه السيدة الطيبة: أنه لطالما حلمتِ بأن يكون لكِ طفل أو طفلة، يسعد حياتك أنتِ وزوجكِ (قالت لي: هذا إن كنتَ ستوافق، فأجبتها بأنني أطمح بأن أسعدكِ).

- هل حقًا ما تقوله جهاد؟ لا أصدق بأنني سأحصل على ولد في عمرك، وأدبك، ووسامتك، وذكائك، لا أصدق! لكن ماذا عن والديك؟

- سأحكي لكِ قصتي،(نهضت السيدة صباح وقادت جهاد إلى الغرفة، فحكت لها قصتها كما حكتها للعجوز(على أنها صبي)، فكانت سعادتها لا تحتمل بالحصول عليه، ولم تفكر برشا وحمدي، فهي كانت أنانية؛ لأنها بالكاد حصلت عليه.

- يا خالة، أنا حقًا لا أصدق نفسي، فكم بحثت وكم استعملت من علاج كي أحمل! وكم حاولت أن أربي طفلًا، ولكني لم أستطع! فقد حاولت أن أربي (ملاك) و(جوليا) و(عبير)، ولكن كلٌّ منهن لديها أم، والآن أجد جهاد بلا تعب، هذه معجزة حقًا!

- أنا سعيدة جدًا سيدتي، لأنني بعثتُ في نفسكِ الفرحة بإحضار جهاد، والآن يجب عليَّ أن أذهب قبل أن يحضر أولادي.

- ابقي.

- لا، وشكرًا لكِ.

- وداعًا خالة (قبل أن ترحل قبلت جهاد، وقالت له: كن مطيعًا، وسيوفقك الله).

- جلست السيدة صباح مع جهاد ساعتين، وهي سعيدة جدًا، وجهاد تبكي على حالها، وسعيدة في الوقت ذاته بأنها ستصنع حياة جديدة، وهي غير مترددة في إخفائها للحقيقة، وبعد لحظات قامت السيدة صباح، وقالت:

- يجب أن أفعل شيئًا ما.

- ماذا سيدتي؟

- أرجوك جهاد، يجب أن تناديني بأمي.

(حزنت جهاد لذلك)

- لا عليكَ، لن أغضب منك حتى تألفني، والآن يجب أن أفي بنذري.

- نذركِ؟

- نعم، لقد نذرت لله، أنه إذا وهبني طفلًا فإنني سأحتجب، وأصلي، وأصوم شهرين.

- وهل يجب أن تفي؟

- نعم، إنه نذر،(وقبل أن تذهب، قالتْ لجهاد: هذه الغرفة غرفتي، وهناك مقابلها غرفتك).

- ماذا؟

- نعم جهاد، تعال لأريك إياها، ومتى أردت رؤيتي لا تتردد في قرع الباب والدخول.(أدخلته الغرفة وذهبتُ، اختفت ساعتين ثم عادت، ودخلت عليه الغرفة، وما أن دخلت، حتى وقف جهاد مستغربًا مندهشًا لهذا الشكل الجديد، الذي تحولت به السيدة صباح!

- سيدتي، ما هذا اللباس؟

- هل أعجبك؟ أم أني لا أبدو جميلة؟

- تبدين أجمل، ولكن قبل قليل كنتِ فاتنة وأميرة.

- والآن، أنا أمة الله ـ سبحانه وتعالى ـ أرتدي الحجاب، ولن أخلعهُ ما حييت، ولن أرتدي الملابس الفاتنة، وكل ذلك بفضلك جهاد، والآن تعال لأعرفك على المنزل وعلى بنات أعمامك.

- أعمامي؟

- نعم.(دخلتُ الغرفة المجاورة لغرفته).

- هذه الطفلة الجميلة(ملاك)، تبلغ من العمر سنتين، وهذه والدتها.

. جهاد: مرحبًا سيدتي!

- هل هذا هو جهاد؟

السيدة صباح: نعم.(صعدت السيدة صباح إلى الطابق الثالث وفتحت الغرفة)

-جهاد، هذه هي (عبير)، تبلغ من العمر أربعة سنوات، وأختها (جوليا) في الخارج مع والدها، وتبلغ من العمر اثنتي عشرة سنة.

- أكبر مني؟

-نعم، أكبر منك بخمس سنوات أو أقل.(صعدت الخادمة، وقالت مقاطعة لحديثها: سيدتي، لقد أتى السيد فؤاد، وهو يطلب رؤيتك قبل أن يعود إلى العمل)

-حسنًا، سأنزل مع جهاد.(نزلت السيدة صباح كما نزلت في المرة الأولى، ولكن شتان ما بين المرتين، وقف السيد فؤاد مندهشًا فاتحًا فاهُ، رافعًا حاجبيه)

-صباح، ما هذا الذي أراك فيه؟ ثم من هذا الصبي؟

-فؤاد، لقد منَّ الله علينا به، اسمه جهاد.

-ما بال والديه؟

-إنه.....(ذكرت ما حصل)

-وماذا عن اللذين ربياه؟

تدخلت جهاد: لن أعود إليهما أبدًا، حتى وإن لم أعش معكما.

- فؤاد: أهلًا بك بُني، من الآن لن أبخل عليك مهما طلبت، فأنت ستكون وريثي في هذه الدنيا، لا تعلم كم عانت صباح لتحصل على طفل.

-صباح: فؤاد، هل تذهب معنا في مشوارٍ مهمٍّ؟

-نعم، إلى أين؟

- وددتُ أن نخرج إلى السوق قبل أذان المغرب؛ لنشتري لجهاد ملابس كثيرة وجميلة.

-حسنًا، سألغي مشاويري، فلتستعدي للخروج مع جهاد، وأنا سأنتظر في السيارة.

خرج السيد فؤاد ومن ثم خرجت صباح وجهاد، واشتروا لها ملابس ورجعوا بعد أذان المغرب بقليل، وكانت صباح متلهفة للعودة؛ كي تصلي، وبعد أن عادوا صعدت إلى الدرج كالمجنونة وذهبتُ للصلاة والاستغفار، وأما جهاد فدخل مع السيد فؤاد يحكي له قصته، وقد كان السيد فؤاد سعيدًا جدًّا بالحديث معه.

لم تخرج السيدة صباح من غرفتها إلى أن أذن العشاء، ثم دخل غرفتَها السيد فؤاد وجلس على الكنبة، ينظر إليها وهي رافعة كفيها ـ تدعو الله ـ وبعد لحظات، عطفتُ المصلى ونهضتُ.

- فؤاد، لقد أخرتك عن عملك بسبب جهاد.

- كل ما أريده هو سعادتكِ، وخصوصًا بوجوده.

- صبي في السابعة وبضعة أشهر، وبلا تعب في تربيته وإنجابه، والرضوخ لطلبهِ من الناس، وفوق هذا كله جميل، وذكي، ومؤدب، إنه أشبه بالحلم!(توقفت قليلًا لما رأت زوجها ينظر إليها، وقالت له: ولِمَ تنظر إليَّ هكذا؟)

- ما تخيلتُ يومًا أنني سأراكِ بهذا الشكل.

- ألا أعجبكَ؟

- بل أنتِ الآن أجمل بكثير من قبل.

- ولكني لست أجمل من جهاد.

- بدأنا الآن ننهي دورنا في هذا المنزل، يبدو أنكِ ستتجاهليني من أجل جهاد.

- ربما (ضحك الاثنان)...

جاءت الخادمة:

- العشاء جاهز سيدتي.

- حسنًا سنحضر فورًا.

نزل الجميع لتناول الطعام إلا جهاد، فصعد فؤاد وصباح أيضًا لإنزاله، وكانت أصعب اللحظات التي مر بها، فقد التقى بالعائلة بأكملها.

- فؤاد: جهاد، اجلس بجانبي.

- (جلست جهاد) شكرًا.

كانت جوليا) مقابل جهاد، ولما بدأ الجميع بتناول العشاء، بدأت جوليا تتكلم بدلال:
عمتي، ألا ترين أنكِ فقدتِ إمارتكِ بهذا اللباس؟

- صباح: لا أبالي جوليا، فكله من أجل هذا الجمال يهون (وضعت يدها على وجه جهاد
تدلِّلُهُ)

- جوليا: ألا يبدو وكأنه جاء من الشارع عمتي؟

تدخل والد جوليا

- ابنتي، لا يصلح هذا الكلام.

- جوليا: لماذا يا أبي؟ فملابسه تدل على هذا.

- فؤاد: جوليا، جهاد الآن ابني.

- جوليا: ابنك يا عمي! إنه يستحق أن يكون في ميتم! فهو المكان المناسب له،
(نهض جهاد وقد أحس بنقطة ضعفه).

- نعم، الميتم،(جرت جهاد مسرعةً إلى خارج القصر، لحق بها فؤاد وهي ما تزال تجري
حتى اقتربت من البوابة)

- أرجوك جهاد، توقف.

- سيد فؤاد، أشكرك على لطفك، ولكني لم أعد أريد البقاء (بنبرة حزن وبكاء).

- جهاد، أنا لم أرتجِ أحدًا في حياتي، لا الكبار ولا الأغنياء، أرجوك توقف!(توقف جهاد،
وجلس السيد فؤاد على ركبتيه، ووضع يديه على كتفي جهاد، وقال: هل تبكي؟- وأخذ
يمسح دموعه - الرجال لا يفعلون ما تفعله، ولا بد أن تُصبح رجلًا، أفتخر بك يا جهاد،
ثم لماذا لم تلبس الملابس الجديدة؟

الفصل الثاني عشر

كانت السيدة صباح ذلك الوقت في ذهاب وإياب، وتردد: يا إلهي لم تأت هذه الفرصة لتذهب مني!

- والد جوليا: لماذا فعلتِ هذا يا جوليا؟

غضبت جوليا ورمتِ الملعقة بقوة، وقالت بصوت عالٍ:

- توبخني من أجل ولد، جاء من الشارع!(وصعدت إلى غرفتها)

رجع فؤاد ومعه جهاد، فجَرَتْ إليه صباح، وهي تقول: جهاد، عُدتَ بُني.

- فؤاد: دعيه يغيّر ملابسه.

- صباح: حسنًا جهاد، هيا بنا، دخلتْ صباح مع جهاد إلى الغرفة، وقالت: ماذا تُحب أن تلبس من هذه الملابس؟

- سألبس، انزلي للعشاء سيدتي.

- حسنًا، سأنتظرك جهاد.(خرجت وأغلقت الباب وراءها، وجهاد ظلت تفكر ما الذي فعلته أنا؟ أين أنا؟ ولماذا لا أقول الحقيقة؟ فالسيدة صباح لن تلومني).

نظرت إلى نفسها في المرآة، وقالت في نفسها: هل تودين أن تعلميهم بالحقيقة؟ سترجعين إلى الشارع، حتى وإن قبلوكِ فلن يثقوا بكِ بعد اليوم، ثم بغض النظر عن السيدة صباح، فإن والدكِ الحقيقي سيبحث عنكِ ويجدكِ، هل نسيتِه أم ماذا؟ لا بد أن تنتقمي منه؛ لأنه وضعك في الميتم وهو حي! وماذا عن رشا وحمدي؟ يبدو أنهم يبحثون عنكِ الآن، ولكن إذا كنتِ جهاد الصبي وإن وجدوك، فجهاد التي يبحثون عنها فتاة وليست صبيًّا (نزل جهاد وتناول العشاء، وبعد الانتهاء من الأكل،ذهبت جوليا إلى غرفتها، وكانت والدتها تغطي عبير بعد أن نامت، وكان صوت جوليا وهي تبكي عاليًا!

. ماذا عنكِ جوليا؟ عبير أختك نائمة!

- تنام وذلك الولد يأكل، والجميع يرتاح إلا أنا!

- ماذا بكِ ابنتي؟ لقد أغضبتِ والدكِ وذلك الولد المسكين.

- ذلك الولد ليس مسكينًا، وإنما مخادع لا يستحق أن يكون ثريًّا.

- جوليا، السنة في بدايتها ويجب أن تذاكري، لا تنسي أنت لم تنجحي السنة الماضية.

- أمي، كنتُ مريضة.

- ستعوضين يا ابنتي، لم يمضَ سوى ثلاثة أسابيع، ولكن الدروس تتراكم، ومن ثم إن الصف الخامس ليس صعبًا إلى هذه الدرجة، هيا نامي.

- تصبحين على خير أمي.

- هيا اضحكي، فأنتِ مدللة كثيرًا.(قبلتها أمها وأغلقت الغرفة)

خرج جهاد مع صباح وفؤاد إلى إحدى الأماكن في جبل مرتفع، تحتهُ المناظر التي تسر العيون، ظلوا يتحدثون ويمرحون حتى الساعة الحادية عشرة ليلًا، ثم عادوا ودخلت جهاد إلى غرفتها، ودخل معها والداها يودعانها قبل النوم، مؤكدين عليها أن تصحو باكرًا؛ ليسجلوها في شهادة الميلاد، باسم "جهاد فؤاد السمندور"

(ومن تلك اللحظة، الجميع يناديها باسم جهاد، على أنها صبي، حتى هي لم تخاطب نفسها بصيغة الأنثى)

جاء الصباح، وقام جهاد وارتدى ملابسه، نزل فوجد والديه بانتظاره على المائدة، فرحين بنجاحه في الاختبار.

- فؤاد: مبارك بُني، لقد نجحت في الاختبار.

- جهاد: أي اختبار سيدي؟

- فؤاد: لقد اختبرتك في المحافظة على المواعيد.

- صباح: لا تتكلم عن جهاد هكذا، فأنا أعلم مقدار ذكائه وفطنته.

- فؤاد: ليس لديكِ حديث سوى مدح جهاد!

- (وضعت صباح يدها على رأس جهاد بلطف)وقالت: وهل هذا الملاك لا يستحق؟ إنه أجمل منك فؤاد!

- فؤاد: أعترف بهزيمتي فعلًا،(ابتسم جهاد وضحك الجميع، ومن ثم خرجوا)

وجد السيد فؤاد صعوبة في نسب جهاد ولدًا له، ولكنه في النهاية نجح في ذلك.

في الساعة الحادية عشرة ظهرًا، ذهب ثلاثتهم إلى المدرسة؛ لتسجيله في الصف الأول.

كانت المديرة لا تقبل تسجيل أي طفل بعد أسبوعين من الدراسة، ولكنها ما أن رأت السيد فؤاد السمندور حتى رضخت لطلبهم، وسُجِّل جهاد في تلك المدرسة.

خرج الجميع من المدرسة وذهبوا إلى بعض المحلات؛ لكي يشتري جهاد ما يتمناه، وفي مقدمة هذه الأشياء الدفاتر، والحقيبة، والزي المدرسي، وكأن جهاد نسي تمامًا حقيقة أمره وهو يشتري الملابس.

عاد الجميع إلى المنزل في وقت الغداء، جوليا ووالدها ووالد ملاك، وجهاد، ووالداه، واجتمعوا على المائدة، وأخذ فؤاد يُدلي بتعليماته لجوليا.

- جوليا، أتمنى بأن تكوني على وفاق تام مع جهاد.

- ولماذا؟

- لأنه سيدرس معكِ.

- ماذا؟ في نفس المدرسة؟(نهضت جوليا فأجلستها أمها، وهي غاضبة منها)

- ماذا حدث جوليا؟ ألا تستطيعين أن تخدميني هذه الخدمة؟

- عمي، أخدمك ولكن...

- ولكن ماذا؟

- أنا لا أستطيع أن أمشي مع هؤلاء الناس.(وضع جهاد الشوكة في الصحن ونهض، قائلا: عن إذنكم)

- صباح: جهاد، بُني، اجلس من أجل والدتك.

- سأصعد إلى غرفتي.(صعد جهاد وهو يبكي، فلحقت به صباح وجلست على الفراش بجانب جهاد، وقالت له: هل تبكي؟)

- سأسبب لكِ المشاكل سيدتي.

- جهاد، لا تقل هذا.

- يبدو أنني عبء عليكم في هذا المنزل.

- جهاد، إن عاودت الكلام في هذا الموضوع سأقتل نفسي، فما بالك إن رحلت وتركتني! جهاد، أرجوك أنت ولدي.

هل تدرك ما سأقوله؟ لقد كنتُ في تلك السنين، منذ أن تزوجت وأنا أتمنى أن أحصل على طفل، طفل واحد أسُدُّ به أفواه من يسخر مني، خاصّة والدة جوليا، وكل الأسر التي هي من أغنى الأسر في هذه المدينة، كُنتُ أعاني من كلمات كالسم! هذا فقط بخصوص الإنجاب، فما بالُك بالأمور الأخرى! وأنت بكلمةٍ واحدة من جوليا المدللة، تسقط ضعيفًا وتبكي! وهل هكذا يكون؟(دخل السيد فؤاد الغرفة، مقاطعًا إياهما: يكفي تدللًا يا جهاد، كلما أتينا بكيت بعدك).

- أنا أعتذر سيدي.

- لا تقل سيدي، فهذه الكلمة تزعجني، لن أرغمك على مناداتي بأبي، ولكن لا تنادني سيدي، نادني عمي على الأقل، والآن سنخرج ثلاثتنا إلى مطعم لنتناول الغداء، ما رأيك؟

- حسنًا، من أجلكما.(خرج الثلاثة للغداء، أما جوليا فقد كانت تنظر إليه نظرات قاسية جارحة؛ لتُذكره بأصله).

وأخيرًا جاء الغد ليذهب جهاد إلى المدرسة، وقامت السيدة صباح في اليوم الثاني مبكرًا؛ لتجهز له الفطور، وأوصلته بالسيارة التي يقودها سائق عرّفته على جهاد؛ ليذهب به إلى المدرسة، ويرجعه إلى المنزل بالسيارة.

مرضت السيدة صباح بعد أشهر من الدراسة، مرضًا أفقدها السيطرة على نفسها وألزمها الفراش، كاد جهاد أن يُهمل دروسه؛ من أجل ألا يذهب وهي تصارع تلك السكاكين، التي تذبحها في صدرها متألمة، فقد كانت مصابة بالتهابات في الصدر، ووجع حاد في القصبة الهوائية، كان الجميع يزورها ويدعو لها بالصحة والعافية، وجهاد يرعاها في الليل، وذات ليلة، بعد ثلاثة أيام من مرضها، نهضت في الليل ووجدت جهاد يبكي، وهو يُقبل يدها:

- جهاد.. هل.. هل.. أن.. أن أنت هنا؟

- لا تتكلمي أرجوكِ، وفري طاقتكِ لتُشفي.

- وهل تظن بأنني سأعيش؟

- نعم، من أجل الخير الذي فعلته لتُعلميني، من أجل الدين الذي اعتنقته، من أجل الحجاب الذي ارتديته، من أجل تخليكِ عن الشهرة والجمال، من أجل صبركِ على قسوة الحياة، من أجل تخليكِ عن حياة الرخاء والزينة.

- فقط لهذا؟

- من أجلي أمي، أجل، من أجلي يا أمي.

- أمي!

- نعم أمي، وسأناديكِ هكذا إلى أن أموت.(وضعت صباح يدها على في جهاد: لا تقل هذا جهاد، سأعطيك عمري، فأنت لا تعلم قيمتك عندي، أنت حُبي الأخير في هذه الدنيا!)

- إن كنتِ تُحبينني حقًا، فلا ترهقي نفسكِ بالكلام، أرجوكِ، فحالتكِ حرجة.

- هل تخاف عليَّ جهاد؟

- ألا أخاف على من عطفت عليَّ، على من لا تنام في الليل، وكل نصف ساعة تدخل إلى الغرفة لتغطيني من البرد، ألا أخاف على من تقوم في الصباح لتُطعمني؟ ألا أخاف على من تأتي ليلًا لتُقبل جبيني؟

- وهل تراني عندما أدخل غرفتك جهاد؟

- نعم أمي، يا أجمل أم في هذه الدنيا!

- هل أمكَ الأولى أجمل مني؟

- أمي رشا!(وأسقط الدمع من عينيه) أمي مرضت من أجلي، خرجت إلى منزل وحدها من أجلي، عانت من ظلام الليل حتى يعود أبي من أجلي، من أجل ألا تزعجني جدتي، دمرت سعادتها في أوهام أن تفقدني، وكنتُ ناكرًا للجميل، أنا حقًا مجرم في حقها.

- كفى حبيبي، لا تعذب نفسك، أنا أعتذر بُني . مسحت الدموع من عينيه . وقالت: هيا بنا بُني، اذهب للنوم فعيناك لا يحتملان السهر، ستذهب غدًا إلى المدرسة، اذهب لترتاح.

- راحتي في راحتكِ أمي.

- أنا ارتحتُ جهاد، نعم، أنا مرتاحة الآن، وسأرتاح إلى الأبد.(أغمضت عيناها وسقطت يدها من على وجه جهاد، ومال رأسها).

- أمي...أرجوكِ أجيبيني، أرجوكِ، يا إلهي! متى سيأتي الدكتور! نزل جهاد على الدرج كالمجنون! عمي فؤاد. (ينادي بأعلى صوته).

أتى السيد فؤاد مع الطبيب في الوقت المناسب وفتح لهما الباب، عمي فؤاد، أمي لقد ماتت!

- ماذا؟

صعد الطبيب مع السيد فؤاد بسرعة فائقة إلى الغرفة، وأخذ الطبيب السماعة والتفت إلى جهاد، فقال جهاد: قالت أمي: إنها سترتاح إلى الأبد (وهو يبكي بحرقة)

-لا تخف بُني، لا تخف سيد فؤاد.(ابتسم الطبيب وضحك، فاندهش السيد فؤاد).

- ماذا هناك؟ لماذا تضحك يا طبيب؟

-لا تقلق سيدي، زوجتك تغلبت على مرضها، وهي الآن متعبة، سترتاح حتى الصباح، وهذا الدواء يجب أن تأخذه كل يوم مساء، لا تقلق فهي بخير.

وفي الصباح، قبل أن يذهب جهاد إلى المدرسة، فتح الغرفة فلم يجد السيدة صباح، فخاف كثيرًا! نزل الدرج وإذا بأمه تحضر له الفطور، فجرى إلى حضنها في المطبخ جريًا.

- أمي!

- جهاد، لقد تأخرت.

- أحمدُ الرب على أنك بخير.

- جهاد، لا تقل الرب، قل الله.

- الله؟

- نعم، فهو الذي يشفي ويُعطي الصحة.

- ويمنح الحياة؟

- إنه يحيي من يشاء، ويميت من يشاء.

- ما أحلى هذا الكلام!

- حسنًا جهاد، ستذهب إلى المدرسة، وعندما تعود سأحدثك عن الله، الذي حوّلتني عبادته من أميرة، إلى ما تراني عليه الآن، أطبخ ولم أطبخ من قبل، أغسل ملابسك ولم أغسل قط.

- هل الله يستحق كل هذه التضحيات؟

- الله ـ سبحانه وتعالى ـ حقيقٌ بالعبادة على أكمل وجه، وإن دعوته مخلصًا من قلبك، استجاب لك لك. أريد أن أسألك جهاد، كيف تشعر بوجودي؟ ألا تنام كثيرًا؟

- لا، بل إنني أنام وأشعر بيدك، ولمسات أصابعكِ.

- تدهشني جهاد، سأحضر لك مفاجأة!

- خير مفاجأة هي عودتكِ سالمةً أمي.

- أنا سعيدة جدًا؛ لأنك تناديني أمي.

- أحبك كثيرًا.

- حسنًا هلّا أكملت طعامك؟

- نعم.

- كن منتبهًا في المدرسة.

- أعدكِ بهذا أمي، هيا بنا سليمان، قُدِ السيارة بسرعة.

- لا تفعل ما قال يا سليمان، على رِسلك.

- حسنًا سيدتي.

- وداعًا أمي.

الفصل الثالث عشر

- رشا، أين أنتِ؟ (قدمت رشا من المطبخ وبيدها صحن الأرز، فوضعتهُ على المائدة)

- ماذا تريد حمدي؟

- ألم يتصل بكِ خالد وقال إنه سيأتي؟

- نعم، لقد اتصلت ندى، وقالت إنها قادمة معه الآن، ومعهما فريد.

- حسنًا، جهزي كل شيء. (وبعد لحظات، رن جرس الباب، ودخلت ندى مع خالد وابنه، ورُحِّب بهم على مائدة الطعام).

في طريق عودة جهاد من المدرسة، كان هُناك زحام في الطريق، فاضطر سليمان إلى الوقوف في منتصف الطريق، أمام محل مكتوب على بابه: "يوجد لدينا اتصالات داخلية وخارجية" لفتتْ هذه الكلمات انتباه جهاد، فقال للسائق:

- سليمان، هناك هاتف في هذا المحل.

- هل تريد أن تطمئن والدتك؟

- والدتي؟(سرح قليلًا ثم قال): نعم، يجب أن أطمئنها،(دخل جهاد وبرفقته سليمان المحل، واتصل بالسيدة صباح وطمأنها، وأغلق السماعة، ثم قال:

- سليمان، أريد أن أهاتف أحدًا، ممكن؟

- نعم، بالتأكيد.(وخرج هنا سليمان من المحل) اتصل جهاد بالهاتف المحمول لحمدي، فقد كان يحفظه رغم صغر سنه، رد عليه حمدي بعد وقت طويل؛ لأنه كان يتناول طعام الغداء:

- مرحبًا.

- (صمت جهاد كثيرًا وسقطت الدموع من عينيه رغمًا عنه).

- مرحبًا،(كانت رشا تكلمه من هاتف حمدي) من يتكلم بالهاتف؟ ماذا حمدي ألم تعرف الرقم؟

- لا، فهو غير معروف (ظل جهاد يسمع وهو صامت، عاود حمدي المحاولة)

- من معي؟

- أخيرًا رد عليه جهاد: جهاد يا أبي.

- جهاد!(أمسكت رشا بالهاتف) هل هي جهاد حمدي؟

- جهاد، أين أنتِ حبيبتي؟

- أبي، لا تبحثوا عني.

- جهاد، نحن نبحث عنكِ مع الطبيب خالد وزوجه.

- الطبيب خالد؟

- نعم، صديق والدكِ (أخذ الهاتف من رشا)

- رشا، أعطيني إياه.

- لا حمدي، دعني أتكلم.جهاد حبيبتي،هكذا فعلتِ بأمكِ!

- حاولي نسياني أمي، أرجوكِ(وهي تبكي).

- جهاد، ماهذا الكلام! أين أنتِ وكيف تعيشين؟

- أمي، لا تقلقي عليَّ، أنا أدرس في الصف الأول الابتدائي، وأعيش مع والدين طيبين حنونين.

- وهل هما أحن مني لتهربي مني؟(وأخذت رشا تبكي)

- أمي، أرجوكِ لا تبكي.

- جهاد!

- أنا أحبكِ أمي، ولن أنساكِ، ولكنكِ تعلمين لمَ رحلت، رحلتُ لأني لا أستحقك.أمي، عيشي حياتكِ وأنجبي بنين وبنات.

- كفى جهاد، لا تقولي هذا، يكفي.

- أعدكِ بأني سأتصل بكِ دومًا.

- هل هذا صحيح؟ جهاد أخبريني أين أنتِ؟

- لا أستطيع يا أمي، لا أستطيع.

- ما رقم هاتفك؟

- صدقيني أمي، لا أعرفهُ، لقد أطلت المكالمة، اعلمي أني أحبكِ أنتِ وأبي كثيرًا (وأغلقت السماعة).

- جهاد...جهاد!

خرج جهاد (والدموع في عينيه) مباشرةً إلى السيارة، وقد خف الطريق من السيارات، وظل يبكي حتى وصل إلى البيت، فاستقبلته السيدة صباح وقبلتهُ في جبينه، ففر من يديها وصعد الدرج وهو يبكي، فذهبت إلى الحديقة وسألت سليمان عما أصاب جهاد.

- ما الذي أصاب جهاد؟

- لقد تكلم بالهاتف مع أحد، وبعد أن خرج من المحل ظل يبكي، ولم ينطق بكلمة واحدة.

- ألا تعرف مع من تكلم؟

- لا أعرف سيدتي.

صعدت السيدة صباح إلى غرفة جهاد، فوجدته مستلقيًا على الفراش نائمًا، وبيده السلسلة، فأخذتها من يديه، فأفاق.

- نم، نم، بُني.

- أنا أعتذر، أمي.

- من هذان؟

- والديَّ الحقيقيان.

- رشا وحمدي؟

- الحقيقيان.

- كلمتهما بالهاتف؟

- ليتني أستطيع.

- لِمَ؟

- لأنني لا أعرفهما.

- لا تبكِ، فالحياة لا تستحق دموعك بُني.

- هل تناولتِ الغداء أمي؟

- لا.

- لماذا وأنتِ مريضة؟

- لأنكَ لست معي.

- حسنًا، هيا بنا، لا بد أن تأكلي، وسنأكل معًا من أجل الدواء أمي، هيا.

مرت السنوات وها هو جهاد في الصف السادس يبلغ من العمر اثني عشر عامًا، أما جوليا فهي في الصف التاسع، وتبلغ من العمر سبعة عشر عامًا، بعد أن رسبت في الصف التاسع سنتين؛ لأنها لم تكن ذكية أبدًا.

في شركة السيد فؤاد، حدث ما لم يكن في الحسبان، اكتشف بأن مساعده الشخصي يخونه، ولا يُعطي الموظفين رواتبهم كاملة، وإن أعطاهم السيد فؤاد مكافأة في بعض الشهور، فإنه يأخذها منهم، ولم يكن هذا فحسب، بل إنه قد زور توقيعه وأخذ ختمه، وسحب الأموال من البنك، حين ذهب السيد فؤاد إلى البنك لسحب مبلغ بنفسه في يوم من الأيام، أخبروه بأن سالمًا قد أتى إليهم عدة مرات، ولم يكن السيد فؤاد يُرسله لسحب أمواله التي يريدُها، فأخبروه بأنه سحب ثلاثة ملايين في مرة، و ثلاثة في مرة أخرى، و اثنين في مرة أخرى....، جن جنونه وعاد إلى المكتب، فوجد أحد الموظفين يعاقبه سالم ويخصم من راتبه، وأخبره بما يخصم وبما يعطي، فاكتشف أنه يعطيهم القليل مما يستحقون، بالإضافة إلى بعض العقوبات، وما أن عاد سالم، حتى كاد السيد فؤاد أن ينفجر غضبًا منه.

- أستاذ فؤاد، بَلغني بأنك تريدني.

- نعم، أين أنتَ؟ ألا تعمل كبقية الموظفين؟

- بلى، ولكني خرجتُ الآن؛ لأن أمي مريضة.

- كذاب.

- سيد فؤاد!

- نعم أنت كاذب، ولم أرَ أحقر منك قطُّ.

- ما الذي حدث؟ لماذا تحدثني هكذا؟

- اليوم سحبتَ مبلغ ثلاثة ملايين، وخرجت بعدها لتخبئها.

- لا أسمح لك بأن تتهمني هكذا.

- (أخذ السيد فؤاد يشد قميص سالم بقوة ويهزه): أنت حقير يا سالم، حقير!

- دعني، لا أسمح لك بمعاملتي هكذا، رماه السيد فؤاد أرضًا، ثم نهض سالم وأخذا يتصارعان إلى أن سمع الموظفون، وحضروا إلى المكتب جميعهم ينظرون إليهما.

- لا يتدخَّلَنْ منكم أحد، سأسوي مسألتي معه.(تراجع أمن الشركة)

- اخرج من هنا.

- لا يُشرفني أن أعمل معك.

- يا لحقارتك وغلاوة جهاد عندي! لولا خوفي عليه لقتلتك هُنا، وذهبت إلى الجحيم.

- سنرى غلاوته عندك، "هه هه ابن الشارع"

(أخذ السيد فؤاد برقبته يُريد خنقه): لا أسمح لك بالكلام على ابني هكذا، هل تسمع؟ (تدخّل الأمن وخلّصوا سالم من السيد فؤاد، وأخذ الموظفون يطردونه بكل حقارة) شرب السيد فؤاد كأسًا من عصير الليمون، وهدأ من روعه قليلًا.

خرج سالم من الشركة وصدره مشتعل كالنار، خرج كالحشرة يُطاردها البشر؛ لقتلها؛ لبشاعتها، لم يزد ذلك في قلبه إلا رغبة في الانتقام من السيد فؤاد، وفي تمام الساعة الثانية عشرة ظهرًا، ذهب سالم للانتقام بطريقتهِ الخاصة.

كان جهاد يتكلم مع أصدقائه مسرورًا إلى أن تركوه، ثم ذهب أمام بوابة المدرسة، وقاطع حديث جوليا مع صديقتها.

. أعتذر على المقاطعة، جوليا، هل ستذهبين؟

- حسنًا، هيا بنا.(خرج جهاد مع جوليا، ومن ثم أتى سالم، كان جهاد يُحبه كثيرًا؛ فقد كان مساعد والده الشخصي، ولطالما كان يزور المنزل كثيرًا).

- سالم، كيف حالك؟

- مشتاق إليك جهاد (مبتسمًا بأنياب الليث)

- لماذا أتيت إلى هنا؟ ألا تعمل مع أبي الآن؟

- جوليا: ألا تعمل مع عمي الآن؟

- لا، السيد فؤاد أمرني بأن أصطحب جهاد إلى مكان عمله.

- تصطحبني سالم؟

- نعم، والدك أحضر لك مفاجأة، دع جوليا تعود إلى المنزل مع سليمان، وأنت تعال معي.

- حسنًا جوليا، اذهبي.

- جوليا: يا لغبائك! تقاطعني مع صديقاتي ثم تتركني وتذهب وحدك!

- سالم: هيا بنا جهاد، فلا وقت لدينا.

- جهاد: إلى أين تأخذني سالم؟ لقد قطعنا مسافة طويلة، ثم إن الطريق خاليةٌ من السيارات.

- نعم جهاد، كيف ستكون مفاجأة إذًا؟

- لماذا لم يخبرني أبي بذلك؟

- لقد أخبرتك أنها مفاجأة.(كان سالم يقود السيارة بسرعة كبيرة، وفي طُرق فرعية مخيفة.

وصلت جوليا فوجدت عمها وصباح ينتظران جهاد.

- صباح: أين جهاد جوليا؟

- جوليا: عمتي، لقد ذهب لملاقاة عمي فؤاد، عمي، ألم تُحضر سالم ليأخذه؟

- صاح السيد فؤاد: ماذا قلتِ! سالم أخذ جهاد؟ يا ويلي!

- صباح: ماذا هناك؟ ماذا هناك فؤاد؟ ماذا حل بابني؟ إلى أين أخذه سالم؟

- فؤاد: اهدئي صباح، سأذهب للبحث عنه.

اتصل فؤاد بأخيه ليساعده في البحث عن جهاد، فأسرع إليه، ثم أتى والد ملاك فوجد صباح تبكي، سألها عن السبب فحكت له القصة.

- سالم: الآن انزل جهاد، هذه هي المفاجأة!(أدخله سالم إلى منزل مهجور، وصعد الدرج معه، والأوساخ تملؤه)

- ما هذا المكان سالم؟ هل أبي يأتي إلى هنا؟

- نعم جهاد، إنه في تلك الغرفة، هيا بنا.(وصل الذئب إلى باب الغرفة، فأخذ جهاد ورماه أرضًا، وأغلق عليه الباب، نهض جهاد وأخذ يضرب على الباب ويصيح)

- لماذا أحضرتني إلى هنا سالم؟ هيا قل لي؟

- (وهو يضحك) أحضرك إلى هنا والدك الوفي، حبيبي، "ها ها ها ها".

- كاذب، كاذب،(يبكي ويدق الباب) أبي لا يفعل بي هذا.

- لقد قال لي: دع هذا الولد في المكان الذي يستحقه.

رحل سالم من المنزل القذر، وجهاد يصيح ويدق الباب: لا ترحل سالم، لا ترحل.

عاد السيد فؤاد قُبَيل المغرب مع أخويه، والد ملاك ووالد جوليا، كانت السيدة صباح تبكي.

فؤاد فهو في حالة يُرثى لها، وهو يعتقد أنه السبب؛ لأنه لو لم ينطق باسم جهاد لما حدث ذلك!

- أنا السبب، كان سينتقم مني، فلماذا جهاد؟(كان يقف فيقف أخواه يحاولان تهدئته)

وبينما كان هذا حالهم، إذ رنّ الهاتف، فسعى الجميع إليه، لعل الخبر يأتيهم عن جهاد، فأجاب السيد فؤاد:

- جهاد؟

- مسكين أستاذ فؤاد، قلبي معك.

- أنت أيها الحقير! أين وضعت ابني؟

- هل لديك ولد؟

- لا تفقدني أعصابي، أين ابني؟

- آوٍ، إنه ذلك الولد، ابن الشارع.

- أين جهاد؟

- لقد انتهى جهاد.

- ما.. ماذا!(سقطت السماعة من يده، فأخذها والد جوليا)

- سالم، أعد إلينا جهاد، وسنعطيك ما تريد.

- ماذا ستعطونني؟ كرامتي؟

- أين جهاد؟

(أغلق سالم السماعة، فسقطت السماعة من يد والد جوليا، وهو يقول بنبرات غضب: حقير قاسٍ، كيف يقتل ولدًا بريئًا! وما أن سمعت السيدة صباح ذلك، حتى أُغمي عليها وسقطت أرضًا، فنقلتها والدة ملاك إلى فراشها، أما السيد فؤاد فقد كان في حالة عصبية مروعة، يصيح: جهاد.. لا.. لا يمكن، ليتني متُ أنا! لا، لا...

- هدِّئ من روعك أخي.

- كيف أهدأ كيف! جهاد ابني!

جاء الظلام وجهاد ما زال يحاول فتح تلك النافذة، لكنه لم يستطع، وساد الظلام والغرفة فارغة من كل شيء، لا أكل، ولا شرب، ولا سرير، ولا حتى غطاء، كانت تلك الغرفة مظلمة، والنافذة مسدودة بقطعتين من الخشب، وكأنها كانت سجن لأناس قبل جهاد، ولربما مات فيها الكثير. والله سبحانه وتعالى أعلم ـ

جلس جهاد على مكان ما في الغرفة، وقلبه يدق بسرعة خفقان الطير من الخوف، ومعدته تؤلمه من الجوع، وحلقه من العطش، وبعد لحظات بدأ صوت الذئاب يرج تلك الغرفة، جهاد لم يحتمل صوتها، تهدأ الذئاب، ويبقى صوت الرياح المخيف في بداية الليل، وكأنه في نهايته

عند جهاد، فقام يدق الباب ويصيح في حالة ذعر: النجدة، النجدة، ساعدوني، ولكن بلا جدوى، ثم سمع جهاد أصوات فئران، قد خرجت من مكان ما من الغرفة، الرعب في قلب جهاد! قلب جهاد المرتعب: يا إلهي! النجدة، ساعدوني، فليساعدني أحد، أرجوكم.(جلس جهاد على ركبته يبكي، وفجأة أحس بوجود حية تلف المكان، يراها ولكن الظلام أكثر مما تراه عيناه، تأكد جهاد بأنها حية تزحف إلى ناحيته، وهو يصيح...

لا.. لا.. أمي.. أبي، ماذا يحدث؟ النجدة، حبًّا بالله ساعدوني.(ظل يصرخ طويلًا حتى التفت فرأى نورًا أبيض، ينبع من جسم امرأة أضاءت تلك الغرفة، نهض جهاد بعد أن فقد الأمل مندهشًا من تلك الصدمة)

- أمي!

- نعم ابنتي، أنا أمكِ.(اقتربت الحية من قدم جهاد فصعقتها المرأة بعصاها السحرية حتى ماتت)

- هل أنتِ أمي حقًّا؟ أم أنني أتخيل؟

- نعم جهاد، أنتِ لا تتخيلين.

- تعرفين أني فتاة؟

- وهل الأم لا تعرف ابنتها الوحيدة؟

- لماذا تركتني في الميتم؟

- تركتكِ في الميتم! من قال هذا؟

- أمي رشا قالت: إن والدي وضعني في الميتم وأعطاني هذه السلسلة.(خلع جهاد السلسلة من عنقه وأعطاها لرباب)

- إنها صورتي مع والدكِ.

- ما اسم والدي الحقيقي؟ من أنتما؟

- أمسكت جهاد السلسلة، وقالت لها أمها: خذي جهاد سلسلتك، ولا تفرطي بها أبدًا، أخذت تلك المرأة العصا، ووضعت فيها نورًا أبيض، فتح جهاد عينيه مندهشًا!

- ما هذا؟

- ليبارك الله لكِ ابنتي، ولكن على حقيقة أمرِكِ.

- حقيقة أمري؟ أخبريني كيف سأخرج من هنا؟

- حب الخير للناس وأعمالك الصالحة، ستنقذكِ ابنتي، طاعة الله وإيمانكِ سينقذكِ.(بدأت تختفي، ولكن النور ما زال في السلسلة).

- أمي.. لا ترحلي.. أمي.. أين أنتِ؟ لم أصلِّ يومًا، لم أُطع الله يومًا، ثم إنكِ لا تتركيني، أمي، لا تتركيني، ثم إنكِ قلتِ لي إنكِ أمي، ولكنكِ لم تُخبريني أين أجدكِ أمي،(أخذ جهاد ينظر إلى تلك السلسلة) ما السر فيكِ؟ ماذا أستفيد منكِ إلا هاتين الصورتين؟

جلس جهاد متعبًا على الأرض، يبكي ويبحث عن حل للخروج، فكانت كلمات شبح رباب تملأ أذنيه: "حب الخير للناس... أعمالك الصالحة ستنقذك" كان جهاد يبكي بحرقة عما أضاعه من وقته بلا صلاة، فهو الآن سيتجاوز الصف السادس ويعلم الدين، ولم يطبقه، ولم يصلِّ.

لم ينتبه جهاد إلى الوقت إلا والصباح قد طل من النافذة الصغيرة، فقد كان حلماً أن رأى رباب، رأى الجدران المُتشققة التي كانت الفئران تدخل وتخرج منها وإليها طوال الليل، وملابسه المتسخة ولم ير إلا السلسلة بيده، ولكنه يشعر بقوة كبيرة جدًا، لم يسبق له من قبل أن كان بمثل هذه القوة!

عاد سالم في الساعة العاشرة صباحًا وفتح الغرفة، وكان متأكدًا من أن جهاد قد مات، فإن إن لم يمت من الخوف، مات من الجوع، والعطش، والبرد، فيوم يكفي للموت، وقف على باب الغرفة ينظر إلى جهاد:

- أما زلت حيًا جهاد؟

- يا لك من حقير سالم! سافل مُنحط، عديم الإحساس!

صفعه سالم حتى سقط أرضًا، وكان الدم يخرج من فيه، وسقطت السلسلة أرضًا فأخذها سالم.

- دعها أيها الحقير.

- ما هذه السلسلة؟ تبدو ذهبًا.

- هاتِها.

- ابتعد.(سقط جهاد على الحائط ثم أرضًا، وأخذ يحبو على ركبتيه يريد الوصول إلى السلسلة)

- ستجلب مبلغًا ثمينًا (فتح سالم السلسلة فوجد صورة الشخصين)

- من هذان؟ يبدو أن الرجل يُشبهك، هل هو والدك؟ لا أعرف ما أقول.

- لا تسخر من أبي.

- سترى ما سيحل بوالدكَ، سأضعه تحت قدمي.

- لا.

رمى سالم السلسلة، وأراد أن يدوس عليها بقدمه، وقبل أن يدوس عليها عطف قدمه مستعدًا بكل قوته؛ لتحطيمها، وفجأة أصابته (جلطة) من شدة الغضب، حتى شُلّت تمامًا وكأنها حجر بشكلها المعطوف، سقط سالم أرضًا، ووقف جهاد مندهشًا مما حدث! وتخيل رباب، وصوتها يملأ الغرفة، وهو يسمعها تقول: جهاد خذي السلسلة، واهربي هيا.

- لكن!

- قلتُ اهربي، والداكِ ينتظرانكِ (كان سالم يصيح): جهاد، خذ السلسلة وأبعد هذا السحر عن قدمي، لا أستطيع أن أقف،(أخذ جهاد السلسلة وهرب، وسالم يُناديه: أيها الجبان، أين تهرب؟)

نزل جهاد الدرج وعلى صراخ سالم، كان مساعدا سالم قد دخلا البيت المهجور، وأمسكا بجهاد في منتصف الدرج.

- دعوني، اتركوني، مجرمون(أخذ أحدهم يمسك شعر جهاد بعنف ويرجعه إلى الغرفة التي فيها سالم، أخذ سالم يضحك: أين ظننت أنك ستهرب؟ هيا اقترب وأبعد هذا السحر عني.

- لن أفعل ذلك،(صاح أعوان سالم) سحر! سحر!

- نعم، هذا الصبي ساحر، خذوا السلسلة وأنقذوني.

كان الرجلان في غاية الخوف والجُبن، وما أن سمعا بما قاله سالم، حتى فروا هاربين، وكانت الشرطة قد أحاطت ذلك المكان، بعد مراقبة دقيقة لسالم.

كان صوت سيارة الشرطة عاليًا، مما جعل سالم يضطر إلى أن يأخذ الخنجر من جيبه، حاول جهاد أن يخرج، ولكنه قبض عليه حين اتكأ على قدمه السليمة.

الفصل الرابع عشر

صعد رجال كثيرون إلى الغرفة من رجال الشرطة، فأخذ سالم الخنجر ووضعه على عنق جهاد.

- سلم نفسك، واترك الولد.

- سأذبحه إن اقترب أحدٌ مني،(حاول رجل من رجال الشرطة الاقتراب، فآلم سالم عنق جهاد) كان جهاد قد فقد الأمل في الحياة مجددًا، فسمع صوت شبح أمه مجددًا: "ابنتي، أمسكي السلسلة في جيبك، وأخلصي في دعائكِ" أمسك جهاد تلك السلسلة بقلبٍ صافٍ، حتى جعلت يد سالم تتراخى نحو قدمه اليمنى، إلى أن أفلت جهاد واقفًا، لينضم نحو رجال الشرطة، كان سالم يصيح: لا، لا، ساعدوني،(كانت التساؤلات تملأ وجوه رجال الشرطة، وبعد تفكير طويل ظنوا أنه يَتمثل بهذا المنظر حتى لا يقبضوا عليه، وأخذوا يعاملونه بعنف، ولكنه لم يستطع قلب جسمه في الأرض يمينًا ويسارًا حتى أغمي عليه، وأخذ بنقالة إلى المستشفى هو وجهاد، فرُبط رأس جهاد بالشاش، وأسعف إسعافًا أوليًا.

كانت السيدة صباح تبكي طيلة هذه الفترة، ولما سأل أصحاب جهاد عنه، أعلموهم بوفاته، وكل منهم كان حزينًا جدًا، كانت السيدة صباح فوق الفراش مريضة لا يُرى من عينيها إلا الدمع، وهي تكلم زوجها...

- فؤاد، هل نخسره بعد ما تعلقت قلوبنا به؟

- أنا السبب! صباح، أنا السبب!

(طرقتْ الخادمة باب الغرفة)

- نعم، ماذا تريدين؟

- سيد فؤاد، قائد الشرطة يريدك.

- دعيه ينتظر،(تدخلت السيدة صباح): دعيه يدخل، فلربما رأوا جثة جهاد.(وبكت)

دخل رجل الشرطة ملقيًا التحية بعينين حزينتين.

- سيد فؤاد، لقد رأينا جثة ولدك!

- (دق قلب صباح بقوة) هل قتله سالم؟

- تابع فؤاد: أرجوك أخبرنا.

- سيدي، لقد أحضرنا جثة ولدكما.

- هل أحضرتموها؟

- أستحق الموت بدلًا منك يا جهاد.

قال قائد الشرطة: أدخل الجثة يا محمود،(ترفعت السيدة صباح): لا أريد رؤيته، لا تدخله.

- أدخلها يا محمود.(دق قلب فؤاد بشدة، وصباح غطت وجهها بالغطاء، وحرَّف السيد فؤاد ظهره مترفعًا أيضًا)

دخل جهاد حيًّا!

- ألا تريدان رؤيتي أبي، أمي!(حرَّف السيد فؤاد من ظهره، وفتحت السيدة صباح الغطاء ليريا أهذا حلم أم حقيقة، فجرى جهاد إلى حضن والده مسرعًا.

- أبي، لم أصدق بأنكَ رميتني في ذلك المكان المقرف، ومن ثم اعترف سالم في المستشفى بأنك بريء، وإلا لما وجدتني هنا.

- هل تشك بي جهاد؟ أنا والدك!

- لا.(مسح جهاد دموع والده، ورأى والدته فاتحة له ذراعيها، فجرى بسرعة إلى أحضانها)

- فرحتْ العائلة برجوع جهاد سالمًا حتى جوليا، كان الجميع يضحكون، وملاك أيضًا وعبير، فقد اعتادوا على وجوده، فعبيرٌ كان يُلاعبها ويحبها كثيرًا، وقد كانت بلغت من العمر سبع سنين، ولكنها لم تلتحق بالمدرسة، أما ملاك فقد كانت في الصف الثاني.

- بُني!

- ماذا أمي؟

- لقد اتصل بك دُريد.

- دُريد؟ وماذا قلتم له؟

- لقد قلنا له إنك ...

- قلتم له إني مت؟ لماذا فعلتم هذا؟

- بُني، لا تنزعج.

- أمي، يبدو أنه حزين، أتعتقدين ذلك؟

- وهل من أحد يراك ولا يُحبك؟ الآن نم بُني.

- وهل ستوقظينني في الصباح؟

- هل ستذهب إلى المدرسة؟

- نعم أمي.

- لا تذهب، فأنت ما زلت متعبًا.

- لا أمي، أريد أن أذهب.

- حسنًا جهاد، تصبح على خير.

في اليوم التالي، لم يستيقظ جهاد إلا في الساعة الثانية عشرة ظهرًا، وكان أصدقاؤه يبكون عليه، والمدرسون في حالة حزن، لا يستطيعون أن يعلموا لحالة الطلاب، أما دريد فقد تغيب عن المدرسة، وأُصيب بحمى من اليوم الأول الذي سمع فيه الخبر.

قام جهاد مفزوعًا وغضب على أمه؛ لأنها لم تُوقظه، وذهب مسرعًا إلى المدرسة ووصل في الثانية عشرة والربع تمامًا، تفاجأ الجميع بوجوده وفرحوا كثيرًا، وعانقوه بعد البكاء الطويل، ولما سأل عن دُريد أخبروه أنه محموم، فغادر المدرسة والحزن في عينيه.

عاد جهاد إلى المنزل وتناول الغداء، وأقنع والديه بأن يزور دريد في العشاء، وما أن جاء العشاء حتى نفد صبر جهاد، لا يطيق الانتظار، كان يريد من أمه أن تسرع في صلاتها.

ذهب جهاد مع والديه لزيارة دريد، فاستقبلوهم بكل سرور وفرحة؛ لأن جهاد حي، ومن ثم سمحت والدة دريد لجهاد بالصعود إلى غرفته، صعد جهاد إلى غرفة دريد، كان محمومًا جدًا، ويهذي: جهاد.. جهاد، لا تتركني.(أخذ جهاد يده ووضعها على جبينه)

- دريد، هل تسمعني؟ أنا هُنا.

كان دريد يحاول أن يسمع ولكنه لا يستطيع ذلك، ولا حتى فتح عينيه، صعد والدا جهاد لاصطحابه إلى المنزل، ولكنه أبى إلا أن يظل مع دريد إلى أن يُشفى، وأصر على البقاء، وأخيرًا تركوه.

كان جهاد يضع القطن على جبين دريد ويغيره طوال الليل، ووالدة دريد ذاهبة راجعة إلى أن نامت، كان جهاد يبكي، ويقول: دريد، يجب أن تعرف الحقيقة، لا يمكن أن نكون أصدقاء مدى الحياة، لا يمكنك أن تحبني كصديق لك، أرجوك! (انخفضت الحرارة وعاد دريد إلى وضعه الطبيعي، ولم يصدق عينيه!)

- جهاد، يبدو أنني أتخيلك.

- لا، أنا حي دريد، حي نعم.

- هل هذا صحيح؟

- إنها كذبة كذبها سالم؛ ليحرق قلب والدي، لكن الشرطة جاءت في الوقت المناسب.

- جهاد، أنا أحبك جدًا، وأتمنى أن أكون صديقًا لك مدى العمر.

- وأنا أيضًا أحبك دريد، ولكني لا أستطيع أن أكون صديقًا لك.

- لماذا جهاد؟ لماذا؟

- ستعرف يومًا ما، كيف تشعر الآن؟

- جهاد، لو لم تكن تُريد مصادقتي، فلماذا أنت هُنا وفي الليل أيضًا؟

- دريد!

- جهاد، لا أرغمك على شيء لا تريده، في بادئ مجيئك إلى هذه البلاد، كنتُ حزينًا جدًا، فجذبني هدوءك وأخلاقك الحسنة، وأدبُك وذكاءك، فجئت وجلستُ بجانبك، وأصبحت أكبر أمنية لي بأن تكون أخي وصديقي مدى الحياة.

- دريد، سأكون صديقًا وأخًا وزميلًا وكل شيء، ولن أغضبك، ولن أغضب منك أبدًا.

- أعدك جهاد، بأنك لن تجد مني إلا ما يسرك! (وضع جهاد يده بيد دريد، وتعاهدا على المحبة والإخلاص مدى الحياة)

مرت شهور وسنوات، وكان صوت جهاد عندما كبُرت ثقيلًا بعض الشيء، مما ساعدها في تقمص شخصية الرجل أكثر. كانت طويلة وجسمها كان نحيلاً جداً؛ حيث إنها لم تبرز لديها ملامح الأنوثة، وبشرتها سمراء قليلاً، لديها شعر بين حاجبيها الكثيفين، يكادان يلتصقان ببعضهما، حيث كانت لا تنزع شعر وجهها كما تفعل الفتيات؛ مما أخفى ملامح جمالها، وكانت كثيرة الجلوس في غرفتها وحدها، وتذهب خارج المنزل وحدها، تلزم الصمت في أكثر أوقاتها، تحرص على لبس شيء مشدود يخفي صدرها الصغير الذي بالكاد يظهر، قليلة الاحتكاك بأهلها، حتى إن الذي ساعدها هو أن والدتها السيدة صباح لا تحتضنها عندما أصبحت شابة، فهي تتحجب عنه لأنها لم ترضعه، وهي تلتزم بالدين ما استطاعت أن تتحكم في مشاعرها، وكانت جهاد تتدرب كما يتدرب الرجال، وترهق نفسها في التمارين، ولعل هذه العوامل ساعدتها على التخفي طوال هذه السنوات...

مرت السنين وكبر جهاد ودريد، وأصبحا شابين في السنة الأولى في كلية الهندسة، وجوليا ما زالت في الصف الثالث الثانوي لسقوطها المتكرر، وملاك في الصف الثاني الثانوي، وعبير في الصف التاسع، كلما كبر جهاد كبرت مشاكله معه، فجهاد يُخبئ في صدره سرًا كبيرًا، لو خرج

لحطم كل عائلته وكذلك دريد، ولَحَزِن حزنًا شديدًا، واعتبر حياته مع جهاد غشًا وخداعًا ونفاقًا، أما السيدة صباح، فحبها لجهاد كما هو، تطعمه، تنتظره، وكذلك السيد فؤاد.

كان جهاد دائمًا يمر على والدته ليلًا.

- مرحبًا بُني، تعال إلى هنا.

- أعتذر أمي، لقد قاطعتك.

- لا عليك بُني، لقد أكملت سورة البقرة، جهاد، لماذا لا تُصلي بُني؟ الله— سبحانه وتعالى — سيحاسبك، لا على دراستكَ بُني، أنت محاسب، اعبد الله كما يستحق.

- تصبحين على خير أمي،(قبل جهاد رأسها وخرج).

- جهاد، لماذا تتجاهلني؟ بُني عُد إلى هنا.(أغلق جهاد الباب وخرج)

هذه حالة جهاد يومية، والدته تذكره بالله ـ سبحانه وتعالى ـ وهو لا يستطيع فعل شيء، يذهب للنوم وينام دقائق، ثم تأتيه المنامات المزعجة؛ فيصحو مفزوعًا،: "رباه، أريد أن أنام أرجوك، يا إلهي، أُريدُ أن أنام"ويبكي فوق الفراش، ثم يعود للنوم، ويرجع حلمه المزعج، وصوت شبح أمه يتردد في أذنه: "قولي لهم الحقيقة جهاد، إلامَ ستخبئين هذا السر؟ جهاد، قولي لهم الحقيقة يا ابنتي.(ويصحو جهاد مفزوعًا مرة أخرى): يا إلهي، أمي كيف ستتقبل الحقيقة! وأبي فضيحته أمام الناس، ودريد وموقفه مني أمام الجميع! رباه، لا تضعني في هذا الموقف المحرج، أرجوك!(ويفتح جهاد الدرج ويأخذ السلسلة، وينظر إلى صورة والديه: توفيق ورباب، إلى أن يأتي الصباح، وهكذا وهو حاله من الصف الأول الثانوي، عيناه لا يذوقان النوم إلا لبضع ساعات فقط، أما في الصفوف الأولى فقد كان سعيدًا جدًا مع دريد، ولحظات مرحهما وسعادتهما لا تقدر بثمن.أما رشا وحمدي فقد انقطع صوته عنهم، ولا يرسل لهم إلا في كل شهر مرة، وهما المسكينان يفرحان بابنتهم السعيدة، والجميلة والأميرة.

تدخل السيدة صباح بعد أذان الفجر غرفة جهاد، وما أن فتحت الباب، حتى تظاهر جهاد بأنه نائم.

- جهاد، انهض بُني؛ لتصلي الفجر، جهاد، انهض.

- أماه، دعيني أنام.

- انهض بُني، وحدثني (نهض جهاد جالسًا على الفراش مع أمه): ماذا أمي؟

- لماذا لا تصلي، هل تذكر عندما كنتَ صغيرًا، تتعجب من حركات سجودي، وركوعي، وتسألني؟(وغرق جهاد في ذلك البحر ربع ساعة، يتذكر أمه بصلاة العشاء).

- " السلام عليكم ورحمة الله، السلام عليكم ورحمة الله".

- أمي لماذا ترتدين هذا اللباس؟

- تقصد الحجاب والقميص؟

- نعم، أمي.

- لأن صلاة المرأة لا تصح، إلا إذا سترت جميع بدنها بشَعرًا وشعرًا، عدا الوجهَ والكفين.

- والرجل؟

- الرجل ليس كالمرأة، فهو يرتدي أي شيء، ولكنه يجب أن يستر ما بين سرته وركبتيه، وأنت لا بد أن تصلي حبيبي.(فقاطعته السيدة صباح في تفكيره: هل تتذكر هذا اليوم جهاد؟)

- وليتني لا أتذكره!

- لماذا؟

- لا شيء أمي، دعيني أنام (تمدد جهاد وأخذت السيدة صباح تُوقظهُ): جهاد، انهض بُني.

خرجت السيدة صباح وأطفأت الضوء خلفها وأغلقت الباب، فنهض جهاد يندم على أيامه التي أمضاها دون صلاة بحجة أن الصلاة لا تصح إلا بالحجاب واللباس المحتشم، ناسيًا أن بستطاعته أن يفعل ذلك باعترافه بالحقيقة، ولكنها الآلام التي في صدره، والنار التي تحرق فؤاده، وينهض ليرسم تصميمات هندسية، وفي الساعة السادسة، يحاول أن ينام فيها ويُريح جفنيه، ولو بشيء يسير من النوم إلى الساعة السابعة أو الثامنة، حسب مواعيد الذهاب إلى الجامعة.

- صباح الخير دريد.

- مرحبًا جهاد، لماذا تأخرت اليوم؟

- لقت نمتُ متأخرًا.

- هيا ندخل قبل أن يحضر الدكتور (قبل أن يدخل جهاد مع دريد قاطعتهم أحلام، متجهة نحو جهاد)

- صباح الخير جهاد.

- صباح الخير أحلام.

- لماذا تأخرت؟ (رد مرتبكًا).

- لا لقد نمتُ كثيرًا.

- لقد قلقتُ عليك.

- شكرًا، هيا بنا ندخل (دخل الثلاثة، وكانت الفتيات ينظرن إلى أحلام نظرة أخرى، فذهبت إلى مدرج الفتيات.

- أحلام، تمشين مع اثنين! ألا تكتفين بواحد؟

- أنا لا أفكر إلا بجهاد.

- ولكن جهاد شاب مؤدب، لا يفكر بما تفكرين به، وليس عنده كلام يسمى بالحب.

- ولماذا؟ أليس رجلًا ويحلم بفتاة أحلامهُ؟

- ولمَ لا يكون وجدها؟

- اصمتن، فبكلامكن هذا قد تعكرنَ صفو مزاجي.

- كفى، لقد دخل الدكتور سعد.

- لا تتدخلن في أموري مرة أخرى.

- الدكتور: صباح الخير أبنائي.

- صباح الخير دكتور سعد.

- اجلسوا.

- شكرًا.

- اليوم قررت أن تكون جلستنا جلسة إسلامية، ما رأيكم؟

- صاح دريد مسرورًا: حقًا دكتور؟

- نعم دريد، يالحماسك!

- نعم، فأنا أحب الدين الإسلامي كثيرًا.

- حسنًا فلنبدأ بالحوار: من منكم لم يصل الفجر اليوم؟

(كان الحوار قائمًا بين الدكتور سعد والطلبة بشكل حماسي، وأحلام وبعض الفتيات متجاهلات، غارقات في الكلام الجانبي، مستهزئات بالمحاضرة ذات القيمة النفيسة، وأما جهاد فقد كان شارد الذهن وليس موجودًا معهم بعقله أبدًا، قبل أن يخرج الدكتور سعد،قال: أرجو أن تكونوا قد استفدتم من هذه المحاضرة، قال مجدي من جانب جهاد، واضعًا يده على كتف جهاد: شكرًا لك دكتور سعد، لقد استفدنا كثيرًا،(كان الدكتور سعد ينظر إلى جهاد باستغراب) ثم قال: أرجو أن يكون كذلك مجدي، جهاد؟ (رفع رأسه ناظرًا إلى الدكتور سعد)، فقال

الدكتور: تعال معي، أنتظرك في الاستراحة، أرجو أن تأتي بعد خمس دقائق   (وخرج من الصف).

- جهاد، لمَ يريدك الدكتور سعد؟ يجب أن تذهب الآن إليه.

-لا أعرف دريد، حسنًا سأذهب إليه.(وصل جهاد إلى الاستراحة التي كان الدكتور سعد منتظرًا فيها، جالسا على كرسي):

-دكتور سعد.

-تفضل جهاد بالجلوس جانبي.

-ماذا؟

-اجلس جهاد،(جلس جهاد بجانب الدكتور سعد)

-جهاد، ما حكايتك؟

-ماذا؟ حكايتي!

-جهاد، أنت غريب جدًا!

-غريب! فيمَ يا دكتور سعد؟

-هدوءك يحيرني جهاد، لا تقل إنك منتبه في المحاضرة، لا أظن ذلك، محاضرة أشعر فيها بأنك تنتبه، ومحاضرة أشعر بأنك لست موجودًا أبدًا في القاعة.

(نظر إليه جهاد بعينين حزينتين)

- جهاد، صارحني، اعتبرني أخًا لك كبيرًا أو صديقًا.

- صدقني دكتور سعد، ليس عندي ما أخفيه عنك.

- هل هناك ما يُحزنك؟ أراك حزينًا دائما!

- ربما هدوئي يجعلك تشعر بهذا.

- ربما، لكنك تحمل سرًا.

- سر!

- جهاد، مجدي كثير الكلام و الضحك، ولم يؤثر في سكونك، وكذلك حسام بمقالبه يضحك الجميع، ودريد شاب لطيف ووسيم، يُحب العلم طموح، وعبد الرحمن شاب يحب الدين الإسلامي... كثيرًا ما أراك معهم، لست مثلهم.

- ولماذا أكون مثلهم دكتور؟

- لا أقصد أن تكون مثلهم، ولكني أراك لا على ما يرام!

- ومعهم؟

- لا أعرف.

- دكتور، لو كنتُ كما تقول، لسألوني عما أخفيه عنهم، لكن صدقني أنا هكذا منذ صغري.

- افتح لي قلبك جهاد.

- ماذا ستستفيد دكتور؟

- ان أكسبك كأخٍ وصديقٍ لي، ما رأيُك أن تأتي عندي اليوم مساءً؟

- الساعة الثامنة؟

- جميل، وقت مناسب.

- هل ستأتي إليّ؟ عدني بذلك.

- بكل تأكيد، أعدك بذلك دكتور، هذا رقم هاتفي المحمول، وهذا رقم المنزل.

- حسنًا، اذهب إلى أصدقائك، سأتصل بك إن تأخرت عليّ.

- إلى اللقاء.

الفصل الخامس عشر

- مساء الخير أمي.

- مساء الخير جهاد، هل صليت المغرب؟

- سأذهب بعد قليل أمي.

- لماذا لا تقرأ كتاب الله؟ لعل قلبك يخشع قليلًا!

- سأفعل هذا أمي.

- حقًا بُني؟

- لقد علمني الدكتور اليوم أشياء في الدين، كنتُ أجهلها ولكن!

- ماذا؟ أشعر وكأن هناك سرًا تخفيه عني.

- لا يا أمي، سأدعكِ تقرئين القرآن.

خرج جهاد من غرفة أمه، وبينما هو يغلق الباب وجد جوليا تنزل من الدرج، وتتكلم بالهاتف: "حامد، أنا الآن آتية إليك لن أتأخر، انتظرني (رأت جوليا جهاد، فأغلقت الهاتف ووضعته في الحقيبة) مشى جهاد نحوها فوقفت أمامه، قال لها: إلى أين تذهبين جوليا؟

- سأذهب إلى صديقتي لنذاكر معًا.

- ومن صديقتكِ هذه؟

(رفعت جوليا صوتها، فخرجت ملاك من غرفتها)

. جهاد: جوليا، لن أسمح لكِ بالخروج في مثل هذا الوقت.

- ومن تكون؟ ثم إن الساعة ما تزال السابعة.

(تحركتْ جوليا لتنزل الدرج، ولكن جهاد أمسك بيدها وأعادها خطوة): قلتُ لن تذهبي.

- لن أسمح لواحدٍ مثلك أصغر مني، بأن يتحكم بي بعد أبي.

- لقد ذهب أبوك وتزوج، وأمكِ ذهبتْ وتزوجت، وتركوكِ على هواكِ مدللة.

- دعني أذهب. (تدخلتْ ملاك بصوت رقيق): جوليا، لا داعي للذهاب اليوم.

- صاحتْ جوليا بصوت عالٍ: وما دخلكِ أنتِ؟ (ثم صاحت: عمتي... عمتي، تعالي وانظري، لقد أحضرتِ لنا من الشارع من يتدخل في حياتنا. (سمعت صباح فأغلقت المصحف، وجرت مسرعة نحوهما)

- ماذا هناك جهاد؟ ماذا هناك جوليا؟

- أمي، تريد أن تخرج في هذا الوقت لمقابلة شاب.

- ماذا جوليا؟

- لا تُصدقيه عمتي، يحسبني مثلهُ أو مثل والديه، اللذين تركاه في الميتم.

- لا تقولي مثل هذا الكلام.

كانت السيدة صباح تمسك ذراعي جهاد بقوة، تقول: جهاد، اهدأ بُني.

- والديَّ كانا أشرف منكِ، ومن جميع من في هذا الكون.

- ولماذا تركاك حبيبي؟ سأقول لك لمَ تركاك، لأنكَ ابن حرام، نعم، ابن حرام.

(لأول مرة يسمع جهاد أو يتخيل أن هذا هو السبب، الذي جعل والده يضعه في الميتم)، سقطت ذراعاه من بين يدي السيدة صباح، ووقعت ركبتاه على الأرض، وبدأت دموعه تنهمر، فنزلت السيدة صباح تهدئه:

- بُني، لا تحزن، إنه كلام انفعال فقط.

- ولماذا لا يكون حقيقة أمي؟(كان جهاد يصيح متشنجًا): لماذا لا يكون حقيقة؟ لماذا؟

- بُني، اهدأ.

- دعيني، دعيني.(نزل جهاد الدرج مسرعًا، فحاولت السيدة صباح اللحاق به، ولكنها لم تستطع، خرج جهاد في حالة يُرثى لها، وكانت السيدة صباح قد وصلت إلى البيت، جهاد، انتظر.(والدموع في عينيها)

كانت ملاك تبكي لما رأت جهاد في تلك الحالة، وقالت لجوليا محتقرة إياها:

- أنتِ قاسية القلب جوليا، ليس لديكِ مشاعر، ونزلت لتهدئ عمتها.

جوليا لم تعترف بالخطأ رغم شعورها به، تقول: الجميع يبكي على من لا يستحق النظر في وجهه، ودخلت غرفتها.

كانت السيدة صباح تبكي، وتمشي في الصالون ذهابًا وإيابًا؛ تنتظر جهاد، وملاك وعبير يطلبان منها ألا تبكي، وكذلك الخادمة، إلى أن وصل السيد فؤاد فأخبروه بما حدث، كان يود أن يصعد ويضرب جوليا، ولكن السيدة صباح طلبت منه أن يبحث عن جهاد، فخرج مسرعًا للبحث عنه.

كان جهاد يمشي مسافات طويلة وهو يبكي.

- لماذا لم يخطر على قلبي هذا السبب؟ لماذا؟(وبينما هو يكلم نفسه، إذ شعر بأن أحدًا يُراقبه، فالتفت وراءه فلم يجد أحدًا إلا الأشجار في الطريق، وما أن واصل المشي إلا ورجلان يأتيانه من خلفه، أمسكا بذراعيه وقيّداه، وأخذوا عصبة وربطوها على فمه، وأخذوه سحبًا إلى رئيسهم، وأدخلوه الغرفة ورموه بكل قسوة أمام قدمي رئيسهم، فأمر الرئيس أحدهم بفك العصبة التي على فيه)، رفع جهاد رأسه فوجد رجلًا مشلولًا، جالسًا على كرسي متحرك.

- من أنتَ؟ وماذا تُريدُ مني؟

- ألم تعد تذكرني جهاد؟(حاول جهاد النهوض، وبعد جهد، أسند ركبتيه على الأرض)

- أذكر ملامحك ولكني لا أذكر من أنت.

- هل ترى قدمي ويدي أيها الساحر؟

- أنا لستُ ساحرًا، ومن ثم لا أعرف إلى الآن من أنت! ماذا تُريدُ مني؟

- أنا سالم، أيها الحقير.

- نعم، لقد تذكرتك، أردت أن تنتقم من والدي عن طريقي.

- لغبائي فعلتُ هذا وسُجنت، والآن حان الوقت لتدفع الثمن أنت يا ابن الشارع.

- (أضعفت هذه الكلمة جهاد وعاد له الحزن)

. حتى أنت تعلم هذه الحقيقة؟

- أيَّ حقيقة؟

- حقيقة والديَّ الأصليين.

- هل تدعي الجنون أم ماذا؟ أنت تعرف هذا مذ كنت صغيرًا.

- لم أكن أعرف هذا.

- جهاد، هل ستُعيد قدميَّ ويديَّ لما كُنَّ عليه أم لا؟

لم يرد عليه جهاد، فقام أحد رجال سالم وأخذه من شعره بقوة، وجلس أرضًا بجانبه، وقال: الزعيم يكلمك، لماذا لا تجيب؟

(ظل جهاد صامتًا حزينًا)

- هل ستعيد قدمي ويدي لما كُنَّ عليه؟

(ظل جهاد هكذا، فظنوا أنه يتجاهلهم) فقام ذلك الرجل ولكمه في وجهه، إلى أن أسقطهُ أرضًا، وقام الرجل الآخر بإسناده من شعره مرة أخرى، وقال: هل سمعت ما قاله الزعيم؟

- ماذا تريد مني سالم؟ لماذا لا تقتلني لكي أتخلص من هذه الحياة؟

أخذ سالم يمشي باتجاه جهاد، بكرسيه المتحرك، وأخذ بقميص جهاد يشده نحوه: الموت بحقك قليل يا جهاد، لولاك لما كنت مشلولًا، لولاك لما دخلت السجن.

أفلت سالم قميص جهاد، فسقط جهاد أرضًا مجددًا، ثم أوسعوه ضربًا ليعلموه معنى العذاب، فلقد تعلم الدلال. كان الرجال يضربون جهاد بعنف وجهَهُ وبطنَه، ولكنه ليس في هذه الدنيا إطلاقًا، خاف الرجلان منه؛ لأنهم تخيلا بأنه ساحر، كأول مرة رأوه فيها وهو صغير.

- أيها الزعيم، إن جسمه من حديد!

أردف الآخر: نعم، حديد.

- صاح سالم: أيها الأحمقان، كيف يكون من حديد والدم يملأ وجهَهُ!

- إنه لا يحس بكل هذا الضرب!

- ماذا؟

- نقسم لك بذلك، تعال وانظر إليه.

ذهب سالم لرؤية جهاد، وأخذه من شعره، وقال: ما حكايتك جهاد؟ ما السر فيك؟

(ظل جهاد صامتًا، والدموع في عينيه) نظر سالم في عينه فشعر شعورًا غريبًا، أحس به لأول مرة، فقال: أيها الأحمقان، فُكّا قيوده واذهبا به إلى الغرفة، وأعطياه الطعام والشراب، وأغلقا عليه الباب حتى أنظر في أمره. أخذ الرجلان جهاد إلى الغرفة ورمياه بقسوة، وأدخلا له الشراب والطعام، وأغلقا عليه الباب.

كان سالم ذاهبًا عائدًا يفكر في جهاد، وكذلك الحال في عائلة جهاد، اقتربت الساعة من التاسعة، اتصل الدكتور سعد بجهاد ولكنه لم يرد عليه، بالرغم من أن الهاتف في جيبه، ولكنه لم يرد عليه؛ لحالته الضعيفة، ما بين الحزن، والتعب، والبكاء.قلق الدكتور سعد على جهاد فاتصل بأهله، أسرعت السيدة صباح إلى الهاتف، ورفعت السماعة، وقالت:

- جهاد بُني، أين أنت؟

- مساء الخير سيدتي، هل أستطيع التحدث مع جهاد؟

- جهاد ليس موجودًا، من أنت؟

- أنا الدكتور سعد، لقد وعدني بأنه سيأتي إلى منزلي ولم يأتِ، هل يمكن أن أعرف أين هو؟

- أنا لا أعرف.

- هل هو في منزل دريد؟

- سأتصل به فورًا.

- هل جهاد بخير سيدتي؟ إنه لا يرد على الهاتف.

- هل يمكن أن يكون قد ...(سقطت السماعة من يد صباح، وأُغمي عليها).

- سيدتي، جرى السيد فؤاد سريعًا؛ لإنقاذ صباح، وأخذها إلى الغرفة، وأخذت ملاك السماعة.

- دكتور سعد، أنا ملاك.

- هل أنتِ ملاك؟ كيف حالكِ؟

- أنا بخير، ولكن جهاد....

- ماذا به ملاك؟ أرجوكِ أخبريني.

- جهاد خرج منهارًا،ولا نعرف أين هو، لقد مضتْ ساعتان على خروجه.

- وهل يعرف دريد هذا؟

- لا.

- حسنًا سأتصل به، لكني لا أعرف رقمه.

- أنا أعرفه، سأعطيك إياه، أو أتصل به أنا، و أنت عاود الاتصال بنا.

اتصلت ملاك بدريد على هاتفه المحمول:

- دريد، هل جهاد عندك؟

- جهاد؟ ماذا هناك؟

- هل هو معك؟

- لا.

- لقد خرج منذ ساعتين، ولم يعد.

- سوف أحضر إلى القصر فورًا؛ لأفهم ما حدث.(أغلق دريد السماعة ونهض مسرعًا).

- بُني، إلى أين؟

- سأذهب للبحث عن جهاد أمي.

- تناول العشاء أولًا بُني.

- لا أبي، سأرى جهاد أولًا.

اتصل الدكتور سعد فأخبروه بأن جهاد ليس مع دريد، وفهم ما حدث، واتصل بجميع الأصدقاء، ولكن جهاد ليس مع أحدٍ منهم.اتصل السيد فؤاد بالمستشفيات ولم يجد أحدًا بهذا الاسم أو المواصفات، ونزلت السيدة صباح بعدما أفاقت، تبحث عن جهاد، فوجدت دريد قد عاد يائسًا!

- دريد، هل وجدته؟

- لا، لقد بحثت ولم أجده.

قالت السيدة صباح بصوت حزين:

- ألن يأتي جهاد إلى هنا مرةً أُخرى؟

(ضمتها ملاك): بلى عمتي، سيأتي، ما زلت العاشرة والنصف.

جلس الجميع ينتظرون جهاد إلا دريد، فقد خرج يبحث عنه ورجع مجددًا وهو يائس، فجلس ينتظر معهم.

- هل بإمكاني أن أنتظر جهاد معكم؟

- بالتأكيد بُني.

احتار سالم في قتل جهاد، كان يتذكر تلك العينين المملوءتين بالدموع، فقرر أن يدخل لرؤيته في الغرفة، ففتح الرجلان الباب وتحرك سالم بكرسيه المتحرك، وكان جهاد في الزاوية يبكي، رافعًا رأسه إلى السقف، ودموعه تنهمر، والرجلان يضحكان عليه بكل سخرية، يقولان لسالم:

- يبكي بدموع التماسيح سيدي.

قال الثاني: لا أعتقد بأنه يبكي كالنساء.

ثم صاح سالم: قُلتُ اتركانا وحدنا، هرب الرجلان من تلك الغرفة، واقترب سالم من جهاد، ووضع يده على وجه جهاد، فأسدل جهاد وجهه بناحية سالم وهو يبكي، والدم يخرج من فمه ورأسه أثر الضرب، ثم قال سالم:

- ما الأمر جهاد؟

أبعد جهاد يد سالم بكل اشمئزاز من وجهه، وظل صامتًا.

- ما ظننتك ضعيفًا وأنت طفل، والآن لا حول لك ولا قوة، لماذا؟ هل الرجلان يكذبان عليَّ عندما أمرتهما بمراقبتك طوال هذه السنوات؟

- ماذا تُريدُ مني سالم؟ لماذا لا تقتلني؟

- رغم نذالتي، لا أعرف ما شعرتُ به تجاهكَ، عندما نظرتُ إلى عينيك!

- تُشفق عليَّ؟

- شعرتُ وكأنك أختي، كم أنا حقير!.

- سالم، صحيح أنك حقير، ولكني بدأتُ أحسدك!

- علام تحسدني؟ على حقارتي؟

- صحيح أنك مجرم، ويشمئز الناس من ذكر اسمك، ولكن أنا....

- أنت ماذا جهاد؟

- أنا لا أستحق أن أعيش، لا أستحق أن أعيش.

- تبدو محطمًا جهاد، ما الأمر؟

- ماذا تريد مني سالم؟ دعني وشأني أرجوك.(ثم رجع جهاد يبكي واضعًا رأسه على ركبتيه)

- جهاد، ما بك؟(وضع يده على رأس جهاد، لكن جهاد لم يرد عليه)

أمر سالم الرجلين بأخذ جهاد إلى منزله سالمًا معافى، دون أي أذية له، وفعل الرجلان ما أمر به سالم وأوصلاه.

تحرك جهاد خطوات، وإذا بجواله يرن في جيبه ثلاث رنات، وكانت ملاك صعدت مع عمتها الدرج، حتى وصلت إلى آخر درجة، أخرج جهاد الهاتف فوجد اسم الدكتور سعد، فأخذ الهاتف ورماه حتى كسره، فسمع دريد والسيد فؤاد الصوت، والسيدة صباح نادت:

- جهاد! أتى جهاد!(ووقفت بمكانها).

جرى دريد وفتح الباب، فدخل وكأنه لا يراه، والحزن في عينيه، والدم يملأ وجهه.

- جهاد، ماذا أصابك؟ هل ضربك أحدٌ ما؟

السيد فؤاد خائفًا: جهاد، بُني!(كانت السيدة صباح تنظر فقط، وكأن لسانها عجز عن الكلام!)، كان دريد يكلم جهاد، وجهاد يمشي أمامه دون أن يُعبره صاعدًا الدرج، أراد دريد اللحاق به، ولكن السيد فؤاد أمسك بيده.

- دعه دريد، فهو محطم نفسيًا.

- لكن سيدي، أنا صديقه.

- دعه دريد، دعه.(تراجع دريد عن الصعود)

وصل جهاد أمام أمه وهو ينظر إليها، ثم انفجر بالبكاء.

- ضميني يا أمي، ضميني إلى صدرك، وصارا يبكيان.

- لا تحزن بُني، لا تصدق شيئًا.(وضعت ملاك يدها على كتف جهاد، فأدار ظهره ينظر إليها، ثم ذهب إلى غرفته وأغلق الباب على نفسه)

لم يتمالك دريد نفسه، فصعد الدرج جريًا نحو غرفة جهاد.

- جهاد، افتح الباب، أرجوك.

- دعني وشأني، أرجوك دريد.

- جهاد، أرجوك افتح الباب.

أدخلتْ ملاك عمتها الغرفة بمساعدة السيد فؤاد، ووضعاها على الفراش، بعد أن تناولت الدواء، فقد كانت حالتها سيئة جدًا، تركت ملاك الغرفة ذهبت إلى جوليا، فوجدتها تسمع الأغاني في منتصف الليل، فأطفأت المسجل.

- لماذا أطفأتها؟(بصوت عالٍ)

- أنتِ بلا مشاعر جوليا، تُحطمين الآخرين ثم تغنين! ماذا أنتِ؟

فتحت جوليا المسجل، فأطفأته ملاك مجددًا

- ماذا تريدين مني ملاك؟ دعيني وشأني!

- أريد منكِ أن تعتذري من جهاد.

- ماذا؟ أعتذر لمن هو أصغر مني! ومن ابن الشارع أيضًا!(صفعتْ ملاك جوليا صفعة قوية على وجهها، فأخذت جوليا غاضبة تحاول أن تردها لها، ولكن ملاك أمسكتها وأسقطتها أرضًا، وقبل أن تخرج قالت لها):

- أصغر منكِ جوليا تضربك، وابن الشارع أشرف منكِ.وأغلقت الباب وراءها.

وبعد محاولة كبيرة من دريد، فتح له جهاد الباب وأدار له ظهره.

- جهاد، اسمعني.

- اسمعني أنت دريد، دعني وشأني (وضع دريد يديه على كتف جهاد، وأعاد وجهه إلى ناحيته) وقال: هل تبكي جهاد؟ ألستَ رجلًا؟

- صاح جهاد بأعلى صوته: لستُ رجلًا دريد، ولم أكن يومًا رجلًا، ولن أكون، هل تفهم؟

- جهاد، ألسنا أصدقاء ونفهم بعضنا؟

- لا، لسنا أصدقاء، ولا يصح أن تكون صديقًا لي، هل تفهمني دريد؟

- جهاد، أين رجولتك؟

- قلتُ لك لستُ رجلًا، أنا فتاة، هل تسمعني؟ لستُ رجلًا دريد، أنا فتاة، فتاة!

- رفع دريد حاجبيه مندهشًا!

الفصل السادس عشر

نزلت ملاك إلى الصيدلية، وأحضرت الشاش والمطهر، وصعدت متجهة نحو غرفة جهاد.

صمت دريد، وجهاد أدار له ظهره مجددًا، ثم قال له:

- أقدر لك هذه اللحظة جهاد، فأنت منفعل، ولا تعي ما تقول يا صديقي.

- أخذ جهاد يبكي، ويقول: لماذا لا تفهمني دريد؟ لماذا؟

- مشى دريد إلى ناحية جهاد: أنت صديقي، وكل ما أملك في الدنيا! (وضع يديه على كتفي جهاد بكل قوة، فانهار جهاد على حضنه وهو يقول في نفسه: ليتك تفهمني دريد! ليتك تعرف الحقيقة! لقد قلتها لك أنا فتاة!)

رفع دريد جهاد بكلتا يديه وشد على كتفيه بقوة، قائلًا له:

- جهاد، لا يهمني من تكون، ما يهمني هو أنت جهاد أخي، وصديقي، ورفيق عمري، أنا لم أصادقك من أجل والديك، لقد أخبرتني بأنهما ليسا والديك الحقيقيين، وأنا لم أصادقك من أجلهما، وهما أغنى من في هذه المدينة بأكملها، وإن كان والداك كما تقول جوليا، فهذا أيضًا لا يهمني، لقد تركتُ والديَّ والدنيا بأكملها من أجلك أنت صديقي، أنا أحبك جهاد لذاتك، وليس لوالديك، ولا غناك أو فقرك، أو ذكائك، أحبك كما أنت، هل تفهمني جهاد؟

- مسح جهاد دموعه، وقال: وأنا أيضًا دريد، أحبك كثيرًا.

- اجلس وارتح، اجلس.

- جلس جهاد على الفراش وفتح الدرج وأخرج السلسلة، التي فيها صورة والديه الحقيقيين، وأخذ ينظر إليها.

(طرقت ملاك الباب فأذن لها دريد بالدخول).

- هل أزعجتكما؟

- لا، تفضلي.

- لقد أحضرت الشاش والمطهر.

(أخذت ملاك الشاش، تريد أن تضمد جراح جهاد التي في رأسه، فوجدته ملتهيًا بتلك الصورتين، فوضعته من يدها متذكرة...)

- جهاد، هل يمكنني أن أتكلم معك؟ (استأذن دريد للخروج)

- سأترككما وحدكما.(رفضت ملاك قائلةً): لا دريد، لا داعي لذلك، سأتكلم أمامك. جلست ملاك على الأرض مستندة على ركبتيها، وقالت: جهاد، ألا تظن أنك تُعظم المسألة؟

- معظم لها؟ كيف هذا؟

- لقد أخذت انفعال جوليا على أنه حقيقة.

- ولماذا لا تكون هذه هي الحقيقة؟

- كيف تكون هذه الحقيقة وهاتان الصورتان معك؟

- اندهش جهاد، وقال: وما دخل الصورتين في الموضوع؟

- لو أن هذا الأمر صحيح لما ترك والداك صورتهما معك؟

- لا أظن بأن كلامكِ منطقي ملاك.

- جهاد، لو كان والداك رميّاك لهذا السبب، لما تركا صورتهما، ولماذا؟ لتفضح سرهما؟
(دخل السيد فؤاد قائلًا):

- هذا صحيح جهاد، الجواب بيدك.

- أبي!

- نعم جهاد، لا تفكر بوالديك هذا التفكير ما دمت حيًا، لولا ملاك لكنتُ أنا صدقت هذا الكلام.

- دريد: هذا منطقي جهاد.

- جلس السيد فؤاد بجانب جهاد: ماذا حدث لوجهك؟ أليست علامات ضرب؟

- أبي، لقد سقطتُ على رأسي.

- هذا رأسك، ولكن أنا أسألك عن وجهك، ألا ترى أن الدم يخرج من فمك؟ ماذا تخفي جهاد؟

- لا أخفي شيئًا أبي.

- اقترب دريد: هل هم قطاع طريق جهاد؟

- قالت ملاك ماذا جهاد؟ تكلم.

- إنه سالم.

- السيد فؤاد غاضبًا: سالم الحقير مجددًا.

- لا أبي، لو كان حقيرًا لما سمح لي بالذهاب.

- بعد أن ضربك بُني؟

- إنهم رجاله، سالم مشلول أبي.

- أعلم...أقسم...

- قاطعه جهاد: لا تقسم أبي، سالم لن يعود إلى فعلته أبدًا.

- وما يضمن لك جهاد؟

- أعلم ذلك دريد.(قامتْ ملاك بتضميد جرحه، ورجع دريد إلى منزله، وذهب جهاد لرؤية أمه، وجلس في حضنها).

- لقد خفت عليك جهاد.

- أنا أعتذر أمي.

- لا تصدق كل ما يُقال، لقد أقلقتني، لن أسامح جوليا على ما فعلته بك.

- لولا جوليا لما عدتُ إليك حيًا.

- ماذا؟

- نعم، فسالم لم يكن ليتركني لولا حالة الحزن التي كنتُ فيها.

- تدخل السيد فؤاد: لولا خروجك من المنزل بسبب جوليا، لما اختطفك رجال سالم.

- تدخلت السيدة صباح: لا تقل لو كان كذا لكان كذا، جهاد، اذهب للنوم بُني، ولن تذهب غدًا إلى الجامعة.

- لا، أمي، سأذهب.

- حسنًا، تصبح على خير.

(ذهب جهاد في اليوم التالي إلى الجامعة، وكان الدكتور سعد ينظر إليه نظرة غريبة، يتهرب منها جهاد، إلى أن ذهب في وقت الاستراحة مع أصحابه إلى حديقة الجامعة، وكان مجدي يضحك..)

- تبدو وسيمًا جدًا اليوم جهاد.

- شكرًا لك مجدي، أشكرك على تواضعك؛ لأنك تحسدني على جمالي.

- صحيح أنني لستُ وسيمًا مثلك أنت ودريد، ولكنني أجذب الفتيات إليَّ، وأنا أتهرب منهن.(أخذ الجميع يضحكون بسبب كلام مجدي وحركاته.وفجأةً نادى الدكتور سعد جهاد من بين أصدقائه)

- جهاد، تعال.

- سأذهب لأرى ما يريد الدكتور سعد، فقال مجدي: انتبه جهاد، لعله يريد أن يزوجك ابنته.(أخذ الجميع يضحكون).

- جهاد، لِمَ لمْ تكن ترد عليَّ أمسِ؟

- لقد تعرضتُ لحادث دكتور.

- جهاد، ماذا حدث أمسِ؟

- دكتور سعد، ماذا ستستفيد لو أخبرتك السر الذي أخبئه؟

- أفهمك على الأقل.

- لو تكلمت بسري لنظرت إليَّ نظرة لا تفارق خيالك، أو لن تصدقني دكتور.

- وهل هذا السر يجب أن يُكتم؟

- على الأقل إلى أن يحين وقت إفشائه.

- وماذا عما حدث الأمس؟ هل هو سر؟

- لا، سنتحدث الآن فيما حصل لي أمسِ.

- جهاد، أكتشف فيك أسرارًا، أودُ أن أدخل إلى داخلك، هلا اعتبرتني صديقًا لك؟

- لا أستطيع دكتور، يكفي صديقٌ واحدٌ.

- هل هو دريد؟

- نعم.

- إذًا أخٌ!

- لا أستطيع، فلربما يكون لي أخٌ أو أختٌ الآن، وأنا لا أعرف أنه أخي، أو أنها أختي!

- لا تكن كثير الشك جهاد.

- حسنًا، سأعتبرك طبيبي النفسي، فكلامك يخفف عني ما أشعر به.

- جهاد، لا أحد يعلم بأن السيد فؤاد ليس والدك؟

- الجميع يعلم.

- ولماذا أنا لا أعلم؟ وهل هذا سبب شرودك الدائم؟

- ربما.

- حسنًا، نلتقي اليوم في بيتي، وفي الساعة التاسعة.

- حسنًا، إن شاء الله.

(مشى جهاد خطوات قليلة، فوجد عبد الرحمن يناديه)

- عبد الرحمن: كيف حالك جهاد؟ هل كان الحادث كبيرًا حتى أثر في وجهك هكذا؟

- سأقول لك عبد الرحمن ما جرى، وهو أنني...

- يا لهذه المصادفة! سبحان الله! نكره أن تحدث لنا أشياء وفيها الخير الكثير. سبحانه . لا يلطف بعباده إلا هو....

- عبد الرحمن.

- ماذا جهاد؟

- كيف حفظت القرآن؟

- لأن عندي حبًّا لله . سبحانه وتعالى . ....

- هل تشرب عصير؟

- أجل.(اشترى عبد الرحمن العصير، وأعطى واحدة لجهاد، وقال: جهاد، لو أنك عطشت كثيرًا، والماء بجانبك ماذا تفعل؟)

- أشرب دون تردد.

- وهذا حالي، دون قراءة القرآن أكون عطشًا، لا أجد نفسي إلا به.(بينما هما يتحدثان، إذ دخلت من باب الكلية فتاة متبرجة بلباسها، زائرة لإحدى صديقاتها، مما لاحظ جهاد وعبد الرحمن عندما استقبلتها، فتنهد عبد الرحمن...)

- كم أشفق على هؤلاء الفتيات جهاد.

- ممَّ تشفق عليهن؟

- من عذاب الآخرة.

- من عذاب الآخرة؟

- كم سيحاسبن على أعمالهن، ولباسهن، وخروجهن، ودخولهن!

- ما الذي يجب أن يفعلنه عبد الرحمن؟

- لماذا لا يحتشمن ويلبسن الحجاب؟

- عبد الرحمن!

- ماذا جهاد؟

- إن بعضهن يقلدن الرجال في ملابسهن، وحركاتهن، فماذا تقول فيهن؟

(صمت عبد الرحمن، وجهاد ينتظر هذا الجواب بفارغ الصبر)

- قال عبد الرحمن: قال رسول الله ﷺ: " لعنْ الله المتشبهين من الرجال بالنساء، والمتشبهات من النساء بالرجال" صدق رسول الله ﷺ.

- صدق رسول الله.

- ماذا بعد جهاد؟ ماذا يردن بعد لعنة الله ـ سبحانه وتعالى ـ وحسابه الشديد يوم القيامة؟

- جهاد، أراك ميالًا إلى الدين الإسلامي، ولكني لا أرى تقدمًا تقوم به من أجله.

- كيف أتقدم؟

- بدعوة الناس ودعوة بنات أعمامك؛ للاحتشام والتحجب.

- هل تظن بأني أستطيع عبد الرحمن؟

- ولمَ لا؟ إذا كنت محبًا لله— سبحانه وتعالى —.

- (شرد ذهن جهاد يقول في نفسه): كيف أستطيع ولم أفعل ذلك بنفسي؟ لم أستطع أن أقول له الحقيقة، ولم أصل يومًا، حتى صومي دون صلاة، ودون أي شيء في الدين الإسلامي.

- جهاد، فيمَ تفكر؟

- لا شيء، عبد الرحمن، وهل الحجاب واجب على المرأة؟

- نعم، فصلاتها لا تصح إلا به.

لقد تأخرنا، قد يكون الدكتور داخل القاعة، لا أعرف ما سنقوله له، هيا جهاد،(نهض عبد الرحمن وجهاد ما زال جالسًا)، هيا جهاد، أم أنك تحب البقاء؟

- نهض جهاد، والله إنه ليعجبني حديثك عبد الرحمن!

- جهاد، لِمَ لم تتزوج إلى الآن؟

- شرد جهاد وهو يقول في نفسه: وهل أن سأتزوج يومًا؟ لا أظن ذلك.

- لا بد أن في بالك فتاة تفكر فيها الآن.

- لا، وماذا عنك؟

- أنا لم أتزوج لأنني لا أجد فتاةً ترضى بأن تعيش حياتي.

- وكيف تريدها أن تعيش؟

- ملتزمة بالدين الإسلامي، بإمكاني أن أقنعها، ولكني لم أجدها إلى الآن جهاد، وأنت ما مواصفات الفتاة التي تريدها؟

- لا أحلم بالزواج أبدًا.

- الزواج نصف الدين جهاد.

- القاعة فارغة هيا ندخل (دخل عبد الرحمن وجها، فوجد جهاد الفتيات يهدئن سلوى، فلقد كانت تبكي بشدة في تلك اللحظة، تمنى جهاد لو أنه يعترف بالحقيقة فيكلِّمَ سلوى براحته، فتاةٌ لفتاةٍ دون أية مشاكل بين الطلبة...)

- ما بالها عبد الرحمن؟

- لقد حاولتُ أن أعرف ما بها، ولكنك تعلم أن سلوى من النوع الهادىء، تخجل عندما يكلمها أحدٌ منا، فما بالك لو سألتها!

- نعم، إنها تخجل كثيرًا، حتى إنني لا أجد لها أصدقاء، دائمًا هادئة، تتابع المحاضرة وتخرج وحيدة.ماذا عن دريد؟ إني لا أراه!

- لقت التقيتُ به في حديقة الجامعة، وكان خارجًا.

- ماذا؟ هل ذهب؟ ولماذا في هذا الوقت؟

- لقد طلب مني أن أخبرك أن هناك ضيوفًا في منزلهم.

- ولماذا لم يخبرني هو؟

- لقد رآك مشغولًا مع الدكتور سعد.

- هذا صحيح؟

وبعد قليل من جلوس عبد الرحمن وجهاد، أتى مجدي وجلس بجانبهم.

- جهاد، هل الضيوف الذين عند دريد أهم من الكلية؟ وهل هو فتاة لكي يستقبلهم؟

- أنا لا أعلم، حتى إنه لم يخبرني.

- لقد أخبرنا عندما كان خارجًا، أتشوق لمعرفتهم.

- عبد الرحمن: لا تكن فضوليًا مجدي.

- مجدي: آوِ تدخل عبد الرحمن المتدين الكبير..انظروا إنها سلوى! ما بها؟ خرجت سلوى فقام جهاد دون أي تردد يجري وراءها، كانت تجري بسرعة فائقة، فلحق بها جهاد إلى خارج الجامعة.

- سلوى، انتظري.

(كانت سلوى تجري)

- أرجوكِ انتظري.

- توقفت سلوى، وقالت: ماذا تريد جهاد؟

- هل يمكنني أن أدعوكِ لشرب الشاي؟

- لا أستطيع.

- لن آخذ من وقتك.

- حسنًا.

(ذهب جهاد مع سلوى إلى مطعم)

- ما بكِ سلوى؟ أخبريني.

- لا شيء جهاد، لا شيء.

- لا شيء وأنتِ تبكين؟ اعتبريني أخًا لكِ.

- ليس لديَّ إخوة أصالةً!

- ها أنا بجانبكِ أخًا لكِ . إن شاء الله .

- أمي.

- ما بها أمك؟

- إنها مريضة، وإن لم تُجرِ العملية اليوم فإنها ستموت.

- عملية ماذا؟

- عملية لصمامات القلب.

- ولماذا لم تجرها؟

- إنها خطيرة.

- بإذن الله لن يكون إلا خيرٌ.

- والأفظع من هذا أننا لا نملك النقود الكافية، فمعاش أبي ـ رحمه الله ـ بالكاد يكفي مصروف جامعتي والبيت.

- ليس لديكِ عم ولا خال؟

- لديَّ أعمام ولكن لا يسألون عنَّا، بالرغم من أنهم أغنياء.

- يا لهذه القسوة! ولماذا؟

- لأن جدي كان يريد من أبي أن يتزوج من غنية، وليس فقيرة كأمي.

- هيا بنا سلوى.

- إلى أين؟

- إلى المستشفى.

- ولكن...

- لا تقلقي من أجل النقود.

- هل بإمكانك تدبير المبلغ؟

- كم هو؟

- ....

- يا إلهي!

- إنه مبلغ كبير أليس كذلك؟

- لا عليكِ، أمي ستعطيني، هيا بنا.(ركب جهاد مع سلوى السيارة إلى المستشفى، ووعد الدكتور بأنه سيعطيه المبلغ، فوافق وأجرت أم سلوى العملية، كانت سلوى تنتظرها وتبكي وجهاد يهدئها، وهي تمشي ذهابًا و إيابًا خوفًا على أمها).

- سلوى اهدئي.

- ماذا لو ماتت أمي؟

- تفاءلي بالخير.

- أخاف عليها كثيرًا.

أمسك جهاد بيدها، وقال: لا تقلقي سلوى.

أبعدت سلوى يدها.

- أعتذر سلوى إن أزعجتك.

- لا، جهاد.

- لقد قلتُ لكِ نحن إخوة، وبإذن الله ستجديني أخًا مطيعًا لكِ في كل طلباتكِ.

- يكفي ما فعلتهُ اليوم من أجلي.(خرج الدكتور من غرفة العمليات، فجرى جهاد مع سلوى)

- دكتور، كيف حال أمي؟

- لقد نجحت العملية أستاذ جهاد، نريدك في المكتب وأنتِ كذلك آنسة سلوى، يمكنكِ الاطمئنان على والدتكِ، لا تخافي عليها فهي لم تصحُ بعد.

- شكرًا دكتور.(دخلت سلوى جريًا لترى والدتها، وبعد أن خرج جهاد من المكتب، عاد إلى البيت وأخبر والدته بالذي جرى، لم تتردد لحظة واحدة في إعطائه المال، بل وذهبت لتطمئن على والدة سلوى في الساعة الثانية ظهرًا، وكانت قد صحت ولكنها متعبه كثيرًا، فدخلت السيدة صباح...)

- حمدًا لله على سلامتكِ أم سلوى.

- أشكرك أنتِ وابنكِ، على ما فعلتموه من أجلي.

- لا تتكلمي كثيرًا، فأنتِ متعبة.

- نهضت سلوى من الكرسي، وقالت: أشكرك سيدتي كثيرًا.

- سلوى، لا تناديني سيدتي، ناديني خالة، فمن الآن نحن أهل، جهاد مثل أخيكِ، ولا تترددي إن احتجتِ أي شيء.

- أشكرك جهاد.

- لا داعي لذلك آنسة سلوى.

- وهل تناديني آنسة وأنت أخي؟

- قالت السيدة صباح مبتسمة: لقد رددتها لنا أيتها المحتالة.

ضحك الجميع ثم عاد جهاد مع والدته إلى المنزل، في الساعة السادسة، اتصل جهاد بدريد فوجد الخط مشغولًا، وعاود ذلك إلى أن ذهب إلى منزله، وأخبرته والدة دريد أنه نائم.

- ماذا؟ نائم!

- نعم، جهاد.

- ولكنه لأول مرة ينام في هذه الساعة، إنها ما زلت السابعة.

- لأنه يريد أن يسافر غدًا.

- يسافر! إلى أين؟

- بني، لا أعرف.

- حسنًا، سأتصل به لاحقًا، وداعًا.

- وداعًا بُني.

(كان جهاد مندهشًا من الأمر، ومن ثم ذهب إلى منزل الدكتور سعد في الساعة التاسعة، وعاد إلى المنزل في الساعة الحادية عشرة، ودخل كعادته غرفة أمه، وقبل رأسها وهي تقرأ القرآن، فأغلقت المصحف الشريف " صدق الله العظيم" وقبلت المصحف ووضعته فوق الرف).

- اجلس بُني، لماذا لونك مخطوف هكذا؟

- أنا؟ لا.

- أنا أفهمك جهاد.

- لقد كنتُ في منزل الدكتور سعد.

- لقد قلت لي من قبل أن تخرج، ولكن ما بك؟

- أمي، تقول والدة دريد إنه نائم.

- وماذا في ذلك؟

- أينام في الساعة السادسة أو السابعة؟

- ولمَ لا؟ لقد أخبرتني بأن لديه ضيوفًا.

- أمي، لأول مرة أشعر أن دريد يُخفي عني شيئًا ما.

- هل اتصلت به؟

- إن الخط مشغول!

- قد يكون غاضبًا منك.

- ولماذا؟

- لأنك لم تتصل به إلا في تلك الساعة.

- وهل يستدعي هذا الأمر أن تكذب أمه عليَّ؟

- جهاد، لا تكن كثير الشك بُني، تعال إلى حضني، فأنا أشعر وكأنني أريد أن أنفجر بكاءً.

- ماذا هناك أمي؟

- تعال جهاد.

كان جهاد في حضن أمه وهي تبكي: هل تبكي أمي؟

- لا عليك بُني، اذهب للنوم.

- أمي، كيف أذهب للنوم وأنا لا أعلم ما بكِ؟

- أنا بخير جهاد، اهتم بكليتك، لا بد أن تنجح لأن والدك أعد لك مفاجأة.

- أمي لا تغيري الموضوع، ماذا هناك؟ هل تشاجرتِ مع أبي؟

- لا بُني، هل صليت اليوم؟

- أمي، كل يوم تسألينني السؤال ذاته!

- لن أكف عن سؤالك ما دُمت حية؛ لأني أريدك مؤمنًا لكي تدخل الجنة، ألا يكفي أنني بسببك دخلتُ هذا الدين بقلب لا يملؤه شك ولا ريب.

- أمي، كيف كنتِ قبل حالك هذا؟

- كنتُ... (وانفجرت الأم بكاءً).

- أمي، أنتِ لستِ طبيعية اليوم، ماذا هناك؟

- اذهب جهاد، اذهب أو افعل ما شئت.

- هل الأمر صعب عليكِ إخباري به؟

- كثيرًا، بُني.

- لن أضغط عليكِ أمي، تصبحين على خير (خرج جهاد وأغلق الباب خلفه.

وبعد قليل من خروج جهاد اتصلت السيدة صباح)

. مرحبًا، أنا أم جهاد.

- مرحبًا أم جهاد، سأدعو لكِ دريد فورًا.(نزل دريد وأخذ السماعة)

- دريد، لقد وعدتني بأن تتصل بي الساعة الثامنة.

- لم أستطع سيدتي، لأن جهاد كان يتصل بي، ثم إنني فصلتُ الهاتف.

- والآن أخبرني كيف جرت الأمور؟

- .....

- وهل تأكدت من...؟

- .....

في اليوم التالي، ذهب جهاد إلى الجامعة ولم يذهب دريد، فوجد خبر سفره بين أصدقائه، وأن دريد أخبرهم بنفسه وأنه سيظل يومين مسافرًا، فكان جهاد غاضبًا جدًا، ويفكر لمَ هو لم يخبره دريد بأنه سيسافر عند خالته؟ علمًا بأنه ليس أمرًا ضروريًا، ولكنه اعتاد على أن يخبره دريد كل ما يجري له، عاد جهاد غاضبًا ولم يتناول الغداء، فصعدت والدته إلى غرفته.

- ماذا يجري جهاد؟

- أمي، إنه دريد.

- ماذا به؟

- لم يخبرني بأنه سيسافر، وأخبر أصدقاءنا الآخرين.

- اتصلوا به؟

- نعم.

- إذًا لماذا أنت غاضب؟

- لقد اتصلت به وكان هاتفه مشغولًا، ثم إن من الواجب عليه أن يتصل بي.

- جهاد، اتصل به.

- حسنًا، سأحاول الآن.

- الآن بُني؟

- أرجوكِ أمي، دعيني وحدي لن أتصل به.

(ما هي إلا لحظات إلا واتصل به دريد)

- جهاد، كيف حالك؟

- أين أنت دريد؟

- أنا عند خالتي، إنها مريضة قليلًا.

- ولماذا لم تخبرني؟

- حسنًا جهاد، ليس لديَّ وحدات.

- متى ستأتي؟

- اليوم في العاشرة مساءً إن شاء الله.

- إلى اللقاء.

نزل جهاد لتناول الغداء، وطلبتْ منه أمه أن يزوروا والدة سلوى في المستشفى، فذهبا وأحضرا لهما الغداء.

- لماذا أتعبتم أنفسكم؟

- لا أم سلوى، فنحن لا نفعل سوى الواجب.

- أنتِ لطيفة جدًا سيدة صباح.

- شكرًا لكِ، كيف حالكِ سلوىٰ؟

- بخير خالتي، بخير.

- جهاد ابني، اذهب لتشتري لنا الماء.

- حسنًا أمي.

الفصل السابع عشر

(خرج جهاد وأغلق الغرفة، وفجأة رأى دريد يدخل إحدى غرفات المستشفى، فظن أنه يتخيل، ذهب وأحضر الماء وأدخلها إلى غرفة والدة سلوى، ومن ثم خرج يراقب ليتأكد من أنه دريد، وبعد ساعة تقريبًا وجد دريد يشكر الدكتور، لم يصدق جهاد نفسه وكأنه في حلم، ظل ينظر إلى دريد إلى أن رحل، وبعد خمس دقائق دخل إلى أمه)

- أمي، هل نذهب؟

- الآن؟

- ماذا أمي؟ هل تريدين البقاء؟

- حسنًا، هيا بنا.

(في السيارة):

- ماذا جهاد؟ ماذا حدث لك؟

- لا شيء أمي.

- انظر في عيني.

- نظر جهاد إلى أمه، وقال: أمي، لدي رسم كثير، أريد أن أستغل الوقت.

- أشعر بأن هذا ليس السبب.

- أقسم لكِ أمي إنني لديَّ رسم، وأريد أن أذهب ..لقد وصلنا قف من فضلك.

(رجع جهاد وأغلق عليه الغرفة يحاول رسم التصاميم، والأسئلة تدور في رأسه): لماذا دريد يكذب عليَّ لماذا؟

(كان يرسم ويمزق الورق، هكذا حاله حتى منتصف الليل، بالكاد أكمل الرسم، ولم ينم كعادته إلا في الساعة السادسة في صباح اليوم التالي، نام جهاد نومًا عميقًا، فقد كان خميس إجازة، ومن ثم جاء دريد وصعد السائق إلى غرفة جهاد):

- ماذا هناك سليمان؟

- صديقك دريد ينتظرك في الحديقة.

- ماذا؟ حسنًا سأنزل فورًا.بعد خمس دقائق، نزل جهاد إلى الحديقة، دريد ينتظره، ينظر إلى الأزهار الجميلة، ويستنشق رائحتها الزكية، وقف جهاد ينظر إليه نظرات شك، ولم يكلمه فالتفت دريد ووجده خلفه.

- صباح الخير جهاد.

- صباح الخير(بلهجة غريبة).

- ألا تقول: الحمد لله على سلامتك؟

- وهل كنت مسافرًا؟

- جهاد، ما هذه اللهجة الغريبة؟ نعم كنت مسافرًا.

- ومتى عدت؟

- عدتُ في الساعة العاشرة مساءً كما قُلت لك، ووصلتُ الساعة الثانية عشرة.

- ومتى سافرت بالأمس؟

- جهاد، ما هذه الأسئلة؟

- أجبني دريد، متى سافرت إلى خالتك؟

- صباحًا، ولم أعد إلا ليلًا.

- كذاب.

- ماذا؟

- أنت تكذب دريد، لقد رأيتك في المستشفى الأهلي، حيث كانت والدة سلوى في الساعة الثانية تقريبًا، وإياك أن تكذب.

- نعم، أحضرت الدواء لخالتي وسافرتُ العصر.

- أقوالك تتردد، وتختلف كالكاذبين.

- أقوالك وألفاظك جهاد، أصبحت لا تطاق، لقد أخبرتك بأن خالتي كانت مريضة.

- لم تخبرني بأنك سافرت عصرًا.

- على العموم، أنا مخطئ لأني أتيت إليك، لو ذهبت إلى مجدي لكان أفضل، رغم مزاحه الثقيل الذي لا يُحتمل، إلا إنه لن يكون أثقل منك، قال دريد: ولا منك، كلامك جهاد...(مشى دريد خطوات فأحس جهاد بالندم).

- انتظر دريد.

- التفت دريد بعد أن توقف.

- أنا أعتذر دريد.

- لا بأس جهاد، سأذهب.

- انتظر، سأذهب معك.

- إلى مجدي؟

- نعم.(وذهبا معًا إلى مجدي، كان مجدي نائمًا وغارقًا في النوم، بالكاد فتح لهما منزله بعد ربع ساعة).

مجدي: من؟

- دريد: افتح مجدي.

مجدي: من أنت؟

دريد: ماذا هناك مجدي؟ هل أنت رجل أم امرأة؟

مجدي: آه، لقد تذكرت أنت دريد.(فتح لهما الباب فتفاجأ مجدي بوجود جهاد، فهذه أول مرة يزوره).

مجدي: جهاد، لا بد أنني أحلم، سأذهب للنوم وذهب بضع خطوات، فأمسكه جهاد:

- أين تذهب أيها الكسول؟

دريد: أيها الكسول!

مجدي: (يمسح عينيه) يا إلهي! إنهما دريد وجهاد فعلًا (التفت مجدي): تفضلا، تفضلا...(دخل دريد وجهاد وأجلسهما في غرفة الجلوس، فمنزله صغيرٌ جدًا ليس فيه إلا ثلاثة غرف صغيرة، ومطبخ وحمام قال دريد: أما زلت نائمًا مجدي؟

مجدي: لقد أرهقت نفسي في الأمس، وماذا عنك دريد هل أكملت؟

دريد: نعم فأنا لم أنم إلا في الساعة الثالثة فجرًا.

مجدي: وماذا عنك جهاد؟

جهاد: نعم مجدي، فأنا أكملت في الساعة السادسة، ومن ثم نمتُ إلى هذا الوقت، هل تعيش وحدك في هذا المنزل؟

مجدي: نعم هل هو متواضع أم لم يعجبك جهاد؟

- قال جهاد مندهشًا: لقد ظننتك تعيش في قصر مجدي، وليس في هذا المنزل.

مجدي: أنت ودريد مدللان بخدم وحشم.

- قال دريد: لا تسخر مجدي، فكلامك اليوم لا يعجبني، أنت هاديء وهذا ليس طبعك، أم أنت نائم؟

- جهاد: دعه دريد، فهو لم ينم كثيرًا.

- مجدي: إذا أردت أن تذهب جهاد، فلتذهب، اعلم أن هذا المكان غير لائق بك.

- جهاد: مجدي، كلامك ثقيل جدًا عليَّ.

مجدي: ماذا دريد هل كلامي ثقيل؟(دخل عبد الرحمن فجأة فلقد نسي مجدي الباب مفتوحًا، وقال: أثقل من أي شيء في هذه الدنيا، وأنا أشهد بذلك ﴿ السلام عليكم ﴾

- قال مجدي مرعوبًا: أعوذ بالله منك، تدخل مهاجمًا لي ومن ثم ترد السلام.

- رد جهاد ودريد بصوت خافت: وعليكم السلام

- أردف مجدي: كيف دخلت؟ من الشباك أم من بلورة سحرية.

عبد الرحمن: أعوذ بالله منك ومن السحر، جهاد، دريد، هل ستذهبان معنا؟

دريد: إلىٰ أين؟

جهاد: إلىٰ أين عبد الرحمن؟

- مجدي: وأنا ألا تدعونني؟ أم أنكم نسيتم أنكم في منزلي؟

- عبد الرحمن: لا أنا لم أنسك أيها الكسول، أنتم الثلاثة مدعوون إلى رحلة في منزلي الذي في القاهرة، وكذلك فواز وبسام وباقي الأصدقاء.

- مجدي: ولماذا؟

عبد الرحمن: مجدي، ابقَ هادئًا مثل دريد وجهاد، ثم إن الدعوة ليست لأيام، بل اليوم فقط، وسنعود في العاشرة مساءً، سنذهب الآن وقت الغداء ونحن هناك نُروّح عن أنفسنا، فالامتحانات باتت قريبة، ما رأيكم؟

- دريد: أنا موافق عبد الرحمن

- مجدي: وأنا، فليس لدي عمل سوىٰ أن ألحق بكم.

- عبد الرحمن: وماذا عنك جهاد، لماذا أنت صامت؟

جهاد: ماذا؟ سأستأذن أمي.

مجدي: آه، هذا الصبي سيضيع من يدي أمه.

-جهاد: مجدي، كفىٰ.

- عبد الرحمن: حسنًا جهاد، سأنتظرك، دريد ومجدي موافقان، وأنت لا بد أن تأتي، وإلا فلن نذهب، ماذا قُلت جهاد؟

جهاد: حسنًا عبد الرحمن سأذهب معكم.

- قال مجدي مازحاً: ماذا لو كنتُ أنا مكان جهاد؟ ماذا كنتم ستفعلون؟ هل ستذهبون من دوني؟

- دريد: لا أبدًا فأنت مجدي.

- عبد الرحمن: لا، أظن أنه ستنطفئ الكهرباء إن حضرت.

- جهاد: لا مجدي، فلا أظن أن لهذه الرحلة طعم من دونك!

- قال مجدي بصوت فرح: هكذا الأصدقاء مثل جهاد، أما دريد فهو متوسط ما بين وبين، أما عبد الرحمن أعاذنا الله منه!

ضحك الجميع وبدؤوا يستعدون للرحلة، منتظرين مجدي يرتدي ملابسه.

-دريد: مجدي، أسرع سوف نذهب.

- مجدي: حسنًا لقد أتيت، هيا بنا.. ذهب جهاد لوداع أمه، وأعطته النقود ليتسلى مع أصدقائه.

كان الجميع سعداء في منزل عبد الرحمن وبستانه الجميل، حيث كان يذكرهم بالله سبحانه وتعالى ويعظهم في الإكثار من ذكره، فذهبوا يصورون المناظر الجميلة في القاهرة.

استمتع الجميع بهذه الرحلة وخاصة مجدي، فلقد تناول الكثير من الطعام، وأزعج الأصدقاء بمزاحه الثقيل تارة، وإضحاكهم تارّة أخرىٰ، كان دريد جالسًا في إحدىٰ الشرفات، لحق به جهاد:

- دريد، لماذا تركتنا وجئت إلىٰ هنا؟

- إني أستمتع بالمناظر لا أكثر.

- دريد، وجهك يبدو شاحبًا، هل أنت مريضٌ؟

- لا جهاد، هل استمتعت بوقتك؟

- لا أظن بأن أحدًا مستمتعًا أكثر من مجدي.

- ضحك دريد: كم أحب هذا المشاكس!

- لكنني أتعجب لأمره، ظننته يعيش أميرًا في قصر بقدر هذه السعادة التي هو فيها، أين أهله؟

- قال: إن والده يعمل في الخارج ليوفر له مصروفه.

- وماذا عن أمه وإخوته؟ أليس له إخوة؟

- قال: إن أمه ماتت منذ سنين، منذ أن كان في سن الخامسة عشرة.

- مؤسف! وإخوته؟

- لا يوجد لديه، فهو وحيد أبويه.

- سبحان الله! وسعادته رغم مأساة والده في تكاليف دراسته.

- هكذا الدنيا، لا تترك أحدًا بحاله، تفرقه عن أعز الناس عليه.

- تقول هذا متحسرًا! لماذا؟

- لأنني أكره هذه الدنيا، إنها ظالمة (دخل مجدي الشرفة وجلس على كرسي في زاويتها وأخذ يضحك) قام دريد وجهاد

دريد: مجدي، لم تضحك؟

جهاد: ما المضحك مجدي؟

ظل مجدي يضحك، ومن ضحك مجدي أخذ جهاد ودريد يضحكان من قلبيهما، إلى أن أخذ دريد يكح، فسكت مجدي وكذلك جهاد، كان دريد يكح ويمسك على صدره بيديه، خاف مجدي وجهاد.

- جهاد: ماذا هناك دريد؟ هل أنت مريض؟

- مجدي: تستحق ذلك أيها الأحمق، علام تضحك؟ أخذ دريد يضحك ويكح مجددًا مما أخاف مجدي، فهدأ من مزاحه وأصبح جديًّا.

- مجدي: دريد، ماذا هناك؟ اذهب وأحضر الماء جهاد.

- جهاد: حسنًا مجدي، سأذهب (ذهب جهاد ورجع وبيده ماء).

جهاد: خذ دريد.

- شرب دريد: شكرًا جهاد.

- مجدي: وأنا لا أستحق الشكر أم ماذا؟ أناس لا يعترفون بالجميل.

- ضحك دريد فقال مجدي خائفًا: لا يا أخي لا تضحك، اضحك في منزلك، واذهب إلىٰ الجحيم، آه هناك لا يوجد مجدي هناك فقط دريد (دخل عبد الرحمن والجميع يضحكون).

عبد الرحمن: ماذا هناك؟ ألا ترغبون في العودة إلىٰ منازلكم أم أنكم مستمتعون؟

- قال جهاد: هل سنذهب؟

- مجدي: يا إلٰهي! هل أترك هذا المكان الرائع وأعود! هل أعود للمذاكرة!

- عبد الرحمن: أيها الكسول، اعمل لدنياك ألا تخجل من والديك؟

- مجدي: ولماذا الناس يريدون الأولاد؟ أليس ليصرفوا عليهم؟

- دريد: عبد الرحمن هل ذهب الجميع؟

- نعم، إنهم في الطريق، أسرعوا قبل أن يفوتنا القطار.

رحل الجميع، وفي القطار جلس جهاد مع دريد في كرسي واحد

- دريد تبدو متعبًا.

- لا، أبدًا.

- دريد، هل تخفي عني شيئًا؟ أشعر بأنك غامض جدًا هذه الأيام.

- بعدك عني جعلك تشك بتصرفاتي، فهذه الأيام أنت غني جدًا، أنت مشغول مع سلوىٰ والدكتور سعد وعبد الرحمن...

- جلوسي مع هؤلاء لا يجعلني أنساك دريد، ولا أنسىٰ تصرفاتك.

- أرجوك جهاد، لا أتحمل معاملتك لي هكذا، فأنت تعاملني وكأنني كذاب وحقير...

- لا دريد، لا تجعل انفعالي في الصباح يؤثر عليك، أنا أعتذر مرة أخرىٰ، ألا تقبل اعتذاري؟

- نحن أصدقاء، وليس بيننا خلافات جهاد، تأكد بأنني لن أنزعج منك أبدًا في حياتي.

الفصل الثامن عشر

في ظلمة الليل، بعد أن عاد الجميع من الرحلة سعداء ومستعدين لأيام الامتحانات بتفاؤل، كان أحد يحمل صورة والده ويبكي بحرقة بكاءً ما بكاه أحد، ويقول:

- أبي، لماذا فعلت هذا؟ لماذا؟

" إنه مجدي كم ضحك، كم مرح مع أصدقائه في النهار والآن يبكي، ما السبب؟".

جهاد-: مساء الخير أمي.

- أغلقت الأم المصحف: مساء الخير حبيبي، الحمد لله على سلامتك، تعال واجلس بجانبي، تعال، كيف كانت رحلتك جهاد؟

- لقد كانت ممتعة جدًا، وخاصةً بوجود مجدي.

- وماذا عن دريد؟

- أمي، لا أعلم لمَ تغير دريد معي.

- اعذره بُني، يبدو أن لديه مشاكل مع عائلته، وليس من اللائق أن يحكي لك.

- هل هذا ممكن؟

- ليس ممكنًا فحسب، بل أكيد.

- يا لغبائي أمي! وأنا أضغط عليه!

- دعه جهاد، وإن أراد أن يُخبرك سيخبرك دون أن تسأله.

- أمي، يبدو وكأنه مريض.

- ماذا؟ مريض!

- يبدو ذلك.

- تعلم أن دريد منذ الصغر يمرض، إن أزعجه أحد أو شيء ما!

- صحيح أمي، يبدو أن الأمر كذلك.

- غدًا الجمعة بُني، سنذهب إلى مكان سيُعجبُك جدًا، وسنتناول الغداء هناك، ومن ثم تعود لكي تذاكر، فالامتحانات ستبدأ يوم الاثنين.

- لا أمي، فالدكتور سعد أكد عليَّ أن الغداء عنده.

- هل من الضروري بُني؟ لماذا لا يأتي معنا؟ وسوف نذهب جميعًا.

- آسف أمي، ولكني سأخجل من الدكتور سعد إن لم أذهب.

- حسنًا، لك ما تريد جهاد.

- تصبحين على خيرٍ أمي،(قبّل جهاد والدته برأسها وذهب للنوم).

- في المنام: جهاد، لن تستطيعي العيش ابنتي، اعترفي بالحقيقة قبل فوات الآوان، جهاد، أخبريهم بأنك فتاة،(انقلب جهاد على الجانب الآخر) جهاد، ارتاحي من العذاب وعيشي حياتك، حتى ولو كنتِ فقيرة، قولي الحقيقة ولا تترددي، (نهض جهاد مفزوعًا يبكي) رباه، أريد أن أنام ولو ليلة واحدة، أرجوك يا الله...

هكذا حال جهاد يخاف من الليل، ويقوم للمذاكرة حتى الساعة السادسة، ويبدأ بالنوم ككل يوم يمر عليه، تأتيه الكوابيس التي تجعله يتمنى الموت ولا تتحقق.

في الساعة الواحدة والنصف ظهرًا، ركب جهاد (التاكسي)؛ ليذهب إلى منزل الدكتور سعد، في البداية شعر جهاد وكأن شيئًا ما سيحدث عندما توقف (التاكسي)، دون أن يشير إليه كان ما زال يمشي.

كان في (التاكسي) رجلٌ في المنتصف، وفي الأمام السائق وبجانبه كرتونة وأغراض، ركب جهاد في المنتصف.

- لو سمحت خذني إلى جانب المستشفى الأهلي، ومن ثم سأمشي قدمًا؛ لأن الطريق بعدها فرعي.

- تدخل الرجل الذي بجانبه ووضع المسدس في رأسه، وقال: لا تتحرك، فلم يعد هناك طريق، لا فرعي ولا غيره، أرجع يديك وراءً، وأي حركة سوف تدفع حياتك ثمنًا لها. (قيد الرجل جهاد بيديه، والآخر يحمل المسدس)

- من أنتم وماذا تريدون مني؟- اصمتْ نحن أصحاب، هل نسيتنا أم ماذا؟(خلع الرجل قبعته وكذلك الآخر، وأخذا يضحكان ها ها ها ها بصوت عالٍ).

- أنتما رجلا سالم الحقيران.

ظل الرجلان صامتين إلى أن وصلوا بجهاد إلى منزل سالم.

أدخل الرجلان جهاد ورمياه أرضًا، كان سالم يقرأ القرآن، أغلقه ووضعه على الرف، ومن ثم تحرك بكرسيه المتحرك.

- ماذا فعلتما؟

- نهض جهاد: ماذا تريد مني سالم؟

- أيها الأحمقان، من طلب منكما ذلك؟ هيا فكا قيده،(فك الرجلان قيود جهاد) هيا اخرجا من هنا.

- أنا أعتذر جهاد، فوالله إني لم أقصد أذيتك، هل ضرباك؟

- لا،لم يفعلا.

- اذهب جهاد، أنت حر.(ظل جهاد مندهشًا واقفًا لا يتحرك، ينظر إلى سالم وكأنه ينظر إلى رجل جديد، إلى رجل صادق وطاهر من كل ذنب.

- ماذا جهاد؟ لماذا تنظر إليَّ؟

- ما الذي غيّرك سالم؟

- أنت جهاد!

- أنا؟

- نعم، لقد جعلتني أصحوا من غيبوبتي.

- غيبوبتك؟

- نعم، فأنا حقير جدًا (وأخذ سالم يبكي).

- هل تبكي سالم؟

- اذهب جهاد، فوراءك امتحانات ولا أريد تعطيلك، فالامتحانات تبدأ يوم الاثنين.

- من أين عرفت؟

- اذهب جهاد، وبعد أن تُكمل الامتحانات أريدك أن تأتي إليَّ برغبتك، وليس غصبًا عنك، وهذا هو العنوان، خذه.

- برغبتي! ونظر جهاد للعنوان.

- أنا أحتاج إليك جهاد جدًا.

-حسنًا سالم، سأفعل، أنتَ وأمانتك.

-أقسم إني لن أؤذيك جهاد مطلقًا.

- حسنًا اتفقنا.

-سأنتظرك بفارغ الصبر.

ذهب جهاد إلى منزل الدكتور سعد، ومن ثم عاد إلى المنزل يذاكر كبقية الأصدقاء.

(كان دريد يذاكر وبكل جد، دخلت عليها أمه بالعشاء فأعطتهُ الحليب).

- خذ دريد، هذا يقويك، خذ ولا ترهق نفسك.

- أمي، لم يعد هناك قوة.

- أخذت الأم تبكي بحرقة، ووضعت الحليب على الطاولة واحتضنت دريد، وقالت: أرجوك دريد، أرجوك بُني، لا تقل هذا، أرجوك.

- أمي، لماذا نكذب على أنفسنا؟

- لا بُني، فالله ـ سبحانه وتعالى ـ معك، أنا أدعو لك في كل صلاة أصليها.

- وأنا كذلك أمي، أدعو الله بأن يمنحني القوة، حتى إلى هذه الأيام؛ كي أبدو بخير بنظر جهاد، وأنجح، وكي يستطيع هو أن يذاكر وينجح.

- بُني.

- دعيني أمي أذاكر...دعيني.

" جاءت الامتحانات ونجح الجميع بتفوق، جهاد، ودريد، ومجدي، وعبد الرحمن، أما جوليا فقد نجحت بمعدل ٦٠٪ في الصف الثالث الثانوي، كانت الفرحة تعم جميع أهل الطلبة، وخاصة أهل جهاد، أما دريد فكان نجاحه أكبر أمنية له، وكان والده ووالدته يبكيان عندما بشرهما بالخبر"

- أمي...أبي، لماذا البكاء؟

- الأم وهي تبكي: أتمنى أن تُكمل دراستك بُني.

- الأب: وأنا مثل والدتك دريد، متأكد أنك ستواصل مع جهاد، ومجدي، وكل الذين تحبهم.

- لا أبي، فليكملوا المشوار، فقوتي بدأتْ تنهار.

(أما مجدي فذهب لصورة أمه، يبكي فوقها)

- أتمنى لو كُنتِ موجودة، أبي، لقد نكدت عليَّ فرحتي، لماذا؟...لماذا؟

(بعد أسبوع ذهب جهاد إلى سالم من العنوان الذي أخذه منه، كان يشعر بأنه يريد إخباره بأمر مهم، ذهب في الساعة الحادية عشرة ظهرًا)

- سيدي، لقد جاء جهاد.

- دعه يدخل.

- دخل جهاد: مرحبًا.

- أهلًا جهاد، تفضل بالجلوس.

- جلس جهاد بجانبه.

- جهاد، أحتاجك كثيرًا.

- تحتاجني؟

- دعني أحكي لك، في يوم من الأيام، حدث شجار بيني وبين زوج أختي، كانت المشاكل واحدة تلو الأخرىٰ، قضيتُ علىٰ الرجل حتى أصبح بلا مشاعر، وفي ذلك اليوم كان يريد قتلي، فتصدتُ له أختي، لا تريد أن يقتلني زوجها.

- لا أسمح لك بقتل أخي،(قاطعه جهاد): أتؤدي المشكلة إلى القتل؟

- دعني أكمل...بعد ذلك لم يدر ما يفعل، فوجه المسدس نحو أختي.

- جهاد: ماذا؟ وهل قتلها؟

- نعم قال لها [سأقتلكِ بدلًا أخيكِ مارأيك؟] وأطلق الناردون أن يشعر أين هو!

- جهاد: ماذا؟ يا للعنف.

- كان ولدهما ينظر إليه وهو يقتل أمه.

- ماذا؟ وكم كان عمره؟

- الخامسة عشرة ووالده الآن في السجن منذ ذلك الوقت.

- يا للقسوة! وهل يعلم بذلك؟

- جهاد، ساعدني في أن يُسامحني.

- أنا؟ كيف؟ وأين أستطيع أن أراه وأنا لا أعرفه؟

- أنت تعرفه جيدًا وتلتقي به دائمًا جهاد.

- من يكون؟

- هذا الولد هو(انفجر سالم بكاءً...)

- قُل سالم، من هو؟

- إنه...إنه مجدي!

- نهض جهاد من مكانه ونزلت دموعه من عينيه: لا...لا يمكن أن يكون مجدي...لا..هل أنت خاله؟

- بلىٰ إنه هو جهاد، لا أستحق أن أكون خاله!

- مجدي أسعد من فينا، فكيف تكون هذه حياته؟! لا.. لا.. والده مغترب ويصرف عليه، لا تكذب سالم.

- لا جهاد، إنه يصرف علىٰ نفسه، إنه يعمل في أحد المطاعم في المساء.

- جلس جهاد من الصدمة: لا يمكن...لا...لماذا هكذا؟ ظننته سعيدًا جدًا!

- جهاد، أرجوك ساعدني.

- قام جهاد: كيف أسامحك وأنت السبب في موت أمه؟ أنت مجرم سالم، مجرم! ذهب جهاد وهو يبكي، ركب (التاكسي)، ومسح الدموع وذهب مباشرّة إلى منزل مجدي.

- من بالباب؟ يبدو أن ربي خلقك أصنج (فتح مجدي الباب، ووجد جهاد ينظر إليه): جهاد، أهلًا بك ادخل، ما بك ادخل.

- كان جهاد ينظر إليه، كأنه لا يسمع.

- ضحك مجدي: يبدو أنك لا تسمع حسنًا، سأدخلك أنا، هيا " أدخل مجدي جهاد وأغلق الباب"

- ماذا هناك جهاد؟ ألا تتكلم؟ سأتكلم أنا، أخيرًا جاء اليوم الذي تحتاجون فيه لمجدي، أتعرف لقد أرسل لي والدي مبلغًا من المال، وقال تصرف به في يوم واحد، سأدعوك به للغداء ما رأيك؟ بالكاد وافق أبي أن يرسله لي.

- أخيرًا تكلم جهاد بنبرة سخرية: بالكاد وافق! أو بالكاد وفرته من عملك مجدي؟

- رفع مجدي حاجبيه: ماذا تقول؟ هل أُصبت في عقلك! " أخذ جهاد يشد قميص مجدي: " لماذا تكذب علينا مجدي؟ لماذا؟ ورماه فوق الكنبة التي في الصالة، وجلس بجانبه، كان مجدي وجهه تجاه إلىٰ الأرض.

- انظر إليَّ مجدي، لماذا كذبت علينا؟

- هل رأيتني في المطعم؟

- لا.

- وكيف عرفت بذلك؟

- أنا لم أعرف بالعمل فحسب، بل عرفت بأن والدك في السجن، لماذا كذبت مجدي؟

- نهض مجدي يتكلم بصوت عالٍ ويصرخ: ماذا تريد أن أقول لكم؟ والدي قتل أمي؟

- ما كان يجب أن تكذب مجدي.

- من أخبرك بذلك جهاد؟

- ذلك الحقير، إنه سالم.

- ذلك الحقير! كم أودُ أن أقتله بعد أن أقتل أبي!

- ما هذا الكلام مجدي؟ تقتل أباك!

- نعم، أنا لا أحتاج إليه جهاد، لا أحتاج إليه (بدأ مجدي بالبكاء)

- (كانت الدموع تسقط من عيني جهاد): وأنا أيضًا كم أود لو أقتله فهو سبب لتعاستي.

- أوقف مجدي البكاء مندهشًا: السيد فؤاد؟

- لا، والدي الحقيقي، ولكن مجدي، مهما حدث فوالدك يظل والدك.

- أرجوك جهاد، لا تُقلب عليَّ المواجع، ارحل عني.

- لن أتركك قبل أن تعدني بأن تزور والدك، فهو لم يكن يقصد قتل والدتك.

- لقد رأيتها تطلب منه أن لا يفعل ذلك وقتلها، يا جهاد أمام عيني، وكان يريد أن يقتلني.

- يقتلك؟

- نعم، ولكنه لا أعلم لماذا تراجع، ما موقفك جهاد لو قتل أبوك أمك دون ذنب لها أو لك؟

" صمت جهاد "

- أرأيت جهاد...لا تتكلم حتى، أرجوك دعني وشأني، ودعني أعيش حياتي.

- حياتك؟! حياتك هروب من الواقع مجدي، أنت جبان ولا تستطيع مواجهة الحقيقة.

- بل أنا أواجه الحقيقة والواقع جهاد.

- بل تهرب منه.

- بل أواجهه.

- بل تهرب منه.

- أرجوك جهاد، ارحل من هنا، ارحل.

" عاود مجدي البكاء"

- هل تبكي مجدي؟

- دعني جهاد، أرجوك دعني وحدي.

" ذهب جهاد من عند مجدي، وهو يبكي معه وعاد إ المنزل ولم يتناول الطعام، ظل يبكي بغرفته وقد أغلق علىٰ نفسه الباب، ويبكي فوق السلسلة "

- جهاد بُني افتح الباب.

- أرجوكِ أمي دعيني وحدي.

" تركت السيدة صباح جهاد بمفرده وهو يبكي فوق صورة والديه، ما يضمن لي أن تكون قد قتلت أمي وتركتني في الميتم؟ ولم لا يكون هذا هو السبب؟ لماذا؟

(جاء مجدي فاستقبلته والدة جهاد في الصالون)

- تفضل بُني.

- أين جهاد سيدتي؟

- اصعد إليه بُني، لا أعلم ما به.

" صعد مجدي يدق الباب علىٰ جهاد"

- افتح الباب جهاد، أنا مجدي.

- مجدي! فتح جهاد لمجدي، كلما نظر في عينيه سقطت دموعه لقوة مجدي وصبره في الحياة، فهو لم يعد يراه ذلك البشوش الكسول.

- هل تبكي جهاد؟

- مسح جهاد الدموع من عينيه: تفضل مجدي

- لا..أنا لم أحضر لأدخل، جئت لأدعوك علىٰ الغداء، أعلم أنك لم تأكل بعد فما رأيك؟ ماذا قلتَ؟ وإن أبيت فمعدتي خاوية وسأتركك، أهم شيء معدتي.

- ضحك جهاد، حسنًا هيا بنا وضع مجدي يده علىٰ كتف جهاد وخرجا معًا...

" بعد تناول الغداء وجلسته مع مجدي يحكي لجهاد أحزانه، اكتشف جهاد بأن الذي أمامه ليس مجدي المرح الذي يهمه لا الضحك، والأكل، وكثرة الكلام، اكتشف جهاد جلمود صخر لمواجهة الصعاب"

" ذهب جهاد إلى منزل دريد واستقبلته والدة دريد"

- أين دريد؟ هل يمكنني مقابلته؟

- حسنًا، تناول العصير جهاد، سأصعد لأخبره أنك هنا،(صعدت الأم وعادت إلى لصالون بوجه يشعر بالخجل)...

- هل دريد نائم؟ ليس من عادته النوم بالعصر.

- دريد....

- ماذا؟

- دريد لا يريد مقابلتك جهاد.

- لماذا؟ ما الذي فعلتهُ به سيدتي، حتى الهاتف لم يعد يرد عليه، يجعله يرن ويغلقه. لماذا؟ أنا لم أزعجه سيدتي، هل يمكن أن أصعد إليه؟

- لا أظن ذلك...

- لماذا؟

- جهاد، أنا أعتذر، ولكن دريد سينزعج لو جعلتك تصعد إليه.

" عاد جهاد واليأس على ملامحه ولكنه لم يستسلم، فجاء لمنزل دريد في الساعة الثامنة مساءً وانتظر في الصالون، وسمع صوت دريد يصرخ على أمه..."

- ألم أقل لكِ أمي، ألا تدخلي جهاد المنزل مجددًا؟

- اخفض صوتك بُني، سيسمعك.

- فليسمع، أنا لا أريد مصادقة من لا يعرف نسبه وإلى من ينتمي، أريد أن أصادق أناسًا لهم قيمة، وليس من يتركه والده في الميتم، ليس لي خير فيه (نهض جهاد وسقط الفنجان من يديه، وكاد أن يبكي فنزلت والدة دريد من الدرج).

- أنا أعتذر جهاد،(ذهب جهاد وهو يجري، وعاد لغرفة أمه جريًا لحضنها...)

- ماذا هناك جهاد؟ تبدو وكأنك تريد البكاء؟

- أمي لقد تركني دريد، لقد قلتُ لكِ.

- تركك دريد لماذا؟

- لقد قال أني لم يكن فيَّ خير لأبي...فكيف أكون خيرًا له!(رفعت الأم جهاد من حضنها ووضعت يديها على وجنتيه): لا تترك دريد بُني، لا تتركه يريد التخلص منك ليرحل.

- يرحل؟ إلى أين أمي؟ تعلمين شيئًا وتخفينه عني؟ هل سيعود إلى بلده الأصلي؟ أخبريني أمي أرجوكِ.

- اذهب بُني إليه، ولا تتركه حتى لو طردك.

- أمي، أخبريني.

- اذهب إليه وسيخبرك، اذهب (طردت السيدة صباح جهاد مسرعًا لمنزل دريد، وفتحت له أم دريد وهي تبكي...)

- جهاد.

- سيدتي لماذا تبكين؟ هل أستطيع أن أقابل دريد؟ أأصعد إليه؟

- اصعد جهاد، إن دريد يحتاج إليك.

- يحتاج إليَّ؟

- اصعد هيا جهاد صعد " صعد جهاد لغرفة دريد ووجده يبكي على الطاولة، فوضع جهاد يده على كتف ديد، فنظر إليه دريد...."

- جهاد؟! ماذا تريد مني؟ ارحل من هنا.

- هل تبكي دريد؟ ماذا هناك؟!

- أنا لا أريد مصادقتك، لقد مللت منك جهاد.

- لن أرحل قبل أن تخبرني، ما الذي يحدث؟!

" نهض دريد يصرخ بصوت عالٍ وكذلك جهاد..."

- لا أريد رؤيتك مجددًا.

- لن أفعل ذلك...ما الذي يحدث لك دريد؟ ألستُ صديقك؟ لماذا أنت غاضب هكذا؟! لماذا أنت غامض؟

- مسح دريد دموعه: جهاد أنا مصاب بالسرطان هل ارتحت؟

" أصيب جهاد بصدمة عنيفة وامتلأت عيناه بالدموع"

- مستحيل!

- نعم جهاد...أنا مصاب بالسرطان لذلك كنتُ أكذب عليك، وعندما رأيتني بالمستشفى كنت في جلسه كيمائية، واليوم قال الدكتور إنه لم يعد للعلاج الكيمائي فائدة، فحياتي لم تعد إلا لأشهر قليلة، أو لأيام قليلة جدًا، أنا أتعذب جهاد، ارحمني لا تأت إليَّ مجددًا (وعاود البكاء).

"وضع جهاد يديه على كتف دريد وكادت دموعه أن تنهمر وقال: سوف تعيش دريد من أجلي، سقط دريد لحضن جهاد ولم يتمالك جهاد نفسه، فجلس دريد على الأرض وتحتضنه جهاد وأخذا يبكيان..."

- لا دريد، لن تتركني وحدي لا.

- لو عمري بيدي لما فارقتك جهاد، لو قتلوني.

- أتعرف دريد؟ سوف ندرس معًا وسنجدُ ونواجه هذا المرض، لن نسمح له بأن يدمرك ويدمر غيرك.

" عاد جهاد في الساعة الثانية عشرة ليلًا، كان يبكي في حضن أمه، وعرف أيضًا بأنها كانت تعلم بمرض دريد وله ثلاثة أشهر يصارع الآلام، وكانت الدنيا سوداء في وجه جهاد، علم الأصدقاء بذلك الخبر وزاروه في بيته، وبعد أسبوع في المساء ذهب مجدي لمنزل دريد وكان متعبًا جدًّ، ا على فراشه كان يضحك..."

- أرجوك دريد لا تضحك كثيرًا، فأنت مُتعب.

- أنت لا تعلم مدى سعادتي بوجودك مجدي، ألم تقل لي إنك تخاف من الليل فلم أتيت الآن؟

- أي ليل يا رجل إنها ما زالت الساعة السابعة، الناس منتظرون صلاة العشاء وأنا أتأنس بالذاهبين والراجعين من المسجد، سأذهب لصلاة العشاء، ومن ثم أرجع للمنزل، فهناك باصات وسيارات.

(ابتسم دريد وفجأة أغمض عينه، فخاف مجدي كثيرًا)

- دريد، رد عليَّ (أخذ يصيح بأعلى صوته): سيدتي..تعالي..دريد.....

(اتصل مجدي بعبد الرحمن، وبسام، وجهاد، وأمرهم بأن يجتمعوا ببقية الأصدقاء، وذهب مجدي إليهم والدموع في عينيه كثيرًا....)

- مجدي ماذا هناك؟

- أردف عبد الرحمن: ماذا هناك؟ هل علمت شيئًا عن دريد؟

- أنا أعتذر، اقترب مجدي من جهاد، وأخذ يبكي بشدة.

- أنا أعتذر جهاد، فدريد قد ترك الحياة، ورحل بعيدًا...رحل وترك البسمة في شفتيه، قبل أن يموت، رحمه الله كان قويًا.

الفصل التاسع عشر

" في التاسعة مساءً، كانت تتوالى على جهاد في منزل عبد الرحمن، وفواز، وبسام وكذلك حازم، الذي لم يظن مجدي بأنه سيأتي لكبريائه ولم يأت فحسب، بل بكى على دريد، وكان جهاد لا يتمالك نفسه، فخرج إلى الشرفة يبكي..."

- لماذا دريد؟ لماذا تركتني لماذا؟ دخل مجدي.

- أرجوك جهاد، لا تبكِ.

- وكيف لا أبكي مجدي! كيف! ربما أنت لا تشعر بما أشعر به.

- بلى جهاد...لا تظن بأني لا أحس، دريد كان من أعز أصدقائي، تعال وانظر حازم، من كان يظن بأنه سيستجيب لطلبي، أو يبكي، فقد يخطر ببالي كل شيء إلا أن يبكي حازم المغرور.

- حازم يبكي؟!

- جهاد: فلنخرج للأصدقاء، فلا يصح بأن تظهر أمامهم ضعيفًا، ستزيد من أحزانهم.

- أرجوك دعني وحدي، مجدي.

- كما تريد.

" خرج مجدي مفاجئًا للجميع، يضحك على منظرهم وهم يبكون..."

- سبحان الله! ما أرحمكم.

- اندهش عبد الرحمن: مجدي، هل جرى لعقلك شيء! لماذا تضحك؟ هل هذا وقت الضحك! وشد قميص مجدي.

خرج جهاد على صراخ عبد الرحمن

- ماذا يحدث لكم يا شباب؟ ألا ترحمون غيركم! قولوا لي: هل هذا وقت الشجار؟؟

- ظل مجدي يضحك، بل هذا هو وقت الشجار الحقيقي، ولكن هناك حكم سيدخل الآن...ادخل هيا.

" دخل الحكم وفاجأ الجميع بدخوله حيًا، أفلت عبد الرحمن قميص مجدي"

- فرح جهاد كثيرًا دريد أنتَ حي؟! وجرى إليه

- غضب عبد الرحمن، ومجدي ظل يضحك، قال عبد الرحمن: ماذا يعني هذا مجدي؟!

- قال مجدي وهو يضحك: وهل المقالب حرام يا عبد الرحمن؟ أعطني دليلًا واحدًا، غضب الجميع من مجدي وأشبعوه ضربًا، وما كان أحد يضحك سوى دريد وجهاد، بعد

ذلك دعىٰ دريد الجميع للعشاء، ولكن حازم انسحب وكأنه لم يكن شيء وعاد مغرورًا من جديد.

- ما رأيكم شباب؟ هيا للعشاء.

- احتج عبد الرحمن: بالنسبة إليَّ، أنا لا أجتمع مع هذا الأحمق بطاولة واحدة.

- أردف بسام: وأنا كذلك، ونفس الشيء حسام، وقال فواز: ولو كان الأمر بيدي لتركتُ هذا المشاكس بدون طعام ثلاثة أيام.

- قال دريد: لكم ما تريدون، فلن أدعو مجدي للعشاء.

- صاح مجدي: ماذا تقول دريد؟ أتتركني وترحل؟ هذا لا يمكن فعلًا.

" ذهب الجميع ومجدي يستعطفهم، ولكنهم يذهبون من أمامه الستة، دون أن يعبرونه"

- يا شباب، هذا لا يجوز فعلًا، أقسم إنني لن أساعدكم في أي مقلب يا خونة.

" كان الجميع يضحكون سعداء لمصير مجدي، أما عبد الرحمن فكاد أن ينفجر غضبًا من تصرف مجدي"

- سخيف!

مرت الأيام والأسابيع وانتهت شهور العطلة، وبدأت الدراسة من جديد، الآن جهاد ينتقل للسنة الثانية، ومرحلة جديدة من العمر، وتطوي له هذه السنة العديد من الأحداث.

منذ أن عرف جهاد مجدي لم يتغيب يومًا عن المدرسة ومن ثم الجامعة، وفي يوم من الأيام تغيب مجدي، ولم يمض علىٰ السنة سوىٰ شهرين، فذهب جهاد إليه في الساعة الثامنة مساءً.

- مساء الخير مجدي.

- مساء الخير جهاد، تفضل " دخل جهاد وأغلق الباب وراءه"

- تفضل جهاد بالجلوس، سأُحضر لك القهوة.

- مجدي تعال واجلس، لقد شربتها منذ قليل.

- أعتذر ولكن هذا هو الواجب.

" ذهب مجدي للمطبخ، التفت جهاد فوجد علىٰ الطاولة صورة لمجدي مع والده عندما كان في سن الخامسة عشر، فنهض جهاد علىٰ الكنبة، فوقف ينظر إليها بجانب الطاولة، وفجأة أتىٰ مجدي..."

- إلامَ تنظر جهاد؟

- يبدو أن هذا والدك.

وضع مجدي القهوة على الطاولة أمام الكنبة، ورجع بجانب جهاد وأخذ الصورة من يده، وقلبها على النافذة

- ماذا يعني هذا؟

- أرجوك جهاد، إذا أتيت إليَّ فلا تذكرني بوالدي، لأنه بالنسبة إليَّ فقد مات منذ زمن، تفضل بالجلوس.

- جلس جهاد وبجانبه مجدي: لماذا لم تأت اليوم إلى الكلية؟ لا أظنك مريضًا.

- أنا لن أكمل دراستي جهاد.

- وضع جهاد القهوة من يده على الطاولة: ماذا تقول؟ هل جننت؟

- جهاد، لا تحاول إقناعي، فأنا لن أعود أبدًا.

- لماذا؟ هل المال هو المشكلة؟ أنا سأتكفل بهذا.

- هذا ليس السبب وحده، فأنا لم يعد لدي رغبة في أي شيء.

- مجدي، ما هذا الكلام؟ انظر لدريد لو كنت محله لما أكملت؟ إنه يتلقى العلاج على أمل العيش، ومع ذلك لم يفكر بأن يسلم نفسه للموت، وينتظر قدومه، بل إنه يبدو كأقوى واحد فينا، لم يظهر ضعيفًا أمامنا، ربما اضطر للكذب ولكنه فعلًا قدوتي.

- هكذا، لن أُكمل.

- لماذا؟ تفاءل خيرًا.

- اشرب القهوة، ستبرد.

- لقد أحضرتُ لك كتابًا صغيرًا، ولكنه يحمل في طياته أشياءً علمتني الصبر في مواجهة الصعاب.

- وما هو هذا الكتاب؟

- أخرج جهاد الكتاب من جيبه، وقال: تفضل مجدي، اقرأه، وسأنتظرك غدًا في الكلية أملًا أن تغير رأيك، بل متأكد بأنك ستحضر.

- سأحاول.

- تصبح على خير مجدي.

(أغلق مجدي الباب بعد جهاد، وعاد يجلس فوق الكنبة، وقبل أن يجلس وجد ورقة على الكنبة التي كان جهاد جالسًا عليها، في بداية الأمر ظن مجدي بأنها سقطت من جيب جهاد دون أن يعرف، ومن ثم خطر بباله أنها قد تكون تُركت له عمدًا ليقنعه بالعودة للكلية، وتردد، ومن ثم فتحها فوجدها رسالة، فقرأها دون أن يقصد فكان مكتوبًا بالرسالة):

"أمي الحبيبة رشا، ووالدي الجدير بالاحترام حمدي:

مهما رأيتُ فلن أجد أحب منكما إلىٰ قلبي، أنتما وعائلتي الجديدة، وإني لمعترفة بفضلكم عليَّ إلىٰ أن أموت، وسأبقىٰ ابنتكم الوفية لكم دائمًا وأبدًا، ولن أقطع رسائلي عنكم مطلقًا، وإن شاء الله سأحاول زيارتكم عما قريب، وأريد منكم ألا تقلقا عليَّ، فأنا سعيدة جدًا مع أصدقائي ووالديَّ، شاكرة لكم تذكركم لي،

ابنتكم المخلصة: جهاد"

أغلق مجدي الورقة، وكأنه متجمد لما قرأها، ولم يصدق شيئًا وعاود قراءة الرسالة مرة بعد مرة في تلك الليلة، ولم ينم أبدًا ولا يعرف هل هذا حلم أم ماذا؟

أما جهاد في تلك الليلة فقد ذهب إلىٰ المنزل ثم خرج ليوصل الرسالة، وصل جهاد لصندوق الرسائل في منتصف الشارع، وأدخل يده في جيبه فلم يجد الرسالة: يا إلهي! أين سقطت مني؟ ربما نسيتها في المنزل، عاد جهاد للمنزل ودخل مباشرةً لغرفته وبحث عن الرسالة، فلم يجدها.

أين تكون؟ ربما سقطت مني في الطريق، ليست مشكلة سأكتب غيرها..

" دق الباب طارق"

- تفضل.

- هل أدخل جهاد؟

- نعم أمي، وهل تحتاجين إذني للدخول.. ادخلي.

- أراك مشغولًا، هل تكتب رسالة؟

- نعم كنتُ سأكتب لوالدتي رشا.

- حسنًا سأتركك بُني، تصبح علىٰ خير.

- نهض جهاد علىٰ الكرسي وقبل يد أمه، وقال: تصبحين علىٰ خير أمي.

جلس جهاد يكتب الرسالة، فرأى الظرف على الطاولة فضحك على نفسه، يبدو أنني لم أكتب رسالة بالأصل، فالظرف موجود هنا لقد أفقدني مجدي صوابي، يا لهذا الشاب يفاجئني بتصرفاته! " ناسيًا أنه كتب رسالة بالأصل".

جاء مجدي في اليوم الثاني إلى الجامعة، وجلس في آخر كرسي وحده، لم يجلس بجانب درید وجهاد، كان الأصدقاء يذهبون إليه وكأنه ليس موجودًا في الأصل، حتى المحاضرات لا يسمع منها شيئًا.

تفاجأ عبد الرحمن بهذا الشاب الجديد، فذهب وجلس بجانبه.

- مجدي، هل أنت بخير؟ قام مجدي من جانبه.

- ظل مجدي صامتًا وينظر أمامه حتى دخل من الباب، قال له جهاد: كُنت متأكّدًا بأنك ستأتي، دخل مجدي وكأنه لا يسمعه، كان ينظر إليه وتفكيره تقوده التساؤلات، لماذا أنا هكذا؟ ما الذي يحدث لي؟

وحتى عندما كان جالسًا في آخر الصف ينظر إلى جهاد، هل يمكن أن تكون فتاة! أم أنني أحلم! ولكن لماذا كتب تلك الرسالة؟ هل يكذب علينا أم على أهله؟ يا إلهي أكاد أجن! غادر مجدي الجامعة ولم يكلم أحدًا وركب التاكسي في الوسط، وكان بجانبه الدكتور سعد، يراقب مجدي، ولكنه لم يلتفت لينظر من الذي بجانبه.

- مجدي، هل أنت هنا؟

- دكتور سعد! لم أكن أعرف أنك بجانبي.

- ما الذي يشغل تفكيرك؟

- لا..لا شيء.

- قال الدكتور سعد للسائق: لو سمحت قف أمام هذا المطعم، نزل الدكتور سعد....

- مجدي، اقبل دعوتي للغداء.

- ماذا؟ أنا؟!

- ومن غيرك يُدعى مجدي؟

- لا..أنا آسف، فليس لدي رغبة في تناول الطعام.

- مجدي، أنا لم أنزل إلا لأجلك، هيا انزل..

نزل مجدي مع الدكتور سعد وطلب الدكتور سعد الغداء واتصل بزوجته، يعلمها بأنه سيتناول الغداء خارج المنزل.

- ماذا هناك مجدي؟ هل أصابك جهاد بعدوىٰ الهدوء؟ فهذه الأيام كثيرًا ما أراكما معًا.

- دكتور سعد، ما الذي يعجبك بجهاد؟

- أشياء كثيرة يصعب تحديدها.

- مثل ماذا دكتور؟ وسامته؟

- ضحك الدكتور سعد بشدة، ههههه، وقال: أنت ظريف مجدي.

- ما المضحك في كلامي؟

- جهاد وسيم.. نعم، إنه وسيم جدًّا، ولكن ليس هذا الشيء المميز به، هدوءه يحيرني، أشعر وكأن هناك شيئًا يخفيه، كما أنه متأدب جدًّا، أراه فوق الكرسي لا يلتفت يمينًا ولا يسارًا.. ذكي.. ودريد شاب وسيم وذكي، ولكنه يختلف تمامًا عن جهاد.

- أنت تميز جهاد عنا جميعًا دكتور سعد.

- مجدي.. جهاد يجذبني بهدوئه، صحيح أنكم وخاصّة أنت تضحكني بتصرفاتك، ولكن جهاد لا يتصرف تصرفاتكم، لا أراه يتصرف مثل أي واحد منكم، حتى مثل دريد، فهو يعتبر قمة الفصل من ذكائه، وأدبه، وأشياء أخرىٰ، ولكني أميز جهاد كثيرًا فهو يختلف عنكم كل الاختلاف...

- قال مجدي في نفسه: نعم إنه مختلف، يختلف عنا فلماذا لا يكن ذلك السر الذي يخفيه عنا! وضع مجدي يديه علىٰ جبينه وقال أيضًا في نفسه: يا إلهي لا يمكن أن يكون ذلك صحيحًا!

- مجدي، أين ذهبت؟

- أفكر في كلامك.

- وهل سنظل نتكلم عن جهاد؟ ماذا عنك؟

- قال مجدي في نفسه: ولكن جهاد أساس مشكلتي، ومن ثم قال: دكتور سعد، أنا متوتر؛ لأن والدي مريض.

- مريض؟

- قد اضطر لأسافر إليه.

- لا تقلق مجدي، إن شاء الله سيشفىٰ.

- قال مجدي في نفسه: ولماذا أكذب؟ لماذا؟

- ماذا مجدي؟؟

- إن شاء الله.

في الساعة الثامنة مساءً ذهب جهاد لزيارة مجدي، فتح مجدي الباب فوجد جهاد، فأدار ظهره ومشىٰ خطوات بعيدة.

- مرحبًا مجدي.

- أمسك جهاد الباب يريد إغلاقه، فصاح مجدي: لا تغلق الباب، دعه مفتوحًا استغرب جهاد، ظن أن مجدي لا يريد مقابلته.

- أأذهب مجدي؟

- افعل ما يحلو لك.

مشىٰ جهاد خطوات يقترب من مجدي، فأدار رأسه وأغمض عينيه.

- ماذا يحدث لك مجدي؟ ألا تريد رؤيتي؟ لقد قال دريد إنك لم تكلمه عندما زارك منذ قليل، استغرب جهاد: مجدي، ما بك؟ لماذا لا تنظر إليَّ؟!

- صاح مجدي بأعلىٰ صوته: لا أطيق النظر في وجهك، دعني وشأني.

- حسنًا سأذهب، اقترب جهاد من الباب يريد الخروج، فقال مجدي بصوت خافت: أنا آسف جهاد، ولكنني في حالة سيئة، أغلق جهاد الباب وذهب.

ذهب دريد لمنزل جهاد، فنزل جهاد لمقابلته في الصالون.

- مساء الخير دريد.

- مساء الخير جهاد، ماذا؟ هل عرفت ما بمجدي؟!

- دريد، هل تظن بأن مجدي غاضب مني؟ فهو لا يريد رؤيتي؟!

- لا أظن ذلك، لأن مجدي لم يكلم أحد منّا اليوم، لا أنا، ولا عبد الرحمن، ولا حسام.

- ولكنني أشعر بأن مجدي غاضب مني أنا.

- لقد ظننتُ بأنك ستعرف ما به.

- للأسف، لم أستطع.

- حسنًا جهاد، سأذهب.

- لنتناول العشاء معًا دريد.

- لا، أمي وأبي ينتظرانني.

- حسنًا، نلتقي غدًا إن شاء الله.

- إن شاء الله.

مر أسبوعان علىٰ حال مجدي، لم يكلم جهاد ولكن يكلم الأصدقاء الآخرين، ويمزح معهم، فتأكد جهاد بأن مجدي غاضب منه

كان مجدي إذا كلمه جهاد خُيل له بأنه يكلم فتاة، فيسرح كثيرًا، وبالكاد ينطق الحرف الواحد، وكذلك جهاد شعر بأن شيئًا ما أغضب مجدي، وليس هذا الشيء بهين، ولم يزره طوال الأسبوعين، ولذلك صار لا بد من زيارته.

الفصل العشرون

- دريد، أسرع ألم تنتهي بعد؟

- حسنًا أمي سأرتدي الجاكيت وآتي..

نزل دريد مع أمه ووالده بدخلته من الباب:

- إلىٰ أين تذهبان؟

- تناول العشاء فنحن سنذهب للقاء أختي ندى مع ولدها فريد، ماذا؟ وهل خالد سيأتي؟

- لا أظن، سيأتي بعد اسبوع هيا بنا دريد فالساعة تقترب من الثامنة والنصف هيا..

ذهب جهاد في الساعة الثامنة والنصف مساءً لمنزل مجدي، كان يصلي العشاء أنتظر جهاد قليلًا وبعد أن أكمل مجدي الصلاة نهض وفتح له.

- مساء الخير مجدي، هل أستطيع الدخول لابد أن نتكلم.

- نظر إليه مجدي بغضب بالتأكيد تستطيع لأن الكلام سيطول، و إلا لكنت تكلمت وأنت واقف.

- لماذا تغيرت طريقة كلامك معي مجدي؟

- تفضل بالدخول تفضل.(دخل جهاد فنظر إليه مجدي بغضب وأغلق الباب بقوة مما أخاف جهاد منه، تراجع جهاد خطوات إلىٰ الوراء يمشي دون أن يرىٰ من خلفه..)

دريد: حمدًا لله على سلامتكِ خالتي.

والدة دريد: أهلًا بكِ ندى.

ندى: شكرًا لكما، فريد سلم علىٰ خالتك ما بك؟

- فريد: كيف حالكِ خالتي؟

- أم دريد: بخير..ولدك خجول جدًا ندى

- ندى: نعم..بعض الشيء مضىٰ فريد مع دريد، وندى مع أم دريد..

مضت ربع ساعه على نظرات مجدي المخيفة وراء الباب لجهاد ومن ثم تحرك بناحية جهاد فتراجع جهاد وراه..

- لماذا أنت خائف جهاد؟

- ما بك مجدي؟ ما الذي يحدث لك؟

- ما الذي يحدث لكَ أنت؟ لماذا تخاف مني لهذه الدرجة؟ أشكلي مخيف أم ماذا؟ اقترب من جهاد.

- دع الباب مفتوح.

- ولماذا؟ أنت امرأة لتخاف مني! كلانا رجلين أليس كذلك؟

- (خاف جهاد أن يكتشف السر الذي يخبئه) مجدي أرجوك قل لي لماذا أنت غاضب مني (اقترب جهاد بناحية مجدي مما هدأ قليلًا).

- تفضل واجلس سأحضر لك القهوة، ادخل إلى غرفة الجلوس دخل جهاد غرفة الجلوس، وجلس على الكنبة ينتظر قدوم مجدي، حضر مجدي وبيده فنجان القهوة على صحن زجاجي، كان ينظر لجهاد مما أخافه ما إن أقترب منه ليعطيه القهوة.

- تفضل.

- مد جهاد يده ليأخذ الفنجان ولكن مجدي أسقطه أرضًا متعمدًا فعل ذلك نهض جهاد وصرخ في وجهه ماذا يحدث مجدي؟ لماذا فعلت هذا؟ كدت أن تحرقني! يجب أن أفهم ما بك هيا قل لي (أراد مجدي التأكد ما إن كانت فتاه أم لا، فإن كانت فتاه ستخاف إن أقترب منها)

- فاقترب وخاف جهاد ما بك اليوم مجدي؟

- هل تريد أن تفهم أنتظر قليلًا ذهب مجدي وأحضر الورقة لجهاد خذ واقرأ

- فتح جهاد الورقة ما بها هذه الورقة لكي تجعلك تغضب هكذا؟

- اقرائها هيا..

فتح جهاد عينيه ورفع حاجبيه عندما رأى الرسالة التي أعطاها لرشا وحمدي...

- إلى أين تذهبين جوليا؟

- ماذا هناك؟ هل أخلص من جهاد وتأتين أنتِ ملاك؟ ماذا هل نسيتما بأني أكبر منكما سنًا أم ماذا؟

- أكبر سنًا وأخف عقلًا صفعت جوليا ملاك وكان السيد فؤاد نازلًا من الدرج ما الذي يجري يا فتيات

كان نظر ملاك إلى الأرض وجوليا مرتبكه..

- قلتُ ماذا يجري؟

- عمي جوليا تريد الخروج في مثل هذه الساعة.

- إلى أين تذهبين الآن جوليا؟!

- عمي صديقتي ربًّا مريضه جدًّا أتصلتُ بي والدتها لزيارتها.

- صاحت ملاك كاذبه.

- صرخ السيد فؤاد في وجهها ملاك ما هذا الكلام؟ هل ذهبت دراستكِ هدرًا! تفقدين الأدب في كلامك!

صعدت ملاك لغرفتها وهي تبكي

- جوليا اذهبي لصديقتكِ نصف ساعه وتكونين هنا.

- عمي منزل صديقتي ليس قريبًا

- جوليا قلتُ نصف ساعه أقسم إن تأخرتِ فلي كلام آخر معكِ هيا..أنا منتظر لك

- أجبني جهاد ماذا يعني هذا؟

- ظل جهاد صامتًا ينظر لمجدي.

- صرخ مجدي بأعلىٰ صوته ماذا يعني هذا قُل؟

- صرخ جهاد بعد صمت طويل كان مجدي متوتر كاد حلقه أن ينفجر من كثر صراخه الذي يملئ المنزل علىٰ جهاد

- كما قرأت مجدي.

- ماذا؟ هل ما في الورقة صحيح؟ من المخدوع نحنُ أم أهلك القدماء؟

- أنتم مجدي.. أنتم..أنا لستُ الشاب الذي تعرفه أنا فتاه، هذه هي الحقيقة التي أخفيها عنكم جميعًا..

وضع مجدي كلتا يديه على رأسه

- أنا آسف مجدي

- نظر مجدي لجهاد وأخذ يكسر كل مافي غرفة الجلوس ويصرخ بأعلى صوته آسفه! ما هذه الكلمة؟ أنتِ حقًّا حقيرة، تضحكين علينا وماذا تستفيدين ها؟

- مجدي أنتَ لا تعلم ما أشعر به أنا لا أنام الليل مجدي.

- رمى مجدي الطاولة وأخذ يمشي باتجاه جهاد والغضب يعتريه ويخرج من عينيه الحمراوات ماذا تريدين منا ها؟! وما هدفك؟ لماذا دخلتِ حياتي وأعطيتكِ أسراري وحملتكِ أحزاني؟ والآن تأتين وبكل بساطه لتقولي أنا آسفه؟ ماذا أفعل بكِ الآن الموت بحقكِ قليل..

- مجدي اهدأ لنتفاهم أرجوك..

عادت جوليا إلى المنزل كان السيد فؤاد ينتظرها بالصالون وكانت الساعة تقترب من التاسعة والنصف فتح لها الباب..

- لماذا تأخرتِ جوليا؟

- عمي إنها ربع ساعه إلى أن عادت ربًا من المستشفى.

- اقسمي بأنكِ كنتِ في المستشفى.

- عمي لماذا أقسم؟!

- أدخلي المكتب فورًا.

- لماذا عمي؟!

- يجب أن نتفاهم هيا.. دخل السيد فؤاد مع جوليا غرفة المكتب..

- ما الذي استفدتيه من حياة الرجال جهاد قولي لي؟

- لم أستفد إلا العذاب مجدي.

- صرخ مجدي ولماذا فعلتي هذا؟

- أخذت جهاد تبكي وتصيح لأن هذه الدنيا ظالمه، نعم تظلم الفتيات وأنتم الأولاد لستم مظلومين مثلنا، نحن محاسبات على كل خطوة نخطوها!

- هدأ مجدي من غضبه وتوقف عن المشي وماذا استفدنا نحن؟ ماذا؟ لا أظنُ بأنكن تعانين كما نعاني نحن من الوم؟

- الزمن مجدي.. الزمن والناس.

-جلس مجدي بركبتيه ووضع يديه على الأرض وأخذت دموعه تتساقط ووجهه ينظر للأرض.

- مجدي اقتربت جهاد من مجدي ومازال يبكي.

- مجدي سامحني أرجوك رفع مجدي رأسه وأخذ يصرخ مجددًا أخرجي من هنا لا أطيق النظر في وجهك أخرجي من هنا هيا..

- مجدي..

- قلتُ أخرجي من هنا هيا نهض مجدي وأمسك بيد جهاد وسحبها بقوه ورماها خارجًا وقبل أن يغلق الباب أخذ يقول أنا لا أريد منكِ أن تأتي إلىٰ هنا مجددًا أنا أكرهك وأغلق الباب..

نهض جهاد وهو يبكي ولم يجرؤ علىٰ دق الباب مجددًا وأخذ يمشي قدمًا إلىٰ المنزل..

- جوليا تكلمي معي بصراحة.

- عمي أنا اتكلم معك بكل صراحة.

- أقسمي لي بأنكِ لم تقابلي شابًا في حياتك.

- لقد قابلتُ شبابًا كثيرين، ولكن أقسم لك عمي إني لم أقابلهم وحدي، بل مع صديقتي.

- غضب السيد فؤاد: نعم أكملي.

- كنا نلعب بعقولهم بالهاتف، ولكن أقسم لك بأن هذا كله تسلية فقط.

صفع السيد فؤاد جوليا علىٰ وجهها بقوة فأسقطتها أرضًا

- أمسكت جوليا على وجهها ونهضت: أعلم أنك غاضب مني عمي.

- أقسم جوليا لأقتلنك إن خرجت مجددًا، وإن عدتِ لتسليتك هذه، جوليا تسلية! وماذا عن هؤلاء الشباب؟ أعلم أن مكانتكِ لا تستحقينها.

- عمي، أعلم أنني أخطأت، ولكن أقسم لك إنها مجرد تليفونات لا أكثر، ثم إن هؤلاء الشباب يستحقون من يُعلمهم درسًا.

- ليس أنتِ جوليا..أنتِ تستحقين من يعلمكِ درسًا قاسياً.(أمسك السيد فؤاد يد جوليا، وأخذ يسحبها من علىٰ الدرج وفتح باب غرفتها ورماها أرضًا، وأخذ المفتاح وأغلق عليها الباب)

عاد السيد فؤاد غاضبًا لغرفة المكتب ينظر لغرفة جهاد.

عاد جهاد، كان متعبًا جدًا من المشي الساعه العاشرة والنصف، فخرج السيد فؤاد من المكتب.

- مساء الخير أبي.

- تعال جهاد، أريد التحدث معك.

- ليس الآن فأنا أريد أن أنام.

- صرخ السيد فؤاد: أنتظرك طوال هذا الوقت، وجئتَ تقول لي الآن أريد أن أنام!

- حسنًا أبي، ماذا حدث؟

- تعال إلى غرفة المكتب.

- دخل السيد فؤاد مع جهاد أتعلم أن جوليا ...(كان السيد فؤاد يتكلم وكأن جهاد ليس موجودًا، يسمع ولا يستطيع الكلام باله مشغول بمجدي).

- أأحدث خشبة أم ماذا؟ لماذا لا تتكلم؟

- ماذا أقول أبي؟ ماذا أقول؟

ارتفع صوت السيد فؤاد: أين كنت طوال هذه المدة؟ ألم تراقب جوليا! لقد تخليت عن مسؤولياتك.

- صرخ جهاد بصوت عالٍ: لماذا تؤنبني؟ أنا لستُ أخاها أو ابن عمها، تعلم جيدًا أنني لستُ من هذا المنزل، وليس لي حق في الكلام، ثم إنني قد أخبرتك عدة مرات عنها، وتقول لي لا تقسو عليها جهاد، فهذه تخيلات، والآن تحمل كلامك.

- اندهش السيد فؤاد: تصرخ في وجهي جهاد، يا لك من عاق!

- سامحني أبي، فأنا في حالة سيئة.(صعد جهاد الدرج تاركًا والده مندهشًا من تغير حاله)

كانت السيدة صباح أمام الباب في غرفتها تنظر لجهاد، أخذ جهاد يفتح غرفته

- جهاد هل نسيت شيئًا بُني؟

- جرىٰ جهاد ناحية أمه: سامحيني أمي، وقبل يدها

- لا أتخيل أنني سأنام يومًا من دون أن تأتي إليا بُني، لا تغضب من والدك نظرت السيده صباح لوجه جهاد تبدو شاحب الوجه ماذا هناك جهاد؟

- لا شيء أمي تصبحين على خير سأذهب للنوم.

- وأنت من أهله بُني.

دخلت عبير غرفة ملاك وبيدها كتاب الرياضيات.

- ملاك هذه المسألة صعبة هلا شرحتها لي؟

- ملاك لماذا تبكين اقتربت عبير من ملاك

- متى سيفهمون عبير أننا كبرنا وصار لابد من أن يكون لنا رأي؟

- ملاك لا تحزني فجهاد قد وبخه عمي، إنه بحاله سيئة لقد رأيته يدخل غاضبًا جدًا منه، كم أنا حزينة عليه.

- عبير إن عمي يقول أنني بلا أدب.

- ملاك لقد هان ابنه فما بالكِ أنتِ؟

- عبير أكلمك عني دعي جهاد قليلًا.

- أنا آسفه ملاك ولكن جهاد يعني لي الكثير.

هدأت ملاك تسمع عبير

(جهاد كان يلاعبني كثيرًا، أحسستُ معه بحنان كبير لم أحسه مع والديَّ، كل تزوج وتركونا هنا، جهاد كان لي الأخ الحنون عندما أكون متوترة من امتحان ما يأتي و يطمأني، أنتِ لا تعرفين معزة جهاد لدي، لم أحس بحنان الأخوة إلا معه حتى جوليا لم تحسسني يومًا بأنني أختها، أنا لا أتخيل أنني لن أراه يومًا، هكذا تقول عمتي صباح.)

- عمتي صباح تعتبر جهاد روحها.

- نعم ملاك أعتقد بأن هذا البيت لا يسوى شيئًا بلا جهاد.

- ونحن أين ذهبنا عبير؟ ألا أعني لكِ شيئًا؟!

- بلىٰ ملاك أنتِ أختي وصديقتي وكل شيء احتضنت ملاك عبير وطرق السيد فؤاد باب الغرفة رغم أنه كان مفتوحًا فخرجت عبير.

- ملاك أما زلتي غاضبه مني؟

- لا عمي فأنت بمثابة أبي رحمه الله

- ملاك أنا أحبك تمامًا كجهاد.

- لا أظن ذلك فجهاد حبه لديك أكثر.

- ربما أكثر ولكن قليلًا ابتسمت ملاك.

- أضحكي ملاك..أنا آسف لقد قسوتُ عليكِ كثيرًا.

- لا عمي أنا آسفة أنا لم أحترمك وقتها.

- حسنًا تصبحين على خير ملاك.

- وأنت من أهله عمي.

(أقسمتُ ندى ألا تعود إلا وقد بذلت كل ما في وسعها للبحث عن جهاد و رؤيتها، ووعدت رشا حمدي أن ترجع بخبر لهما، وإلا فلن تعود، وها هي الآن مع الصديق المقرب لجهاد، رفيق عمرها وهي لا تعلم. تقربها الأيام من جهاد ولكن هل ستكتشف أين هي؟ عادت وقلبها يحترق عليها، تتذكر صديقتها رباب وتعلم جيدًا أنها هي التي قربت رباب لتوفيق، ولولاها لما تزوجها، وتشعر بأن جهاد ذنب في رقبتها، لا بد من الحصول عليها لتبرئ ذمتها، ليس خالد قريب لهما كما هي ندى صديقة رباب وتوفيق.

الفصل الحادي والعشرون

في اليوم التالي، حضر مجدي إلى الجامعة وتفاجأ لأنه لم يجد جهاد، كان الأصدقاء يتساءلون عن تغيب جهاد، ولأول مرة كان حسام يضحك!

- قال مجدي بصوت خافت: الغائب عذره معه.

ذهب دريد لزيارة جهاد عصرًا فوجده محمومًا ومريض جدًا، ولكنه يرفض بأن يذهب للمستشفى بحجة أنها حمى وستزول.

جاء اليوم الثاني وجهاد مازال مريض أكثر من اليوم الأول، تغيب عن الكلية أيضًا فذهب الأصدقاء باليوم التالي لزيارته..

في الساعة الثامنة، كانتْ غرفة جهاد ممتلئة بالأصدقاء من حوله، كان قعيد الفراش بسبب الحمى، جاء لزيارته عبد الرحمن، ودريد، وحسام، وفواز، وسامح، وفي منتصف الجلسة قاطعتهم ملاك.

- جهاد هناك أحد يريد رؤيتك.

- من ملاك؟

- تفضل، جهاد بانتظارك (كان جهاد متشوقًا لرؤية هذا الشخص، دخل مجدي، ولم يصدق جهاد عينيه).

- ماذا جهاد ألا تريد رؤيتي؟

- بلىٰ مجدي، كنتُ بانتظارك.

- قال عبد الرحمن يُعاتب مجدي: يا أخي ألا تكف عن حركاتك هذه؟ وكأنك أمير نتشوق لرؤيته!(ضحك مجدي ورفع يده على رأسه وقال): صدقت، فأنا لا أحمل تاج الأمير، ولكنني وبكل ثقة أشعر أنني أمير!

- قال حسن: نعم والله، إنك أكثر من ذلك.

- مجدي: هذا الصديق الرائع! كلكم لا تريدون رؤيتي إلا هذا.(ما زال مجدي واقفا، ودخلت السيدة صباح):

- يا شباب، أريد أن أقدم لكم فتاة، ستشعرون بأنكم لأول مرة ترونها، وإنها والله أغلىٰ ابنة عندي.

- صاح مجدي: أنا متأكد بأنها الفتاة التي في بالي، والتي لا تليق إلا بي.

ضحكتْ السيدة صباح، وقالت: والله، إنها لا تليق إلا بأحدكم.

- قال مجدي: وأنا لا أعجبها حتى إنني ما زلت واقفاً.

(دخلتْ من الباب فتاة محجبة، ترتدي لباسًا محتشمًا جدًا أكثر من السيدة صباح، وجهها الجميل مضيء كالبدر، وعيناها تشعان أملًا، وخدها الجميل متورد من الحياء، نهض عبد الرحمن من مكانه!)

- سلوىٰ!

- أسدلت سلوى عن وجهها حياءً.

كان الجميع مندهشًا من ذلك، لتغير حال سلوى والجميع يهنئونها علىٰ اعتناقها للحجاب، ولكن مجدي مازال واقفًا ينظر لجهاد وجهاد تنظر إليه بكل هدوء وتساؤلات..

أنسحب الجميع ولم يبقى إلا دريد ومجدي وفجأة أتصلو بدريد من المنزل وأضطر للذهاب ولم يبقىٰ أحدًا إلا مجدي وجهاد.

كان مجدي يجلس بعيدًا من جهاد، نظر إليه جهاد

- مجدي!!

نهض مجدي من مكانه وجلس بجانب جهاد علىٰ الكرسي

- أنا آسف

- آسف علىٰ ماذا؟!

- آسف علىٰ قسوتي معكِ.

- لا عليك فردت فعلك طبيعية، توقعت أكثر من ذلك..مجدي أنت لا تدري مكانتك عندي هل تخرج للحديقة؟

- ولكن هذا برد عليك.

- ولكن لنتكلم براحتنا خرج جهاد مع مجدي للحديقة يغطي جسمه بغطاء من البرد، كانت السيدة صباح تمنعه من الخروج ولكنه أبى فكانت تراقبه من النافذة مع ملاك.

جلس مجدي مع جهاد علىٰ طاوله في الحديقة

- من أنت بالضبط؟

- أنا جهاد مجدي.

- ما الذي رماكِ علىٰ هذا المر جهاد؟

- الذي أمر منه مجدي.

- كان بإمكانكِ أن تعيشي أميره أو بالأقل تمامًا كسلوىٰ بالمناسبة لقد عرفتُ من تقصد والدتكِ؟

- من؟

- عبد الرحمان.

- عبد الرحمان؟! لا أظن بأنه يفكر بسلوىٰ

- لا يفكر بها ولكن بعدما رأى ذلك سيفكر بها، فهي فعلًا جميله جدًا باختصار تحمل مواصفات الفتاه التي يريدها عبد الرحمان، أتحسر علىٰ نفسي.

- ضحكت جهاد يالسرعة بديهتك.

- وضع مجدي يده علىٰ يد جهاد سامحيني جهاد.

- هل سامحتني مجدي؟ أنا لا أجد ما أسامحك عليه.

- جهاد أعاهدك عهدًا أمام الله سبحانه وتعالى بأن أكون أخًا تحتاجين إليه ويحتاج إليكِ

- مجدي..ساعدني علىٰ قول الحقيقة لأمي ودريد

- دريد؟ حتى هو لا يعلم؟

- نعم..كانت السيدة صباح سعيدة جدًا تنظر لجهاد من النافذة

- هل رأيتي ملاك كيف أن جهاد كأنه ليس مريض عندما زاره أصدقائه خاصة مجدي، إن هذا الشاب يجعل ولدي دائمًا سعيدًا أتمنى له كل التوفيق.

- حقًا عمتي إنه ظريف جدًا.

- حسنًا جهاد سأتركِ وحدكِ تبدين متعبه.

- شكرًا لزيارتك مجدي أتى السيد فؤاد مقاطعًا إياهما.

- مرحبا مجدي.

- مرحبا سيدي

- يبدو أنني قاطعتكما

- لا أبدًا فأنا سأذهب..إلى اللقاء أراكَ غدًا

دخل السيد فؤاد مع جهاد ما إن صعد برفقته حتى علا صوت السيد فؤاد فنزلت السيدة صباح لترى على ماذا يصرخ فوجدته يُكلم والد جوليا بالهاتف

- اسمع مالك لقد أتصلت بي في الوقت المناسب، فأنا لم أعد أحتمل تصرفات ابنتك.

- ابنتي من؟

- يبدو أنك نسيت أن لك بنات، أنت وزوجك المحترمة.

- اهدأ فؤاد، سألتك من هي؟

- جوليا! لابد أن تأتي لتربيها من جديد.

- ما الذي حدث فؤاد؟

- أعصابي بدأت تنهار، يجب أن تعود من جديد لتُشرف على بناتك، أما سألت نفسك كم لك من الزمن لم ترهما؟

- من عيد الفطر تقريبًا.

- الحمد لله، إنك تتذكر.

- فؤاد لماذا تصرخ في وجهي هكذا؟

- ليس لي كلام معك إلا عندما تأتي، هل هذا مفهوم؟

- فؤاد، أنت تعلم أني لا أستطيع الحضور دون زوجتي وابنتي.

- احضر مع من تشاء.(أغلق السيد فؤاد السماعة ولامته السيدة صباح)

- فؤاد لماذ فعلت ذلك مع أخيك؟

- صباح لستُ متفرغًا لكلامِكِ، هل هذا مفهوم؟

صعد السيد فؤاد إلى غرفته وكان صوته عالٍ مع السيدة صباح، كانت عبير تسمع كلامه على أبيها، وتبكي في حضن ملاك، أما جهاد فظل يسأل نفسه: ترى ألم يسأل والدِكِ عنكِ؟ ألم يفكر فيكِ؟ إذا كانت هذه في حالة السيد فؤاد أكبر تاجر في هذه المنطقة مع ابنة أخيه، فما بالكِ في أبيكِ! كم أكرهه! كل يوم يزداد كرهي له قبل أن أعرفه.(قاطعت السيدة صباح تفكير جهاد)

- فيمَ تفكر جهاد؟

- أمي أنتِ هنا؟

- أنت لا تعرف أني هنا؟ لقد أزعجك والدك كثيرًا أليس كذلك؟

- كثيرا أمي، لا تعلمين هذا(يقصد والده الحقيقي).

- إنه مجنون! تصبح على خيرٍ بُني.

- وأنتِ من أهله أمي.

بعد أسبوع، جاء مالك مع زوجته الأجنبية وابنته المدلّلة سمر، التي تبلغ من العمر تسع سنوات، كان جهاد سعيدًا جدًا بقدومها وهي كذلك تحبهُ كثيرًا، في كل عام كان مالك يزور ابنته عبير وجوليا برفقة زوجته وابنته الأخرى، ولكن هذه المرة يختلف الأمر، حاول أن يعالج مسألة جوليا ولكنها ترفض الكلام معه، ومُنعت جوليا من الخروج فكانت حبيسة المنزل تُراقب الداخلين والخارجين بكل غضب، كانت ترى سمر أختها من أبيها، تدخل وتخرج مرة برفقة جهاد، ومرة برفقة ملاك، ومرة مع عبير والسيدة صباح، وأكثر الأحيان مع أبيها وزوجته، كانت تشعر بالغضب من وجودها وتكرهها كثيرًا جدًا، وفي ذات ليلة في الساعة العاشرة مساءً، ذهبت والدتها برفقة مالك ووضعت الطفلة عند عبير، فاضطرت عبير للخروج مع ملاك لزيارة صديقة لها تعرضت لحادث، والسيدة صباح خرجت مع جهاد لزيارة سلوى وأمها، والسيد فؤاد كعادته في العمل، ولم يبق في المنزل سوى سمر وجوليا والخدم، فقررت جوليا إخافة سمر، فلبست زيّ وحش بغرض أن تخيف سمر، وترحل مع والديها من المنزل.

كانت سمر في الصالون، أطفأت جوليا الكهرباء وخرجت من غرفة المكتب بزيها المخيف، وأطلقت أصوات مُخيفة من الكاسيت، كانت سمر تصرخ بصوت عالٍ:

- جهاد، النجدة! ساعدني ... عبير، أين أنت؟ ... ملاك، أمي... (جاء جهاد ووالدته في الوقت المناسب على صراخ سمر، وكان الخدم نائمين وكأنهم لا يسمعون).

فتح جهاد الباب بمفتاحه ودخل مع أمه، أشعل ضوء الصالون فوجد سمر، فجرى إليها فوجد جوليا أمامها بزيها المُخيف، احتضن جهاد سمر، كانت تشهق وتزفر أيما شهيق وزفير! كانت ترتجف ولا تستطيع الكلام ومُغمضة العينين.

- سمر، هل أنت بخير؟ أنا جهاد سمر، افتحي عينيك سمر.(كانت سمر ترتجف بين يدي جهاد، فقال جهاد: أمي أحضري لها الماء بسرعة، ووقفت جوليا مفزوعة)

- سمر، أنا جهاد.(جاءت ملاك وعبير وكان الباب مفتوحًا، جريا للصالون فوجدا جهاد وسمر مرمية على الأرض في حضنه، جرت عبير لرؤية أختها).

- جهاد ماذا حدث لها؟(توالت أنفاس سمر، وأخيرًا فتحت عينيها وتكلمت: جهاد، أنا أحبكم، أحبكم كلكم كثيرًا عدا جوليا، كنتُ أود وأتمنى أن أعيش معكم، ولكن والدتي ترفض ذلك.)

- جهاد بخوف ويبتسم سمر سأجعل والدتك توافق..أعدك بذلك..ابتسمت سمر وسقطت من بين يدي جهاد ميته!

صرخت عبير لالا..لا يمكن أن تموت لا احتضنت السيدة صباح سمر من حضن جهاد، نهض جهاد وكأنه يرى حلمًا أمامه فاقترب من جوليا كانت خائفة كثيرًا

- أنتِ مجرمة جوليا لقد قتلتِ أختك!

- صرخت جوليا لا..لا انا لم أقتل لم أقتلها، كانت ملاك تنظر إليها بقسوة وعبير تبكي فوق سمر، جرت جوليا إلى الدرج وهي تصرخ الى أن وصلت إلى الغرفة والدموع تملأ وجهها انا لم أقصد قتلها انا لم أقتلها.

جاء والد جوليا وزوجته فوجد ابنتهما المدللة قد ماتت كان الأمر صعب عليهما كانت أم سمر تبكي على ابنتها الوحيدة المدللة، صعد والد جوليا لغرفتها وكان يُريد قتلها ولكنه وجدها لا تُجيب فقط تجلس على الفراش والدموع في عينيها وتكلم نفسها كالمجنونة، بل أنها جُنت فعلًا كانت تضحك وتبكي..

 لقد قتلت ابنتك أيها الظالم لقد قتلتها ههههه..هذا حال جوليا أما عبير فظلت تُعذب نفسها أنها السبب، لأمها والدها كثيرًا وذهب جهاد لمنزل مجدي.

- جهاد؟؟

- هل يمكنني الدخول مجدي؟

- نعم، تفضلي، سأعد لكِ كوب من القهوه حضر مجدي وبيده القهوة فوجد جهاد تبكي

- ما الأمر جهاد؟ ماذا حدث؟

- أتذكر سمر مجدي؟؟

- تلك الفتاة الشقراء التي أحضرتها السنة الماضية إلى الكلية؟

- نعم

- لقد ماتت واجهشت بالبكاء

- ماذا؟! يا للهول كيف ماتت ومتى؟

- اه من جوليا إنها بلا قلب

- كانت جهاد تبكي وبشدة: لقد ماتت يا مجدي، ماتت قبل أن ترى هذه الدنيا، ماتت ولم تهنأ بعمرها.

- جهاد، لا تحزني، فهكذا الدنيا على الأقل ماتت سمر قبل أن ترىٰ قهر الدنيا وذلها، وتعاني المرار كما عانيناه، حقًا أحسدها ليتني متُ قبلها.

- أنت لا تعلم مجدي مدى الحزن الذي أشعر به، تلك الفتاة البريئة، ما ذنبها يا إلهي كيف يموت الواحد منّا دون أن يدري!

- جهاد، لماذا لا تصلين لله سبحانه وتعالى؟ فليس في هذه الدنيا شيء يعود لكِ إلا صلاتكِ ودينكِ وأعمالكِ الصالحة.

- أحاول ولكني أريد أن أعيش كهؤلاء الفتيات.

- بإمكانكِ ذلك..اعترافي بالحقيقة وعيشي حياتكِ، أنظري لحالكِ حتى الصلاة تتركينها ولأي سبب؟! لأنكِ لا ترتدين الحجاب وللباس المحتشم في الصلاة جهاد، حقًا الدنيا حقيرة مقابل الآخرة، صلي أعدكِ بأنني سأساعدكِ فقط، اعترفي بالحقيقة وعيشي حياتكِ، أنظري لحالكِ.

- تتكلم بسهوله جدًا إن هذه الحقيقة مدمره مجدي، ثم أنني لم أستفد من حالي شيئًا إلىٰ الآن ولم أصل إلى غرضي.

- أي غرض جهاد؟

ظل جهاد صامتًا وفي عينيه شرارة الحقد.

- جهاد إلىٰ ماذا تنوحين؟!

- ستعرف ذلك ولكن بعد أن أعرف أين هو؟!

- من؟؟

- والدي الحقيقي، سأجعله يدفع ثمن أن يضعني في الميتم كل هذه السنوات دون أن يسأل عليَّ.

- جهاد؟؟

- لا تخف مجدي

- هذا والدك مهما كان.

- تقول والدي! وماذا عنك؟؟

- قلتُ لكِ جهاد ألف مره والدي مات ولم يعد موجود في حياتي..

- مجدي والدك دفع ثمن فعلته بأنه دخل السجن ولن يخرج منه، دع في قلبك قليل من الرحمه مجدي، أذهب لوالدك وأطلب منه أن يسامحك.

- جهاد..هذا الموضوع أغلقيه من فضلك وإن عُدتِ إليه فلن أسمع لكِ مطلقًا.

- كما تشاء مجدي ولكن إذا مات والدك دون أن تراه فاعلم أنك عاصٍ وستدخل النار جزاء عذابك لوالدك رحل جهاد وترك مجدي غاضبًا منه..

أصبح المنزل منهارًا تمامًا، فبعد تلك الحادثة بأسبوع نُقلت جوليا لمصحه للأمراض العقلية، وعبير لم تنجح في منتصف العام الدراسي، ووالد جوليا طلق الزوجة الثانية غصب عنه وأصبح معلول الجسد لفشله في تربية بناته ودفع ثمن تخليه عنهما حياة ابنته المحبوبة مالكة قلبه وأصبح يدفع النقود الكثيرة لمعالجة جوليا دون أي فائدة، كان جهاد يذهب لزيارتها حاله كبقية مم يزورها فهي تضحك وتحمل دميه وتصرخ لقد قتلتها لأعذب قلب والدها كم أكرهه لقد قتلتها..

أما ندى فقد ظلت تبحث عن جهاد ولم تجدها فعادت لبلدها من أجل فريد ليكمل دراسته، ورجعتْ لمنزل دريد في العطلة لتبحث عن جهاد مجددًا في المدارس ولترى ما إن كانت تعمل كممرضه أو...أما دريد فلم يبقى له إلا جلسة وشُفي من المرض، بعد علاج طويل أفقده الكثير من شعره ووقته وعاد لبلده مجددًا..

الفصل الثاني والعشرون

بعد أسبوعين من مشكلة جوليا، رجع دريد من سفره وعادتْ الكلية من جديد، فرح الكثير بعودة دريد وأكثر من فهم سعادة هو جهاد.

اجتمع الأصدقاء في حديقة الجامعة

- حمدًا لله علىٰ سلامتك دريد.

- عبد الرحمن، شكرًا لك.

- قال مجدي ضاحكًا: ماهذه القبعة دريد؟ هل أصبحت خارجيًا تتدلل علينا؟

- لا مجدي، فلقد فقدتُ الكثير من شعري بسبب العلاج الكيميائي.

- وكيف حالك الآن دريد؟

- بخير بسام، هذه آخر جلسه لي.

- قال جهاد سعيدًا هل شُفيت تمامًا دريد؟

- كما تقول ولكن لا بد أن أستمر بالعلاج وإلا قضىٰ عليَّ المرض.

وضع عبد الرحمن يده علىٰ كتف دريد: كان من قبلك يموتون دون علاج أما الآن فقد تطور الطب وفوق هذا أنت مؤمن بالله وبفضله وبفضل دعائك إليه نجوت من الموت.

- أنت محق عبدالرحمن فليس أحد يشفي الإنسان إلا هو، ويجب أن نعطيه حقه من العباده يا أصدقاء.

- صاح مجدي: نعم بعد عبد الرحمن، جاء دريد، سكت قليلًا ثم قال: أستغفر الله أصبحتُ أتكلم ولا أدري ما أقول، ضحك الجميع علىٰ مجدي وبنفس اللحظة، دخل في قلوبهم حب الإيمان إلا أحدهم كان في غاية الحزن علىٰ ما فاته من الوقت من دون عبادة حقيقية لله سبحانه وتعالى، وهو جهاد، كان مجدي ملاحظًا عليه ونظر إليه فأسدل جهاد وجهه.

انفرد جهاد مع مجدي كان مجدي يلومه علىٰ حياته.

- أيمكن أن تقولي لي إلىٰ متىٰ ستظل الحقيقة مخفاة؟

- لا أعرف مجدي، لا أعرف.

- كيف ستواجهين دريد؟

- لا أعلم، أرجوك مجدي، كف عن عتابي، قاطعتْ أحلام مجدي مع جهاد فقال مجدي بصوت خافت لجهاد: يبدو أننا لن نتخلص من متاعبها مع أخيها الفاشل حازم.

- اقتربت أحلام من جهاد: هل يمكن أن أتكلم معك جهاد على انفراد؟

- انسحب مجدي، حسنًا جهاد، نلتقي بالفصل.

- مضى جهاد مع أحلام خطوات: هل هناك شيء أحلام؟

- ألا تدعوني على شيء أو حتى الشاي؟ أم أنك لا تريد الكلام معي؟

- لا، ولكن..

- لا عليك جهاد، لا أريد شيئًا، سأقول لك ما أخفيته طوال هذه السنوات.

جاء وقت المحاضرة، فأجل جهاد كلامه مع أحلام إلى ما بعد المحاضرة، ودعاها إلى أحد المطاعم، وجلس معها على إحدى الطاولات.

- جهاد، اعلم أنك تحمل عني فكرة خاطئة.

- ومن قال لكِ ذلك؟

- جهاد، أنا منذ زمن لم يدخل أحد غيرك قلبي، أنا أحبك جهاد.

- قام جهاد مفزوعًا: ماذا تقولين أحلام!

- كما سمعت جهاد، أنا لم أقلها لأحد قبلك.

- كفى أحلام، أنا لم أحبك كما تفهمي، ولن أحبك مطلقًا.

- قامت أحلام غاضبة ولماذا؟ألا يكفي أنني أحلام فاروق! أكبر تاجر تأتي إليك، إلى واحد أقل غناءً منها.

- أنتِ غنية بالمال، ولكن ينقصكِ أنتِ وأخيكِ غنى العلم والأدب، أنتما أحقر من رأيتُ في حياتي.

أخذت أحلام الماء من الطاولة، ورمت به إلى وجه جهاد،وقالت: أقسم إنك ستدفع ثمن ما فعلتَ غاليًا.

ذهبت أحلام إلى المنزل غاضبة، ودخلت على حازم، كان مع أصدقائه، هلتْ عليهم أحلام وهي فاتحة غرفة حازم.

- حازم.

- أختي الحبيبة أحلام، ما الذي أغضبكِ؟(رحل أصدقاء حازم الثلاثة، وبقيت أحلام مع حازم يتكلمان)

- حازم، جهاد لا بد أن يتدمر، أريد أن يعض أصابعه ندمًا على ما فعله بي اليوم.

- فات الأوان أحلام، لقد قلتُ لكِ منذ زمن بحركة مني فقط، جهاد يدخل السجن لسنوات ولا يخرج منه إلا عجوزًا، قلتِ لا.

- وماذا يحدث لو فعلت الآن؟

- لا..جهاد لا بد أن يكون صديقي.

- صاحت أحلام: صديقك؟!! هل تُريد أن أجن؟ بدأت أفقد صوابي..

- اجلس حازم أحلام اهدئي أحلام، أريدُ من جهاد أن يعطيني سلوىٰ ومن ثم انتقمي كما شئتِ بعد زواجي منها.

- سلوىٰ! هل جننت حازم؟ أنت ابن السيد فاروق، تتزوج من تلك الفقيرة، حازم! هل فقدت عقلك؟ ألستَ أنت من ضحك عليها عندما ارتدت الحجاب ولبست اللباس المحتشم؟ ألستَ من تقول تلك سلوىٰ أشك بأنها ستظل محجبة؟ هكذا لأنها لا تشبه لا أعرف بماذا أشبهها! يا لشكلها المضحك!!

- كنتُ أقول ذلك أستفزازًا..أحلام، أنا أحب سلوىٰ فعلًا.

- ماذا؟! ماذا؟! تحب سلوىٰ..لا..لابد أنني في مستشفىٰ المجانين اليوم!.

- أحلام إذا عادينا جهاد، فلن يعطيني سلوىٰ هل نسيتي بأنها أصبحت من مسؤولياته؟!

- حازم، وما يضمن لك أنها كما يقولون أخته؟!

- الأمر ليس كذبًا أحلام، فعلًا جهاد أصبح أخًا وراعيًا لسلوىٰ، هكذا قالت سلوىٰ.

- وهل تحدثها..هكذا إذاً تقابلها من ورائي!

- لا أحلام، أقسم لكِ إنها لا تريد محادثتي، ولات تطيق النظر في وجهي، إنها مؤدبة، و ما رأيت بمثل أدبها وجمالها، ليست كالفتيات الأخريات

- حازم، ارجع عن هذا الموضوع ونفذ ما قلتُ لك.

- فات الأوان أحلام، أنا ذاهب لمنزل جهاد لأطلبها منه اليوم في المساء الساعة الثامنة

- وأنا؟ لا تهتم برأي أختك؟ ألا ترد لي كرامتي؟؟

- أعتذر أحلام، لقد قررت قبل أن تأتي لتكلميني في هذا الموضوع، وعزمت أن أكلم جهاد اليوم..

- ذهب جهاد لمنزل مجدي في الساعة السابعة مساءً، كان مجدي يضحك، وجهاد يريد أن يقتله بسبب ضحكه المتواصل-مجدي أنا أحكي لك ما حصل معي، وأنت تضحك، يا لك من سخيف! فكر بحل لهذه المسألة.

- أنا أتخيل أحلام غاضبة، وأتخيل عندما صبت الماء علىٰ وجهك هاههه..

- مجدي كُف عن الضحك.

- أرجوكِ، دعيني أكمل الضحك أولاً

- صاحت جهاد: مجدي، أنا مخطئة، لأنني جئت إليك.

- قام مجدي من الكنبة، أنا أعتذر، ولكن الأمر مضحك فعلًا، فتاة تحب فتاة ههه ههه ههه

- من الخطأ أن جئتُ إليك وداعًا.

- جهاد، انتظري.. أنا آسف جهاد، أغلق جهاد الباب غاضبًا وعاد إلى المنزل، صعد غرفته وفتح السلسلة ينظر لوالديه بكل احتقار: أنتما من وضعتموني في هذا الحال السيء لماذا أحتفظ بصورتكما؟ هدأ جهاد من غضبه لا أنا لن أفعل هذا لن أكمل بقية حياتي هكذا، أقسم بأنك ستدفع الثمن غاليًا جدًا، ستندم علىٰ وضعي باليتم دون السؤال.

- قطع تفكير جهاد طرق الباب من قِبل الخادمة، تفضل:

- هناك شاب في الأسفل ينتظرك سيدي

- شاب! ألم تعرفيه زهرة؟

- لا يا سيدي، من الواضح أنه غني جدًا، إنه بالصالون، طلب رؤيتك ورؤية السيدة صباح، لقد أعلمتها بذلك، قال إن الأمر مهم.

- حسنًا، سأنزل، دعي أمي تنزل إليه أولاً-لقد نزلت إنها بالصالون معه.

- حسنًا، هيا بنا

- نزل جهاد ليرىٰ من هو الشاب الذي يريد مقابلته، فوجده شخصًا لا يرغب برؤيته.

- حازم!

- نهض حازم: أعلم أنني لم أعلمك بقدومي، أعتذر لك، مد يده ليصافح جهاد

- تأخر جهاد في مد يده ومن ثم سلم علىٰ حازم، تفضل بالجلوس.

- شكرًا.

- أهلاً بك بُني.

- بالحقيقة سيدة صباح، لقد جئت إليكما لأطلب منكما طلبًا، والله إنه أكبر حلم وبيدكما تحقيقه.

- ابتسمت السيدة صباح، وقالت: اطلب بُني إن شاء الله إن كان الأمر بيدي لأعطيته إياك وبدون تردد.

- شكرًا سيدتي، جهاد، جئتُ لأطلب منك يد سلوىٰ للزواج.

- قام جهاد غاضبًا: ماذا تقول حازم؟

- قامت السيدة صباح وأجلست جهاد: اجلس جهاد.

- جلس جهاد، أمي، ألا تسمعين ما قال؟

- اهدأ اهدأ بُني.. حسنًا، بُني، أكمل كلامك-بالحقيقة سيدة صباح علمتُ بأنكِ وجهاد تهتمان بوالدة سلوىٰ وبها، ولرأيكما أهمية كبيرة عندها، وأنا بعد إذنكِ أطلب منكِ إقناعها.

- قام جهاد مجددًا والغضب يعتريه: حازم، دع سلوىٰ وشأنها، هل تريد أن تتلاعب بمشاعرها؟ لن أسمح لحقير مثلك بالتقرب منها.

- قامت السيدة صباح ووضعت يدها علىٰ كتف جهاد: عيب فعلك هذا بُني.

- قام حازم: جهاد، أعلم بأنك تحمل فكرة خاطئة عني، ولكن أقسم لك..

- لا تقسم حازم، فأنا لا أصدق أمثالك، لماذا ضاقت عليك الدنيا ولم تجد إلا سلوىٰ! لماذا لا تتزوج الفتيات أمثالك غنيات وكل الأوصاف معهن من نذالتك وحقارتك..

- جهاد، أعذرك وأقدر موقفك، ولكن كن متأكدًا بأن سلوىٰ بأمان معي.

- حازم، لن أسمح لمثلك قاطعت السيدة صباح جهاد بصراخها: جهاد، أنت قليل الادب فعلًا..

- أمي!!

- ما ظننتُ تربيتي لك تذهب هباءً، صعدت السيدة صباح لغرفتها، وذهب حازم بعد ان أحدث مشكلة بين جهاد وأمه.

كان حازم بخروجه من الباب ودريد بدخوله التقىٰ به، ومضىٰ حازم من أمامه، وهو غاضبٌ جدًا، دخل دريد ومازال جهاد واقفًا بالصالون

- جهاد، ماذا هناك؟ وماذا يفعل حازم عندك؟!

- جهاد، لماذا لا ترد عليَّ؟!

- دريد، أرجوك، دعنّا نخرج من هنا، أشعر بضيق كبير في صدري

- هيا بنا..

ركب جهاد سيارة دريد، وكان دريد يسوق وينظر إلى جهاد

- جهاد، هل تعشيت؟

- لا.. لا أريد، لقد فقدت شهيتي.

- ماذا حدث جهاد؟

- دريد، تخيل أن أمي توبخني أمام حازم والخادمين، تقول: إنني قليل أدب!

- توقف دريد عن القيادة، وقال: لماذا؟

- أخرج دريد، فهذا المكان أفضل من البيت، خرج دريد مع جهاد ذلك المكان كالجبل،
فجلسا يستمتعان بالمنظر، والحزن في عيني جهاد!

- هل حازم هو السبب؟

- هل تعلم ما يريد حازم؟!

- ماذا؟!

- يريد سلوىٰ.

- يريد سلوىٰ؟ كيف؟

- نهض جهاد غاضبًا: دريد، هل تريد أن تفقدني صوابي؟! حازم يريد الزواج بسلوىٰ- قام
دريد مندهشًا: سلوىٰ! وماذا قلت له؟

- جهاد، أنت غاضب، ولكن المسألة تحل بالهدوء، وليس هكذا!

- دريد، لماذا حازم لم يختر إلا سلوىٰ، هل يمكن أن تقول لي؟ لماذا يدعي بأنه يحبها؟

- طبيعي جهاد، هذا طبيعي.

- ماذا تقول دريد؟ هل أنت عاقل؟ ألا ترى الفرق الذي بينهما من كل شيء؟!

- جهاد فكر، صحيح أن حازم لا يُطاق، ولكن لا نستطيع أن نحكم عليه بأنه يُريد سلوىٰ
لإهانتها أو ما شبه ذلك، حازم يريد فتاة مؤدبة، وليست مثله، ومثل الفتيات اللواتي
يعرفهن، يُريد واحدة يأمنها، هل تفهمني جهاد؟!

- فليبحث عن واحدة، ولكن لماذا سلوىٰ فقط؟

- سلوىٰ جميلة، ومؤدبة، وفوق هذا كله تملك كل الصفات الحميدة، وخاصة الحجاب
الذي ترتديه، فوالله إنها أجمل فتاة في الكلية بأكملها.

- حسنًا دريد، وماذا عنك؟

- ماذا؟

- ألا تفكر في الزواج؟

- لا، فأنا كل تفكيري في الكلية وأن أصبح مهندسًا كبيرًا، لماذا هذا السؤال جهاد؟

- خطر علىٰ بالي فحسب.

- هل ستمنع سلوىٰ؟

- يا دريد، قلتُ لكَ سلوىٰ لن تكون لحازم مطلقًا.

- حسنًا، جهاد، لا تغضب مجددًا.

- إن ما يغضبني هو تصرف أمي، ما ظننت يومًا بأنها ستجرحني هكذا، هيا بنا دريد، لا بد أنها تفكر بأني قد تركت المنزل.

- حسنًا، كما تريد.

عاد جهاد إلى المنزل وفتح الغرفة علىٰ أمه، فوجدها غاضبة منه ولم تكلمه.

- أمي،(كانت تقرأ القرآن ولم تغلقه) (وَلَئِن سَأَلْتَهُم مَّنْ خَلَقَ السَّمَاوَاتِ وَالْأَرْضَ لَيَقُولُنَّ اللَّهُ : : : : : : : : : :)

--أمي.

- ليقولن الله..." لم تكترث السيدة صباح لجهاد، وواصلت القراءة إلى أن أكملت بغضب: صدق الله العظيم، ماذا تريد؟

- أمي، ما قابلتني يومًا هكذا!

- قامت السيدة صباح: وكيف تريدني أن أقابلك؟ أقطع القرآن الكريم من أجل كلامك التافه الذي لا يُطاق؟

- أمي، هل أصبح كلامي تافهًا لديك إلى هذا الحد؟ كل هذا بسبب حازم!

- جهاد لا بد أن تتذكر أن هذا البيت هو بيتي، أستقبل من أريد وأطرد من أريد ، وأنت لا دخل لك، تذكر هذا دائمًا.

- أمي...

- لستُ أمك، تذكر ما قلته لك: أنا لست أمك، تفاجأ جهاد من كلام أمه القاسي، ولماذا انقلبت عليه فجأة هكذا! فصاح بصوت عالٍ وأمسك بيده علىٰ كتفي أمه وأخذ يهزها بقوة: لا داعي لأن تذكريني بذلك، ما نسيت يومًا بأني لستُ ابنك، بغض النظر عن جوليا.

- أصبحت أبشع منها في كلامك، ومصيرك عندها في مصحة الأمراض العقلية، اخرج من غرفتي، أرجوك، أريد أن أرتاح.

- أفلت جهاد يديه عن كتفي أمه: هل تطردينني! وعاد من جديد يهزها: ليكن بعلمك أنني لستُ هنا إلا من أجلك، وعلى العموم، حان الوقت لأتخلص من حياة الذل التي أعيشها.

- أبعدت السيدة صباح يديه وأخذت تصيح: ذل!! هل تعتبر حياتك هنا ذلًّا؟ يبدو أنك ناكرٌ للجميل!

- نعم إنها حياة ذل! لا أتمنى لسلوى أن تعيش مع ذلك الحقير حازم.

- حازم الذي تتكلم عنه قال لي أسوأ الألفاظ عن نفسه، ولكنه قرر التوبة، والاستقرار.

- أمي هل تصدقين حازم؟ أنت لا تعرفين، لا تعرفين نذالته.

- تذكر أن والداه معروفان بالأدب وكل شيء حميد، على الأقل، لديه نسب.

- أفلت جهاد يديه وكأنهما شُلا عن الحركة، وسقطت دمعتان من عينيه، وقال: إنها والله منكِ لأقسى من طعنة السيف....

خرج جهاد جريًا إلى الدرج، كانت ملاك خارجة من المطبخ فحاولت إيقافه..

- جهاد، الى أين تذهب؟

- اتركيني، سأذهب إلى الجحيم.

الفصل الثالث والعشرون

- أقسم إنني سأعلم جهاد درسًا لا ينساه أبد الدهر.

- ماذا هناك حازم هل رفض جهاد أن يزوجك سلوى؟

- ليس الأمر على رأيه، يا أحلام سترين ذلك بنفسك.

- ماذا ستفعل؟

- لا عليكِ من جهاد سأحطمه كليًا؛ حتى أن يقول هذه سلوى سأعطيها لك!

- لا تحلم كثيراً يا حازم فجهاد ليس سهلًا لهذا الحد.

صعدت ملاك لغرفة السيدة صباح، كانت تبكي، فمسحت دموعها بسرعة.

- تفضلي يا ملاك.

- عمتي، ماذا حدث؟ هل هناك مشكلة بينك وبين جهاد؟ لماذا كان يصرخ؟

- ملاك، الأمر لا يخصك.

- عمتي خرج جهاد محطمًا. قال سيذهب للجحيم!

- قامت السيدة صباح من الفراش فليذهب.

- عمتي ولأول مرة تقولينها!! ما السبب ألا تقلقين على جهاد؟

- جهاد لا يحتاج من يقلق عليه، فكم من الأصدقاء لديه ويبدو أنه مع أحدهم.

- لا أظن عمتي، أرجوكِ أخبريني ماذا حدث؟

- قلتُ لكِ الأمر لا يعنيكِ ملاك، جهاد على كل حال سوف يرحل عن هذا المنزل.

- ماذا يا عمتي؟ هل أفهم من كلامكِ أنكِ طردته! عمتي لماذا؟!

- ملاك اخرجي، دعيني أرتاح.

جاء السيد فؤاد في منتصف الليل ولم يجد جهاد يستقبله ككل يوم فدخل غرفته..

- مساء الخير، صباح.

- اهلًا فؤاد.

- مالي لا أرى جهاد اليوم، أين هو؟

لقد أعددت له مفاجأة أتعرفين ما هي يا صباح؟

إنها سيارة لقد أوقفتها بالحديقة، سأذهب وأقول له.

اقترب السيد فؤاد من الباب بعد ان خلع ردائه الخارجي، ففتحه ليخرج.

- لن تجد جهاد يا فؤاد أدار السيد فؤاد ظهره ونظر إلى السيدة صباح!

- ماذا؟ هل هو في رحلة لكنه لم يخبرني، متى سيعود جهاد؟

- لن يعد إلى هنا مطلقًا!

- اندهش السيد فؤاد ماذا تقولين؟

- جهاد رحل، ولن يعود لقد طردته.

- يبدو أن ما أسمعه حُلم.

- ليس حلمًا فؤاد، جهاد لن يعود.

- اقترب السيد فؤاد من صباح وأخذ يهزها بقوة ما الذي فعلته ألستِ أنتِ من أحضره إلى هُنا ها قولي؟ والآن ماذا حدث؟!!

- ما حدث أنه ليس ولدنا ليبقى معنا.

- وما الذي فعله لتطرديه؟؟

- اتركني هيا... أبعد يده عن كتفيها الذي فعله أنه أصبح قلبي وروحي وكل سندي في هذه الدنيا، أحببته وكأنه ولدي بل أنه ولدي طردته ليتركني بإرادتي قبل أن يتركني بنفسه ويذهب لوالديه حمدي ورشا، فليذهب إليهما بالأقل لا أتعذب عندما يتركني.

- صباح يبدو أنك جننتِ حقًا، اسمعي إن لم يَعد جهاد للمنزل لن أبقى فيه دقيقة واحدة، وسنرى غدًا.. هل أرى جهاد هُنا أم لا!!

صباح جهاد أعز ما أملك، فلماذا تحرميني منه؟ ما الذي فعله؟

- اسمع فؤاد رأسي يكاد أن ينفجر يكفي هذا!

وضعت السيدة صباح يدها على رأسها وأخذت تبكي، وخرج السيد فؤاد من الغرفة ونام في غرفة جهاد، أخذ ينظر إلى صُورِته قبل أن ينام.

- من أنت؟ ولماذا دخلت في حياتي؟ ولماذا أحببتك وكأنك ولدي لماذا؟

هل لأن في هذا المنزل لا يوجد صبيان؟ لماذا؟!

لوكنت فتاة هل كنت أحبك هكذا؟ أصبحتُ لا أستطيع العيش من دونك.

" في اليوم التالي لم يذهب جهاد للكلية، فاتصل مجدي على هاتفه ظهراً، ولكن هاتفه كان في غرفته ولم يأخذه، كانت عبير صاعدة لغرفتها حتى تبدل ملابس المدرسة؛ فسمعت صوت

الهاتف يرن فظننت أن جهاد موجود، ولم تكن تعلم بعد أن جهاد قد ترك المنزل، أخبرتها ملاك بإن لديه محاضرة مهمة لذلك لم يوصلها للمدرسة في طريقه كما يفعل دائمًا، فطرقت الباب!

- جهاد.. جهاد لماذا لا ترد على الهاتف؟! جهاد!

فتحت الباب ولم تجد جهاد فردتْ هي على الهاتف.

- السلام عليكم!

- وعليكم السلام، هل هذا هاتف جهاد؟!

- نعم، من أنت؟

- أنا مجدي، أين جهاد؟ لماذا لم يحضر اليوم للكلية؟ هل هو مريض أم ماذا؟

- لحظة، جهاد لم يذهب اليوم للكلية! ماذا تقول؟! كلا، لقد ذهب.

- ماذا تقولين يا آنسة؟ جهاد لم يحضر اليوم.

- قلتُ لك جهاد حضر اليوم.

- لا حول ولا قوه الا بالله، قولي لي ما الذي جعلك تردين على الهاتف، ما هذه المصيبة؟ هل يمكنك أن تعطيه أحد غيرك ليكلمني ويخبرني أين هو؟

- أغلقت عبير المكالمة، ونزلت مسرعة لطاولة الغداء، كانت السيدة صباح لم تتناول شيء بعد، وكذلك السيد فؤاد وملاك، تنظر إليهما والغضب يعتري عبير وكانت تصرخ قائلة:

- ملاك أين جهاد؟ لماذا كذبتي عليَّ بأنه ذهب إلى الجامعة؟

- نهضت ملاك من الكرسي ماذا تقولين؟ لقد ذهب، ولماذا أكذب عليكِ هذا غير صحيح!

- أنتم تخفون عني شيء أين جهاد عمتي؟ أين هو عمي؟

- نهض السيد فؤاد في دوامة أين سيكون عبير؟ ولماذا تصرخين هكذا؟!

- عمي لقد أتصل الآن مجدي، وهذا هو هاتف جهاد وضعته على الطاولة.

قال إنه لم يحضر إلى الكلية اليوم، أريد تفسيرًا لذلك. رن الهاتف مجددًا فردت عليه ملاك.

- السلام عليكم؟

- هل أستطيع أن أكلم جهاد من فضلك آنسة ملاك؟

- دريد، أليس جهاد معك؟

- لا لم يحضر اليوم لماذا لا يرد على هاتفه؟!

- سيكلمك بعد قليل دريد.

- حسنًا، شكرًا.

-وضعت ملاك الهاتف بسكونها وقلق الجميع كان السيد فؤاد يصرخ في وجه صباح جهاد ليس عند أي أحد من أصدقائه ولم يذهب للكلية، أتستطيعين أن تخبريني أين هو، والكارثة الكبرى أنه نسيَ هاتفه في المنزل أيضاً، اسمعي صباح إن حدث له مكروه فلن أسامحك مطلقًا.

خرج السيد فؤاد غاضبًا.

-عمي أين تذهب؟

- دعيني ملاك سأبحث عن جهاد.

-سآتي معك.

-لا اجلسي في المنزل، وردي على الهاتف هيا.

نظر فؤاد إلى صباح بكل قسوة، نظرة أسقطت الدموع من عينيها، وخرج.

- أريد أن أفهم لماذا جهاد ليس هنا عمتي؟ ملاك أخبريني أين هو؟

-عبير اصعدي لغرفتك، عمتي مُتعبه ولا دخلَ لكِ بالموضوع.

- أنا لم أعد صغيرة عمتي أريد أن أعرف ما الذي حدث؟؟؟

فقدت السيدة صباح وعيها من صراخ عبير وبكائها و نقلت إلى المستشفى، كانت مريضة جدًا فاضطرت للبقاء بالمستشفى بسبب مرضها، أغلقت ملاك هاتف جهاد لكثرة الاتصالات عليه، أما عبير فكانت تبكي، والسيد فؤاد يبحث عنه كالمجنون بالمستشفيات والفنادق.

في اليوم الثاني لم يحضر جهاد أيضًا للكلية.

- سلوى انتظري من فضلك

- ماذا تريد حازم؟

- هل يمكن أن أدعوكِ لفنجان قهوة؟!

- هذا وقت غداء كما أظن حازم.

- ليس هناك مشكلة، أدعوكِ إلى الغداء.

- آسفه أمي وحدها.

- ندعوها معنا.

- أنا لا أريد أن أجلس معك، أقولها لك، واختصارًا للوقت.

- سلوى أرجوكِ، توقفي سلوى...

جاء عبد الرحمن في الوقت نفسه

عبد الرحمن: ماذا هناك سلوى؟ لماذا يلحق بكِ حازم؟

سلوى: عبد الرحمن تفاهم معه سأترككما وحدكما

ذهبت سلوى وبقى حازم مع عبد الرحمن!

- ماذا هناك حازم؟!

- عبد الرحمن ليس هناك كلام بيننا هل هذا مفهوم؟ أخذ حازم يمشي مغرورًا، ولكن عبد الرحمن من غضبه أخذ يشد حازم من قميصه، فلما رأته سلوى عادت خائفة...

سلوى: عبدالرحمن دعه، لا نُريد مشاكل أرجوك، أبعد عبد الرحمن يده

عبد الرحمان: إياك أن تقترب من سلوى مجددًا، هل هذا مفهوم؟

حازم: أخفتني يا رجل!! وباعتبارك من تهددني؟ بصفتك من؟!

عبد الرحمن: بصفتي خطيبها.

حازم: ماذا؟ سلوى خطيبتك؟ أنا لا أرى محبسًا في يدها

انفجرت سلوى بكاءً، وعادت إلى المنزل مقهورة وأمها تهدأ بها، شعر عبدالرحمن بالذنب لأنه وضعها في موقف سخيف، وذهب لمنزلها.

- السلام عليكم، أنا عبد الرحمن هل يمكنني مقابلة سلوى؟

- عبد الرحمن، تفضل بُني سأذهب لإخبارها، تفضل بالجلوس.

- دخلت أم سلوى غرفتها وهي تبكي، في غرفة الجلوس.

- ماذا؟ هل لديه الجرأة بأن يأتي إلى هنا!!

قولي له بأني لا أريد مقابلته ولا أريد رؤيته بعد اليوم.

- ابنتي هذا لا يجوز، ثم أنها زيارته الأولى.

- أول مرة، ثاني مرة، لا يهمني أمي، قولي له ذلك!

- سلوى اخفضي صوتك؛ سوف يسمعكِ.

- فليسمعني وإلا سأقول له أنا.

- سلوى انتظري خرجت سلوى غاضبة ولحقت بها والدتها، دخلت غرفة الجلوس وكانت تبكي.

- ماذا تريد ولماذا جئت إلى هنا؟

والدة سلوى: سلوى هذا عيب يا ابنتي!

- عبد الرحمن: دعيها سيدتي..أنا آسف سلوى،لم يكن بقصدي أن أجرحك صديقيني.

- عبد الرحمن أنا لا أريد رؤيتك اخرج من هنا.

- سلوى!

- قلتُ لك أخرج من هنا.

- سلوى دعيني أتكلم وسوف أخرج ولن تسمعيني بعد الآن!

- تفضل، ولكن أسرع قبل أن أفقد صوابي.

- أنا لأول مرة أتكلم مع فتاة، وتكون لي الجرأة بأن أجرحها هكذا، سلوى ما كلمتك يومًا بصفة شخصية..هل تحدثنا مع بعض قبل هذه المرة؟ أجيبيني؟

- لا.

- إذًا أنا لستُ مخطئ.

- صاحت سلوى أنت لا تعترف بالخطأ إلى الآن.

- سلوى، أنا لا أريدك أن تتحدثي مع ذلك الحقير حازم مطلقًا.

- ومن تكون حتى تتدخل في خصوصياتي؟

- أنا آسف..أنا آسف خرج عبد الرحمن مباشرة دون أن ينظر الى سلوى..

- كان مجدي يتساءل عن غياب جهاد من الكلية ليومين دون أن يتصل به !

ترى هل غضبت مني عندما ضحكت عليها، أو ربما قالت الحقيقة لعائلتها،ولكن لماذا لم تتصل بي؟ لقد أتصلت بها بالأمس أظن بأن هناك شيء قد حدث سأذهب بنفسي وأسألها لماذا لم تحضر إلى الكلية..

هكذا يظل مجدي يتساءل إلى أن ذهب لمنزل جهاد،فتحت له ملاك

- السلام عليكم!

- وعليكم السلام، أهلا مجدي تفضل.(دخل مجدي الصالة، وجلس مع ملاك).

- آسف لأني جئت في هذا الوقت، ولكن أين جهاد؟

- جهاد سافر منذ يومين.

- سافر إلى أين؟

- الى بيروت لصديق له دعاه في نزهة لأسبوعين.

- قام مجدي غاضبًا ما هذا الكلام؟

- ماذا مجدي وهل أنا كاذبة؟

- آسف آنسة ملاك،ولكن ما تقولينه غير منطقي.

- أسأل دريد حتى سيقول لك أنه مسافر .

- أنا أعرف جهاد آنسة ملاك جيدًا.

- لست تعرفه كدريد.

- اسمعي آنسة ملاك،قولي لي الحقيقة، أين جهاد؟

- لماذا تصرخ في وجهي هكذا؟انا لستُ كاذبة.

- إن حدث لجهاد شيء فأنتِ السبب، لأنك لم تخبريني أين هو.

- لا يحق لك الكلام معي هكذا؟

نظر مجدي لملاك غاضبًا ثم رحل..

عاد مجدي للمنزل وبعد لحظات جاء عبد الرحمن غاضبًا.

- مرحبًا مجدي.

- أهلًا عبد الرحمن، تفضل.

جلس عبد الرحمن غاضبًا.

- ما بك عبد الرحمن تبدو غاضبًا؟

- وأنت كذلك تبدو غاضبًا،ما السبب؟!

- لقد ذهبتُ لمنزل جهاد وقابلتني الملاك.

- ما الذي حدث؟

- تخيل قالت بإن جهاد مسافر بيروت!

- يا إلهي،لماذا تقول لي مجدي، أنا أعرف أن جهاد مسافر.

- تعرف؟ من قال لك؟

- الآنسة ملاك.

- وتصدق ذلك؟

- مجدي ماذا حدث؟ نسي جهاد الهاتف!

-وماذا حصل بذلك يا اخي؟

- عبد الرحمن أنت واعٍ وتعرف ماذا يحصل؟

- أنا لستُ واعيًا مجدي كما تظن.

- فتح مجدي عينيه مندهشًا وأمسك عبد الرحمان هل أنت غبي عبد الرحمن أم ماذا؟!

- مجدي ليس هذا وقت المزاح، أريد منك طلب كان ينفع له جهاد.

- جهاد؟! ماذا؟!

- أريد أن تذهب لسلوى.

- ماذا وِلِمِا؟!

- اليوم......حدث كذا وكذا

- يا إلهي، لقد جرحت مشاعرها، هل تُريدُني أن أذهب إليها لتسامحك؟!

- ولماذا أريد أن تذهب إليها، أنا حقًا لا أعرف لماذا فعلت هذا؟!

- أنت تحبها أليس كذلك؟! لاحظت ذلك أنا وجهاد.

- ماذا؟!؟!

- وضع مجدي يديه على كتف عبد الرحمن مازحًا..

لا تقلق أول مرة سأعمل عمل إنساني...

الفصل الرابع والعشرون

خرج الشيخ مسعود من باب المسجد فوجد شابًا..

-السلام عليكم شيخي

- وعليكم السلام ورحمه الله وبركاته، أراك تأتي إلى الجامع منذ ثلاثة أيام ولا تدخله لماذا بُني؟

جهاد: هل يمكنني التحدث معكَ شيخي؟؟

- طبعًا فلندخل الجامع إن أردت.

-لا..في مكان آخر من فضلك.

- انا ذاهب إلى منزلي، هل تأتي معي بُني؟

- حسنًا هيا بنا..

جاءت ندى مجددًا ولم تيأس بالبحث عن جهاد، وكان وقت الغداء. جلس دريد دون أن يأكل فانزعجتْ والدته ووالده أيضًا. فقالت والدته:

- دريد لماذا لا تأكل بُني؟

- أمي ليس لدي شهية لتناول الطعام

-هل السبب جهاد؟

- أمي أنتِ لا تعلمين مكانة جهاد عندي وضعت والدة دريد الشوكة والسكين وقامت غاضبة جهاد..جهاد مللتُ من هذه الحياة ومن ثم صعدت لغرفتها.

- وضعت ندى المعلقة من يدها وقامت متلهفة تسأل فتاة!! هل جهاد فتاة دريد؟!

- لا خالتي أنه صديقي وأخي تدخل والد دريد الحق بأمك لا تتركها هكذا..

- لحق دريد بأمه يعتذر إليها،وجلست ندى تواصل أكلها مع والد دريد ولكنه شك بها عندما سألت عن جهاد..

- ماذا هناك ندى هل تعرفين فتاة اسمها جهاد أم ماذا؟!

- ضحكت ندى لتبعد والد دريد عن الحديث لا يا أبا دريد، أختي ليس لديها حق فعلًا. ظننتها فتاة ستأخذ دريد منها، فلماذا تغار إذًا؟!

- صدق والد دريد كلامها إنها غريبة فعلًا؛ ولكن لا أخفيكِ دريد متعلق بجهاد أكثر مما تتخيلين، أكثر من عائلته تخيلي؟! عندما مرض لم يحزن بأنه سيموت لا يدرس ولا يكمل طموحاته، ولكنه كان يطمح بأن يقضي عمره مع جهاد.

- عجيب ما رأيتُ صداقة كهذه!.

دخل جهاد منزل الشيخ مسعود وأدخله غرفته ليحكي له قصته، كان الشيخ مسعود ينظر إليه بعمق، دخلت زوجة الشيخ مسعود لتُدخل العصير بعد الغداء فأعطته لجهاد.

- تفضل بُني.

- شكرًا لكِ سيدتي.

ظلت زوجة الشيخ مسعود تنظر إليه بكل عمق أيضًا فتدخل الشيخ مسعود

- ما بكِ أم غياث؟

- حقًا يا أبا غياث ألا يذكرك هذا الشاب بأحد؟!.

- بلى ألا يشبه توفيق؟

- نعم والله أنه كذلك.. حسنًا سأترككما وحدكما.

تركتُ الغرفة وعيناها لا تفارق جهاد إلى أن خرجت، كانت تصرفاتها غريبة وكذلك الشيخ مسعود ينظر إليه.

- سبحان الله إن الشبه الذي بينكما لكبير!

- كنتُ مندهشًا لنظراتك اليّ حقاً، هل يشبهني كثيرًا؟!.

- لو لم يمر على ذهابه أكثر من عشرين عامًا لقلتُ أنك هو.

- أكثر من عشرين عامًا وما زلت تذكر إياه؟!.

- صحيح أنها مرة واحدة ولكن ذلك الشاب أحرق لي قلبي من بكائه.

- بكائه ولماذا؟!.

- ما بك تسأل هكذا وبكل تلهف؟!.

- آسف يا شيخ ولكن يهمني أن أعرف هل مأساته تُشبه مأساتي؟!.

- أتحب ان نبدأ بمأساة ذلك الشاب؟!.

- من فضلك.

- في ليله كانت الساعة العاشرة مساءً، وجدتُ شابًا في المسجد يبكي كثيرًا، فأخذته للمنزل كنت أنا وزوجتي نحاول أن نخفف عنه مأساته، فحمل ولدنا غياث وظل يبكي،

فسألناه ما به تصور؟ قال أنه ترك ابنته في الميتم وهو في حالة نفسية ولم يترك معها إلا السلسلة، وندم أنه أعطاها السلسلة التي تحمل صورته مع زوجته.

- قام جهاد متفاجئًا وجلس بجانب الشيخ هل تعرف ما أسمه يا شيخ يبدو أنه هذا هو والدي أرجوك

- ماذا؟! والدك يا إلهي كيف؟!

- انا هي ابنته يا شيخ..أنا هي وأخذ يبكي

- لم يصدق الشيخ ما سمعه أنا لا أفهم شيئًا يا بني هل تُوضح لي؟

- أنا تربيت عند امرأة أخذتني من الميتم من بين يدي والدي وعشتُ معها فتاة مدللة غنية وبعد أن عرفتُ الحقيقة هربت من المنزل من سن الثامنة وعشتُ حياة صبي.

- يا إلهي هل أفهم أنك!!

- نعم شيخي أنا فتاة أقسم لك.

- لا ما هذا انا لا اصدق.

- لقد جئتُ إليك لأخرج من هذه الحياة، أريد أن يُسامحني الله على ما أفعله يا شيخ.

- لا حول ولا قوه الا بالله العظيم.

بعد ربع ساعة من صمت الشيخ مسعود حكتْ له جهاد كل ما مر عليها منذعشرون عام..

- إن هذا ما حدث شيخي.

- يا إلهي لا يخطر على بال أحد!! من ساعدكِ في ذلك، أنا لا أدري لماذا صدقتُ أنكِ لستُ فتاة ربما لأن صوتكِ ثقيل بعض الشيء.

- ها أنت قلت، صحيح أن صوتي ثقيل قليلًا ولكن حتى لو كان رقيقًا ما عرف أحدًا الحقيقة.

- حتى والديك اللذان تعيشين معهما؟!

- تصور إذا كانا لا يعرفان فما بالك بأصدقائي والآن أخبرني هل تعرف والدي؟

- لقد أخبرتك قصتي وقال بأن اسمه توفيق.

- وأمي؟

- لا نعرف لم يتحدث ولكن كما قلتُ لكِ لا تظنين بوالدكِ سوءً.

- ألا تعرف من هما؟ توفيق من؟

- لقدد اقترحت زوجتي بأن يُحضر ابنته لنربيها مع غياث أو حتى عنوان الميتم فقط،
فخرج كالمجنون..لقد شعرتُ بالذنب وندمنا وخفنا أن يحصل له شيء...

أخذت جهاد تبكي.

- بصفتك متعلمة ألا تظنين بأنك تفعلين ما يغضب الله؟ ألا تعرفين أن الرسول ﷺ قال"
لعن الله المتشبهين من الرجال بالنساء، والمتشبهات من النساء بالرجال."

- بلى أعرف ودرستُ هذا بكل فصل من مراحل تعليمي.

- إذًا ولماذا لم تعترفي بالحقيقة؟

- أريد أن أعبد الله كما يستحق، أريد أن أُصلي ولكن..

- ولكن اللباس هذه حجه باطلة يا ابنتي إن الله غفور رحيم، صلي واعترفي بالحقيقة
وسامحي والدك، يبدو أنه كان مريضاً.

- قامت جهاد تصرخ وقام الشيخ بعدها أنا لم أعش هذه الحياة لأسامحه،إذ لم يكن له
ذنب في وضعي وتركي في الميتم، فله ذنب بالحياة التي أعيشها وأقسم أني سأنتقم منه
شر انتقام

- يا ابنتي تروي قليلاً؛ لنتفاهم.

-دعني فأنا لن أسامحه مطلقًا كانت جهاد تبكي وتريد الخروج من المنزل ولكن الشيخ
مسعود لم يدعها و نادىٰ زوجته وأمسكتها بالقوة..

-دعوني أذهب.

- يا أبا غياث أنا لن أتركها تذهب كما ذهب ذلك الشاب مطلقًا.

كانت جهاد تقاوم إلى أن أغمي عليها فالتعب والإرهاق أثر من حالتها النفسية منذ ثلاثة
أيام....

ذهبت أم غياث وأحضرت كوب من الماء وأعطته لجهاد فشربت منه،عندما استيقظت
ومن ثم ذهبت معها لتعرفها على غرفة ابنتها آمنة التي تزوجت قبل الشهرين من مجيء جهاد.

- هذه غرفة ابنتي الوحيدة آمنة إنها متواضعة بعض الشيء.

- وأين هي؟!

- لقد تزوجت منذ شهرين وسافرت لبيروت مع زوجها.

- أليس لكِ إلا هي؟!

- نعم وغياث فهو أكبر منها وهي ما زالت في الثامنة عشرة من عمرها.

- وهل كانت جميلة؟

- جدًّا مثلكِ.

- ماذا مثلي؟

- أنتِ جميلة لا تستخفي بنفسك لاحظت أم غياث على وضع جهاد السيء فهي بالكاد تتكلم معها.

- ماذا بكِ يا ابنتي تبدين متعبة هل أنتِ جائعة؟

- لا شكرًا ولكن أريد أن أنام من فضلك ساعدت أم غياث جهاد على المشي الى السرير وغطتها.

- هل أحضر لكِ الطعام؟ لا شكرًا

- حسنًا تصبحين على خير. أطفأت النور وخرجت بعد أن اغلقت الباب.

الشيخ مسعود: هل نامت؟!

- نعم ونحن يجب أن ننام لكي لا نزعجها ولن يأتي غياث اليوم.

- ماذا وأين هو؟!

- إنه في رحلة مع اصدقائه.

- ألم أقل له أن لا يذهب هذه الرحلات؟

- يا أبا غياث إنها رحلة جامعة فدع الشباب يستمتعون، على العموم سوف يأتي غدًا في السابعة مساءً، لا تقلق..

أزادت حالة السيدة صباح سوءًا بعد أن عادت من المستشفى، فعادت مجددًا من المستشفى وقرر الطبيب ألا ترجع إلا وهي بخير، وكذلك عبير كانت في حاله حزن طوال الثلاثة أيام فمرضت مرضًا شديدًا؛ نتيجة امتناعها عن الأكل والشرب فظلت ملاك في غرفتها تراعيها..

في الصباح الباكر ذهب مجدي لمنزل عبد الرحمن، ففتح له الباب.

- مجدي أنا لا أصدق عيني أخيرًا قررت أن تنشط؟!

- عبد الرحمن كفاك عن هذا ألم يتصل بك جهاد؟

- لا ابدًا، أنا قلق عليه فعلًا لا أعرف ماذا حدث له.

- تفاءل خيرًا يا أخي، ما رأيك بفنجان من القهوة؟

- على حسابك.

- يا أخي ظننتك تريده من المنزل...

- براحتك ولكن كنت أود التحدث معك وتحدثني عنك؟

- أسف عبد الرحمن قلتُ لك في يومًا من الأيام، أنا كتاب مغلق ولا تستطيع فتحه.

- براحتك مجدي حسنًا هيا بنا..

في ذلك اليوم لم تحضر سلوى إلى الكلية، ذهبت لتطمئن على جهاد لماذا لم تحضر طوال هذه الأيام، كانت قلقة جدًا فذهبت لبيتها وانتظرت بغرفة الجلوس..

- صعدت الخادمة لغرفة عبير تبلغ ملاك بحضور سلوى آنسة ملاك الأنسة سلوى بغرفة الجلوس.

- غضبت عبير وقامت من فراشها تصرخ، ونزلت الدرج وملاك تلحق بها إلى أن فتحت غرفة الجلوس.

- ماذا تريدين منا ها؟

- قامت سلوىٰ مندهشة.صباح الخير عبرِ

— أي خيرٍ يأتي من بعدك أي خير؟؟ حقًا لا أعرف ماذا اقول لكِ.

- تدخلت ملاك عبير هذا عيب!

-صاحتْ عبير هل نسيتِ أن جهاد غادر المنزل بسببها؟!

- اندهشت سلوى بسببي!! جهاد ليس ببيروت؟

- صرخت ملاك على عبير اصعدي غرفتك عبير هيا.

صعدت عبير غاضبة، وأخبرت ملاك سلوى بعد أن اعتذرت إليها، كانت سلوى تبكي.. فذهبت لترى السيدة صباح ولكن ليس لزيارتها أي فائدة فالسيدة صباح حالتها سيئة و لا تعرف حتى أين هي!!

عادت سلوى إلى المنزل تبكي، ولم تطق نفسها فخرجت.

غاب دريد عن الكلية أيضًا، كانت أمه في حالة غضب، فهو لم يتناول الغداء أيضًا، صعدت إليه والدته إلى غرفتِه، فوجدته ينظر إلى هاتفه المحمول فقالت بغضب..

- جهاد سيتصل بك؟

- امي!

- هل يمنعك من الغذاء أيضًا!!

-أمي كفي عن السخرية أرجوكِ.

- بُني يجب ان تقطع علاقتك به!

- يا أمي!

- ماذا هل تجده أفضل مني؟

- توجه درید لباب الغرفة یصرخ هذه لم تعد حیاة أبدًا خرج درید غاضبًا وكانت أمه تصرخ

اذهب إلیه فهو سیستقبلك.

في طریق خروجه من المنزل التقى بسلوى، فألقى السلام.

- آنسة سلوى؟!

- درید أنا آسفة لزیارتي المفاجئة، ولكن الأمر مهم!

- حسنًا، فلنتكلم بمكان غیر هُنا تفضلي إلى الحدیقة.

- جلست سلوى على الكرسي فسألها درید هل هناك أخبار عن جهاد، هل عاد من بیروت؟!

- درید.. جهاد لیس ببیروت.

- ماذا وأین هو؟!

- لا أحد یعرف درید.

- ماذا یعني ذلك؟؟

- جهاد خرج بسبي ولم یعد الى المنزل أخذت سلوى تبكي...

- قال درید: لا أحد یعرف أین هو!؟؟

- لقد طردته أمه..

- لهذا لم یرد على الهاتف ولم یتصل بي..جرى درید تاركًا سلوى وحدها، فاضطرت للعودة إلى المنزل. أما درید فأخذ یمشي لا یعرف أین یبحث عن جهاد!

في ذلك الیوم أصیبتْ جهاد بحمى شدیدة ولم تعرف أین هي أمي..أمي.

كانت السیدة صباح قد فاقت في الساعة السابعة مساءً من نفس الیوم.جهاد..بني جهاد!!

كانت أم غیاث قلقة على صحة جهاد، فكانت تضع المناشف الباردة على جبینها واحدة تلو الأخرى، ولكن دون أیة جدوى.

رجع غیاث في موعد عودته من الرحلة، فوجد والدیه في غرفة أخته آمنة فاندهش، ورأى أمه بجانب جهاد!!

- ماذا سیحل بكِ یا ابنتي، لماذا عذبت نفسك هكذا!؟

- سأل غیاث أبي هل أمي تهذي أم ماذا!؟

- ماذا هناك بُني؟

- من هذا الشاب، ولماذا تكلمه أمي بهذه الطریقة؟

-أمك لا تهذي يا بني إنها فتاة.

-ماذا؟

- غياث اذهب وأحضر لها الدواء بسرعة!

- أبي أنا لا أفهم شيئًا...

- اذهب وسأروي لك القصة.

ذهب مجدي لزيارة سلوى في الساعة السابعة مساءً، فتحت له الباب:

-السلام عليكم.

سلوى (بغضب وسخرية): توالتِ الزيارات يا عيني.. على الأقل لو انتظرت يوم واحداً.

- وعليكم السلام ورحمه الله وبركاته.

- ابتسمت سلوى أنا آسفة مجدي..

- تدخلت ام سلوى تفضل يا بني.

- لا أنا لا أدخل ولن أدخل، يبدو أن الأخت سلوى لا تريدني أن أدخل أبدًا!!

- لا أبدًا مجدي، تفضل.

- دخل مجدي غرفة الجلوس فاخترع حجة ليسأل عن جهاد.

- هل تعلمين شيء عن جهاد؟

- حكت سلوى لمجدي عن أمر جهاد وهي تبكي أشعر أنني السبب

نهض مجدي مسرعًا لمنزلهِ محتارًا أين ستذهب جهاد؟!

كان خائفًا لو حصل لها مكروه.

الفصل الخامس والعشرون

وبالمساعدة من عائلة الشيخ مسعود انقلبتْ جهادُ إلى شخصية أخرى؛ زاد إيمانها بالله سبحانه وتعالى، مع دوامها على إقامة الصلاة بوقتها، وتعبد الله كما أمرَ وتتجنب نواهيه.

مضى أسبوعٌ على ذلك، وكانت جهاد قد أخبرت غياث عن أمر (مجدي ودُريد والآخرون) لعله يساعدها في التعرف على الحقيقة.

- ألا يعرف أحد منهم أنكِ فتاة؟؟

- لا أحد سوى مجدي.

- وكيف عرفَ ذلك؟!

- لقد عرفه وانتهى.

- نهض غياث عن الطاولة وتوقف عن تناول الطعام.

وقال: أنا لم أعد أحتمل أريد رؤية ذلك الشاب المرح.

- الأب: غياث ماذا تريد أن تفعل بُني؟!

- أبي سأذهب لمنزل مجدي لدي فكرة جميلة.

- الأم: كُفَّ عن مغامراتكَ المخيفةِ، لقد تعبتُ منك يا بُني.

- أمي إنّها مغامرةٌ مسليةٌ جدًا، رجاءً أعطِيني عنوان منزلِهِ يا جهاد.

أخذ غياث العنوان ورحل.

تنهدت أم غياث بضجر و رددتُ هامسة: هكذا يُتعبنا بمغامراتهِ دائماً.

قبل أن يذهب مجدي إلى الكلية، نظر إلى صورة جهاد التي كانت بحوزته، كانت تحمل صورته مع دريد وعبد الرحمن وهي أيضًا.

- يبدو أنني لن أراكِ مجددًا، ولكنِّي من كل قلبي أرجو أن تكوني بخير.

قلب مجدي الصورة؛ حتى لا يراها مجددًا وتنهد قائلاً:

آه كم هو مسكين دُريد، كيف تحمّل صداقة أجملِ وأفضلِ شابُ الكلية!

خرج مجدي، إلا وإن أمام منزلِه سيارة أجار قد توقفت بالوسط تنتظر الراكبين، بداخلها راكب يبدو أنه شاب يرتدي قبعة تخفي تحتها ملامح وجهه، فكان (هو غياث) فتح مجدي الباب ودخل.

- مجدي: تحرك يا أخي ألم تكن تنتظرني؟

- قال ذلك الشاب بكل هدوء وسخرية:

ومن تكون يا هذا؟

- قال مجدي بكل حماس وفخر:

أنا المهندس المعماري المشهور مجدي.

- خلع الشاب قبعته وقال بلهفة:

يا سعدي! لقد سمعتُ عنك الكثير، حقاً أنت المهندس مجدي! تشرفت بمعرفتك ولقائك.

صافح غياث مجدي وكان مجدي مندهش من أين يعرفه وهي مجرد كلمه قالها ولكنه تمادى في ذلك، فقرر أن يردّ قائلا:

أهلاً بك، ما الاسم الكريم؟

- أنا أسمى غياث.

- تقهقه ضاحكاً.

- لماذا تضحك، ما المضحك؟!

- لأن اسمك مضحك.

- لا أجد ذلك مضحكاً وماذا عنك؟!

- (بكل فخر) لا أنا مجدي.ويعني المجد الذي سأصل له قريباً.

- قريباً؟ لماذا؟!

- إنني طالب في كلية الهندسة وأنا قاصد الذهاب إليها الآن.

- ما رأيك باصطحابي وأخذي معك؟

- يا إلهي، حقاً يبدو أنك جننت، إلى أين أخذك؟!

- إلى الكلية.

- يا إلهي، دعني أفكر.

- فكرتَ أم لم تفكر، سأذهب معك تحرك أيها السائق.

ذهب غياث مع مجدي إلى الكلية فجلسا في كرسي واحد، وما أن أنتهى الدوام وخرج مجدي جاريًا، وقد ضجر من كثرة كلام غياث، ولكن غياث لحق به خارج الكلية.

- ماذا تريد مني؟!

- هل أزعجتك مجدي؟!

- يا إلهي ما زال يسأل، ما هذا اليوم؟!

- ما رأيك أن أدعوك على الغداء؟!

- فرح مجدي وقالها مسرعاً: على حسابك إذاً.

- فقال: لا.

- إذًا لا غداء اليوم.

- لا..ليس هذا.

- يا ربّ أنقذني من هذه البلوة!

- سامحك الله يا مجدي،تخليتُ عن كليتي من أجل أن أقضي معك يومًا جميلاً، وتعاملني هكذا؟!

- يا حسرتي، بدأ قلبي يحترق غضبًا.

- حسنًا نطفئه بالعصير، ههههههه.

- يا ربّي!

- تعال هيا بنا.

ذهب مجدي مع غياث إلى أحد المطاعم، وطلب غياث العصير لهما.

- هل يعجبك مذاقهُ، يا مجدي؟!

- نعم جدًا، كنتُ أشتريه مع صديق لي ولكنه رحل.

- إلى أين رحل؟!

- وما علاقتك أنت؟!

- قال غياث: حسنًا سأغير الموضوع، في هذه الأيام أرى بعض الشباب شعرهم كشعر الفتيات.

مجدي: هل تقصد شعري؟

أقسم لك أنه منذ صغري لا يُكلفني شعري شيئاً ولا أذهب إلى الحلاق أبداً..أُحضر المقص وأساوي أطرافه فقط..ما رأيك بهذا التوفير؟!

- لا يعجبني هذا الرأي، أُفضل شعري.

- هذا رأيك ومساحتك الشخصية.

أخذ مجدي يشرب العصير

أتعرف هناك بعض الفتيات يُقلدنَ الشباب ولكن لا يستطعنَ أن يماثلونهم بالضبط، هذه خرافة حتى أسماؤهن مختلفة، هل سيغيرن الاسم أيضاً؟!

- لا هناك بعض الأسماء لا تتغير مثلًا جهاد.

- وضع مجدي العصير من يده ونهض.

-أريد أن أعود إلى المنزل.

- نهض غياث هل كلامي يضايقك مجدي؟!

- الحمد لله أنك عرفت.

- حسنًا اجلس، سأغير الموضوع، هيا اجلس مجدي.

- جلس مجدي.

- هل تعرف مثل هذه الفتيات أم ماذا؟!

- يا أخي، نحن شباب، فما دخل الفتيات في حديثنا؟ ثم إنك قُلت إنك ستغيره.

- حسنًا اهدأ أخي، لا تغضب ما رأيك أن تكون جلستنا دينية فالله سبحانه وتعالى أمرنا بذكره دائمًا.

- الحمد لله نذكره ونشكره.

- هل صليت الفجر اليوم؟!

- يا إلهي...يبدو أنك قريب لعبد الرحمن!

- ومن هذا عبد الرحمن؟

- إنه صديق لي لا يكف عن سؤالي، أحفظت القرآن، أقرأته؟!

هذه الأسئلة لا تنفك عنه، و ماذا عنك؟!

- حقاً، وأنا أدرس علوم القرآن.

- ماذا؟ماذا؟ لا يبدو عليك هذا!

- ولما لا، فأنا لدي بعض العلم بالعلوم الشرعية لله الحمد، وقد تفوقت عن جميع أصدقائي.

- لم يبق لك سوى أن تُكمل مدحك لنفسك وتقول أنا شيخ ابن شيخ.

- ضحكت وقلت: أنا فعلًا غياث بن الشيخ مسعود.

- فتح مجدي عينيه وفمه متعجباً!

لا حول ولا قوه الا بالله العظيم.

- مجدي ما رأيك بأن أعرفك عليه؟

- لا أعفني من هذه المهمة.

- أرجوك مجدي، أنا أحبك كثيرًا.

- حقًا، نصفُ يومٍ ولحقت فيه أن تحبني!

- أتذكرُ عندما أخبرتك أنّي سأدعوك إلى الغداء؟

- بلى، ولكن هل ستدعوني الآن؟

- نعم أنت حقًا شاب محترم، هيا بنا لأطلب الطعام.

- ليس هنا.

- يا إلهي بقى القليل وسأنتقل إلى مستشفى المجانين..

وأين تُريد أن تدعوني أفي الشارع مثلاً؟

- لا بالطبع، في المنزل وسترى فيه مفاجأة كبيرة.

- مفاجأة؟ أحب ذلك، هيا بنا إذاً.

- والشيخ مسعود؟!

- سأقابلهُ من أجلِ المفاجأة، هيا قُمْ.

- ذهب مجدي مع غياث إلى باب المنزل.

غياث لا يجوز أن أدخل المنزل من غير إذن ومن غيرِ أن تُعلم أهلهُ.

- ستنتظر هنا إلى أن أخبر والدتي.

- حسنًا هيا ادخل.

فتح غياث الباب فأخذ مجدي نفسه ورحل، كانت أمه تقدم الغداء للطاولة مع جهاد فأخذ غياث الصحن من جهاد وقال:

- ادخلي إلى الغرفة، جهاد ادخلي.

- ماذا هناك يا غياث؟

- عندما أقول لكِ اخرجي تخرجين، ولكن عليكِ أن تظلي هادئة من دون كلام، بإمكانك أن تستمعي من وراء الباب؛ لكن لا تتفاجئي هيا..

- أبي..أمي، هناك ضيف.

- من؟

- إنه مجدي يا أمي.

- يا لك من مغامر!

- حسنًا، رتبي الطعام سأدخله..

فتح غياث الباب ولم يَجدْ أحد،رن جرس الباب بعد نصف ساعة وإذا هو مجدي وافق على الباب مجددًا، ففتح له الباب وكان يضحك كثيرًا على شكل مجدي.

- لماذا تضحك هل تردها لي، لأنني ضحكت على اسمك؟!

- ولكن ما هذا يا مجدي شكلك مضحك من أين هذا الثوب وهذا الشال؟

- ومن أين مثلاً!! من السوق لقد كلفني أكثر من قيمة الغداء، لله المشتكى.

- حسنًا هيا لندخل.

دخل مجدي مع غياث، كان يمشي بشكل مُضحك، فإذا هي أم غياث واقفه، فذهب غياث لوالدهِ مسعود وعرفه به، فصافحه..

مجدي: مرحبًا أيها الشيخ.

والد غياث: ناديني أبا غياث ألست صديقه؟!

- أفلت مجدي يده من يد الشيخ وقال:

أعوذ بالله أنا لا يشرفني مصادقته.

- الأم: ولماذا هل ولدي ليس من طبقتك أو فعل مالا يُرضي؟!

مجدي: لا يا أم غياث ليس هذا قصدي؛ ولكن ابنك اليوم كلفني قيمة هذا الثوب حتى أقابلكم به، وأنا ما أتيتُ إلا لأتعرف على الشيخ مسعود.

- ضحك غياث: ليس من أجل هذا يا مخادع؛ بل من أجل المفاجأة.

مجدي: صحيح أين هي مفاجأتُك التي أحضرتها لي؟!

غياث: أبي قل له من هي الفتاة التي تعرفه.

- صاح مجدي واقترب نحو الشيخ مسعود.

يا شيخ مسعود، أنا لا أعرف أي فتاة صدقني، أنا لم أكلم فتاة متعمدًا أقسم لك سوى سلوى، فقد زرتها لتخبرني عن صديقي جهاد، صدقني.

- ابتسم الشيخ مسعود أعلم أنك شاب مؤدب وهذا واضحٌ جدًا ولكن هناك فتاة تقول بأنها تعرفك!

مجدي: كاذبة يا عمي الشيخ أنا لا أعرف أي فتاة.

كان غياث يضحك بصوتٍ عالٍ على شكل مجدي وهو خائف، ثم نادى غياث:

- جهاد، لتخرجي يا فتاة لقد جاء مجدي..

كانت السيدة صباح قد صُرح لها بالخروج من المستشفى، كانت مريضة ومتعبة قليلًا، وكانت ملاك تجمع ملابسها من دولاب الغرفة لتعود للمنزل.

- ملاك: أنا لا أريد أن أعود إلى المنزل.

- عمتي: ما هذا الكلام؟!

- أنا لا أتخيل المنزل من دون جهاد وانفجرت تبكي

- لا تبكي رجاءً كُلنا هكذا، وإن عبير لم تذهب إلى المدرسة منذ أكثر من أسبوع، تبقى بغرفتها ليس لديها رغبة بأي شيء، عمتي أنا متأكدة بأن جهاد سيعود.

- وهل تظنين بأنه بخير؟!

- نعم عمتي جهاد لا يزال حي، سترين ذلك بنفسك..

- رأى مجدي فتاةً ترتدي حجاب طويل وقميص الصلاة،

لم يخطر له أبدًا أنها جهاد، فكان قد انشغل في غياث، أراد أن يُشبعهُ ضربًا.

- أنا لا أعرفها يا أبداً، كلُّ هذا منك يا وجه النحس، لماذا تعرفت عليك؟!

كان غياث يضحك بصوتهِ العالي، أما والدهُ و والدتهُ فكانا يضحكان كثيرًا، مما أغضب مجدي فأراد أن يرحل.

- هذه مهزلة حقًا، أنتم تضحكون وغيركم يُريد أن يبكي! أنا ذاهب.

- صاح غياث أنتظر قريبًا سينتهي المشهد يا مهندس.

- متى سينتهي!! عندما تنتهي ضحكتك هذه؟

- تكلمتْ جهاد: مجدي ألم تعرفني؟ أنا جهاد.

أدار مجدي ظهره ونظر إليها ولم يصدق عينيه.

- قالت: مجدي ألم تعرفني؟!

- هذا صوت جهاد حقًا، يا إلهي عرفت الآن ما أتى بوجه الشر هذا، لقد كان بانتظاري أنا فعلًا، ولكن ما الذي غيرلكِ؟!

يا إلهي تبدين مختلفة جدًا، لا أحد يعرفك!

دعا الشيخ مسعود جهاد ومجدي للغداء، كان ينظر إليها مجدي وهو لا يصدق نفسه.

- تفضل يا بُني إلى الغداء

- لا يا شيخ مسعود، جهاد لابد أن تعود فورًا إلى أمها.

- مجدي تبدو جادًا بكلامك! ماذا حدث، هل أُمي بخير؟!

- جهاد، أمك بقيتْ في المستشفى لأكثر من أسبوع، وقد تكون في هذه الساعة تغادر المستشفى.

- أمي..لا..لا يمكن هذا!!

- جهاد، أمك بحالةٍ سيئةٍ جدًا، ومن واجبي عندما عرفتُ مكانكِ أن أُرجعكِ إليها، جهاد أمكِ تظن أنكِ قد مُتِّ!!

- مُتا!! أمي تظن ذلك!! آهِ أمي الحبيبة..

جرت جهاد للغرفة وهي تبكي، أرادت أن تبدل ملابسها لترحل، وكان مجدي غاضبًا من غياث.

- غياث هيا أذهب وأحضر لي ملابس، لقد نسيت ملابسي في السيارة، لا أستطيع الخروج بهذا الثوب حتى أنني لا أستطيع أن أمشي به جيدًا.

- ضحك غياث وقال: هيا كما جِئتَ به لتَرحل أيضاً.

- يا أم غياث انظري لولدكِ!! غير أني لم اتجرأ على مقابلة الشيخ بذاك البِنطالِ القصير؛ فذهبتُ واشتريتُ الثوب هذا.

- ابتسمت أم غياث وقالت: لا عليك تعال معي لغرفة غياث والبس ما شئتَ... هيا.

خرجت جهاد بملابسها الأولى وها هي تعود لحياتها الكئيبة السابقة، أنزعج غياث منها؛ ولكنها كانت متوجهة للخروج..

- جهاد قد وعدتِني بأن تعترفي بالحقيقة؛ وألا تعودي لهذه الحياة.

- غياث أنا آسفة جداً، ولكنها أمي، الوداع.

عادت السيدة صباح إلى المنزل، صعدت العشر درجات الأولى، فتوقفت تبكي أمام غرفة جهاد، كانت ملاك تُسندها مع السيد فؤاد، أما عبير فلم تستقبلها وما زالت غاضبة منها لأنها قد طردتْ جهاد..جاء جهاد جاريًا مع مجدي ودخل الباب فقد كان مفتوحًا.صاح جهاد بصوت عالٍ: أمي.أدارت السيدة صباح وجهها فوجدت جهاد حقًا فصاحت وهي تبكي: جهاد!!

- جرى جهاد على الدرج لحضن أمه سامحيني أمي أرجوكِ

وضعت السيدة صباح يدها على وجه جهاد

- سامحني أنت يا حبيبي سامحني، أنا لا أستطيع العيش من دونك.

أمسك جهاد يديّ أمه وأخذ يقبلهما كثيرًا وعاد إلى حضنها يبكي، وبعد خمس دقائق تدخل السيد فؤاد وقال ضاحكاً:

أليس لي مكانة في قلبك يا جهاد؟

أبتعد جهاد عن حضن أمه واحتضن والده

اشتقتُ لك كثيراً يا أبي.

- ملاك: حمدًا لله على سلامتك جهاد.

- شكرًا ملاك.

صفق مجدي بصوت عالٍ وأخذ يصيح مازحًا:

مشهد رائع ليتني احضرتُ معي الكاميرا.

سمعتْ عبير صراخ مجدي فنزلت من الطابق الثالث، فوجدت جهاد فجرت إلى حضنه وهي تبكي.

- جهاد المنزل لا يُعادل شيئًا من دونك!

-شكرًا لكِ، عبير كيف حال دراستكِ؟

- نظرتْ عبير إلى الأرض وقالت:

أنا لم أذهب إلى المدرسة منذ أن غادرت المنزل.

- أنزعج جهاد ماذا؟! ولكن هذا لا يصح!

- تدخل مجدي وقال: ولا حتى دُريد.

- حزن جهاد، حتى دُريد، يا إلهي لماذا؟!

- الأب: أما زلتَ تسأل؟

بطبع بسببك منذ أن عرفتكما وأنتما أفضل صديقان على الإطلاق.

- تدخلت السيدة صباح وقالت: اذهب و زُره بُني.

- حسنًا أمي سأُدخلكِ إلى الغرفة أوّلًا، هيا بنا.

- خرج جهاد مع مجدي وفي طريقهما أتصل جهاد بدُريد من هاتف مجدي.

- مرحباً، دُريد كيف حالك؟!

- جهاد أين أنت؟! أين كُنت أخبرني، ظننتُ أنني لن أسمع صوتك مجددًا.

- أين أنت دُريد؟!

- أنا في كافتيريا الصحة مع خالتي ندى.هل ستأتي؟!

- نعم.

- سأنتظرك، أسرع.

أعتذر مجدي من جهاد.

- جهاد أنا آسف لن أستطيع الذهاب معكِ

- ولماذا مجدي؟!

- لديَّ مشوار مهم لتذهب وحدك، حسناً؟

- حسنًا.

وصل جهاد للكافتيريا، وما أن دخل من الباب حتى ذهب دريد لاستقباله، كانت ندى لا تصدق عينيها؛ عندما رأت جهاد.

- لا أصدق بأنكَ عُدت جهاد!!

- لم أكن لأعود لولا أمي ولولاك.

قطع حديث جهاد مع دريد الهاتف، حيث اتصل به صديق فريد، وجاءه خبر صادم، فإن ابن خالته قد أُصيب بحادث سيارة!

- ماذا هناك يا دريد؟!

- ابن خالتي أُصيب في حادث سأذهب الآن لرؤيته.

- سأذهب معك.

- لا جهاد ابقى مع خالتي أرجوك، لا أريدها أن تشعر بأي شيء،

هي جالسة على الطاولة رقم سبعة، إياك أن تخبرها بشيء..وداعًا.

أقترب جهاد للطاولة رقم سبعة فوجد ندى، فاقترب نحوها ما أن أقترب حتى قامت من

الكرسي ترتجف.

- مرحبا سيدتي أنا جهاد صديق دريد.

مد جهاد يده ليُسلم على ندى، فصافحته ونظرت إلى وجهه ولم تتماسك نفسها وتلفظتْ:

- تو..تو.. توفيق..

ثم فقدت الوعي وسقطت ندى من شدة الصدمة التي لاقتها.

دخلتْ عبير غرفة السيدة صباح، قبلت رأسها واحتضنتها.

- أنا آسفة يا عمتي لم أكن أقصد أن أعاملكِ بقسوة هكذا.

- لا عبير، فأنا حقا أستحقها.

-أرجوك، لا تقولي هكذا عمتي!

أحضر جهاد الماء لندى بعدما عادت لوعيها قليلاً.

- ماذا هناك سيدة ندى؟

- عفوًا جهاد، أنا متعبة قليلًا.

كانتْ تنظر إليه بكل تدقيق وحدق،فعرفتْ جهاد بأنها تعرف والدها توفيق، فلقد تذكرتْ

الشيخ مسعود حين قال لها أن اسم والدها توفيق.

- عفواً، ولكن لماذا تنظرين إليَّ هكذا هل أذكرك بأحد؟!

- في الحقيقة أكذب عليكَ إن قُلت لا!

- من هو توفيق؟!

- هل سمعتني؟!

- لقد كُنتِ تقولين لي توفيق هل أشبهه لهذه الدرجة حقاً؟!

-وكأنك هو، أتدري حتى صوتك يُشبه صوته؛ ولكن صوته أثقل.

- هل تقربين له؟!

- لا لقد كان زميلي في المدرسة وفي الجامعة وفي عمل، كنّا ندرس معاً، كان الطلاب يحبونه

كثيرًا.

- كان جهاد مبتسم وهو يسمع الكلام الرائع عن والده.

- وهل كنتِ جارته؟!

- ولماذا هذا السؤال بالذات؟!
- لا فقط لأنكما وصلتما الدرب معًا، وأين هو الآن هل تزوج؟
- نعم.
- ألديه أبناء؟!
- لماذا تسأل بهذا الشكل؟!
- لا فقط أحببتُ الحديث عنه، وكوني شبيهه.
- بالحقيقة لا أعرف أين هو ولكنني الآن أبحث عن ابنته، أتدري ما اسمها؟
- ندى؟!
- ضحكت ندى ولماذا أخترت أسمي؟!
- لأنكما كنتما أصدقاء، حقاً أليس أسمها ندى؟
- انفجرت بكاءً وقالت بتلعثم وصوت متقطع: كان اسمها جهاد
- كان قلب جهاد يدق بشدة حتى نزلت الدموع من عينيها، حينها تأكدت بأنه والدها، ولكنها مسحت دموعها بسرعةٍ، ومثلت وكأنها لا تعرف شيئًا..
- سبحان الله، اسمها كاسمي وأشبه والدها، يا لها من صدفة غريبة!
- توقفت ندى عن البكاء وقالت لعلك أخاها ما اسم والدك؟!
- لا اسم والدي فؤاد السمندور.
- اوه إنه أكبر تاجر في هذه المنطقة، أعتذر هل أزعجتك ببكائي؟؟
- أتشوق لمعرفة قصة هذا الشاب هل كنتِ تحبينه؟!
- أكثر من نفسي.
- لماذا لم تتزوجا؟؟
- لم أكن أبين له بحبي ولقد ساعدتُه بزواجهِ من رباب رحمها الله، لقد ماتت بعد أن ولدت له جهاد مباشرةً....
- نزلت دموع جهاد بشدة عندما عرفت بأن والدتها قد ماتت من أجل أن تحيا هي... هذا مؤسف خسرت حياتها من أجل ابنتها، ووالدها لم يكلف نفسه بالبحث عنها حتى!
- هل تبكي جهاد؟!
- أليس أمرًا محزنًا أن يفقد الأب ابنته ولا يبحث عنها؟!
- توفيق ليس ملام فلقد كان مريضًا نفسياً منذ أن مات والديه أنت لا تعرف كم عانى...
- كفى أرجوكِ أنا لم أعد أحتمل.

وضع جهاد يديه على رأسه وأخذ يبكي، أما ندى فلقد كانت تروي التفاصيل دقيقة دقائق، وعندما رأت جهاد بتلك الحالة جهاد أنا آسفة لم أكن أقصد أن أزعجك حقاً.

- لا أبدًا، فهذه مأساة حقيقية.

- جهاد هل تبكي؟!

- مسح جهاد الدموع من عينيه لقد تأخر دُريد أليس كذلك؟!

- نظرت ندى إلى الساعة، فتذكرت مشوارًا مهمًا ونهضت.

- يا إلهي، لقد تأخرت عن الموعد مع رئيسة إحدى المياتم سأذهب ربما وجدتُ خبرًا عن جهاد، ماذا عنك؟؟!

- أنا سأنتظر دريد، بالمناسبة قلتِ لي ما أسمه فربما أخبر أبي عنه فيبحث عنه بالخارج أيضاً.

- حقًا..اسمه توفيق السيد

- وقبر زوجته أين يكون؟!

- في القاهرة، وهل يهم هذا في شيء؟!

- ربما، حسنًا لتذهبي ستتأخرين.

ما أن ذهبتْ ندى من ناحية؛ حتى انفجرت جهاد تبكي، وضعت رأسها على الطاولة، هي الآن لا تعرف إلا شيئًا واحدًا؛ اسم والدها وهو توفيق السيد، ولا تعرف هل هو حي أم ميت؟! وتستعد لزيارة قبر والدتها في القاهرة والدتها رباب صادق حسني!!

الفصل السادس والعشرون

ذهب عبد الرحمن مع مجدي لزيارة جهاد فأخبره عبد الرحمن بأمر سلوى.

- جهاد، أريد أن تطلب من سلوى أن تسامحني؛ فلقد جرحتها حقاً.

- لا تقلق عبد الرحمن، أنتَ لم تجرحها فإن هذا الأمر حقيقي.

- اندهش عبد الرحمن جهاد ماذا تقول!

- غدًا إن شاء الله ستعلن خطوبتك أمام الدفعة كلها.

- ماذا تقول؟ وماذا عن سلوى؟!

- أنسحب مجدي أنا لم يعد لي فائدة كما يبدو سوف أذهب.

فتح مجدي الباب ليخرج، بالوقت نفسه كانت ملاك تفتحه من الخارج.

- مرحبًا مجدي، أليس لديكم اليوم محاضرات؟!

- اليوم الخميس يا..

- ماذا؟!

- كاذبة.

- صاحت ملاك أنا لا أسمح لك بأن تنعتني بالكاذبة، أفهمت؟!

- وماذا أنعتك؟! من الأفضل لو غيرتي اسمك.

- وماذا تريد مني أن أغيره ماجدة أم ماذا؟!

- حقاً..يا له من اسم جميل، و على الأقل قد يُسمح لكِ بالكذب..

- حقا يا هذا، لا تُحتمل! سمع جهاد أصواتهما فقام مع عبد الرحن

إلى الباب ماذا يجري لكما ماذا هناك؟ ملاك!

- جهاد وهل ترضى بأن يناديني صديقك كاذبة؟!

- هل هذا صحيح مجدي؟!

- اسمع جهاد، ابنة عمك هذه كذبت عليَّ، وليس عليَّ وحدي، وقالت بأنك مسافر بيروت

هل يرضيك هذا؟

- حسناً، لا تكبر المسالة مجدي..

- ضحكت ملاك المهم الآن،أنا لا اكذب على أهلي، إلى اللقاء مجدي.

صعدت ملاك غرفتها. كان مجدي غاضبًا، فضحك عليه عبد الرحمن.

-أتضحكان عليَّ الأن؟؟ يحق لكما.

- مجدي هل تأتي معنا؟!

- إلى أين جهاد؟!

- إلى منزل سلوى.

مجدي(باستهزاء): لا..يكفي المرة الأولى استقبلتني بأفضل استقبال قد رأيته في حياتي، اذهبا أنتما الاثنان ولكما مزيدًا من الترحيب، أتمنى لكما وقتًا ممتعًا بعيدًا عن ترحيب سلوى الجميل ذاك، هيا وداعًا...

ذهب جهاد إلى سلوى ففرحت لعودته بالسلامة.

- الحمد لله على سلامتك يا جهاد، كيف كانت بيروت.

- جميله جدًا وما أجمل منها...

- كيف كانت رحلتك؟!

- جميلة، وماذا عنكِ وعن حازم؟!

- جهاد، لقد علمتُ بأنك لم تكن ببيروت.

- ماذا؟!

- أنا أسفة، لأنني كنت السبب.

- لا يا سلوى، أنتِ لستِ السبب مطلقًا.

- هل جرحكِ عبد الرحمن؟

- هل عرفت بذلك؟!

- حدثني عبد الرحمن، وهو الذي طلب مني أن آتي إليكِ وأعتذر منكِ.

- أنا لا أريد رؤيتهُ مطلقًا، هل هذا ممكن؟

- أعتذر، سيأتي بعد ربع ساعة.

- جهاد!!

- لا تصرخي سلوى، أعلم أنكِ تميلين إليه وإن قلتِ غير ذلك ستكونين كاذبة، أليس كذلك يا أم سلوى؟

- أنا لا دخلَ لي في هذا الموضوع، بُني من فضلك.

- إذاً سلوى،عبد الرحمن سيأتي مع والديه لخطبتكِ.

- ماذا؟! قامت سلوى، وكانت خجلة جدًا.

- قام جهاد بعدها، وقال: ماذا هل ستقابلينهم كما استقبلت مجدي؟!

- ضحكت سلوى،مسكين مجدي لقد أخفتهُ.

- نعم، لدرجةٍ أنهُ أخذ درسًا ولن يُعاود زيارة هذا المنزل، وقد نسيَ عنوانهُ من الخوف، هذا ما أخبرني به.

جاء عبد الرحمن مع والديهِ، فاستقبلتهم والدة سلوى بالترحيب، وكانت السيدة صباح قد جاءت وكذلك ملاك وعبير، وجاء بعدهم بقليل مجدي وحسام وجميع الأصدقاء، وكانت حفلةً مميزة في منزل سلوى؛ حيثُ التقى مجدي مع ملاك مجددًا.

- مرحبًا ماجدة!

- ضحكت ملاك بسخرية أهلًا بك.

- هل وجودي غير مرغوب فيه، أم ماذا؟!

- ربما أو سأقول لك الصراحة: لا..وجودك غير مرغوب فيه..

ذهب مجدي ليبارك لسلوى وعبد الرحمن.

- مبارك لكما سلوى.

- شكرًا لك مجدي، من ذكركَ بالعنوان؟!

- رُبما الخوف ههههه. مبارك لكما عبد الرحمن.

في اليوم التالي، كان الطلبة يباركون لسلوى وعبد الرحمن من الذين لم يحضروا الحفلة؛ فعرف حازم بالموضوع وكان يُناظر عبد الرحمن بنظراتٍ كالنسر الجارح..

كانت حياة جهاد سعيدة إلى حدٍ ما، كانت تصلي الأربع صلوات في بيت الشيخ مسعود بإدعائها بالذهب للصلاة في المسجد، أما عن صلاة الفجر فكانت تُدبر أمرها في التستر من ثوب وما إلى ذلك، كانت السيدة صباح سعيدة جدًا بتطور حياة جهاد الدينية،وتراه يقرأ القرآن كل يوم.

أما حازم، فهو الآن يسعى للحصول على عملٍ لعبد الرحمن، وهو يحقدُ عليه ويحمل من الغيظ عليهم، لأنه قد انتصر عليه، فلربما لو تزوج سلوى؛ كان سيفكر بأن يكون صالحًا وناجحًا، وندى مازالت تبحث عن جهاد، رغم أنها التقتْ بها وجهًا لوجهٍ، وقد تكلمت معها، ولو

أنها حدثت دُريد وأمهِ عن قصة توفيق؛ لكان دُريد شكَّ بأمر جهاد؛ ولكنها تبحث عنها بكل سُرية وخصوصية، حتى وحين كان ابنها فريد بالمستشفى؛ كانت تعتني به وتبحث عن جهاد بذات الوقت، تأمل بأن تُفرح قلب رشا وحمدي برؤيتها.

في الساعة السابعة مساءً، من يوم الأحد، جاء حازم لمنزل عبد الرحمن، و فتح له والد عبد الرحمن وأدخله غرفة المكتب إلى أن ينادي عبد الرحمن.

أخرجَ حازم المخدرات من جيوبهِ؛حيث وضعها بين الكتب وفي حقيبة عبد الرحمن، وعاد مسرعاً و و جلسُ جلسة الضيف المحترم، ثم دخل عبد الرحمن.

- حازم؟! أهلًا بك.

- هل ترحب بي حقًّا؟!

- ولما لا، أنتَ في بيتي ومن الواجب عليَّ هذا.

- أسمع،عبد الرحمن إذ لم تترك سلوى...

-ماذا؟!

-سترى ما سيحل بك!

- أنا لن أترك سلوى أبدًا، وسنتزوج بعد عامين وها هي هذه السنة أوشكت على الإنتهاء.

- أهذا آخر قرار لك؟!

- هذا ليس قرارًا، بل هو الواقع.

- إذًا سترى.

فتح الباب وخرج

- مع السلامة...

دخلت السيدة صباح غرفة جهاد قرب الساعة الثامنة؛ فوجدته يقرأ القرآن وعيناه مملوءتان بالدموع، فجلستُ بجانبه.

- أغلق جهاد المصحف ووضعه على الدرج. هل أنتِ بخير أمي؟!

-لا تعلم كم أنا بألف صحة وعافية وخاصةً عندما أراك تقرأ القرآن، متى جِئت من المسجد؟!

- قبل قليل.

- أصبحتُ آتي إليك أنا يا بُني.

- أقسم لكِ يا أمي بأنني لا أتعمد ذلك؛ ولكني ما عدتُ أخرج بالليل كثيرًا.

- ألم تسامحني بعد بُني؟!

- أمي...وضع جهاد يد أمه على وجهِ وقبلها.

أمي لولاكِ لَما عدتُ إلى الله، لَما صليتُ، لولا خروجي من المنزل حينها؛ لظللت كما كنتُ حتى الموت....

- عمرك طويل بإذن الله، أتمنى أن أراك سعيدًا جدًا، ولو يُزاد فوق عمركَ عمري، لأعطيتكَ إياه حتى تعيش طويلًا ولو متُ.

- لا أمي أتمنى من كل قلبي أن أموت قبلك؛ حتى لا أعذبكِ أكثر من ذلك، وهذه أكبرُ أمنية أرجوها من الله.

- لا تقل هذا، فأنت تعذبني يا بني.

وصل حازم لمحل الاتصالات.

- مرحباً. مقر الشرطة؟؟

- نعم. من يتكلم؟!

- أريد أن أقدم لكم بلاغ عن الرئيس لمجرمي المخدرات الذي تبحثون عنه.

- ومن هو؟!

- عبد الرحمن.

- العنوان؟؟

- أمام الخط الفرعي في الشارع رقم ثلاثة عشر، في منطقة كذا وكذا...

- من صاحب البلاغ؟!

- فاعل خير أغلق حازم الخط.

جاءت الشرطة لمنزل عبد الرحمن في الساعة العاشرة مساءً، وأجرت تفتيشاً دقيقاً في المنزل ووجدت المخدرات في غرفة المكتب، واحتجزت عبد الرحمن بتهمة المخدرات.

علمَ الأصدقاء بأمر عبد الرحمن، وذهب جهاد لزيارتهِ في عصر اليوم التالي.

- عبد الرحمن، لا تقلق سأخرجك من هنا؛ ولكن ساعدني.

- جهاد هل تشك بي؟ أقسم لك بأنني لا أعرف شيئًا عن هذه المخدرات.

- أنا لا أشك بك؛ ولكن هل تظن بأنها وُضعت لك عمدًا؟!

- أنا لا أريد أن أظلم أحدًا.

- عبد الرحمن بهذه الطريقة سوف تورط نفسك.

- لقد تذكرتُ، بالأمس جاء حازم وقابلتهُ في المكتب.

- هل أنتَ متأكد؟!

- قلتُ لك جهاد، أنا لا أحب أن أظلم أحدًا..

في يوم الثلاثاء، حكمت المحكمة على عبد الرحمن بالسجن لمدة خمس سنوات وثلاثة أشهر، ظنًا بأن عبد الرحمن أحد المجرمين حقًا، ولم يكن بيده دليل لبراءته.

كان حازم يُريد تدميره وأن تشك سلوى بصدقهِ، ولكنها كانت أكثر الناس إصراراً على براءتهِ.

أيام الامتحانات قد اقتربت وعبد الرحمن مستقبله يتدمر وقلبه يكاد ينفجر وهو في السجن، كان عبد الرحمن يسمع أنين وبكاء في منتصف الليل، وفي يوم من الأيام قرر أن يعرف صاحب هذا الصوت.. كان الجميع في السجن قد اعتادوا على صوت الأنين فينامون، أما عبد الرحمن فلم يستطيع النوم من صوت بكائه، فنزل من مكانه إلى مكان الرجل الذي تحته...

- مرحبًا يا عم ألا تكفُ عن البكاء، من فضلك؟!

ظل الرجل يبكي.

- هل أستطيع معرفة حكايتك؟!

- لقد قتلتُ زوجتي، كنتُ في حالة نفسية سيئة، وكان لدي ابنٌ يبلغ من العمر خمس عشر سنة والآن قد يُقدر عمره من عمرك، حكموا عليَّ في السجن متى الحياة، ومنذ ذلك الوقت لم أراه حتى ولو مرة واحدة، بالطبع إنه يكرهني.

- ولماذا قتلت أمه؟!

- ......

- اصبر يا عم وكم في السجن من الناسِ قد ظُلمت، وها أنا هنا......

ظل الرجل يبكي حتى بعدما صعد عبد الرحمن إلى سريرهِ، وبعد ذلك نُقل إلى الإنعاش لشدة بكائهِ.

دعا مجدي جهاد لتناول القهوة قبل الدخول إلى الفصل...

- جهاد أراكِ متغيرة.

- مجدي هل تظن بأن الله سيسامحني؟؟

- إلى متى جهاد؟ إلى أن تنتقمي من والدكِ؟

- مجدي لقد عرفتُ اسمه.

- اسمه حقًا؟! ومن يكون صديق التاجر الكبير فؤاد السمندور؟!

- مجدي كفى سخرية، لو تعلم ما في قلبي.وانظر لنفسك أنت لم تفكر يومًا بزيارة والدك في السجن حتى، ولا تعلم أيضًا بأي سجن هو!!

- نهض مجدي غاضبًا والدي قد مات عندما ماتت أمي.

- لا يا مجدي، بإمكانك أن تخفف حكم المؤبد عليه، لو تنازلت عن حقك وأظن أن سالمًا سيتنازل أيضاً،فهي أخته وأنتَ ابنها.

- جهاد، كفى، قلتُ لكِ والدي قد مات وانتهى.

- و هل تعرف حتى أهو ميت أم حي؟

- جهاد أرجوكِ كفى، لابد أن نفكر في مسألة عبد الرحمن.

- نهضت جهاد غاضبة وقالت: مللتُ التحدث معك ورحلت..

- دخل مجدي وجلس بعيدًا عن جهاد، كان الجميع يفكرون بماذا سيهدون أمهاتهم فهذا اليوم هو عيد الأم، كان الجميع سعداء سوى مجدي وجهاد.

رحل مجدي غاضبًا ولحق به جهاد، و بالكاد فتح له الباب والدموع في عينيه.

- مجدي هل تبكي؟!

- أنا أكرهكِ وأكرهه، لولاه لكانت أمي اليوم تنتظر هديتي..

دخل مجدي وجلس على الأرض وهو يبكي؛ فدخلت جهاد بعده وجلست على الأرض.

- هل تكرهني مجدي؟!

- لأنكِ تذكريني بأبي.

- وأبي كرِهني لأني السبب بموت أمي تساوتْ أطراف المعادلة..المعادلة موزونة يا مجدي.

انفجرت جهاد تبكي.

- والدكِ أهو الحقيقي؟!

- أمي ماتت يا مجدي ماتت!

- جهاد كُفي عن البكاء أرجوكِ.

- لقد ماتت أمي لكي أعيش أنا ولولاي لكانت حية الآن.

- قام مجدي غاضباً وبقهرةً قال: لو..لو..إلى متى سنضحك على أنفسنا؟!

جهاد لابد أن تزوري والديكِ.

- قامت جهاد ماذا تقول مجدي؟!

- رشا وحمدي، لابدّ أن تذهبي لهما بعد أن تنتهي الامتحانات،وعندها تسألي عن والديكِ.

- مجدي والديَّ لقد عرفتهما.

- ماذا؟!

- أمي ماتت وقبرها في القاهرة.

- حتى أنتِ أمكِ ماتت؟!

- أتدري ماتت وبسببي....كانت تبكي ومجدي أيضًا

أعدك جهاد بأنني لن أتخلى عنكِ وسأساعدك جاهداً...

أقترب موعد الامتحانات، فقام مجدي يخاطب جميع الطلبة الذين كانوا بالفصل معه، و لأول مرة يرون فيها جدية مجدي.

- يا أصدقاء لابد أن نفعل شيئًا، لابد أن نساعد عبد الرحمن فالامتحانات قد اقتربت.

- ضحك حازم بضحكة مسموعة وقال: ماذا ستفعل له، لقد أخذ جزاءهُ، وقد دمر الكثير من الشباب فلماذا لا يتدمر هو أيضاً؟ إنه ثعلب مكّار، يتخفى بلباس التدَيُن، فقامت سلوى وغادرت القاعة،وذهب مجدي وأمسك بعنقهِ وقال: عبد الرحمن بريء ولن أسمح لك بتشويه سمعتهِ أفهمت؟!

- أبعد حازم يدي مجدي واتجه نحو سلوى ويسخر أمام الطلبة جميعُهم ومن أين أخرجوا المخدرات إذًا؟!

- مدت سلوى يدها وصفعتهُ أمام الطلبة وقالت: حقير.وضع حازم يده على وجنته وتمكن الغضب والخجلة منه، فرفع يده يريد أن يضرب سلوى، فأسرع دُريد فمنعه وتعاركا

-أتضرب فتاة أيها الحقير، ومن تظن نفسك!!

- أرني ومن تكون أنت هيا...

تعارك حازم و دريد، بضرب عنيف، فتدخل جهاد حينها

- دريد أتركه أرجوك أتركه.

- جهاد ألا ترى حقارتهُ؟!

- مسح حازم الدمَ من فمه وأخذ يسخر مجددًا، يا لك من جبان أتركه يا جهاد فأنا لم أرى بحياتي أحد ضعيف مثلك، أنتَ كالفتيات تمامًا.غضب جهاد وأخذ بقميص حازم يشده لن أسمح لك حازم، أبعد حازم يدي جهاد ولكمه إلى أن اصطدم بالحائط، جرى مجدي بسرعة إليه... جهاد هل أنتَ بخير؟ ابتعد مجدي عن جهاد وأتجه نحو حازم، ولكن أحلام أخت حازم كانت تبكي بجانب أخاها ما هذا، ما الذي يحدث؟! ثلاثة على واحد هذا ليس عدلًا... كان صوت أحلام وصراخها مسموعًا فحضر الدكتور سعد...

- ما هذا الذي يحدث؟! ماذا أرى هنا، هل هي حلبة مصارعة أم ماذا؟! جهاد حتى أنتَ؟! وأنا الذي قلتُ فيك إنك أهدأ طالب بهذه الكلية! ماذا أصاب وجهك ولماذا الدم في كل مكان فيهِ؟!

- أوطأ جهاد رأسه أرضًا، وتدخل مجدي هذا حازم لقد صدمه بالحائط.

- وضع الدكتور سعد يده على مجدي وقال: جميل..جميل جدًا... مجدي أيضًا تحرك بناحية دُريد حتى أنت يا دُريد ما الذي حدث رباه أنتم الثلاثة!! جهاد! مجدي! دريد! آخر من أتصور أن يفعل هذا..لم اندهش عندما رأيت حازم مضروبًا هكذا، كما اندهشت عندما رأيتكم!! أنتم الأربعة، اسبقوني للمكتب هيا..

عرف الدكتور سعد الحكاية كُلها، فوبخ حازم كثيرًا وكذلك مجدي ودريد وجهاد..إذا كان حازم بلا أدب فالبركة في ثلاثتكم اقترب الدكتور سعد من جهاد وقال: جهاد أنتَ بخير؟ إنك تنزف كثيراً، اذهب إلى المستشفى وأنتم اذهبوا لمنازلكم سأنظر في أمركم، أما أنت يا حازم فعقابك أشد...

هيا اذهبوا..

ذهب جهاد للمستشفى وضمد جراحه ومن ثم عاد للمنزل.

- بُني ماذا حدث لك؟! هيا لتناول الغداء.

- أمي ليس لي شهية للأكل.

- بُني ماذا حدث لك؟! ما بال راسك؟؟ ويبدو أن في وجهك علامات ضرب.

- أمي أرجوكِ سأصعد لغرفتي، إنني متعب للغاية.

- جهاد!!

- أمي لقد ذهبتُ للمسجد، و صليتُ الظهر وتغديت في مطعم مجاور، فما رأيك الآن أن تدعيني ونفسي...

صعد جهاد لغرفته وصوت حازم لا يفارق أُذنيه، يا لك من جبان اتركه، أنا فعلًا لم أرى بحياتي أحد ضعيف مثلك أنت كالفتيات- كالفتيات- كالفتيات- كالفتيات وضع جهاد يدهُ على الشاش الذي برأسه، يكفي..يكفي لقد مللتُ من هذه الحياة، لقد مللتُ حقاً دقت أم جهاد الباب وفتحته.

- بُني هل أنت بخير؟!

- أمي ألم أقل لكِ أني لستُ جائعًا!!

- الدكتور سعد في أسفل ينتظرك.

نهض جهاد فازعاً الدكتور سعد؟! نزل جهاد مسرعاً...

- أهلًا بك دكتور.

- هل استطيع دعوتك للغداء؟

- دكتور؟!

- جهاد لا تتكلم هيا بنا.

الفصل السابع والعشرون

دخل الضابط إلى السجن ونادى قائلا:

- عبد الرحمن، هناك زيارة لك.. هيا أسرع.. دخل عبد الرحمن لغرفة القائد.

- مجدي!!

- عبد الرحمن، كم اشتقت لك!

- اجلس يا مجدي اجلس.

- جلس مجدي وقال (بسخرية): هل صليتَ الظهر يا مجدي؟ هل قرأت القرآن؟

- ابتسم عبد الرحمن وقال: كنت سأسألك.

- غمزه بعينه وقال: لقد سبقتك، وسرعان ما تنهد مجدي بحزن...

- ماذا هناك يا مجدي تبدو عليكَ علامات ضرب هل تشاجرت مع أحد؟!

- قطاع الطريق يا أخي أخذوا مني كل المال الذي كان بجيبي.

- قطاع طريق؟!!

- عبد الرحمن، جئتك بأمر مهم، لقد كلمت قائد الشرطة بإن المخدرات كانت لي وضعتها عندما زرتك فنسيتها. حلفتك بالله ألا تنكر شيئاً.

- وقف عبد الرحمن غاضباً بشدة، يهز مجدي ويرعشهُ ويصرخ قائلا: ماذا تقول يا مجدي،يبدو أن ضربَ قطاع الطريق على رأسك أفقدت عقلك يا مجدي؟!

- عبد الرحمن أنت ستخرج من السجن اليوم، عليك أن تلحق موعد الامتحانات وأنا سأبقى مكانك.

- ماذا تقول يا مجدي؟!!

- عبد الرحمن،حلفتك بالله ألا تعترض، و أنا هكذا وعلى جميع الأحوال لن أكمل دراستي، ولقد أخبرت جهاد مسبقاً.

- ولكن يا مجدي، إن ما تقولهُ هو الجنون بذاته.

- عبد الرحمن، أنا وإن تقدمتُ للامتحانات فلن أنجح، أنسيتَ كم تغيبتُ في هذه السنة، ثم إنني لم استفد شيء.

- مجدي!!

- عبد الرحمن، أنا جدي وأنا لا أمزح بهذا، سأقضي في السجن لحظات سعيدة حتى وإن كانت قاسية، ولكنني سأكون سعيدٌ من أجلك.

- (الدموع تملأ عيني عبد الرحمن): مجدي أقسم لك أني بريء..أنا بريء مجدي وسنحل هذه القضية قريبا، سأوكل المحامي ليحلها.

- عبد الرحمن الامتحانات قريبة جداً، يا أخي أرجوك، وإن سلوى تنتظرك... وأنا لا أحد ينتظرني بالخارج، سلوى تحتاج إليك لا تسلمها لحازم سيذلها حقاً.

- مجدي ما هذا الكلام؟!

- هذا الكلام صحيح، القضية مثبتةٌ عليك، ولا مفر يا عبد الرحمن، لو لم أكن متأكد من براءتك ما ضحيتُ من أجلك.

- مجدي.

- عبد الرحمن، هيا اخرج، سلوى تحتاجك وإن تأخرتَ عليها سوف يذلها حازم، و لقد حاول أن يمد يده عليها ولولا دُريد، و لقد ضربَ جهاد أيضاً، هيا حان وقت دخولي إلى السجن، هيا عبد الرحمن انتهت الزيارة، عُدْ إلى منزلك.

- مجدي.

- لا تأخذ ببالك أمري؛ فأنا لا أنفع للدراسة ولا للهندسة، وأنت تعلم ثروة أبي الكبيرة من الأموال التي تركها لأبنهِ الوحيد!! نزلت دموع من عيني مجدي.

- بكى عبد الرحمن فارتمى بحضن مجدي.. أنا لن أدعك تبقى في هذا السجن أبداً، و سأبحث عن دليل البراءة.

- عبد الرحمن فكر في الامتحانات فقط، هيا يا صديقي أسرع أريد أن أظل محترمًا، لا أريد من الضابط ان يسحبني للسجن هيا..

- دخل عبد الرحمن منزلهُ وهو يبكي من موقف مجدي، لم يصدق أحداً من أهله رجوعه، أما مجدي فقد أدخله الضابط السجن، كان بكامل حيويته ونشاطه وكان يضحك كثيرًا.

- مرحبًا يا شباب.

- نظر الزعيم وأعوانه إلى مجدي نظرة سخرية وقال الزعيم: يبدو لي أن هناك زائراً جديداً هنا، لا ويبدو أنه سعيد بذلك، لنكمل الخطة يا شباب.

مجدي: أي خطة شباب؟ أدخلوني معكم؛ فأنا أملك عقلاً عبقرياً.

لم يكترث الزعيم له وقال: اليوم في السابعة مساءً، سيدخل الضابط ونحن سنهجم عليه ونضربه ونهرب من هنا.

- ضحك مجدي وقال: أنتم لا تستطيعون الهروب من دوني..

- غضب الزعيم فقام بناحية مجدي يبدو أن هذا الغبي لن يجعلنا نكمل الخطة...

- أدخلوني فيها، وسأقول لكم: إنكم لن تستطيعون الهروب؛ لأني أعرف هذا.

- ومن تكون يا هذا؟

- أنا المهندس المعماري المشهور عنتر، أتعلمون من صمم هذا السجن؟؟ أنا طبعًا، لذلك لن تستطيعون الهروب من هنا...

- قام السجناء من أعوان الزعيم الخمسة وقالوا: إذًا لولا هذا الغبي لما نحن هنا الآن....

- حقًا أنت من صمم هذا السجن الملعون؟!

- أمر الزعيم أعوانه، أبرحوه ضربًا يا شباب.

أخذ مجدي يُضرب، ووضعوه على السرير بعد أن أُغميَ عليه، وضعوه على السرير الرابع وعندما استيقظ ليلاً، صرخ بصوتٍ عالٍ...

- يا إلهي، أين أنا؟؟ النجدة أنا في جبلٍ ساعدوني رجاءً...

أيقظ مجدي جميع السجناء فغضبوا منه وقام الزعيم

- لتصمت أيها الغبي، لن نخلص من المجانين في هذا السجن؟ ألا يكفينا أن رجل الإنعاش، كان كل يوم يبكي بصوته العالي ويحرمنا من النوم، واليوم أنت؟!

- كان مجدي خائفاً فقال: حسنًا.. حسنًا، لقد تذكرت، أنا في السجن يا إلهي مسكين عبد الرحمن هل ضربتموه أيها العجوز؟!

- صرخ الزعيم أيها الغبي، أنا الزعيم لا تنسَ هذا، ثم من أين تعرف عبد الرحمن؟!

- إنه صديقي أيها الرئيس...

- قُلت الزعيم.

- حسنًا...حسنًا، الزعيم.

- ذلك الشاب كان أجمل منك، إنه شخص مسالم وليس مثلك كالمجنون،هيا نم ولا تسمعنا صوتك، الجميع يتمنون نوم هذه الليلة منذ سنوات؛ فذلك الرجل المزعج اليوم قد يكون يحتضر.

- ولما تكرهونه هكذا؟!

- نم، ولا تتدخل في أمور لا تخصك هل هذا مفهوم؟!

- حسنًا... حسنًا.

ظل مجدي إلى منتصف الليل وقام يصرخ - آوِ.. آوِ

- قام الزعيم مجددًا أيها المزعج ماذا هناك؟!

- جسمي كله يؤلمني.. أهكذا تستقبلون الضيف؟!

- أسكت وإلا زدناك ترحيبًا، و أحر من قبلهِ.

- لا..لا سأصمت...

- الهاتف يرن، مرحباً جهاد؟

- نهض جهاد من على السرير،عبد الرحمن من أين تتصل؟!

- من منزلي جهاد، أنا أحتاج إليك..

- ماذا حدث هل أفرجوا عنك؟!

- ليتَهم جعلوني أقعد هناك مدى عمري.

- عبد الرحمن ماذا حدث؟!

- غدًا الخميس، لتأتي إلى منزلي في الساعة العاشرة صباحًا، رجاءً.

- حسنًا، إن شاء الله...

ذهب جهاد في اليوم التالي لمنزل عبد الرحمن؛ فوجد عبد الرحمن في الحديقة وبحالة سيئة جداً...

- عبد الرحمن؟

- اهلًا جهاد اجلس..اجلس

قام مجدي في الصباح، فوجد السجناء يتناولون الإفطار نزل من السرير ويصرخ متألماً

- آهٍ من ذلك الضرب كله، وتأكلون الفطور دون أن تدعوني هذا ليس عدلًا، يا لكم من أوغاد.

- قام الزعيم غاضبًا أسمع أنت جديد، والجديد ليس له طعام لمدة ثلاثة أيام...

- وأين صدر هذا الحكم؟!

- في حين أتيت.

- والذين من قبلي؟!

- وجبه واحدة يحرمون منها.

- ولماذا أنا ثلاثة أيام؟! هذا لا يجوز وربي..سأشتكي لقائد الشرطة.

- أنت كثير الكلام سأضربك مرة أخرى، و سوف أقص لسانك؛ إن بقيت على هذا الحال.

- لا..لا..لا سأعود للنوم أفضل لي.

تمدد مجدي على السرير فأخذ الزعيم الغطاء وغطى مجدي نم على الأقل لن أسمع صوتك مجددًا...

عبد الرحمان: مجدي أخذ مكاني من السجن، أنا فعلًا مجرم، كيف سمحت لنفسي بالموافقة!

وأخذ عبد الرحمن يبكي

- قال جهاد بحماس: أستبقى تبكي هكذا! مجدي لم يضحِ بعد ...

- ألست مندهش لما فعله مجدي؟!

- مجدي إنسان عظيم، وأتوقع منه أكثر من ذلك.

- ومستقبله؟! ألا تتذكر أن الامتحانات ستبدأ من بعد الغد؟!

- أقترب جهاد ووضع يديه على كتفي عبد الرحمن

عبد الرحمان إذا كنت بريء فابحث عن دليل براءتك، وحينها بإمكانك أن تنقذه في يوم واحد.

- وإن لم أستطيع، فحازم إنسان حقير.

- حازم؟!

- جهاد، إني أشك بأن حازم هو من وضع لي المخدرات في المكتب.

- وما الذي يجعلك تشك فيه؟!

- هو الوحيد الذي دخل المكتب، ومن ثم هددني بأنه سيدمر مستقبلي.

- أنت متأكد عبد الرحمن؟!

- بل وكل التأكيد...جهاد أتذهب معي لزيارة مجدي؟!

- بكل تأكيد هيا..

- دخل الضابط إلى السجن..

- مجدي زيارة.

- أبعد مجدي الغطاء وفر راكضاً الوداع يا شباب،

- دخل مجدي المكتب - من؟! جهاد وعبد الرحمن

- كيف حالك مجدي؟!

- بخير جهاد وأنت؟!

- بخير.

أقترب مجدي من عبد الرحمن وكان مطأطأ رأسه، كيف حالك عبد الرحمن؟!

ظل عبد الرحمن صامتًا، فرفع مجدي وجه عبد الرحمن وقال: عبد الرحمن أنا لا أريدك أن تنزل وجهك للأرض، أريدك أن ترفعه دائماً وأبدًا.

ولكن مجدي!!

عبد الرحمن اتفقنا على أن تكمل دراستك بلا تفكير وكأن هذا الحدث لم يكن...

تدخل جهاد لا تقلق مجدي سنحضر الدليل من حازم وبأقرب وقت، وستحضر الامتحانات يوم السبت.

أنزعج مجدي وقال: جهاد وعبد الرحمن، لا أريدكما أن تكلما ذلك الحقير، أعلم أنه وراء هذا القضية، ولذلك لم أندهش عندما ذكرت اسمه، وأرجوكما أن تمتحنا بدون تفكير، وبعد الامتحانات سنحضر الدليل وبأقرب وقت.

أنا على كل حال، لن أكمل الجامعة، ولقد أخبرتك بذلك يا جهاد، وأنت تعرف السبب جيدًا لا داعي لكشف الأسرار...وأنت عبد الرحمن سأقولها لك لترتاح؛ أنا وإن أكملت هذه السنة فلن أنجح، وحتى وإن نجحت، فلن أستطيع أن أكمل باقي السنوات، هذه هي الحقيقة، اطمئن أنا في غاية الراحة وخاصة مع زعيم السجن؛ فهو قد رحب بي خير ترحيب.. تصور أنه يعطيني طعاماً أكثر من جميع السجناء، بالرغم أنني لم أجلس إلا يوم واحد، ولكنه فعلًا ظريف، و السجناء لو تعلم كم يحبونني ويعطوني الطعام أكثر من الزعيم، ربما كانوا معك سيئين ولكنهم فعلًا طيبين معي، أنا اليوم أشعر بالشبع،و لا أريد غداءً....

خرج الرجل الذي كان في الإنعاش فلقد تحسنت حالته ولكنه لم يزل بحالة يأس، فقد جاء وصعد لسرير مجدي وغطى نفسه ولم يكلم أحد، حتى أنه لم يدع له مكانًا يرى منه ضوءً؛ فهو مُغطي تماماً. فهل سيكتشف مجدي حكايته عندما يعود من الزيارة؟!!

الفصل الثامن والعشرون

عاد مجدي من الزيارة فوجد الرجل نائم على سريرهِ، فبدأ يصيح بصوت عالٍ...

- رائع والله هذا شيء، رائع جداً...تحرموني الطعام، والآن من فراشي أيضًا!

أنت أيها الأحمق، هلّا نزلت عن سريري هذا؟!

- قام الزعيم غاضبًا وقال: اخفض صوتك فالرجل قد خرج من الإنعاش الآن.

- صاح مجدي ألا يوجد في السجن غير هذا الرجل يا ناس؟؟ أريد أن أسمع صوتًا جميلاً غير صوته..

- غضب الزعيم من سخرية مجدي وأعطاه لكمة حتى أسقطه أرضًا.. أنت لا تعرف من تخاطب أيها الأحمق البليد، هيا انهض هيا، وأرني قوتك.

قام مجدي ومسح الدم من فمه، وتعارك مع الزعيم وضربه الزعيم مجددًا حتى أسقطه أرضًا، بالكاد كان يلتقط أنفاسه ونهض مجددًا، وكان وجهه يمتلئ بالدماء.. لماذا تستعمل القوة؟

القوه ليست كل شيء؛ فينقصك العقل أيضاً.غضب الزعيم مجددًا ولكمهُ وقال: ألم أقل لك احترم الآخرين يا هذا؟ سمع الضابط الشِجار، فدخل وأخذ مجدي مع الزعيم لقائد الشرطة...

- ماذا هناك أيها الضابط؟!

- سيدي،هذان السجينان كانا يتعاركان ومع هذا كله، هناك رجل جاء قبل قليل من غرفة الإنعاش...

- هل هذا صحيح أيها الزعيم؟!

تعاطف الزعيم وأنزل دمعتين سيدي هذا الشاب ليس بقلبه أي رحمة..

- نظر مجدي للزعيم فضحك سبحان الله، من أين جاءت لك هذه الرقة؟!

- هل رأيت سيدي مدى وقاحته؟! أنزعج قائد الشرطة من الزعيم

مجدي لماذا تتعارك مع من أكبر منك وأكثر منك قوة؟!

- سيدي بالله عليك، لتنظر أولاً كيف يعاملني، إنه يحرمني من الطعامِ أيضاً...

وماذا كنت تقول لزائرك قبل قليل؟!

- سكت مجدي فنهض قائد الشرطة من مكانه ودار حول مجدي..أنا لا أفهم،

لماذا فعلت هذا بنفسك؟! ما مصلحتك؟! هل تحب صديقك لهذه الدرجة حتى

تضحي بمستقبلك هكذا؟!

- قال مجدي بنبرات حزن عبد الرحمن على الأقل لديه محبين...لديه والديه وأصدقائه وخطيبته أما أنا فليس لدي أب ولا أم يبكون عليَّ أو أخسرهما.

- تأثر الزعيم مندهشًا بذلك وهل ستقضي السنوات وأنت لم ترتكب شيئًا؟!

- صاح مجدي عبد الرحمن بريء من ذلك!!

- عاد قائد الشرطة لحزمهِ وترك تعاطفهِ والآن ماذا أفعل بكما؟ على هذه الطريقة ستخرجان من هنا بوجهٍ مشوهٍ حتماً، وأنت يا زعيم ستهلكُ كل من يدخل السجنِ؟ ماذا أفعل بكما الآن؟!

- قال الزعيم متأثراً: سيدي بعدما عرفت هذا عن مجدي، وعد مني لن أمسه بأذى، ولا أجرحه حتى بلساني، إن ما فعله من أجل صديقه يستحق التقدير وكل الاحترام والتقدير؛ لقد بين لي معنى الصداقة الحقيقية، بحياتي لم أرى أوفى منك يا مجدي تعال في الأحضان يا رجل.

ابتسم مجدي وتصافح مع الزعيم وعادا إلى السجن.

اندهش جميع السجناء من منظر الزعيم مع مجدي، فلقد دخلا برفقة الزعيم

يا شباب،أنا وهذا الصديق العظيم سنكون كاليد الواحدة.

- قام أحد السجناء مندهشًا ولكن يا زعيم ما الذي حدث؟!

- لو تعلمون ماذا فعل هذا الشاب ببقائه هنا....

جهاد: إلى أين ستذهب الآن يا عبد الرحمن؟!

عبد الرحمن: إلى منزل حازم.

- وماذا قال مجدي؟! اسمع كلامه فلربما هو يرى الصواب.

- جهاد أنا لا أستطيع أن أرى مجدي يتدمر مستقبله أمام عيني وأبقى واقفاً.

- عبد الرحمن، بحُكمي أنني صديق لمجدي، فإني أقولها لك.. كان مجدي ومازال مصممًا على ألا يكمل الجامعة وهذه السنة بالذات، وقد ألحيت عليه أن يكملها، هذا قرار قرره منذ زمنٍ طويل، فكن عند حسن ظنه...

الزعيم: أنت حقًا صديق رائع عنتر.

انتهت أيام الامتحانات، نجح عبد الرحمن بتفوق فأخذ أعلى درجة في دفعتهِ، فكان من بعده دُريد ومن ثم جهاد و سلوى، أما حازم وأخته فقد نجحا كالعادة من غش وما إلى ذلك.....

ذهبت ملاك مع عبير لزيارة مجدي في السجن...فأدخلهما الضابط.

- مجدي زيارة.

- ومن الزائر حضرة الضابط؟!

- كانتا اثنتان، ذهبت واحدة وبقيت الأخرى، هل هي خطيبتك؟!

- أعوذ بالله منك، ادخلني بسرعة...

دخل مجدي فتفاجئ عندما رأى ملاك!

- مرحبًا مجدي، كيف حالك؟!

- أهذه أنتِ؟!

- هل أنت منزعج من زيارتي؟!

- نوعًا ما.

- ماذا؟!

- أقصد كثيرًا.

أخذت ملاك حقيبتها من الكرسي وكانت غاضبة من مجدي كثيرًا.

- أنا أخطأتُ حين أتيت إلى هنا حقاً.

- عفوًا آنسة ملاك، أنا لم أقصد أن أجرحكِ.

- ابتعد عن طريقي ابتعد...

خرجت ملاك وهي تبكي وما أن وصلت إلى السيارة حيث كانت تنتظرها عبير بداخلها، إلا وكادت أن تنفجر بكاءً..

- ملاك ماذا حدث؟! لماذا تبكي؟؟

- عبير أنا لن أعود إلى هنا مجددًا.

- لماذا؟؟ ماذا حدث؟

- لنعد إلى المنزل بسرعة، لطفاً.

- ملاك أنا لن أتحرك حتى أعرف لماذا خرجت بهذه السرعة، هل أزعجكِ مجدي؟!

- تصوري عبير قال بأنه منزعج من زيارتي.

- طبعًا وأنت أخذتِ نفسكِ ورحلتِ وأنتِ تبكين مسرعةً.

- وماذا تريدين مني أن أفعل؟!

- هل تحبينه ملاك؟!

- ماذا تقولين يا عبير؟ هل جننتُ حتى أحبه ذلك...؟! ولم تستطع أن تصفه بكلمة.

- هل رأيتِ حتى أنتِ لا تجدين ماذا تقولين فيه، لأنه إنسان يستحق التقدير.

- أنا لا أجد ما أقوله عنه؛ لأنه حقير.

- والذي يحبه أحقر منه سبحان الله، حقارتكما لائقة لبعض.

- عبير بلا سخرية، أوصليني إلى البيت هيا.

- حاضرة..حاضرة لا تصرخي يا جميلة، فليس لائق بك الصوت العالي..

- عبيـر!

- حسنًا..حسنًا.

لم يجد عبد الرحمن مخرج لمجدي، فقرر أن يخرج مجدي، ويعود هو حيث مكانه في السجن..

فخرج مجدي، وكان الجميع يبكون عليه؛ فلقد نسوا أنهم بسجن وكان يضحكهم كثيرًا..

- ماذا هناك يا شباب؟ لماذا تبكون؟ هل نسيتم أنه بقى لدينا سنتان؛ لنتعارف على بعض أكثر؟ سوف أعود حين تنتهي العطلة ولا تقلقوا، واعتنوا جيداً بأبي، حسناً؟؟

ولا أوصيكم أريدُ أن تعتنوا بصديقي جيدًا، لا تحرموه من الطعام كما حرمتموني أول مرة، فهذه المرة الثانية لهو، واقترب مجدي من والده، فحضنه وقال: أبي لن أتأخر عليك، سأبحث عن خالي سالم وسنخرجك بأقرب فرصة حسناً؟

سترى ذلك أعدك. والآن لقد تأخرت، أريد منك أن تحدث عبد الرحمن وأخبره بأنك والدي وطمأنهُ بأنه لم يظلمني أبداً، وداعًا أبي.

خرج مجدي ودخل عبد الرحمن مكانه.

الفصل التاسع والعشرون

ذهب مجدي لمنزل جهاد، ففتحتْ له ملاك.

- اهذا أنتَ؟؟

- تريدين أن ترديها لي أليس كذلك؟ أنصحكِ ألا تفعلي، فالذي أمامك لديه قلب كالحجر ففعلي ما تشائين؛ فلن يتأثر.

- لا يهمني، على العموم سوف أخبر جهاد بعودتك..

- نزل جهاد مجدي هل خرجت؟؟

- جهاد أحضرت لك مفاجأة لن تتوقعها تعال لمنزلي هيا بسرعة..

ذهب جهاد مع مجدي لمنزلهِ فأعطاه صندوق كبير!

- أهذه مفاجأتك يا مجدي؟

- جهاد افتحي هذا الصندوق.

- فتحت جهاد الصندوق فذهلتْ لِما رأته ما هذا يا مجدي؟!

- هذه الفساتين ستبدو عليك جميلة جدًا، بالمناسبة جهاد هذه المساحيق ستغير وجهك بالكامل، وهذه أيضًا ما رأيكِ به؟

إنه شعر أشقر مستعار أو دعيني أقول لكِ هذا هو الشعر الأسود يبدو أجمل.

- مجدي ماذا تنوي أن تفعل، إلى أين يقودك جنونك؟

- إلى قبر امكِ

- نهضت جهاد عن أرض قبر أمي!

- جهاد سوف تذهبين إلى رشا وحمدي، وهناك سترين ندى خالة دُريد، ستدلكِ على قبر صديقتها التي هي والدتك، وعلى الأقل يرتاح قلبها وقلب زوجها عندما يروكِ.

- مجدي أفكارك تدهشني، ولكنها ليست ناجحة تماماً...

- ولماذا؟

- لأن ندى ستعرف صوتي، ثم إن صوتي ليس كصوت الفتيات الرقيقات.

- جهاد أنت رقيقة جدًا، ولكنكِ لا تدركين ذلك، ثم قولي لي من أين ستعرفك وأنتِ بتلك الصورة الجديدة شعر أسود لأسفل الكتف، فستان طويل، بعض مساحيق من مكياج على الوجه، وأحمر شفاه، وفوق هذا كله فرحة حمدي ورشا برجوعك إليهما...

- لا أظن بأني سأبدو مختلفة عما أنا فيه الآن.

- جهاد، اذهبي لأمك الآن وأعلميها بأنكِ ستذهبين في رحلة قد تطول لبعض أيام، وبعد أن تأتي سأقول لكِ شيئًا يسعدك جداً مني، هيا لا تتأخري.

- أمي أرجوكِ، إنها مجرد رحلة لبعض الأيام فقط، أرجوكِ وافقي..

- ولكن..

- أمي أرجوكِ..

- هل ستذهب مع دُريد؟

- لا مع غياث ووالديه.

جهاد ولكن..

- أمي سأعود بسرعة فائقة، أعدك بذلك حسنًا....وداعًا.

- جهاد أين الملابس؟

- أمي لقد نسيتها.

جهزت أم جهاد حقيبة ملابس صغيرة لجهاد كان بحتاج لذلك..

- بُني أريد أن تكون أنيق جدًا، هيا ولا تتأخر أسبوع فقط.

عادت جهاد لمنزل مجدي فوضعت شنطة الملابس في منزله.

- جهاد خذي هذه.

- ما هذا؟

- فساتين وشعر مستعار مستعار الأهم بدلة اليوم الأول، هيا ادخلي وغيري هذه الملابس في الغرفة.دخلت جهاد الغرفة وتأخرت لأكثر من نصف ساعة..

- جهاد لقد مللتُ الانتظار، كل هذا لتغيير ملابسك فقط؟!

خرجت جهاد وقد ذُهل بجمالها مجدي.

يا إلهي، حقًا أنتِ مختلفة جداً، لو لم تخرجي أمامي لما صدقت أنكِ جهاد.

- مجدي لا تبالغ..

- اقترب مجدي من جهاد وقال: أنتِ حقًا جميلة! جميلة جدًا جدًا! لا أصدق ما أراه وما هذه الألوان الجميلة على وجهك، أنتِ مختلفة حقاً، والمهم الآن، أن اسمكِ حنان.

- مجدي ولماذا أغير اسمي؟

- أخبري حمدي ورشا و أن والديك قد غيرا اسمك، وليس في الأمر شيء، وسترين كيف سينسيان اسم جهاد.

- مجدي ما غرضك من تغيير اسمي؟ أتريد المشهد على مزاجك؟!

- جهاد أريدك أن تنسي حياة الشاب الهادئ الوسيم، فقط حنان هي بطلة المشهد.

سكت مجدي مبتسم و أوهم جهاد أن هذا هو السبب ولكن الحقيقة أن هذا ليس هو الغرض الأساسي...

جهاد هل أعلمتِ والديك؟!

- ليست المشكلة عند والدي ، المشكلة هي أنني ماذا سأقول لدريد!

- لا عليكِ دُريد مشغول سيسافر لبيروت،وعليكِ أن تكلميه من القاهرة وكأنكِ لم تسافري أبدًا.

- مجدي من قال لك أن دُريد سيسافر بيروت؟

- لم يعلمني بذلك!

- حسنًا الطائرة ستقلع بعد قليل، و كل شيء محجوز للسفر، خذي الملابس التي أعطيتك إياها وارحلي.أخذت جهاد الملابس وقبل أن ترحل نظرت لمجدي، وقالت:

-جهاد، قصد حنان، حظًا موفقًا، أنا متأكد بأنكِ ستقضيها وكأنها أكثر من أسبوعين.

وصلت جهاد لمنزل حمدي ورشا، فتحتْ لها رشا الباب وظلتْ تنظر إليها ولم تعرفها.

- أمي رشا، ألم تعرفيني؟ أنا جهاد!

- لا..لا يمكن هذا مستحيل!

- هذا صحيح انظري إليَّ، أخرجت جهاد السلسلة من حقيبة يدها وقالت:

هذه هي السلسلة التي أعطاكِ إياها والدي...

حضنتْ رشا جهاد وهي تبكي، أما حمدي فقد عرفها من أول نظرة، كانتْ رشا لا تصدق ما تراه عيناها، فقضت الليلة مع جهاد في غرفتها.

- حقاً ما زالتْ غرفتي كما كانت!!

- وستظل كذلك جهاد.

- لم يعد اسمي جهاد، ناداني حنان.

- حنان! لماذا؟

- أمي، هكذا ينادونني في الجامعة، انسي اسم جهاد للأبد.

- حسنًا حنان، اتصلتْ رشا بندى خالة دُريد؛ لتعلمها أن جهاد قد عادت، وغيرت اسمها لحنان..فجاءت مع زوجها الدكتور خالد، كانت ندى تُشبه جهاد قليلًا، ذاك الشاب الذي رأته (أي: صديق دريد) فارتبكت جهاد.

ابنتكِ جميلة جدًا يا رشا، ماذا عنك يا حنان هل ستقضي طَول العطلة هنا؟

- لا..لا أعلم بعد.

- اقتربت رشا من جهاد وقالت: ألقي التحية على الدكتور خالد يا حنان.

سلمت حنان على الدكتور خالد وقال: ما زلتِ تشبهين والدك كثيرًا رغم مساحيق التجميل هذه!

- كانت جهاد قريبة من ندى فنظرت إليها ندى فسألت ندى قائلة: ألم نلتقي قبل هذه المرة حنان؟!

- أين؟ لا أعلم، ولكن أشعر بأني قد قابلتكِ يوماً.

- قام خالد يضحك وقال:

ندى، أين يمكن أن تكوني قابلتها؟ وآخر مرة رأيتها منذ أكثر من عشرين عامًا أو أكثر، إنها تمامًا مثل توفيق طولاً وشبهاً.(أخرج خالد جهاد من المأزق الذي كانت ستقع به، ومن ثم صعدت جهاد للنوم، فلم تطمئن لهذه الحادثة؛فاتصلت بمجدي...)

- مرحباً، مجدي.

- جهاد، ماذا هناك؟!

- أنا فعلًا لم أطمئن لخطتك هذه، هل نسيت أنني تقابلتُ مع ندى في المطعم؟!

- من ندى؟! توقظينني من النوم من أجل هذه ندى، من هي أصلاً؟!

- مجدي، استيقظ أرجوك، ومن ندى برأيك؟ ندى خالة دريد!!(جلس مجدي وأبعد الغطاء عنه).

هذا صحيح، كيف غاب عن بالي هذا؟ على العموم المشهد لم يكتمل بعد، سترين مفاجأة كبيرة جدًا.

- مجدي، آهٍ من مفاجأتك هذه...

- حسنًا.. حسنًا دعيني أُكمل نومي وداعاً.

اتصلت جهاد بدريد بالوقت نفسه..

- مرحبا جهاد؟!

- أهلاً، الحمد لله على سلامتك هل وصلت؟

- إلى أين؟ جهاد؟ ماذا هناك؟!

- ألستَ ببيروت؟

- من قال لكِ هذا؟ مجدي.

- يا لهذا المشاكس! أنا لم أسافر، ولماذا سأسافر؟ هذا صحيح، أنا آسف.

أين أنت الآن، هل أنت نائم؟!

دريد أنا مسافر مع غياث ووالديه، نحن في منزل خالته..

ولمْ تخبرني؟! ظننتك ببيروت.

ومتى ستعود؟! لا أعلم، عودتي تعتمد على قرار غياث.

حسنًا، اتصل بي دوماً. حسنًا، وأنت أيضًا دريد..

في اليوم التالي ذهب دُريد لمنزل مجدي..

- أهلًا وسهلًا بدريد.

- مجدي لماذا كذبت على جهاد وقلت بأنني مسافر؟

- ماذا؟ وما أدراك بذلك؟! لقد أخبرني جهاد بأنه سيكذب عليك؛ لذلك كذبتُ عليه لأغيظه.

- ولماذا يفعل ذلك؟

- لا أعلم دريد، لابدّ أن تسافر وتغلق هاتفك ولا تكلمه أبدًا.

- مجدي ماذا تقول! إلى أين أسافر؟؟

- إلى القاهرة عند خالتك ندى، لِمَ لا، وبهذه الطريقة ستنتقم من جهاد شر الانتقام.

صدّق دريد كلام مجدي،وسافر إلى القاهرة. وهكذا حقق مجدي غرضه الحقيقي في سفر جهاد إلى القاهرة، فكان يضحك بخبث لأول مرة.

أعرف بأنني أصبحتُ كالشيطان، أوسوس في عقول الناس وتصدقني" يا ويلك يا مجدي من جهاد"، وماذا ستفعل بك حقاً؟!

الفصل الثلاثون

- مرحبًا خالتي.

- من دريد؟! أهلًا بك حبيبي تفضل تفضل.

- هل أزعجتك بهذه الزيارة خاله ندى؟!

- لا أبدًا، فقد كنتُ متوقعة حضورك، هيا أدخل فالغداء جاهز.

- أين فريد؟!

- إنه في رحلة مع اصدقائه.

تناول دريد الغداء، وخرج مع الدكتور خالد ليرى المناظر جميلة في القاهرة، ومن ثم عاد في الساعة السابعة مساءً فوجد أن ندى تحضر الملابس في الحقائب كما طُلب منها.

-قالت ندى: إلى أين سترحل؟! قال خالد: هل نسيتِ أم ماذا؟

- نحن في رحلة مع حمدي ورشا و ابنتهما حنان، وسننتقل قريباً لمكان آخر.

- اوه حقًا، لقد نسيت..

- وأنت دريد لقد جئت للمتعة والتسلية، فنحن ذاهبون لأجمل مكان رأته عيني منذ طفولتي.

- إلى أين خالتي؟!

- إلى بلدي، هي قرية صغيرة،ولكنها تحتوي على أجمل ذكرياتنا.

- قرية؟!

- نعم دريد، إنه طلب حنان؛ لترى قبر والدتها.

- ألم تقولي أنها مع والديها؟!

يا إنها حكاية طويلة، سأحيكها لك عندما نصل...

اقترح الدكتور خالد بأن تكون الرحلة في سيارته، وفي صباح اليوم التالي، ذهب حمدي مع رشا وجهاد لمنزل الدكتور خالد (بالتاكسي)، ففتحت لهم ندى وأدخلتهم الصالة؛ فصعدتْ لتنادي دريد؛ لتعرفه على عائلة حمدي.

نزل دريد من الدرج مسرعًا،وعندما رأى جهاد توقف مندهشا.نهضت جهاد من الكرسي مرعوبة عندما رأته؛ فهي خائفة منه ومن أن يعرفها.

- نزلت ندى،فأخذت بيد دريد وأنزلته أعرفكم هذا دريد ابن أختي، وهو تقريبًا بنفس عمر فريد أو أقل، فهو بعمر حنان بالضبط، أي أنهم الإثنين بعمرواحد.

تعال دريد..هذا الدكتور حمدي، وهو دكتور طب أطفال.

- مرحباً، تشرفتُ بمعرفتك دكتور.

- مشت ندى مع دريد،وهذه رشا مربية أطفال.

- تشرفتُ بمعرفتك سيدتي.

- توقف دريد ينظر إلى جهاد وهذه ابنتهم الآنسة حنان.

صافح دريد جهاد كان ينظر إلى وجهها كثيرًا، أما جهاد فكانت خائفة جدًا.

- ألم نتقابل من قبل يا آنسة؟!

- ضحكت ندى، وأنا مثلك دريد ظننتُ أني أعرفها عندما نظرتُ في وجهها؛ شعرت بأنني أعرفها جيدًا.

- تدخل الدكتور خالد هيا هل نسيتم أن الوقت يسبقنا؟(ركب الدكتور خالد بالمقدمة وكان دريد هو السائق وركبت ندى وجهاد ورشا بالوسط، أما حمدي فلقد ركب في آخر السيارة مع الحقائب، فوصلوا لمنزل توفيق والد جهاد).

وصلتْ جهاد إلى باب المنزل فمسحت اللافتة التي قد امتلأت بغبار، فإذا هو مكتوب عليه، منزل توفيق السيد فتحتْ ندى الباب فدخلتْ جهاد أولاً؛ كانت تنظر إلى صور والدها بالصالة ثم دخلت ندى.

- حنان هل تبكي حبيبتي؟!

- هل هذا البيت هو منزل والدي فعلًا؟!

- أليست هذه صورته أم ماذا حنان؟! على العموم هذا الباب مجاورٌ لمنزل والدتكِ هيا لندخله. فتحتُ ندى لجهاد منزل والدتها، وكان المنزل لا يخلو من صورها منذ أن كانت في الشهور الأولى من عمرها. أخذت جهاد صورة أمها من الحائط وجلست تبكي بحرقة.

- أمي الحبيبة أخذت ندى تُهدئ من روعها حنان سيحضرون الآن لأخذنا؛ لا أريد من رشا أن تراكِ بهذه الحالة أرجوكِ، هيا انهضي فإن الأرض ممتلئة بالتراب، هيا نهضتْ جهاد من الارض وما لبثت أن تأخذ أنفاسها حتى وصلوا لأخذها. فنزل الدكتور خالد ماذا هناك يا ندى هل ستظلان بوسط هذا الغبار؟ هيا بسرعة وضعتْ ندى الصورة من يد جهاد من غير رضاها، ومسحت لها دموعها، ثم خرجا إلى إحدى الحدائق القريبة..قامت جهاد من طاولة الغذاء لتنظر على ما حولها، فلحق بها دريد.

- آنسة حنان، لم تأكلي شيئًا!!

- شكرًا لك دريد، ولكني لستُ جائعة فعلًا. لماذا تنظر إليَّ هكذا؟!

-أعتذر؛ ولكنكِ تشبهين أحد أصدقائي كثيرًا.

- وهل أنا قبيحة لهذه الدرجة لتشبهني برجل؟!

- لا أنتِ لا تعلمين مدى وسامة صديقي، فهو وسيم جدًا.رن هاتفه فأخرجه من جيبه

- مرحباً؟ - ماذا دريد هل نسيتني؟!

-مرحبًا مجدي. فتحت جهاد عيناها

- أخبرني، هل أنت سعيد بهذه الرحلة؟!

- تعلم جيدًا لولاك مجدي ما أنا هنا، أنت زرعت الفكرة برأسي وألححت عليَّ بأن أسافر (غضبتْ جهاد كثيرًا عندما سمعت دريد يُكلم مجدي، عرفت أن مجدي وراء سفر دريد فقالت في نفسها): إذًا مجدي هو وراء سفر دريد، أقسم يا مجدي أنني لن أسامحك على هذا المقلب، سترى كيف سيكون حسابك عسيرًا.أشكو إليك بأنه سينكشف أمري؛ بسبب خالة دريد، فأرسل لي دريد مرة واحدة! توقفت جهاد عن الكلام فوجدت دريد يصرخ على مجدي قائلا: ماذا جهاد سافر؟!

إذًا مجدي، كذبت عليَّ و جعلتني أسافر وتقول الآن أنه سافر أيضاً!! أنت حقاً سخيف! أغلق دريد الهاتف غضبان من مجدي لمقلبه، فكلمت جهاد نفسها..

وأيضًا كذبت عليه بأنني لستُ مسافرة..سترى مجدي سترى..

- ماذا هناك يا آنسة حنان، إلى أين شرد تفكيرك؟

- لا أبدًا، هل هو صديقك أم أخاك؟

- لا هذا صديقي، عن إذنك سوف أتصل بصديقي جهاد.خافتْ جهاد أن يرن هاتفها من الحقيبة فينكشف أمرها أمام دريد؛ فاخترعت حجة تنقذها حسنًا أتصل به هنا، وأنا سأذهب لأتصل بصديقتي من باب الحديقة.

- حسنًا، عودي إلى هنا بعد الانتهاء.وصلت جهاد لباب الحديقة فرن الهاتف مباشرة..

- مرحباً جهاد، أين أنت؟

- تسألني دريد أين أنا..أنا مسافر وأنت؟!

- صدقني جهاد، هذا مجدي لعب بعقلي.

- على الأقل اتصل بي، أخبرني بأنك مسافر إلى القاهرة.

- جهاد، لا تصرخ هكذا فقد قال لي مجدي بأنك لست مسافراً.

- ولماذا لم تتصل بي؟!

- حسنًا جهاد، إذا ظللت تكلمني بهذه الطريقة فسأغلق، قلتُ أتصلُ بك لأعتذر منك؛ وأنت تعاملني هكذا!!

- أنا آسف دريد..سأتصل بك في الليل إن شاء الله.

- إن شاء الله، سأكون بانتظارك.تأخرت جهاد قليلًا؛ كي لا يشك دريد ومن ثم عادت للمكان الذي هو فيه.

- ماذا دريد أراك غاضبًا لماذا؟! هل أزعجك صديقك؟!

- لا..فهو حتى وإن أزعجني فأنا لا أغضب منه مطلقًا، بالطبع هو الآن غاضب مني، أنا حقاً لا أستطيع أن استمتع بوقتي وهو غاضب مني، سوف أعود غدًا قبل أن يعود هو...

- يا دريد، لماذا أنت منزعج لهذه الدرجة، عش حياتك يا رجل، وما ملامح الانزعاج هذه؟ ماذا حصل للدنيا؟! أرجوكِ آنسة حنان، أنتِ لا تعلمين مكانته في قلبي، كنتُ أصارع المرض من أجله.

- لهذه الدرجة؟!

-أنزل دريد رأسه للأرض وقال بنبرة حزن: لم أكن حزينًا؛حتى وإن فارقت الحياة، فالموت سيأتي مهما طال الوقت، لكني كنتُ حزين لأني سأفارق جهاد بهذه السهولة والسرعة!! أنتِ لا تعلمين كم عانيتُ حتى أرى صديقي فقط.

- أنا أسفة دريد.

- لا أبدًا.

- هل يحبك كما تحبه؟!

- لا يهمني، المهم هو أني لن أتخلى عنه أبدًا حتى أموت.

- أنت لا تعرف ما إن كان يحبك حقاً، وأنت تحبه لهذه الدرجة؟!

- وأكثر مما تتخيلين، بالمناسبة علمتُ من خالتي أنكِ في نفس البلد التي أقيم فيها.

- آه نعم..أنا أدرس علوم قرآن، وبعد سنة سأتخرج إن شاء الله.هل سنلتقي هناك؟!

- ماذا؟! هل يزعجك هذا؟!

- لا أبدًا، ولكن أراكَ مستعجلًا على العودة.

- يجب أن أعود فموعد عودتي إلى المستشفى قريب.

- ألا يمكنك تأجلها إلى وقت أخر؟!

- إن أجلته فستسوء حالتي!

- خافت جهاد ماذا تعني دريد؟!

- آنسة حنان، أنا مصاب بمرض خطير، ويقول الدكتور إن لم أستمر بالعلاج فلن أُشفى منه أبدًا، أنا أعيش هذه الأيام باحتمالات عدم الشفاء منه.

بكت جهاد فجأة.. آنسة حنان لماذا تبكي؟!

كانت جهاد تنظر إلى عيني دريد وتكلم نفسها، و كان دريد ينظر إليها بغرابة و يود لو يقرأ ما في عينيها.لماذا كذبت عليَّ دريد؟! لماذا قلتَ لي بأنك قد شُفيت منه تمامًا، ولم تعد تتعاطى العلاج..لماذا كذبتَ عليَّ بأنه ليس لديك جلسات كيميائية؟! أنت حقًا خائن. آنسة حنان ماذا هناك؟!

صرخت جهاد ابتعد عن طريقي جرت جهاد ولحق بها دريد.

- آنسة حنان ماذا هناك؟! ماذا بكِ؟ هل أزعجتك بشيء؟!

- دريد دعني وشأني أرجوك..جرت جهاد للطاولة التي عليها حمدي ورشا والدكتور خالد وندى وعادت إليهم وهي تبكي، فقامت رشا وسألتها:

- حنان ماذا بكِ ابنتي؟

- ماما أريد أن أعرف أين قبر أمي. ماذا؟

- سيدة ندى، أرجوكِ قولي لي أين هو؟

- قامت ندى: حنان، تبدين متوترة، ما رأيك بتأجيلها إلى الغد؟ فالشمس بدأت بالغروب.وصل دريد بعد جهاد، فكان ينظر إليهم ويتساءل ماذا هناك وماذا يجري، كانت ندى لا تريد من جهاد أن تذهب إلى المقبرة، على عكس جهاد المصرة على الذهاب.

- أرجوكِ أين هي أخبريني هيا، أين يقع قبر أمي في أي مقبرة؟؟

- إنها في الموقع كذا...وكذا.

- سوف أذهب.

- خاطبت ندى حنان قائلة: حنان أنتِ لا تعرفين هذه المنطقة جيداً.

- لا يهم سوف أسأل وأجدها جرت جهاد مسرعةً، فأرسلت ندى دريد خلفها وقالت له: اتبعها أنتَ تعرف أين هي المقبرة.

- نعم خالتي، حيث يوجد قبر جدي وجدتي.

- حسنًا،اسرع. لحق دريد بجهاد، وإذا هي تقوم بالتأشير لسيارة الأجرة.

- انتظري آنسة حنان.اتركني وشأني أنت، ماذا تريد مني؟!

- آنسة حنان، سأذهب معكِ؛ فالمسافة طويلة جدًا.

- أريد أن أذهب وحدي، فانصرف عني رجاءً.

- لا سأذهب معكِ هيا ادخلي أمسك دريد يد جهاد وأدخلها السيارة وذهبوا...

- كانت رشا تبكي وندى تُخفف عنها..

- لم أصدق بأنها عادت والآن رحلت.

- رشا، لا تخافي دريد معها، إنه يعرف المكان جيدًا؛ فهناك قبر أبي وهو دائمًا يذهب مع أمه لزيارة جده وجدته. ولكن ندى..

- لا تقلقي..يجب ألا تقيديها هكذا، ستعود مجددًا لوالديها التي تعيش معهما..

وصلت جهاد المقبرة في الساعة التاسعة مساءً، فدخلت من البوابة الكبيرة وجرت مسرعةً وبعشوائية؛ حتى فقدها دريد تمامًا، بحث عنها بين القبور، فوجدها أخيرًا تمسح برقةً على قبر والدتها، وكانت تنهمر دموع على وجنتيها..

-أمي لماذا تركتني لماذا؟ كم حلمتُ بأني سأراكِ مجدداً حتى ولو من بعيد..لماذا مُتِ لماذا؟ لِماذا لم تدعيني أموت وأرتاح أيضاً من هذه الدنيا، لماذا؟

وأجهشت جهاد بالبكاء فوق القبر، جلس دريد على الأرض بجانبها.

-- آنسة جهاد أرجوكِ، البكاء لا يرجع من مات، ثم أن البكاء يعذب الميت هيا بنا نعود.

-- صرخت جهاد في وجهه ارجع أنتَ، ثم من طلب منك أن تأتي معي؟! دعني وشأني أنا لا أطيق رؤيتك.

-- قام دريد غاضباً وقال: وماذا فعلتُ حتى تصرخين في وجهي هكذا! ماذا يحدث لكِ أنتِ غريبة فعلًا.

- انفجرت جهاد تبكي..ما يحدث لي أن كل من أحبهم يفارقونني..أمي ماتت وأبي لا أدري عنه شيئاً بل وأكثر الاحتمالات تقول بأنه قد مات وسأفقد أغلى إنسان على قلبي أيضاً.

- اهدائي آنسة حنان هكذا هي الحياة تُفقدنا أحب الناس على قلوبنا.

- اذهب دريد، أنا لن أرجع حتى الصباح، عُد أنت..

- آنسة حنان، هذا لا يجوز هيا بنا.

كانت جهاد تصرخ وتبكي أيضاً قُلت لكَ دعني وشأني أرجوك، لا تزد من أحزاني، فأنت لا تقدر شعور أحد، أنت أناني دريد؛ تهتم لنفسك فقط، تعيش حياتك ولا تقدر شعور من بجانبك.

- آنسة حنان، وماذا فعلتُ حتى تنقلبي عليَّ فجأة وفي هذا المكان!!

- جلست جهاد تبكي فوق القبر إلى أن وصلت رشا..ابنتي،نظرت جهاد إلى رشا وركضت إلى حضنها تبكي وتقول: ماما رشا...

- هيا بنا لنعد إلى المنزل، هيا سنعود بلدتنا قريباً.

- ماما رشا أريد أن أمكث في بيت والدتي أرجوكِ...

مكثت جهاد مع حمدي ورشا في منزل والدتها بعد تنظيفه من الغبار..أما ندى وخالد مع دريد في منزل والدها، في الليل أتصل دريد بجهاد فردت عليه بعد أن دخلتْ إلى الغرفة لوحدها.

- أهلًا دريد.

- كيف حالك جهاد؟!

- بخير وأنت؟

- بخير، يبدو أن صوتك متعبًا قليلًا.

- لا أبدًا؛ ولكن حلقي يؤلمني بعض الشيء، متى ستعود؟!

- إن شاء الله بعد أسبوعين.

- ولماذا أسبوعين؟!

- هناك مشاوير أقوم بها.

- وأهمها المستشفى أليس كذلك؟! ماذا...

- غير جهاد الموضوع دريد لقد سمعتْ أن خالتك ندى مريضة، وأنك ستذهب معها إلى المستشفى.

- أوه، نعم هذا صحيح.

صمت جهاد وقال في نفسه: لماذا تكذب دريد؟ لماذا؟!

- جهاد أين ذهبتِ؟! لا أبدًا أفكر في كلامك.

- أليس هناك أخبار عن عبد الرحمن؟!

- ليس هناك جديد عن عبد الرحمن، إنه في السجن حتى هذا الوقت، نسيته أم ماذا؟

ظهرت بحة في صوت جهاد، ويبدو من صوته علامات تعبٍ وبكاءٍ شديد.

- جهاد هل أنت بخير؟

- لا عليك، دريد المهم أن تكون بخير.

- حسنًا،يبدو أنني أتعبتك بالكلام، سأتصل بك لاحقًا.

- سأتصل بك أنا دريد، انتظرني.

مرت أيام متتالية وبسرعة، وظلت جهاد تقابل دريد على أنها حنان وسافر الجميع إلى بلدتهم، كان دريد يجهز نفسه للرحيل مع جهاد.

- ماما رشا لابد أن أعود، لقد تأخرت على والديَّ، أرجوكِ لا تبكي.

- حنان، لا أصدق بأني استعدتك والآن تذهبين!!

- ماما رشا، سوف أعود بكل عطله سأقضيها معكِ، ألا ترين عائلتي دائمة الاتصال بي.

- ولكن حنان إنهما أسبوعين فقط.

- وهي عندهم كالعامين، هيا ماما رشا امسحي دموعكِ..لا أريدها قبل أن أرحل، ابتسمت رشا فاحتضنت جهاد وودعتها، فودعت حمدي أيضًا، وجاء دريد للرحيل..

- هيا حنان ألم تجهزي بعد؟!

- لا دريد أنا جاهزة هذه حقيبتي.

- سأحملها عنكِ.

- لا دريد شكرًا، سأحملها أنا.

اقتربت رشا من دريد لولاك لما كنتُ مطمئنةً على ابنتي، أنا سعيدة جدًا بأنكما ستكونان معًا طوال الرحلة، أرجوك دريد اعتني بها إلى أن تصل بلدتها...

- لا عليكِ سيدتي..حنان ستكون بخير وستتصل بكم دومًا، أليس كذلك حنان؟!

- نعم أمي، هيا كفي عن قلقلك..استودعتكِ الله أنتِ وأبي. مضت جهاد خطوات فنادتها أمها..

- حنان!! التفتت جهاد: ماذا ماما؟!

- لا إله إلا الله.

- محمد رسول الله.

الفصل الحادي والثلاثون

توقف القطار فنزل دريد مع جهاد

- حنان هل سنلتقي مجددًا؟!

- بكل تأكيد دريد سآتي يومًا؛ لتعرفني على صديقك جهاد.

- هذا أكيد فسبحان الله، أنتِ تشبهينهُ كما لو كنتِ أخته، وأيضًا قصتكِ تشبه قصته كثيراً، أتمنى أن يجد والديه كما حدث لك.

- دريد..دريد الوقت قصير..وصديقك هذا يحتاج سنين للحديث عنه، حسنًا سأخبرك بإذن الله، وحينها يكون صديقك هذا قد عاد من رحلته كما قال لك، و يبدو أنه سيطول بها وليس مثلك أسبوعين فقط.

- حسنًا، إلى اللقاء.

- إلى اللقاء.

صافح دريد جهاد وتفرقا كل من طريق، رغم أن طريقهما واحد، فكل ذلك تخطيط من جهاد؛ كي لا يعرف دريد بأمرها، ولكنها تذكرت غضبها على مجدي، فذهبت إليه و كانت تدق الباب بقوة كبيرة..

- حاضر...يا من تدق الباب رفقًا به، ستكسره.

- مَن جهاد! متى عدتي؟!

- نظرت جهاد لمجدي نظرة جارحة، كان مجدي خائفًا جدًا منها..

- جهاد ماذا فعلتُ حتى تغضبي مني هكذا، ادخلي قبل أن يراكِ أحد.

- هيا اخرج مجدي أريدُ أن أبدل ملابسي هيا....

أخرجتْ جهادُ مجدي و أغلقت الباب على نفسها..

- جهاد، افتحي الباب هيا.

فتحتْ جهاد الباب وقد غيرت ملابسها، فلقد عادت جهاد الشاب الذي يعرفه الجميع. بعد أن غسلت وجهها وفتحت له والدموع في عينها.

- جهاد لماذا تبكي؟ إن ما فعلتهُ يا مجدي،لن أسامحك عليه مطلقًا.

- جهاد ماذا فعلتُ أخبريني؟ ألم تكن أيام سعيدة مع دريد والآخرين؟!

- أنتِ أحمق مجدي، كيف تجعل دريد يسافر حيث كنت أنا؟

جهاد قولي كما تشائين، ولكن لتعلمي جيدًا بأن الذي فعلته شيئًا يهون على دريد صدمة حقيقتك، ولأريكِ مدى سعادتكِ بحياتكِ كفتاة تلبسين كما شئتِ، حتى الصلاة تصلينها بكل طمأنينة..

صرخت جهاد في وجه مجدي إنّ ما فعلته هو تحطيمي فقط، جعلتني أكره الحياة أكثر مما كنت عليه، إن ما فعلتَهُ هو إضعافي وليس تقويتي.

جهاد، لا تكوني هكذا رجاءً، حقاً أنا آسف. ماذا يفيد أسفك الآن؟

جهاد فلتعلمي أنني كُنتُ مدينًا لكِ، فحاولتُ أن أسعدكِ فقط، دريد عندما يعرف أنكِ حنان لن يكرهكِ ولن يحتقركِ كما تظنين.

أتظن هذا مجدي؟! إن جعلته يحبكِ ويتمسك بكِ.

لا..لا..لا..أنا لا أحلم بهذا مطلقًا، حتى دريد ليس لديه هذا التفكير، كان يتحدث طوال الوقت عن جهاد وجهاد ... لم يتحدث عن أي فتاة، كل تفكيره بجهاد ومستقبله، أخاف عليه من الحقيقة حقاً.

- كفى بكاءً جهاد، لديَّ خبر يهمك، ولن أقوله حتى أحضر لكِ المفاجأة إلى هنا.

- مفاجأة ماذا؟! سَتُسرك كثيرًا...انتظري حين عودتي من السجن.

ماذا؟! مجدي هل تنوي العودة إلى السجن مجددًا...ومستقبلك؟ ومن ثم فإن عبد الرحمن قد أفسد عليك هذا ... كم سنتحدث عن هذا الموضوع جهاد يكفي، ثم انظر إلى نفسك أيها الصديق الحنون، أنت لا تفعل شيئًا، يجب أن تبحث عن أدلة تثبت بها براءة عبد الرحمن.

غضب قائد الشرطة من مجدي وعبد الرحمن وقال أنهما يتلاعبان بالقضية، وأقسم ألا يفرج عن مجدي هذه المرة أبداً إلا بدليل يثبت براءته. فخرج عبد الرحمن وظل مجدي في السجن والتحق بالتسجيل في بداية السنة الثالثة، مرَّ عبد الرحمن بحازم فكان يضحك عليه وهو داخل السيارة، فتعدى طريقه لإخافته، ثم أوقف السيارة وخرج ليكلمه ...

- يا لكَ من جبان يا عبد الرحمن. أتريدُ أن تقتلني أم ماذا؟!

- لا لقد قتلتك منذ زمن، ماذا تقصد ألا تراني حيًا أم أنك خرفتَ.

- أنت حي، ولكن قلبك يقترب أن يموت حسرة على مجدي.

- وما علاقتك في هذا، أيها الحقير؟

- لم أكن أريد أن يدخل السجن، كنتُ أريدك أنت أن تدخله وتتحسر على مستقبلك؛ ولكن كما أرى حسرتك على صديقك أفضل بكثير.

- أمسك عبد الرحمن بعنق حازم...

إذًا أنت من وضع لي المخدرات في المكتب أيها السافل، و ألبستني تهمة بأني تاجر مخدرات.

أبعد حازم يدي عبد الرحمن.

أبعد يديك عني أيها الأبله، نعم أنا من وضعتها وليس لديك أي دليل..

ثم ركب حازم سيارته بغرورٍ وبضحكةٍ متواصلة، فمرّ جهاد مع دريد بذات الوقت إلى هذا المكان؛ فوجدا عبد الرحمن في حالة مريبة، فجرى جهاد مع دريد بناحيته.

دريد: عبد الرحمن ما بك؟! جهاد: عبد الرحمن ماذا كان يقول لك حازم؟؟

عبد الرحمن: جهاد حازم هو من وضع المخدرات في المكتب.دريد: لا يمكن هذا!

عبد الرحمن: بلى دريد هو من قال ذلك وقال ليس لدينا أي دليل ضده.

-قبض جهاد على يده بشدة وقال: بحق من جمعنا بمجدي، وبحق تضحيته بمستقبله بسبب حازم لأُرِبِّنَّه يومًا يندم عليه، و سترون ذلك.

عبد الرحمن: ماذا ستفعل جهاد؟! دريد: حازم خطر جدًا يا جهاد.

جهاد: لا تقلق عليَّ،دريد عندي الدليل..دخل الضابط إلى الحبس ينادي قائلا:

مجدي زيارة، خرج مجدي لغرفة قائد الشرطة لينظر من جاء لزيارتِهِ.

أنتِ؟! ملاك: هل ستطردني مثل المرة الماضية أم أنك ستنعتني بالكاذبة؟!

وليس لديكِ صفة غيرها حتى أنعتك بها..

أخذت ملاك حقيبتها بغضب وقالت: الخطأ مني حين جئتُ إليك مرة ثانية ولا أتعلم من أخطائي،اقتربت ملاك من الباب ثم ناداها...ملاك انتظري أدارت ملاك وجهها ناحيته هل أنتِ منزعجة لأن ناديتكِ ملاك، أنا آسف آنسة ملاك، أنا ليس لديَّ صفة أخرى، سوى أن أقول لكِ: إنكِ إنسانة عظيمة، أعجز عن وصفكِ بأي كلام.

- وأنت أيضًا.. أنت إنسان عظيم.و أعجز عن وصفك لأي أحد.

- وضع مجدي يديه على رأسه وقال: لا تجامليني آنسة ملاك؛ فأنا لا أخجل أبدًا...

- إن كان كلامي مجاملة؛ فالحق علي؛بأني أضعت وقتي بما هو كاذب وغير صحيح!

- انتظري قليلاً، وقبل أن ترحلي أودُ أن أقول لكِ، بأني لم أُجاملك أبدًا وليس من عادتي.

- ابتسمت ملاك، أراكَ بالسجن السنة القادمة وداعًا.

- تمتم مجدي بعد أن ذهبتْ ملاك يا لقسوة النساء على الرجال؛ لا نسمع منهن الدعاء إلا التشاؤم!

عاد مجدي إلى السجن ليقص لوالدهِ والآخرين قصص من خيالهِ...كما يفعل دومًا ويسليهم كالعادة ولا بفكر بشيءٍ سوى طريقة يخرج بها والده بأقرب وقت ممكن...

في الساعة التاسعة مساءً، ذهب جهاد لمنزل حازم؛ لأنه يعرف أنه في ذلك الوقت يتواجد في المنزل، دخل الصالة وكانت مضغوطة جداً من دخان السجائر تلك التي قد شربها مع أصدقائه، فكأنه المصدر للخمور والرقص..دخل جهاد فقام حازم.

- أهلًا..أهلًا بصديق المسجون نحن لازلنا في بداية سهرتنا، وكما ترى الزجاجات مازالتْ مغلقه نحن لم نشرب شيئًا بعد؛ فلنفتحها بيدك جهاد.

- أخذ جهاد بقميص حازم أنتَ حقًا حقير وسافل..أنت من وضع المخدرات في مكتب عبد الرحمن؟! هيا أجب!

- أبعد حازم يدي جهاد، نعم أنا من وضعتها، وهل لديك دليل ضدي؟

- كنت أريد أن تقولها أنت وعلى لسانك.

نعم أنا من وضعتها، ما رأيك جهاد أن تشترك معنّا وسأُخرج مجدي من السجن، وأنا و أصدقائي سنعطيك حصتك.

حقًا.. ومن أصدقائك هؤلاء؟ سأنظر بالأمر إن عرَّفتني بهم؟!

- حسنًا يا شباب كل منا يعرف بنفسه فعلى ما يبدو أن السهرة جميلة اليوم، أتدري جهاد هؤلاء شركائي منذ حوالي ثلاث عشر سنة ولا يفشون أيّة سر بيننا.

- حقًا!! وهل أنتم هنا بكامل قواكم العقلية.

- بدأ الأول وقال: أنا كامل، أعتبر اليد اليمنى لحازم وفي كل العمليات.

- صرخ حازم في وجه كامل: كامل هل جننتَ...تخبره أسرارنا، وماذا وإن أبلغ الشرطة.

- اطمئن حازم، فهذا الشاب حتى ولو تكلم فليس لديه ضدنا أي دليل.

كل من الشباب الذين في الصالة قد عرف بنفسه لجهاد، وجهاد يمثل وكأنه يفكر بالعمل معهم.

- ترى يا حازم كيف سنخرج مجدي من السجن، أقصد نثبت براءة عبد الرحمن.

- سوف أدخل أحد أصدقائي بدلًا منه، بحجة أنه من أدخل المخدرات.

- وماذا استفدت من إدخال عبد الرحمن السجن؟!

- قال حازم بكل حقد إنه يستحق الدخول إلى القبر، لم أكن أريد أن أدخله السجن فقط، بل كنتُ أريدُ أن أقتله بيدي هذه.

- انقلب جهاد فجأة على حازم وأصدقائه أنتم حقًا أنذال وسافلون، ليس لديكم إنسانية حتى ولن أترككم وشأنكم.

- تلقى جهاد ضرب عنيف من حازم وأصدقائه، فذهب إلى قسم الشرطة

-سيدي أريدُ أن أقدم لك بلاغ مهم.

- من أنت أيها الشاب؟ أعطيني بطاقتك اولًا.

- جهاد فؤاد السمندور، وهذه هي بطاقتي سيدي.اجلس رجاءً.

- سيدي إن صديقي عبد الرحمن ومجدي....وقص عليه القصة.

- قام قائد الشرطة وقال: ولكن جهاد إنّ ما تقوله خطير جدًّا جدًّا، حازم ابن التاجر الكبير فاروق، إنه من العائلات المرموقة.

- سيدي لقد اعترف بعظمة لسانه من دون أن يكون شاربًا، وهذا الفيديو سجلته قبل قليل من بيته (كان جهاد قد وضع هاتفه في جيب قميصه ويسجل الفيديو من قبل أن يدخل لهم، فصور كل شيء حتى ضربهم له..)، استمع إلى اعترافه بنفسه سيدي سمع قائد الشرطة وخاصة عندما تأكد، عندما قال حازم إن الزجاجات مغلقة نحن لم نشرب شيئًا بعد،افتحها بيدك جهاد...

فذهب جهاد وقبضوا عليهم في دار حازم والآن...

- إن ما تفعله أيها الشرطي سيجعلك تدفع الثمن غاليًا، وأنت ليس لديك دليل ضدنا أنا بن فاروق السائد، تأخذونني إلى السجن، سترى يا جهاد سوف تدفع ثمن ما فعلته غاليًا.

عاد جهاد للمنزل متأخراً..

- جهاد أين كنت بُني وماذا في وجهك، هل ضربك أحد؟

- لا أمي كنتُ..كنتُ ستعرفين ذلك بالمحكمة غدًا.

-محكمة؟!

- تصبحين على خير أمي قبّل جهاد رأس أمه وذهب إلى النوم.

- بعد ثلاثة أيام من دخول حازم إلى السجن كانت فرصة الشرطة أن قبضوا على أصدقائه في منزله؛ فاعترفوا بجميع جرائمهم بالمحكمة، وبفضل تسجيل جهاد أعترف حازم بجرائمه من نهب وسرقة ومخدرات وإحراق السيارات....إلخ

- محكمة..محكمة حكمت المحكمة حضوريًا على المتهم حازم فاروق السائد بالسجن لمدة عشر سنوات، وعلى الشاب عبد الرحمن بالبراة ،وأما كامل خمسة عشر عامًا و...و...و...و...

خرج مجدي من السجن فاحتفل الجميع بالكلية بخروجه، واحتفلوا ببراءة عبد الرحمن كان الجميع سعداء، إلا عينان حقودتان كانتا تراقبا ابتسامة جهاد، وتود لو تجعلها شقاءً عليه.

- أحلام لابد أن تنتقي لأخيك، أتذكرين أن جهاد رفضك؟ أعيدي له الصاع بمئة صاع.

- لا تقلق حازم، أقسم إنني سأجعل جهاد يبكي دمًا بدلًا من الدمع، وسترى ذلك بنفسك.

- في يوم الجمعة ذهب مجدي لزيارة جهاد ففتحتْ له ملاك.

- مرحبًا آنسة ملاك.

- أهلًا مجدي.

- هل جهاد موجود؟!

- لا إنه مع دريد.

- هل أستطيع أن أكلمك بمكان غير هذا؟!

- بالتأكيد مجدي ذهب مجدي مع ملاك إلى أحد المطاعم، فحكى لها حكايته من الجامعة إلى أن رأى والده بالسجن.

- مجدي هل أنت تعاني لهذه الدرجة حقاً؟ وكيف استطعت التوفيق في حياتك.

- الله سبحانه وتعالى مع العبد دائمًا وأبدًا.

- لماذا قصصت لي أنا بالذات، رغم أن أصدقائك لا يعرفون ذلك سوى جهاد؟!

- سأقولها لكِ بصراحة، قصصت لكِ ذلك لكي تستطيعي الحكم عليَّ ملاك، صحيح أنني أتجادل معكِ وأبدو مزعجًا جدًا، لكني أريد أن أقول لكِ شيئًا مهمًا ملاك.

- ماذا، مجدي؟!

- في البداية كنتُ أكرهكِ كثيرًا...

- غضبت ملاك وقامت فأمسك مجدي يدها، نظرت إليه باستغراب ومن ثم جلست.

- أحب دائمًا أن أغيظك قليلًا؛ لأنكِ تبدين جميلة جدًّا وأنتِ غاضبة.

- أفلتت ملاك يدها حقاً ألهذا تغضبني دائمًا؟!

- في الحقيقة، ولكي استطيع التحدث معكِ أكثر.

- ماذا؟!

- ولكي تغضبي أكثر وأكثر...

- أنت سخيف مجدي قامت غاضبة،فأمسك يدها مرة أخرى وأجلسها بعنف.

- أرأيتَ أنك إنسان ثقيل! وماذا تريد مني بعد؟ توقعت منك كلام أخر، وما زلت تغيظني هكذا لِمَ؟! أريد أن أقول لكِ..ماذا؟!

- أنني أكرهك.

- أوفٍ منكَ.

- أحبكِ.

فتحت ملاك عينيها ....نعم أحبكِ..أحبكِ جدًّا، صحيح أني في الظاهر أبدو لك عنيفاً هكذا، ولكني من الداخل إنسان ضعيف وبحاجتك، نعم ملاك أنا أحبك كثيرًا، وقصصت لكِ حكايتي؛ حتى يكون لكِ الحرية في الاختيار إن قبلتِ بي كما أنا أو...-ماذا تقول مجدي!

- هل تقبلين الزواج بي ملاك؟!

الفصل الثاني والثلاثون

مهما طال الزمن فالغائب لابد من رجوعه، عاد والد مارينا من ألمانيا معها، فجاءت لزيارة عبير ابنة عم جهاد، فلقد كانت صديقتها عندما كانت تدرس معها المرحلة الإعدادية، فجاءت لزيارتها في بيتها، كان دريد قد أوصل جهاد بسيارته، دخل جهاد وأغلق الباب ورائه.. وما لبث أن يخطو قليلًا حتى دق الباب، ففتح الباب لمارينا، فاذا هما وجهاً لوجه.

نظرت مارينا لجهاد بكل عمق وذهول!

- أهلًا بكِ يا آنسة هل أنتِ صديقة ملاك أم عبير؟!

ظلت مارينا تنظر إليه مجددًا لم تنطق بكلمة واحدة، إلى أن نزلت عبير..يا للمفاجأة مارينا!!!

سلمتْ عبير على مارينا، ولكن مارينا كانت عيناها تنظر إلى جهاد فخرج جهاد وتركهما وشأنهما..

في المساء جاء مجدي وفاجأ جهاد.

- مجدي من بجانبك؟!

- هذا والدي.

- والدك، هذا غير ممكن!!

- اسمع جهاد لا تكن فضوليًا، الزيارة ليست لك ستكون لوالدك، وأنتَ ستستمع فقط.

- حسنًا...حسنًا أيها العاقل تفضل.

- قابل مجدي والد جهاد وقال: سيد فؤاد اليوم جئتُكَ بطلب غريب، ولكني أريدُ أن أقصَّ لك قصتي؛ لكي لا تسأل عني.

- مجدي أطلب ما تشاء بني، لن أرفض لك طلبًا أبدًا.

- سيد فؤاد أنا......وقص عليه كل شيء.

وكلُّ الفضلِ يعود لابنك العظيم، الذي أفتخر كوني صديقًا له، لولاه لما عدتُ لأبي.تأثر السيد فؤاد بحكاية مجدي واحترم صراحته وشجاعته.رباه ما ظننتُ بأنك إنسان ناجح لهذه الدرجة، أطلب مجدي ولك ما تُريد.

- سيد فؤاد أنا أريدُ أن أطلب منكم طلبًا لو أعطيتموني إياه سأكون أسعد مخلوق بهذه الدنيا.

- أطلب مجدي قلتُ لك. قام مجدي وجلس أمام السيد فؤاد، سيدي أريدُ أن أطلب يد الآنسة ملاك منك، وأقسم لو وافقت سأجعلها أسعد إنسانة بالدنيا.

وضع السيد فؤاد يده على كتفي مجدي وقال له: مجدي لن أجد لابنة أخي الوحيدة،أعظم منك! فالذي فعلتهُ من أجل صديقك يجعلك أغنى شاب في هذه الدنيا.. ولكن لابد أن نسألها أولًا.. جهاد اذهب وأسأل ابنة عمك، إن كانت ستوافق أم لا.

ذهب جهاد وسأل ملاك: ملاك إن مجدي هو أعز صديقًا لي بعد دُريد وقيمتهما لديَّ سواء، ولكن مجدي جدير بالثقة؛ فما رأيكِ هل أنتِ موافقة؟! ثم أنني لاحظت عليكِ وعليه أيضًا، التوافق والقبول.توردت وجنتا ملاك وأسدلت وجهها إلى الأرض خجلاً وقالت: حسنًا جهاد أبلغ عمي موافقتي.

- ضحك جهاد وقال ممازحاً: ولماذا كنتما تتشاجران أمامنا أيها المفتريان!

لم يبقَ لملاك سوى أيام قليلة وبعد ذلك يُقام زفافها، أما عبد الرحمن وسلوى فهما ينويان أن يكملا دراستهما أولًا، وبعدها يكملان أمور الزفاف وما إليه.

في أيام الدراسة، كانت مارينا تطارد جهاد دوماً، وتذهب كل يوم تنتظره خارجاً بسيارتها.

مرحبًا جهاد.

آنسة مارينا،أنا لن أركب السيارة، سأذهب مع صديقي دُريد.

- سنذهب معًا؛ فصديقك اليوم لم يُحضر السيارة، هيا ادعوه لنذهب إنه برفقة عبد الرحمن.

- آنسة مارينا أعرف عبد الرحمن جيدًا، ولن يقبل أبداً بأن نخرج معًا.

-أريد أن أكلمك في موضوع مهم للغاية،أرجوك.

-تعالي إذاً ندخل الجامعة، لن أركب سيارتك.

- جهاد، هل تعلم أنني رأيتُ صورتك مع إحدى الفتيات الجميلات؟

- آنسة مارينا ما هذا الكلام؟!

- لا تنزعج هكذا جهاد سأريك إياها، انظر!

أخرجتُ مارينا الصورة من حقيبتها فلما رأى جهاد الصورة؛ أخذها بعنف وكان غاضبًا جدًا من مارينا، من أين أحضرتِ هذه الصورة مارينا؟ أعطيني إياها هيا.

- قامت مارينا تضحك وتقول: ماذا جهاد أنزعجتَ عندما أريتُ عبد الرحمن حبيبتك؟!

أخد جهاد الصورة من مارينا، أنتِ حقًا بلا أخلاق مارينا.

رحل جهاد وبيده الصورة، فلحق به عبد الرحمن، فعاد إلى المنزل وهو في منتهى الغضب، لم يستطيع عبد الرحمن أن يتحدث معه أو يصل إليه، فعاد هو الآخر إلى منزله.

ولم يتناول جهاد الغداء، وحبس نفسه بغرفته مع تلك الصورة وأغلق هاتفه...

جاءت مارينا في الساعة السابعة مساءً، كان في طريقه للخروج فالتقى بها عند الباب...

- جهاد أرجوك، انتظر.

ماذا تريدين مني؟!

- جهاد هل يسمح لك وقتك بأن أقابلك بعد ساعة؟

- وهل الفتاة المؤدبة تقابل شاب في الساعة الثامنة مساءً؟؟

- قل ما شئت فلا ينفع أن أكلمك؛ إلا بعد أن أحضر الصور.

- أي صور؟ ثم من أين أحضرت تلك الصور؟

- أرجوك جهاد، سأكلمك بعد ساعة أمام الشاطئ، سأحضر الدفاتر وآتي، أريد أن نتحدث لأمر ضروري وقبل أن أسافر جهاد، سأسافر في الساعة العاشرة، أرجوك أعطني هذه الفرصة سأنتظرك أمام الشاطئ، وداعًا.

ذهب مجدي مع جهاد لزيارة سالم، فلقد كان مريضًا جدًا.

- جهاد..مجدي أنتم من سينقذ البشرية من مخلوق شرس ومجرم، عندما رأيتك جهاد كرهتك، لا تظن بأني كنتُ أخطفك كرهًا بوالدك فؤاد السمندور، لا كرهًا بالمجرم الحقير.

- مجرم؟ من هو سالم؟

- جهاد أنه يشبهك كثيرًا عندما كان شابًا وكأنك هو لا فرق بينكما أبدًا إلا الصوت..أنه رئيس الكثير من المجرمين، لقد عاد من ألمانيا قبل أسابيع قليلة، لم أكن أريد أن أزعجك، إنه يمثل إحدى الشركات الكبيرة هنا..

- سالم من هو؟ خاف جهاد كثيرًا، أيكون المجرم هو من في باله؟! و بالكاد تكلم سالم فلقد كان متعبًا جدًا.

- إنه..إنه

تكلم يا خالي من هو؟! إنه..توفيق السيد

في تلك الساعة كاد قلب جهاد أن يسقط، عاد إلى منزل مجدي يبكي.

- جهاد اجعلي قلبكِ جامدًا أكثر، ما هذا الكلام؟!
- أبي مجرم، وتطلب مني الهدوء يا مجدي!
- جهاد مازالت الساعة التاسعة، هل نخرج إلى مكان ما؟
- الساعة التاسعة؟! تذكر جهاد موعد مارينا.

لا مجدي سأذهب لأرى ما علاقة مارينا بصورة أبي وأمي.

- يا إلهي، أيكون الشبه بينك وبينه هكذا، قال لي عبد الرحمن بأنه أنت.
- حسنًا وداعًا مجدي.

وصل جهاد إلى الشاطئ أمام البحر الجميل والجو الرائع..

- كنتُ أعرف بأنك ستحضر، جهاد اجلس وانظر إلى هذه الصور..

- صور من؟ جهاد عندما رأيتك أول مرة صُدمتُ بالشبه الذي بينك وبين والدي، أنا ابنته ولا أشبهه هكذا، صديقاتي يقلن لي بأنني جميلة مثل أمي.

- الوقت مارينا...توقف جهاد عن الكلام فجأة ثم قال: أقلتي والدكِ؟

- نعم توقفت مارينا عن الأرض أنا لم أعرفك على نفسي بالكامل، أنا مارينا توفيق السيد ابنته الوحيدة.

- سقط جهاد أرضًا على ركبتيه وكأنه مشلول، لم تلاحظ مارينا فجلستْ تحدثه ألم تسمع بوالدي إنه من أكبر التجار بألمانيا، لقد جئنا هنا من أجل عمله وأنا سأعود الليلة لكنه سيبقى هنا..أتعرف جهاد لو لم تمت أختي لكانت بمثل عمرك الآن، أتعرف ما اسمها؟ كان اسمها جهاد....

كانت مارينا تروي القصة وجهاد قد أغرقت وجهها بالدموع إلى أن وصلت مارينا بالحديث..

بعد أن ماتت رباب زوجة أبي أعتنى أبي بأختي جهاد، وكرس لها حياته؛ إلا أنها ماتت بحُمى، كانت في الشهر السابع من عمرها، مسكينه أختي.

- صرخت جهاد لا يشرفني بأن أكون أختك.

- ماذا تقول جهاد؟! أبولِك كاذب، أنا لم أمت أخذت جهاد تهز مارينا بكلتا يديها وتبكي لقد رماني في الميتم، ولم يسأل عني منذ أن خُلقت.كانت مارينا تنظر فقط مارينا أنا جهاد أنا فتاة، وهذه الصور صورة والدتي رباب، مارينا يجب أن تساعديني أين أرى توفيق السيد. يجب أن أنتقم لكل من ظلمهم إنه مجرم وأكبر مجرم الآن.

سقطت مارينا مُغمى عليها فحملتها جهاد إلى المستشفى، وأخذت صور والدتها ووالدها إلى المنزل، وظلت تبكي طوال الليل تنتظر الصباح فوق رأس مارينا، وبالصباح جعلت جهاد تحدث مارينا حتى تستوعب قصتها إلى أن أدركت أن من تكلمه ليس جهاد الشاب المعروف، بل هي أختها..وقررت أن تُساعدها في اكتشاف ما إن كان والدها بريء..

ذهبت أحلام إلى مكتب والد جهاد ...

-أهلًا بكِ يا آنسة..أنا أحلام..أحلام فاروق السائد، ربما قد تشك بأن أكون مثل أخي، أنا ليس لي ذنب به حقاً.حسنًا...حسنًا اجلسي يا أحلام عرضت أحلام مشروع تُشارك فيه السيد فؤاد؛ ولكنها خطة لا أكثر.و من أجل أن توقعه في شبكة صيدها وتنتقم من جهاد شر انتقام..

مرت الأيام من دخول أحلام في خطتها تلك، حتى وصلت إلى نهاية اللعبة، وكانت جهاد قد وصلت بنتيجة مع أختها مارينا. وفي يوم الخميس، كان زفاف مجدي وملاك، كان الجميع سعداء جدًا بزواجهما.. بعد مدة جاء السيد فؤاد مبكرًا على غير عادته بالرجوع إلى المنزل.

- مساء الخير.

- مساء الخير، فؤاد على غير عادتك أليس هناك عمل كثير؟

لا..أين جهاد؟! إنه بغرفته سأصعد إليه.صعد السيد فؤاد غرفه جهاد وأغلق الباب ورائه.

- مساء الخير بُني.

- مساء الخير أبي، جلس السيد فؤاد بجانب جهاد على الفراش، وأخبره بأنه يريد الزواج من أحلام فقام جهاد غاضبًا!! ماذا تقول أبي هل تنوي الزواج على أمي؟! وبمن بأحلام أخت ذلك المجرم!

- جهاد، سواءً رضيت أم أبيت سأتزوجها.

ولماذا تكلمني إذًا؟! أريدك أن تُكلم أمك.

- لا أبي لن أكلمها، ماذا ستكون ردة فعلها؟! تتزوج بفتاة قد ربما تكون أصغر من ابنك وفي هذا العمر! سأخبرها أنا، بعد مرور أيام عرفتْ السيدة صباح بالأمر فلازمتْ غرفتها، أما السيد فؤاد فتزوج من أحلام وأحضرها إلى المنزل،وهو مطلبها وكان غرضها أن تعذب جهاد وأمه.

كان الجميع غير راضون عن هذا الزواج عادت ملاك غاضبة إلى المنزل...

- ماذا بكِ ملاك؟ مجدي،أما زلت تسالني؟!

- عملكِ تزوج وما بها؟ عندما أراكِ منزعجه، لا استطيع أن أعمل.

- آهِ يا مجدي!!

- قام مجدي ملاك هل تخجلين بأن زوجك يعمل مهندس كهربائي وهو فاشل بالدراسة؟!

إذًا فكيف ستنجبين لي مُحمد؟؟!

- ابتسمت ملاك المهم أنه أشرف وأعظم رجل رأته عيناي.

كانت حياة جهاد لا تُحتمل في الكلية، يلتقي دوماً بأحلام، ويسأله الجميع عن زوجة أبيه، وفي البيت يلتقي أحلام وتزعزع الأمان في المنزل فيدخل إلى أمه.

- أمي،ألا تحركين ساكنًا؟!

- جهاد بُني، ما يحدث فليحدث...دائمًا تقاطعني وأنا أقرأ القران؛ فلتعلم جهاد أنك حياتي لم يعد يهمني بالحياة إلا أن أراك سعيدًا، وأن أعبد الله كما يستحق.

بالمناسبة إن فرح عبد الرحمن وسلوى بعد غدٍ

- لماذا غيرا رأيهما؟ ألم يقولا بأنهما سيكملان الكلية أولًا؟ مجدي لم يمضي على زواجه إلا شهران لو أنتظر لعمل فرحًا جماعيًا.. الشباب غير مستقرين على رأى.

- عبد الرحمن قال هكذا، ولكن المهم أن مجدي وملاك سعيدان نحن مازلنا في بداية السنه ثم أن السنه تنتهي بالنجاح إذا تعاونا مع بعض.

- ذهب مجدي لمنزل عبد الرحمن.

من مجدي؟! تفضل يا أخي، لم نعد نراك؟أنا أعمل، وليس فارغ مثلك.

- كيف عملك يا مجدي؟! جميل جدًا، أتعلم عبد الرحمن إنّ زينة فرحك ستكون على يدي..

- زينة الفرح؟

- سأجعلها جميله جدًا، وسترون مجدي كيف سيصنع الزينة، يا أخي لقد صنعت ما يقارب خمسين عريس من قبلك، أيعجز على المهندس الكهربائي الكبير مجدي ذلك؟ بالطبع لا، ستكون بعد الغد جاهزة، إن الكهرباء أفضل من العمل بالمطاعم...قالها ضاحكاً: أليس كذلك؟.

- حسنًا سنرى ذلك، وأراك تكثر التنقل في الأعمال، استقر يا أخي.أو ليتك تعد إلى الجامعة وتكمل معنا؛ فكم يحترق قلبي لذكر تلك الأيام.

- أرجوك عبد الرحمن حقا لا أستطيع،ولا تحمل نفسك عبأ لا علاقة لك به، ولا توجد لدي هواية الدراسة ولا مصاريفها..حسناً، أخي أنت صعب الجدال.

- المهم عبد الرحمن،أنا محضر لك مفاجأة كبيرة، آه من مفاجأتك يا مجدي.

- يا أخي قل ما شئت، قل أن مزاجي ثقيل، قل أني سخيف هذا الأمر قد سمعته أكثر من مرة..لكنهذه المفاجأة هي أكبر مفاجأة أقدمها لكم.

- ما هي يا مجدي هيا قلها تبدو متحمسًا.

- انتظرها يا أخي إنها بعد غداً،أليس الموعد قريب؟!

- متى ستكون؟! في ليلة فرحك.

- أقسم يا مجدي لو كانت مفاجأة سخيفة أو مُخيفة، سترى خاصّة لو تعكر مزاجي..

- نعم نعم ستكون عريس غاضبًا أمام الناس، لا عليك أنا أهتم بمظهرك فمن يوجد لدي أعز منك يا صديقي.

إلى الأحضان أيها الصديق الغالي، تعال يا مجدي....(تحاضن مجدي وعبد الرحمن)

في اليوم التالي خرج جهاد مع مجدي في إحدى الحدائق....

- جهاد لماذا أنتِ منزعجة من أختكِ وقابلتيها ووعدتكِ عندما تعود مع والدكِ ستخبركِ والأمر سر بينكما ودريد ما زلتِ تقابلينه على شكل حنان الجميلة.

- مجدي أنا لا أعرف سبب حزني، ربما لأنني لم أعد أتكلم معك منذ أن تزوجتَ رغم أنهما شهران لا أكثر.

- وأنا كذلك، جهاد لا أعلم لماذا أنا...

- ماذا يحدث مجدي هل اختلفت مع ملاك أم ماذا؟!

- جهاد لدي شعور غريب، بأنني لن أستطيع العيش أكثر من ذلك..

- مجدي ما هذا الكلام، أنت ترعبني.

- جهاد أنا لا أستطيع أن أشرح لكِ بما أشعر به، ولكن أحس بأنني قد عشتُ مئة عام ورضيتُ بها.مجدي حقاً إن كلامك مخيف.

- لا عليكِ مني جهاد، المهم هو ألا تقسي على والدكِ تذكري هذا جيدًا، أما دريد فأنا متأكد بأنه لن يكرهكِ مطلقًا ولا تنسِ أن تعبدي الله كما يستحق.

- مجدي كفى، انفجرت جهاد تبكي..ماذا يحدث لكِ جهاد.

- لا تشعرني بأنني لن أراك مجددًا، فهذه الكلمات تشبه الوداع.

- وما يجعلك تشعرين بهذا جهاد؟!

- اقتربت جهاد لحضن مجدي فاحتضنته وهي تبكي مجدي أنا أحبك كثيرًا، ولا أستطيع العيش من دونك.. أحسستُ بحنان الأخ الذي حُرمت منه طول عمري، وجهتني بحياتي وأيقظتني من الضياع، وجعلتني ألجأ إلى الله وأتحمل المصائب.

- وأنا أيضًا جهاد أحببتكِ وكأنكِ أختي وأكثر من ذلك، جعلتني أشعر بالقوة وأرجعتني بفضل كلماتكِ إلى حضن والدي، وبفضلك تزوجت أجمل فتاة على وجه الأرض، وبفضلك عشتُ معها أجمل لحظات عمري، جهاد هل تسمحين لي بحضنك؟

- احتضنت جهاد مجدي، كانت تبكي بشدة من دون أن تتماسك أنفاسها.

الفصل الثالث والثلاثون

في الساعة السابعة من مساءً في يوم الخميس في مكان الفرح، كان جميع الأصدقاء متواجدون قبل حضور المدعوون، كان أن مجدي يضحك مع دريد.

- دريد وماذا عنك متى ستتزوج؟! إن شاء الله أنا وجهاد في يوم واحد.

-بالطبع، أنا متأكد بأنه سيكون في يوم واحد، بالمناسبة لقد أخرتني سأصعد لإصلاح الزينة فلقد تبقى منها القليل فقط.

- أنت من أصلحها؟! لو كنتَ تحبني دريد، لما اندهشت ولكنتُ توقعت ذلك حتى.

- ماذا تقول مجدي؟ فعلًا أنا أحبك كثيرًا، تمامًا كجهاد، ومحبتكما بقلبي سواء.

- لا تكذب دريد فجهاد أكثر.

- كلا مجدي أنا فعلًا أحبك مثله أقسم لك ذلك.

- تقولون هذا الكلام مجاملة لي فقط.

- ونحن لا يحقُ لنا أن نعرف ما إن كنت تحبنا أم لا؟! أنتَ صديقي العزيز دريد فكيف لا أحبك؟! بالأحضان يا رجل تعال..

حضن دريد مجدي ومن ثم صعد مجدي السلم ليكمل بقية الزينة، كان مرتديًا حذاءه الجديد.

هذا الحذاء لا يجعلني أصعد السلم كما يجب انتبه عليه عبد الرحمن لا يسرقه أحد لقد شقيتُ وتعبتُ على ثمنه فأنا لست مدللاً مثلكم كان عبد الرحمن يضحك وينظر إلى مجدي في الأعلى انزل مجدي كان الجميع يضحكون عليه، بدأ مجدي بإصلاح الزينة؛ ولكن فجأة حدث خلل بالعمل فصعقته الكهرباء فوق السلم، كان عبد الرحمن يصيح يُريد أن يصعد لمجدي ولكن السيد فؤاد أمسك به وكذلك جهاد فأمسكت به أمه، أما دريد فقد جرى ليطفأ التيار الكهربائي وكان مسرعًا، أطفئ التيار الكهربائي ولكن بعد ماذا؟! بعدما رمت الكهرباء بمجدي من فوق السلم إلى تحت، كانت ملاك تصيح وتبكي في حضن سلوى...

- مجدي جرى الجميع وأولهم عبد الرحمن وحضن مجدي.

- مجدي هل تسمعني يا مجدي هيا انهض يا مجدي جرى جهاد يمسك مجدي..

مجدي هل تسمعني لا تتركني مجدي ولكن لم يكن هناك أمل فلقد مات مجدي وانتهى.

- قال أحد الرجال الذين كانوا يساعدونه لو كان يرتدي الحذاء لما تمكنت منه الكهرباء.....

- كان عبد الرحمن يبكي بصوت عالٍ ويقول:

- مجدي، هل هذه المفاجأة التي حضرتها لي؟ هل هذه هي مفاجأتك! لا يمكن.

هنا كانت السيدة صباح تمسك ملاك ولكنها فلتت منها؛ فسارعت إلى مجدي أخذته من بين يدي عبد الرحمن تبكيه بحرقة...

- مجدي لماذا تركتني مجدي؟ أنا لم أقل لك شيئًا سيفرحك، مجدي أنا سأنجب لك محمدًا أليس هذا ما كنت تحلم به مجدي؟ هيا قُم محمد لن يتربى إلا على يديكَ أرجوك لا تتركني.جاء السيد فؤاد وأخذ ملاك حيث كانت تنظر إلى مجدي وهو مبتسم بشوش.لا تضحك يا مجدي لا تضحك!!

فقدت ملاك وعيها، فأُخذت إلى المستشفى، أما عبد الرحمن فكان في حالة سيئة لولاي لما مُت يا مجدي،ماذا أقول لوالدك عندما يعود من غربته!! أقول له إن ابنك مات بسببي!! يا رباه أخذ دريد عبد الرحمن بالكاد استطاع أن يأخذه وهما يبكيان، وبقيَ جهاد يبكي فوقه ألهذا قُلت لي بأنك رضِيتُ بحياتك! ألهذا ودعتني بالأمس يا مجدي؟! مجدي أنا أحتاج إليك...لماذا ودعتنا.....

- كانت تلك الليلة أسوأ ليلة في صفحات روايتي فيالها من ليلة لم أستطع النوم فيها من كثر البكاء، كانت سلوى ترتدي الفستان الأبيض، الفستان الذي ترتديه العروس وابتسامتها على شفتيها.

كانت قد أرهقت نفسها من البكاء، كان الجميع في غاية الحزن...

في صباح يوم الجمعة،كانت مراسم الدفن حضر والد مجدي، ا وانفجر يبكي على ابنه...

- دائمًا كُنت مُبتسمًا وضاحكًا بُني، أنت الذي يستحق العيش،أنا من كنت أستحق الموت بُني..

أخرج قائد الشرطة جميع السجناء الذين كانوا يعرفون مجدي ويحبونه على مسؤوليته مع حراسة لهم حتى يودعوه ويرجعهم إلى السجن، جاء الزعيم يقترب وهو يبكي ويقول ليتني تعرفت عليك من زمان كي تدخل الرأفة في قلبي، ضربت لي مثالًا للرجل الرؤوف بالناس ثم جاء قائد الشرطة وخلع القبعة مجدي لقد أخرجتُ محبينك على مسؤوليتي؛ فليتهم الآن يفتحون عينيك حتى نزلت الدموع من عيني قائد الشرطة ولبس القبعة فوق عينيه، ثم أقترب الثلاثة سجناء يبكون..مجدي كنت مبتسم نضربك وأنت تضحك، نبكي وأنت تضحك، صارعت الصعاب وأنت تضحك؛ فلترقد بسلام.

أقترب الثاني من مجدي ضربت مثلًا للصداقة الحقيقية سلامًا عليك قَبل الرجل مجدي على جبينه وجاء الآخر فبكى كثيرًا، ومضى.

كان جميع الناس يبكون وخاصًة على موقف الأب كان يقبل مجدي كثيرًا بوجههُ و بكل مكان في جسمه، كان عبد الرحمن قد أرهق نفسهُ بالبكاء والنحيب وجميع الأصدقاء، جاء الدكتور سعد وقال لقد كنت مصدر أمل الكلية،لترقد الآن بسلام (جاء حسام) مجدي قُم أريدُ أن أعترف لك وأقول شيئًا، أنا أحبك أنت لست سخيف..كنت الأفضل.

قام والد مجدي يصرخ ويهز عبد الرحمن ولكن عبد الرحمن كان يهتز لو وكأنه خشبة بلا روح يكفي بكاءً..مجدي لم يَمت لا تبكوا،نعم عبد الرحمن مجدي لم يمُت، جهاد مجدي لم يمت، كانت الدموع تسقط من عيني جهاد وكذلك دريد لا تبكي بني ابني مازال حيًا، نعم حيًا في قلوبنا مجدي مات مبتسمًا لكي لا تبكوا مجدي مات جسدًا ولكن لم يمت في حياتنا...

أكملت مراسم الدفن، دُفن مجدي تحت التراب كانت الدموع لا تكاد تتوقف من جميع الحاضرين، كانت جهاد تمسك التراب وتنثره من يدها وتبكي بحرقة كان وراءها قلبًا كالحجر (قلب أحلام) مجدي لماذا تركتني لماذا؟ كانت أحلام قاسية جدًا كالصخر كانت تقول في نفسها أبكي جهاد أبكي فالانتقام لم يبدأ بعد...سأبكيك دمًا، لقد أخذ عبد الرحمن جزاءه، بقى أنت.. سأجعلك تموت بحسرتك سترى..

كانت أيام حزينة كالسنين، أقسم عبد الرحمن أنه لن يعود إلى الكلية مطلقًا!!

حاول الدكتور سعد أن يغيررأيه؛ ولكن دون فائدة وكذلك والد مجدي.

- بُني إن الذي مات هو ابني ومع ذلك أقول لك عش حياتك أرجوك، مجدي لم يدخل السجن إلا من أجل أن تُكمل كليتك أرجوك..كان عبد الرحمن قد امتنع عن الكلام ولا يُرى منه إلا الدمع...تمامًا كحالة ملاك..

- كانت السيدة صباح تحضنها ملاك أرجوكِ هذا لا يجوز من أجلك ومن أجل الذي ببطنك لا يجب أن تخسريه هيا كُلي، يا ملاك أتعبتني معكِ كانت ملاك تأبى كل شيء: الأكل والكلام.

عاد جهاد في منتصف الليل،فقام يسند نفسه على عتبة الباب في غرفه ملاك،كانت السيدة صباح تحضن ملاك وترى جهاد قد أرهق نفسه بالبكاء.

- جهاد اقترب حبيبي اقترب إلى حضن أمك هيا جرى جهاد لحضن أمه، هو بجانب وملاك بالجانب الآخر وكان يبكي.

- أمي، أنا لا أصدق بأن مجدي رحل ولن أراه مجددًا شدت السيدة صباح ملاك وجهاد في حضنها وانفجرت تبكي أحبائي لا يجوز أن نعترض على قدر الله سبحانه وتعالى، قد قُدر له ذلك فلا تكونا ممن لا يؤمن بالقدر، هيا ادعوا له بالرحمة والغفران قَبلت الأم جهاد ومن ثم ملاك، ملاك يجب أن تفرحي بأنكِ لم تخسري مجدي للأبد، فلقد بقي لديكِ شيئًا منه أنه ابنه فلا تخسريه كمجدي،هيا للنوم وارتاحي هيا..

دخل السيد فؤاد غرفة جهاد وهو يبكي..

- جهاد هل الرجال تبكي بُني إن البكاء يعذب الميت، مسح الأب دموعه وحضنه بعمق، وقال: انتبه لمستقبلك جهاد،و ارفع رأس مجدي، لا أريد أن أسافر وأنتَ هكذا

- إلى أين ستسافر أبي؟!

- سأسافر إلى بيروت وإن لم أنجح هناك سأذهب لألمانيا،أوصيك بأمك وابنة عمك، سأظل هناك سبعة أو ثمانية أشهر،لا تنسَ أن تعامل أحلام جيدًا.

- أبي أرجوك لا تطلب مني شيئًا لن أفعله دخلتْ أحلام غرفة جهاد واقتحمت الغرفة تضحك فؤاد..فؤاد أنظر إلى التحليل..

- ماذا هناك أحلام؟؟ نظرت أحلام إلى جهاد وضحكت وقالت: افرح جهاد سيأتيك أخًا اندهش السيد فؤاد ماذا تعنين أحلام؟

- فؤاد، أنا حامل!(فرح السيد فؤاد على العكس من جهاد)

مرت الشهور وكبر بطن ملاك كانت في الشهر الثامن،أما أحلام فهي لم تكن حاملًا بل كذبت على الجميع لمخطط بعقلها، كانت ترتدي ملابس وتضع لها بطنًا أمام أصحاب المنزل، كانت دائمًا ملازمة لغرفتها لا تخرج منها في الشهر التاسع.عاد السيد فؤاد من سفره وفي تلك الليلة نُقلت ملاك إلى المستشفى لكي تلد، فاتصلت أحلام بأحد الدكاترة في تلك المستشفى.

- اسمع مسعود الليلة سننفذ ما أتفقنا عليه، ملاك قد وصلت الآن إلى المستشفى.

- حسنًا وإن وقعت؟!

- صرخت أحلام: لن تقع أيها الأحمق، وإن لم تفعل سترما أفعل بك..

ولدت ملاك بعملية قيصرية صعبة.بعد أن استيقظت دخل إليها الدكتور مسعود.

- دكتور أين ابني، هل هو بخير؟!

- مثل الدكتور مسعود بنبرات حزن لقد حاولنا إنقاذ الجنين، ولكن للأسف لقد مات....لا لا يمكن هذا أُغمي على ملاك من شدة الصدمة، كانت حالتها أسوء من فقدان مجدي فهي الآن قد فقدت الأمل كله... بعد أن استيقظت رأت السيدة صباح بجانبها ملاك صبرك يا ابنتي...

- كيف أصبر عمتي وظللتُ طوال هذه الشهور آمل من طفل بطفل من مجدي يُعوضني عنه؟؟، عمتي أنا فعلًا أريد أن أموت لأرتاح.(كانت ملاك تتشنج وتبكي لم تكن تهدئها إلا الحقن المنومة، وزاد على ذلك أن الدكتور قال حدثت خربطة قليلاً وقد وسلموا الولد الميت إلى غير أهله.

فهي لم تحضن ولدها وهو ميت أيضاً،(ظلت على هذه الحالة ثلاثة أيام).

كانت أحلام قد ادعت أن وضع الجنين ليس جيدًا، فظلت بالمستشفى طوال الثلاثة أيام، ومن ثم ولدت كما هو الظاهر فلقد أحضر لها الدكتور مسعود طفلها والذي هو بالواقع طفل ملاك، كل هذا ولم ينتهي الانتقام بعد، كانت تذهب لزيارة ملاك في الغرفة المجاورة لها تدعي بالمرض وعدم القدرة على المشي، تُساعدها إحدى الممرضات التي أجلبتها على الكرسي وهي تبكي بدموع التماسيح.

- ملاك أقدر شعورك فعلًا ولكي أثبت لكِ حزني سأسميه مُحمد، أليس هذا هو الاسم الذي كنتِ ستسميه لطفلك المرحوم؟!

- شكرا أحلام، ولكن يبدو أن عمي يريد أن يُسميه اسمًا أخر.

- لا فلقد وافق..

- كانت شهور الحسرة في قلب ملاك على طفلها، ترى طفل أحلام الوسيم تُلبسه وتدلل فيه أمام ناظريها، كل ذلك لتعذيب قلب ملاك بالطبع..

في يوم ما طلبت أحلام من الخادمة زهراء أن تحضر الحليب لطفلها المدلل محمد، فبينما الخادمة تدخل الكوب من الباب سمعت أحلام وهي تكلم نفسها عندما كانت تلبس الطفل..

- - ألبست أحلام الطفل وهي تقول أيها الطفل الوسيم لو تعلم ملاك أنك ابنها لربما توقف قلبها وماتت، لقد انخدع الجميع...

- كانت الخادمة عندما سمعت قد أوقعت كوب الحليب أرضًا

- ألتفتت أحلام منذ متى وأنتِ هنا أيتها الغبيه ها؟ هل سمعتي ما قلته أجيبي....

- ارتعبت الخادمة ومن ثم قالت بعد أن تغلبتُ على خوفها هذا لا يجوز سيدتي إن السيدة ملاك تبكي وتتحسر عندما ترى الطفل هذا، ماذا سيحدث لو عرفت أنه ابنها (- أمسكت أحلام عنق الخادمة) اسمعي إن فتحتِ فمك بشيء أقسم أني سأقطع لسانك، هل هذا مفهوم؟!

- حسنًا...حسنًا سأختنق.. أفلتت الخادمة من يد أحلام، فهربت جريًا إلى الحديقة بالطبع أحلام لم يهدأ بالها فلحقت بالخادمة؛ فوجدتها تتكلم مع السائق سليمان.

- ماذا بكِ زهراء؟!

- لو تعلم سليمان أن الطفل الذي تحمله أحلام ليس طفلها.

- ماذا تقولين؟!

- نعم، صاحت أحلام أنتِ أيتها الحمقاء...زهراء تعالي إلى هُنا جرت هيا، فقالت: ماذا هناك سيدتي؟ صفعت أحلام الخادمة: حمقاء لسانكِ هذا سوف أقطعهُ لكِ.

- حسنًا سيدتي، أقسم لكِ بأني لن أكلم مخلوق أبداً.

- سأرى ذلك.

جاء الليل انسحبت أحلام ونزلت كاللصوص إلى المطبخ، كانت زهراء تنام به وحدها، فتحت أحلام الباب فكرت بطريقه لقتلها، أخذت السكينة أوشكت أحلام أن تطعنها ولكنها فكرت ماذا تفعلين أحلام هذا ليس مستواكِ قد تكوني قاسية ولكن لستِ قاتلة خرجت أحلام بعد أن وضعت السكين، كانت ستغلق الباب ولكنها فكرت بطريقة أفضل، دخلت وفتحت أنبوبه الغاز وأغلقت النافذة ومن ثم أغلقت الباب وعادت للنوم، كانت المسكينة زهراء قد أخنقتها رائحة الغاز وماتت في المطبخ.

في الصباح لاحظ الجميع رائحة الغاز ففتحوا المطبخ فوجدوا زهراء قد ماتتْ، كان موت زهراء لغزًا كبيرًا في ذهن جهاد ليس من المعقول أن تترك زهره أنبوبة الغاز مفتوحة..

- قاطعت أحلام جهاد وهل يكون في عقلها وما أدراها إن كانت مفتوحة شك جهاد بأحلام نوعًا من ثم صدق كما صدق الجميع أن موت زهراء كان طبيعيًا..

عندما كان جهاد يصعد الدرج سمع صوت أحلام بالهاتف تضحك..

- قريبًا مسعود فؤاد سيموت بدون سم، أتعرف كيف عندما؟ يعرف أن هذا الطفل ليس ابنه فتح جهاد الباب عليها فأغلقت السماعة فورًا ثم قامت تمشي بناحيته جهاد؟ ماذا تريد؟!

أقترب جهاد وصفع أحلام صفعة أسقطتها أرضًا سافلة أتريدين قتل أبي؟! أنتِ حقًا حقيرة!! لقد شككت بأمر هذا الطفل لأنه لا يشبهك ولا يشبه أحد في هذا المنزل لديه بعض ملامح ملاك، كنا نقول ابنة عمه والآن أكتشف غير هذا!! ابن من هو واجبي؟!

- أبعد يدك عن شعري أنت تؤلمني أبعد جهاد يده عنها، فخرج وأغلق الباب..ها هي أحلام تدرب نفسها على الدور التالي فلقد ماتت زهراء وبقى جهاد الآن تفكر بموته، وفكرت بنفيه من المنزل بأسرع وقت.

جاء السيد فؤاد في الساعة الثامنة مساءً دخل الغرفة فوجد أحلام تبكي، وكان على وجهها أثر الصفعة، نعم ولكنها استغلت الأثر لصالح ما بعقلها..

- أحلام لماذا تبكي وما بال بوجهكِ؟!

- فؤاد أنا لم أعد أحتمل العيش في هذا المنزل، ولم أعد أحتمل السكوت.

- ماذا هناك أحلام؟! تكلمي.

- منذ أن تزوجنا وأنا أرى جهاد يكلمني كلامًا جارحًا،ويطلب مني أن أرحل عن هذا المنزل، وأنا أصمت، واليوم هددني بطفلي حين هددته بأنني سأخبرك عن كلامه، و ضربني وقال ان الطفل ليس ابنك وأني خلفته من غيرك!! إنه يتهمني بشرفي (وأخذت تبكي ؟!!)

- جهاد؟!

- أقسم أنه ضربني وأخذ بشعري كدتُ أن أموت خوفًا، يجب أن تضع له حد أنا لم أكلمك كي لا أضع مشاكل بينك وبينه، خرج السيد فؤاد غاضبًا من غرفته يصرخ جهاد..أين أنت أخرج من صراخ السيد فؤاد فزع الجميع خرجت ملاك من غرفتها وكذلك عبير وأغلقت السيدة صباح المصحف وخرجت مسرعة، خرج جهاد من غرفته.

- ماذا هناك أبي؟!

- اقترب السيد فؤاد من جهاد وصفعه بوجهه صفعة قوية فأمسك جهاد وجنته أتضربني أبي!!

- لماذا ضربت أحلام وتهمها زورًا!!؟

- أبي حان الوقت لتعرف أنك مخدوع، اليوم كلمني البواب سليمان أن زهراء لم تمت طبيعيًا وإنما هي أحلام هي من فعلتْ ذلك وأنا أأكد رأيه.

- لا يحق لك ذلك، وكيف تأكدت ها أخبرني كان فؤاد غاضبًا جدًّا.

- أبي الآن ظهر الحق يجب أن تعرف أن أحلام تخدعك نعم، إن هذا الطفل ليس طفلك.

- تشنج السيد فؤاد فوق غضبه وصفع جهاد مرة أخرى اخرس أنت لم يعد لك سكن عندي أخرج من منزلي.

- أتطردني أبي؟!

- لستُ أباك فلتفهم هذا.

- أعلم أنا لم يعد لي مكان، فلديك ابن كما تعتقد ولكن لا تفرح فهو ليس ابنك،صرخ السيد فؤاد قلتُ لك اصمت (وصفعه مرة ثالثة)أحلام أشرف منك ومن والديك هيا أخرج وفورًا هيا.

غضب جهاد كثيرًا وكان يصرخ فوق السيد فؤاد بصوت مرتفع لأول مرة بحياته؛ ولكن أمه كانت تمسك بذراعيه بقوة حتى لا يتعارك مع والده لا أسمح لك بالتكلم عن والديَّ هكذا مطلقًا كان السيد فؤاد يصيح ومن ثم أفشى عما كان يخفيه..

-أخرج من هنا ولا تنس أن تأخذ تلك السلسلة التي فوق الدرج التي تحمل صورة ذلك النذل الخسيس توفيق السيد فتح جهاد عيناه متفاجئًا من أين تعرف هذا؟

- كان السيد فؤاد غاضبًا لقد تعرفتُ عليه في ألمانيا عندما سافرت ثمانية أشهر، ورأيت معه نفس الصورة التي معك تأكدت أنه والدك فأردتُ الاحتفاظ بك؛ لأني كنتُ أحبك ولا أريدك مثله، ولكن الآن لا أعجب بما فعلته،يبدو أنك ورثت نذالته وحقارته تشنج جهاد ويصرخ فوق أمهدعيني أتركيني أفلت جهاد يديَّ أمه ودخل وأحضر السلسلة، كانت ملاك وعبير غاضبتان ويبكيان إذا طردت جهاد عمي فسوف نخرج نحن أيضًا قال السيد فؤاد بحزم إن أردتما الذهاب معه فاذهبا ولكن تأكدا بأنني منذ أن تخرجا من هذا المنزل لستُ عمكما مطلقًا خرج جهاد وبيده السلسلة لم يأخذ شيئًا من حاجاته إلا هي، كان يبكي أقترب من والده أنا أكرهك فؤاد السمندور وأكره توفيق السيد أكرهم جميعًا نزل جهاد الدرج جريًا كانت أمه تبكي وتصيح جهاد لا تذهب جهاد عُد نظرتُ السيدة صباح إلى السيد فؤاد باحتقار اعلم فؤاد، إن حدث لابني شيئًا أنت المسؤول، أعلم أنك تهتم لابنك الحقيقي أكثر منه ولكن فلتعلم أن هذا هو ابني...عادت السيدة صباح إلى غرفتها تبكي وكذلك حال ملاك وعبير أما جهاد بينما خرج من باب إلا ووجد مارينا..

- جهاد الحمد لله أني رأيتكِ مباشرة

- ماذا هناك مارينا؟ متى عدتِ من ألمانيا هل عدتِ مع والدكِ؟

- جهاد عندما كان والدكِ بألمانيا تعارك مع والدي في السوق، وجعله يخسر تجارته..آهِ أقصد والدنا توفيق يريد الانتقام من والدك فؤاد السمندور، أي أنكِ لن تنجي بالعمل في شركته سوف يؤذيكِ.

- هذا هو المطلوب مارينا.

- جهاد، أنا خائفة عليكِ كثيرًا.

- ما الذي يجعلك متأكدة من أن والدكِ مخيف؟

- جهاد هذا والدنا، أنتِ لن تؤذيه أليس كذلك أختي، عديني بذلك.

- مارينا أنا لا أعدكِ بشيء، فتوفيق السيد عيشني بمرار.

- جهاد أنا لن أدلكِ على الشركة مطلقًا، أنتِ تنوين على الشر ذهبتْ مارينا وهي تبكي صرخت جهاد لعلمكِ مارينا دليتني أم لم تدليني فسوف اذهب للشركة؛ فهو أصبح مشهورًا بالسوق نظرتْ جهاد إلى السلسلة فضمتها بيدها بقوة بحق الذي جعلني أحتفظُ بكِ لانتقمن من توفيق السيد شر انتقام..ذهبتْ جهاد وفتحتْ منزل مجدي فبعد أن مات مجدي كل من الأصدقاء عبد الرحمن ودريد وجهاد،يحمل نسخة من المفتاح يستعيدون ذكرياتهم، دخلتْ وهي تبكي فوق صورة مجدي.... مجدي لماذا تركتني؟! أنا لا أعرف ماذا أفعل دلني أرجوك.

نامتْ جهاد فوق الصورة، وبعد أن صحتْ بالصباح وجدت السلسلة بالأرض؛ فتخيلت صورة مجدي حيًا أمامها، أخذ السلسلة وألبسها في عنقها "جهاد البسيها رفقًا بوالدكِ وبدريد رفقًا بكل محبيكِ " وفجأة اختفى مجدي..كل ذلك كان تخيلًا، ولكن جهاد قامت ولبستْ السلسلة وخرجتْ إلى مارينا وبالكاد أعطتها عنوان الشركة...

خرجت مارينا مع جهاد من باب منزلها جهاد هل تريدين هذه السيارة؟؟ نعم.

- هذه السيارة اشتريتها لكِ خصوصًا لمشاوير العمل مع والدي، أقصد والدنا..لا تنسِ إن الذي ستعمل معه أيها الشاب هو والدك هل هذا مفهوم؟!

- مفهوم يا آنسة.

-تصدقين جهاد أن الشبه الذي بينكِ وبين أبي لا يصدق فعلًا ليس هناك فرقًا إلا الشارب فقط.

- حسنًا مارينا أوصليني إلى باب الشركة وارحلي.

- لا سأدخلكِ إلى أبي استأذنت السكرتيرة لمارينا بالدخول إلى والدها دون أن يدخل جهاد معها

- مرحبًا لأجمل أب في هذه الدنيا.

- مرحبًا حبيبتي الوحيدة،ما الذي جاء بكِ؟

- أحضرت لك يا أبي مفاجأة، لا بل أنها مفاجأتين

- ماذا؟! أحضرت لك شبيهك وكأنه أنتَ لولا الشارب.

لا يا مارينا فلا أحد يشبهني.

لا تقل هذا لقد تفاجئ كل من في الشركة عند رؤيته أدخل يا جهاد هز هذا الاسم توفيق السيد كثيرًا فما أن دخل جهاد حتى أرتعب فعلًا لأنه شبهه بالكثير من ملامحه،فوقف من على الكرسي!

- يا إلهي من أنت أيها الشاب؟!

- عرفت مارينا جهاد لأبيها هذا هو جهاد فؤاد السمندور يا أبي، وجاء هنا ليطلب العمل لديك فما رأيك؟!

- كان توفيق ينظر الى جهاد ويدور حوله ومن ثم كان يضحك يا للسعادة التي فيها أنا ابن فؤاد السمندور هنا ويطلب عملًا لديَّ صرخ السيد فؤاد على جهاد هل تستخف بعقلي أنت ووالدك أم ماذا؟!

رد جهاد بكل تنسيق للدور سيد توفيق أنا لستُ بجاهل ما دار بينك وبين والدي، وأحب أن أُعلمك بأنه ليس والدي الحقيقي، أقسم لك بذلك وجئت لأعمل لديك لأنتقم منه فلقد تزوج على زوجته وبمجرد أن حصل على ولد غيري طردني بالأمس، أقسم لك بذلك.

- هكذا اذًا وماذا تعمل بالحقيقة؟!

- أنا لم أعمل من قبل وحتى أنني في بداية السنة الثالثة من كلية الهندسة المعمارية ولن أكملها، سأكون ممتنًا لك لو جعلتني أعمل معك وأنتقم منه فهذا سبب قدومي إليك. أؤكد لك أنني لدي خبره في المشاريع الكبيرة، حتى أنني كُنت أحضر مشاريع والدي أقصد فؤاد السمندور وأستطيع أن أعطيك إياها بالعدد وبذلك تكون المنافس الأكبر له وتتغلب عليه.

- تبدو حاقدًا عليه كثيرًا،ما السبب؟!

- لقد قلت لك يا سيدي سأجعله يدفع ثمن ما فعل بي غاليًا.

- أصدقك ماذا قُلت أسمك؟!

- انسحبت مارينا حسنًا أنا لم يعد لي فائدة وداعًا..خرجت مارينا

- رد جهاد على توفيق أسمي جهاد سيدي كان هذا الاسم قد هز مشاعر السيد توفيق فقال جهاد ماذا هل الاسم يذكرك بأحد، أوه صحيح قالت الآنسة مارينا أنه كان اسم ابنتك..

- ضحك السيد فؤاد ليبتعد عن الموضوع نعم لقد ماتت عندما كان عمرها شهور جلس السيد فؤاد على المكتب فوضع جهاد يديه على الطاولة فقابله وجهًا لوجه أو ما زالت في إحدى المياتم.

- وقف السيد توفيق مفزوعًا ماذا تعني جهاد؟

- تفهم قصدي جيدًا كفاك كذبًا عليَّ

- ماذا تقول جهاد كيف تكلمني بهذه الطريقة وكأني كاذب، ألا تخاف مني؟!

- أليست هذه الحقيقة؟!

- نعم نظر إليه جهاد بنظرة احتقار سيد توفيق أنت حقًا بلا قلب كيف تترك ابنة لم تتعدى من عمرها أيام في الميتم ولا تسأل عنها، أهي حية ام ميتة، أمسك توفيق بعنق جهاد من أين عرفت هذا؟ أفلت جهاد يديه عنه لا تندهش سيد توفيق أعلم كل شيء أعلم بتفاصيل نقودك.

- ماذا تعني أبتز جهاد توفيق أعلم بحكاية المخدرات مثلًا أخرج توفيق المسدس من جيبه فوجهه على رأس جهاد ولكن جهاد لم يهتز له شعره ولم يخف منه.

- من أنت يا هذا؟! هيا تكلم قبل أن أقتلك هيا، ضحك جهاد وبضحكته أغاظ توفيق هل ستقتلني كما قتلت سامح؟! في تلك اللحظة كان توفيق سيقع قلبه خوفًا من أين حصلت على هذه المعلومات هيا تكلم أمسك جهاد المسدس من يد توفيق ووضعه على المكتب أسمع سيد توفيق سأكون يدك اليمنى اطمئن فلن أفشي بأسرارك هذا، إن لم تحاول قتلي.

- وماذا تريد كي تسكت؟! وما غرضك من هذه اللعبة!

- أريد فقط أن أعمل لديك وأن تعطيني أكبر من حصتك في المشاريع أي الأرباح، ماذا تقول؟!

- حسنًا موافق، ولكن بشرط ألا تعلم مارينا بما حدث.

- حسنًا سيد توفيق فمنظرك أمام ابنتك لن يكن مشمئزًا قدر ما يكون في نظر جهاد.

- وما دخلك أنت بعد هذا كله؟!

- لا لستُ أنا بل ابنتك جهاد.....عمل جهاد مع توفيق بفضل المعلومات الكبيرة التي حصل عليها من خلال سالم خال مجدي وأحتفظ بها لصالحه، كان مراده أن يعرف فقط أين يخزن توفيق المخدرات وبعد ذلك يبلغ الشرطة بكل جرائمه بالأقل لو حصل على هذا الدليل...

كان السيد فؤاد في تلك الليلة قد عاد مبكرًا ويحمل الهدايا لطفله الصغير المحبوب حمادة، فحضر فوجد ملاك تلاعبه بالصالون.

- مساء الخير ملاك، كانت ملاك تنظر إلى الطفل ودموعها تملأ خدها فمسحتها-مساء الخير عمي كُنت ألاعبه فقط لا أكثر.

- لا تخافي ملاك فلكِ الحق في ملاعبته أنت ابنة عمه، أعلم أنكِ مررتِ بتجربة قاسية؛ولكن لا يجوز بأن ترهقي نفسك بالبكاء كل يوم فهذه أقدار الله..حسنًا هذه الملابس ألبسي حمادة، سوف اصعد لأرى أحلام صعد السيد فؤاد غرفته فتح الباب فوجد أحلام تتكلم بالشرفة مع الدكتور مسعود ولم تنتبه لوجوده.

- أف لو تعلم كانت ستقع كارثه لو علم فؤاد، لا..لا بل لقد سمعها فؤاد من جهاد أن الطفل ليس ابنه أتعرف مشهد ولا أجمل أنتظره منذ أن نسبت لنفسي ذلك الطفل، وأد أن أراه يسقط ميتًا عندما يعرف أن هذا الطفل هو ابن بنت أخيه ملاك وأنه بالأفضل أن يناديه جدي بدل أبي...أمسك السيد فؤاد على قلبه كان سيبقى له القليل ويموت فصفع أحلام سافلة كيف فعلتِ هذا؟

- كان يجب أن تعرف بأني لم أتزوج بك لسواد عينيك، بل لأنتقم من جهاد لقد كنت غبي.. لقد حاولت قتلك بالسم بالعصير والقهوة ولكن تلك الخادمة زهراء كانت تغيرها لك، نعم هذا الطفل هو ابن ملاك وأنا لم أكن حاملا طوال تلك الشهور التي كنت مسافرًا فيها؛ فقد جعلتُ الدكتور يمثل أنه مات وجعلتك تخسر ابنك، و لم يكمل جامعته كما لم يدع أخي حازم يكملها بالكاد كان فؤاد يتماسك نفسه فصرخ عبير ملاك أين أنتِ يا صباح؟؟

صعدت ملاك بالطفل ماذا هناك عمي أعطيني الهاتف فؤاد أتصل بالشرطة وسحب أحلام من شعرها إلى الطابق الأول نزلت ملاك ووضعت الطفل فوق الكنب لكي تمسك عمها،فكان في حالة سيئة، قبل أن تخرج أحلام اسمعي ملاك لا تُمسكي عمك..

بل ابنك ههه،اندهشت ملاك!! نعم إنه ابنك منعته عنك طول هذه المدة.. أخذت ملاك طفلها كان قلبها يدق بقوة وتبكي وتضمه إلى أن حضنته كانت الدموع تنزل من عينيها وتُقبل الطفل بكل مكان في جسمه هذا طفلي لقد شككت بذلك، نعم هذا طفلي الحمد لله يا رب، أنا لم أخسره يا مجدي هل تسمعني مُحمد حي..سقط السيد فؤاد على الأرض من منظر ملاك وهي تحضن ابنها، شفقت السيدة صباح عليه، كان السيد فؤاد قد شُل عن الحركة، فظل على الفراش لا يُرى منه إلا دموع الحسرة على ما فعله بابنه، فهم لا يعرفون حتى الآن أين هو.

الفصل الرابع والثلاثون

أخيرًا وصل جهاد لمخزن كانت المعلبات مخزنة به، ففتح واحدة فوجدها عكس حاجات البناء، بل هي المخدرات ولكن رجال السيد توفيق أمسكوا به فأوصلوه إلى مكتب السيد توفيق ورموه أرضًا

- هذا الشاب يا سيدي قد وصل إلى المخزن السري..أخذ السيد توفيق بشعر جهاد هكذا إذًا جهاد، وصلت إلى موتك خذوه واحبسوه في المخزن.

" حُبس جهاد في المخزن نفسه، لمدة يومين كاملين ومن ثم دخل المخزن أحد رجال توفيق الخونة وبيده مسدس، كان يريد أن يسرق فوجد جهاد فوضع المسدس على رأسه "

- ماذا تفعل هنا أيها الشاب ها؟ خدع جهاد الرجل بذكائه وقال له السيد توفيق خلفك انتبه نظر الرجل إلى وراءه فأمسك جهاد المسدس وهدده فوضعه بمكانه وأخذ جوال الرجل وبلغ الشرطة وأغلق الباب عليه من الخارج وهرب...

كان السيد توفيق قد دعا رجلين مجرمين إلى مكتبه اسمعا هناك شاب في المخزن أريدكما أن تقتلاه وتأخذوا جثته وتدفناه ولا أحد يعلم بمكانه، هل هذا مفهوم؟ صاح الرجلان مفهوم سيدي..

فعلًا ذهب الرجلان وقتلا جهاد بالظاهر ولكن الحقيقة هي أنهما قتلا الرجل الخائن الذي وضعه جهاد مكانه، وها هو الله كتب العمر مجدداً لجهاد وفعلًا دفنوه.

جاءت الشرطة وأخذت البضاعة وهرب السيد توفيق قبل أن يدخلوا عليه ولكن هذه المرة أصبح مطارداً فلقد وجدوا المخدرات عنده والتهمة أصبحت ثابتة...

مر على تلك الحادثة أسبوعين وفي نظر توفيق جهاد ميت..

بعد اسبوعين جاء جهاد في الليل إلى مكانه السري الذي دلته عليه مارينا وبدأ برجلا الأمن على غفلة،سرق أسلحتهما وهما يأكلان ،وبفضل المسدس الذي أخذه من ذلك الرجل، هددهما به وجعل الأول يقيد الأخر، وقيد هو الأخر وفعل ذلك بكل من يعتدي طريقه، فوصل ثم دخل على توفيق في مكتبه فوضع المسدس على رأسه من خلفه عندما كان كرسيه مُدار على جهة النافذة وليس الباب، أدار السيد فؤاد رأسه فكاد قلبه أن يقع ج ج ج جهاد!!! أما زلت حيًا!! هل أنا أتخيل؟!!!

- كنت تريد قتلي! إذًا اسمع توفيق سترى مني مالا يسرك هيا قم واعطني جميع المال الذي في الخزنة قام توفيق وأعطاه جميع المال الذي كان في الخزنة، كاد أن يجُنَّ بعد أن خرج جهاد فلقد خرج فوجد جميع الموظفين والأمن مقيدون...

كان دريد قد شك بأمر حنان التي تقابله فقرر أن يعرف من هي ففي أحد الأيام راقبها ليعرف منزلها فوجدها تدخل منزل مجدي وخرج بعد ذلك جهاد، لم يستطيع دريد النوم ذلك اليوم فقرر مقابلتها، وفي اليوم الثاني تركها تنتظره بالمطعم ودخل هو منزل مجدي بالمفتاح الذي معه.

عادت جهاد لمنزل مجدي لتغير ملابسها فدخلت الغرفة وتركت الباب مفتوحًا، لعدم وجود أي أحد هناك؛ فخرج دريد من الغرفة الثانية وقف على عتبة باب الغرفة التي توجد فيها جهاد، نظرت جهاد إلى المرآة تكلم نفسها ترى لماذا لم يحضر دريد اليوم؟ لم تكن تعرف جهاد بأن دريد يراقبها من عتبة الباب، مسحت جهاد المكياج وأحمر الشفاه بمنديل ومن ثم خلعت الشعر المستعار ووضعته على الطاولة، كانت قدما دريد وكأنهما قد شُلّتا من الحركة؛ عندما رأى ذلك المنظر؛ فسقط جالسًا على الأرض، فالتفتت جهاد ورأت دريد أمام الباب قد غطى شعره السلس وجهه دريد؟! وقف دريد ماذا يعني هذا جهاد؟! هيا تكلم..كان دريد يمشي بخطوات غير متزنة فبالكاد كان يمشي من الصدمة، وصل إلى جهاد دريد أنا آسفة أنا...

- أنتَ ماذا جهاد؟!

- دريد لا تفهم خطأ..

- ماذا أفهم جهاد؟!

- دريد لابد أن تعرف الحقيقة أنا حنان وحنان هي أنا، أنا حنان وحنان هي جهاد، نعم دريد قلتها لك ألف مرة عندما كنّا صغار وعندما كبرنا أنا فتاة.... فتاة قلتها لك وأنتَ لم تعرف، نعم رباب هي أمي وحنان قصتها لا تشبه قصة جهاد، بل هما فتاة واحدة كان يجب أن تعرف هذا من زمان...

سقط دريد أرضًا ووضع يده على الأرض، كانت جهاد تبكي دريد نعم،والدي وضعني بالميتم وقررت أن أعيش حياتي كولد لا يعاني كما تعاني الفتاة،وكنت أريد أن أنتقم من توفيق لأنه تركني بالميتم وهو حي ،وكان هذا عز الطلب لدى السيدة صباح؛ فوافقت لابل توسلت إليَّ أن أعيش معها كأبن لها، كانت جهاد تبكي ودريد يبكي ودموعه تسقط إلى الأرض.. نعم دريد وفكرة حنان مجدي من خططها وأرسلك بعدي إلى القاهرة وقف دريد على قدميه، وأقترب ناحية جهاد وأخذ يهزها أنتِ حقًا مجرمة كيف وضعتني في هذا الموقف السخيف؟! منذ طفولتي كنا نخرج معًا، وندخل معًا كبرنا معًا.. والآن تأتي لتقولي لي أنكِ فتاة أنا أكرهكِ.. أنا أحتقركِ..أبعدت جهاد يديَّ دريد كُنت أعرف أنك ستكرهني لقد قلتها لمجدي، و قال: دعيه يحبكِ كحنان وكجهاد ولن يتخلى عنكِ رجع دريد يهز جهاد مجددًا لماذا لماذا فعلتِ هذا لماذا؟ أنتِ

مخاعة و أنا أكرهكِ، لم أعد أريد رؤيتك..أفلت دريد جهاد وأسقطها أرضًا بكل قسوة أنا أكرهكِ، لم أعد أريد رؤيتك أخرجي من هنا، أنتِ لا تستحقين أن تظلي في منزل مجدي هيا أخرجي، أخرجَ دريد جهاد من يدها بقوة من تلك الغرفة وهي تأبى أن تتركه بتلك الحالة،وعندما وصلتْ إلى الصالة قالت: أنا لن أتركك هكذا دريد، لن أفعل رأى دريد سكينًا على صحن التفاح فوق الطاولة وأخذها يريد أن يطعن جهاد أنتِ تستحقين الموت فعلًا، جعلتني أدرس وأنا متحسر لأنكِ لستِ معي ولا أعرف مكانكِ حتى، جعلتني أحبكِ ولا أعرف إلا رقم هاتفكِ كانت جهاد تمشي إلى الخلف ودريد يلحق بها وبيده السكين ثم أخذ بيدها وطردها خارج المنزل رماها أرضًا وأغلق الباب فقامت تدق الباب وهي تبكي بالخارج ودريد يبكي وراء الباب دريد أنا أحبك ولن أكرهك مطلقًا..

- ارحلي من هنا، أنا أكرهكِ ولن أحبك مجددًا، لا تحاولي الاتصال بي وهذا الهاتف سأكسره، رمىٰ دريد الهاتف حتى كسره، أما عن المنزل فسوف أتركه لكِ ولن تريني مجددًا، أنتِ حقًا حقيرة، ارحلي من هنا ركبتْ..جهاد السيارة وهي تبكي فوق كرسي القيادة.. دريد أنا آسفة دريد.

سكتت جهاد وفجأة قالت بحقد كل ما يحدث لي بسبب توفيق السيد سأقتلك.

قادت جهاد السيارة إلىٰ مكان توفيق السيد وأخرجت المسدس من السيارة وخرجتْ مسرعة إليه، كان توفيق قد طرد الجميع من مكانه وهو يخرج والتقى بجهاد كان وجهها ممتلئ بالدموع، توقف عن المشي جهاد مجددًا ماذا تريد بعد؟!

نظر توفيق إلىٰ منظر جهاد ما هذا الذي ترتديه جهاد! جاكيت امرأة! وما هذا الملابس أليست للنساء! ماذا يحدث جهاد هل فقدتِ عقلكِ؟! كانت جهاد تبكي موجهة المسدس إلىٰ وجه توفيق سأقتلك توفيق سأقتلك..

اندهش السيد توفيق ماذا فعلتُ بك جهاد لتصل بك الأمور إلى قتلي؟! أنت من تعدى على أموالي وخدعني،أنا من يريد قتلك، لماذا تقلب الأدوار؟

- أنتِ السبب بما يحدث لي.

- أنا! ماذا فعلتُ جهاد؟

- أنتَ من ذهب بي إلى الميتم، جعلتني أعيش حياة ليست لي، أنا أكرهك وهذه السلسلة لم أعد أريدها خلعت جهاد السلسلة ورمتها أرضًا جلس السيد توفيق وأخذ السلسلة وفتحها فوجد صورته مع رباب، و ما علاقتك بهذه السلسلة جهاد؟ وصلت مارينا بالوقت المناسب

جاءت لزيارة والدها فوجدتْ جهاد موجهة المسدس لوجه والدها ففزعت جهاد لقد وعدتيني ألا تأذي والدنا نهض السيد توفيق من الأرض ماذا تقولين مارينا؟!

- أبي هذه هي جهاد، إنها أختي، إنها ابنتك التي وضعتِها بالميتم..لماذا كذبت عليَّ لماذا؟!

سقطت السلسلة من يد توفيق وسقط تحت قدميَّ جهاد لماذا عشتِ حياة رجل كانت جهاد تبكي لكي أقتلك..وها هي اللحظة قد جاءتْ لقتلك صاحت مارينا لا جهاد توقفي فتح السيد توفيق صدره وخلع قميصه وجلس تحت قدميَّ جهاد وأخذ يبكي اقتلني جهاد اقتلني أنا أستحق الموت، فعلًا لقد أصبحتُ مجرمًا وذلك بسببك..أردتُ أن أكون غنيًا فلربما لو كنتُ غنيًا لما حدث لأمك ما حدث، بالكاد تزوجنا، كرهتُ كوني فقير لأن أمها كانت ترفضني خشيتُ عليكِ الفقر، كنتُ أعتقد لولاك لما ماتت أمك.. أنتِ السبب فكرهتك، أصبحتُ كالمجنون في الشوارع حتى ألتقيتُ بمجرمين فعملتُ معهم من إحباطي لأنتقم من الدنيا الظالمة.. كنتُ غبي مجنون لا تهمني حياتي عديم الفائدة..

عجزت جهاد عن قتل والدها فرمت المسدس وهربت كان السيد توفيق يلحق بها جريًا ركبت السيارة، وركب هو سيارته كان يلحق بها بسرعة فائقة كانت جهاد تقود السيارة بسرعة فائقة وهي تبكي أنا أكرهك توفيق أكرهك السيد، أكرهكم جميعًا لم أعد أريد أن أعيش، أكرهك دريد، أكرهكم جميعًا..انصدمت جهاد بإحدى السيارات؛ فاصطدمت مرة أخرى بالحائط كانت سيارتها قد أصبحت فتات..

نزل السيد توفيق من سيارته جهاد لا... أسرع إلى مكان الحادث، وأخرج جهاد بيده وحملها بسرعة إلى المستشفى بإحدى ناقلات الإسعاف؛ فقد أصبح جسمها محطمًا كليًا.. أتصل توفيق بمارينا فحضرت إلى المستشفى بسرعة، كانت جهاد على النقالة فأمسكت مارينا بيدها، كانت جهاد تتكلم في غيبوتها دريد..أمي..أبي..ملاك..عبير..ماما رشا.. بابا حمدي..مارينا كانت مارينا تبكي،سأل السيد توفيق عن حالة جهاد فأبلغه الدكتور أن حالتها خطيرة جدًا والأمل في شفائها ١٠% لكثرة الكسور التي في جسمها؛ فقد رُبطت بأمران..الاحتمال الأول أن تعيش جهاد مشلولة والاحتمال الثاني أن تموت؛ فقرر والدها رغم ذلك الموقف أن يسأل والدها وهو فؤاد السمندور أتصل به وهو يبكي فقام السيد فؤاد مع السيدة صباح رغم أنه كان مشلول الجسد " جهاد ابني في خطر" ذهب السيد فؤاد مع السيدة صباح وملاك وعبير إلى المستشفى ولم يقرر أحدهم ماذا يفعل.

ذهبت مارينا لإحضار دريد.

- دريد جهاد تريد مقابلتك كان دريد في غرفته ولا يريد أن يسمع مارينا، فهو لم يعد يطيق النظر إلى جهاد فأخذت مارينا يده تهزه دريد إنها في خطر فاق دريد من حالته وجرى إلى المستشفى، فوجد جهاد على تلك الحالة مربوطة بأحزمة على الكرسي،وأخذ يبكي فوقها جهاد أنتِ لن تموتين أليس كذلك؟! رغم حزن عائلة السيد فؤاد الشديد على جهاد، فهم لم يعرفوا أن جهاد فتاه إلا بعد أن جاء دريد يبكي عليها فأخبروهم القصة ومن ثم أتصل دريد بحمدي ورشا فقرر الجميع عمل العملية، فعلًا أجرت العملية، كان الجميع يبكون وبشدة فلقد جاء عبد الرحمن وسلوى، وبعد ساعات ظن الجميع أن جهاد قد ماتت ففتحت عينها الذابلتين فوجدت دريد يبكي، وأمها صباح تمسك يدها جهاد حبيبتي أنتِ حية؟! نعم سوف تعودين إلى أحضان أمكِ أقترب السيد فؤاد يبكي وقبلها في جبينها لن يتغير شيئًا جهاد؛ فأنتِ ابنتنا سامحيني جهاد ابتسمت جهاد لوالدها بإشارة أنها مسامحة إياه ومن ثم كلمت أمها أ..أمي

- وهي تبكي: يا قلب أمك..

- هل تظنين أن الله سيسامحني؟!

- نعم؛ فأنتِ قد صليت له، وحفظتِ القرآن قبلتْ رشا جهاد وبكت كثيرًا وكذلك حمدي والأكثر بكاءً كان هو والدها الحقيقي توفيق، أقترب وأمسك بيدها جهاد سامحيني أرجوكِ، سوف أدخل السجن وأعترف بكل جرائمي سامحت جهاد والدها ورأت دريد يبكي دريد تعال، أقترب دريد جهاد أنا أحبكِ كثيرًا، أنا لا أكرهك ستعيشين وسنتزوج سترين ذلك قبل دريد يد جهاد ونطقتْ بكلامها الأخير اعتني بمارينا دريد لا تتركها وحيدة ، وأنت عبد الرحمن اعتني بسلوى..يجب أن تعرفوا بأنني أحببتكم جميعًا كلكم...كلكم أغمضتْ جهاد عيناها وفارقت الحياة..

تلك السنة أحزن سنة في حياة دريد فلقد عاد له المرض وثم كافحه وتزوج بمارينا وأنجبت له جهاد، أما عبد الرحمان فلقد خلف ولدًا وسماه مجدي، كان دريد يود أن يكون له ابنةيسميها جهاد ولكن كان ولدًا فسماه جهاد رغم إنه لم يحب مارينا كما أحب جهاد، لكنه شعر معها بالسعادة.

أما والدها توفيق السيد مراعاة لحالته النفسية التي اختار بسببها طريق الإجرام، والتي هو عليها الآن ،فقد دخل السجن وحُكم عليه بالمؤبد مع الأشغال الشاقة المؤبدة ،وكان يتمنى الإعدام ليخلص من العذاب، ولكن لعل حكم المؤبد ليعيش معاقباً، معذب الضمير، ميت بجسد حي.....

إلى كل من قرأ قصتي:

أعلم أنك قد غضبت مني تارة، وفرحت تارة..ولكن كانت قصتي هذه فقط لتبعث القوة في قلب كل من يواجه الصعاب، لكيلا يستسلم أو يقوده الإحباط إلى الحقد والكره والشر والإجرام...

ربما لو عاشت جهاد بعيدًا عن الشلل، لن يرحمها المجتمع ولا دريد؛ ولربما يعاني دريد أكثر منها ومن معايرة الناس...وما إلى ذلك.

فلتعلم أن رب الكون أكرم وأرحم من عبادهِ بعبادهِ، وهو كريم غفور لهذا فهو يستحق الشكر والعبادة على أكمل وجه، وإذا غفل أحدكم عن الله، فلن يكون مصيره سوى الحزن، والمرض النفسي، والمشاكل.

آخر وصيتي لك هي تذكر قول الله تعالى:

﴿وَلَا تَكُونُوا كَالَّذِينَ نَسُوا اللَّهَ فَأَنسَاهُمْ أَنفُسَهُمْ أُولَٰئِكَ هُمُ الْفَاسِقُونَ﴾ ۞

جيهان محرم

جهاد...

تلك كانت روايتي والتي اخترت لها اسم (جهاد)؛ حيث يظن من قرأها أني أسميتها على اسم شخصية جهاد، ولكن في الحقيقة أني اخترت لها هذا الاسم؛ لأحقق معاني اسم جهاد، حيث أني قصدت من معنى اسم جهاد الكفاح والنضال، ومن خلال هذا الاسم أردت أن أبيّن جهاد كل شخصية من شخصيات القصة الرئيسة والثانوية ابتداءً من جهاد شخصية توفيق في مواجهة المصائب والإحزان، حيث وضعت شخصية مجدي بالمقابل كيف جاهد الفقر والحزن وجاهد نفسه في مواجهة المصيبة وأبعادها عن المحرمات والملذات والسير في طريق الحلال.

وفي مجاهدة رباب لوالدتها لكره والدها ومحاولتها مسامحتها واقناعها بالزواج من توفيق إلى أن انتهى جهادها بالهروب وندمها على ذلك.

وكذلك جهاد ندى وزوجها ومواصلة مسيرة البحث عن جهاد ابنة توفيق والتغلب على اليأس إلى أن وجدوها.

وعن جهاد النفس في العائلة التي تربت فيها جهاد في تقبل جهاد الفقير الذي أتى من الشارع للعيش معهم وتناسي فارق الطبقات بينهم.

وعن معنى اسم جهاد في شخصية دريد؛ حيث معنى جهاد هو التغلب على المرض عندما أصيب بمرض السرطان.

وعن معنى اسم جهاد في الجهاد والنضال للوصول للنجاح والتميز والوصول الى الحياة السعيدة، كما في شخصية عبد الرحمن وباقي أصدقاء جهاد، وكذلك الأمر في بقية الشخصيات.

أما عن شخصية جهاد؛ فقد كان جهادها كالأرض الصلبة، ابتداءً من جهاد ضميرها إلى جهاد الآخرين.. فمن خلال شخصيتها استطعت أن أربط الخيوط ببعضها وأوصل رسائلي من خلال قصتها.

جيهان محرم

www.ingramcontent.com/pod-product-compliance
Lightning Source LLC
Chambersburg PA
CBHW042048010826
48978CB00023B/1317